U0460649

『十三五』国家重点图书出版规划项目

国家社科基金重大项目『海外藏珍稀中国民俗文献与文物资料整理、研究暨数据库建设』

（项目编号：16ZDA163）阶段性成果

海外藏中国民俗文化珍稀文献

编委会

主编

王霄冰

编委（以姓氏笔画为序）

刁统菊　王　京　王加华

白瑞斯（德，Berthold Riese）　刘宗迪

李　扬　肖海明　张　勃　张士闪

张举文（美，Juwen Zhang）

松尾恒一（日，Matsuo Koichi）

周　星　周　越（英，Adam Y. Chau）

赵彦民　施爱东　黄仕忠　黄景春

梅谦立（法，Thierry Meynard）

国家社科基金青年项目『早稻田大学藏中国宝卷整理与研究』（课题批准号：22CZJ022）、河南兴文化工程文化研究专项项目『中原神话再调查：经歌的民族志研究』（课题批准号：2022XWH177）和信阳师范大学『南湖学者奖励计划』青年项目的阶段性成果。

“十三五”
国家重点图书
出版规划项目

海外藏
中国民俗文化
珍稀文献

王霄冰　主编

日本早稻田大学图书馆藏中国宝卷选编

（上）

Selected Precious Scrolls from the Collection of Waseda University Library, Japan

周　波　孙艳艳　编

陕西师范大学出版总社

图书代号　SK24N0234

图书在版编目（CIP）数据

日本早稻田大学图书馆藏中国宝卷选编：上、下 / 周波，孙艳艳编 .— 西安：陕西师范大学出版总社有限公司，2023.12

（海外藏中国民俗文化珍稀文献 / 王霄冰主编）

“十三五”国家重点图书出版规划项目　国家出版基金项目

ISBN 978-7-5695-3994-3

Ⅰ . ①日…　Ⅱ . ①周…　②孙…　Ⅲ . ①宝卷（文学）—作品集—中国　Ⅳ . ① I276.6

中国国家版本馆 CIP 数据核字（2023）第 233573 号

日本早稻田大学图书馆藏中国宝卷选编（上、下）

RIBEN ZAODAOTIAN DAXUE TUSHUGUAN CANG ZHONGGUO BAOJUAN XUANBIAN

周　波　孙艳艳　编

出 版 人　刘东风

责任编辑　王丽敏

责任校对　熊梓宇

出版发行　陕西师范大学出版总社

（西安市长安南路199号　邮编　710062）

网　　址　http://www.snupg.com

印　　刷　陕西龙山海天艺术印务有限公司

开　　本　787 mm × 1092 mm　1/16

印　　张　49

插　　页　4

字　　数　616 千

图　　幅　722

版　　次　2023 年 12 月第 1 版

印　　次　2023 年 12 月第 1 次印刷

书　　号　ISBN 978-7-5695-3994-3

定　　价　270.00 元

读者购书、书店添货或发现印装质量问题，请与本公司营销部联系、调换。

电话：（029）85307864　85303635　传真：（029）85303879

海外藏中国民俗文化珍稀文献总序

◎王霄冰

民俗学、人类学是在西方学术背景下建立起来的现代学科，其后影响东亚，在建设文化强国的大战略之下，成为当前受到国家和社会各界广泛重视的学科。十六世纪，传教士进入中国，开始关注中国的民俗文化；十九世纪之后，西方的旅行家、外交官、商人、汉学家和人类学家在中国各地搜集大批民俗文物和民俗文献带回自己的国家，并以文字、图像、影音等形式对中国各地的民俗进行记录。而今，这些实物和文献资料经过岁月的沉淀，很多已成为博物馆和图书馆等公共机构的收藏品。其中，不少资料在中国本土已经散佚无存。

这些民俗文献和文物分散在全球各地，数量巨大并带有通俗性和草根性特征，其价值难以评估，且不易整理和研究，所以大部分资料迄今未能得到披露和介绍，学者难以利用。本人负责的2016年度国家社科基金重大项目『海外藏珍稀中国民俗文献与文物资料整理、研究暨数据库建设』（项目编号：16ZDA163）即旨在对海外所存的各类民俗资料进行摸底调查，建立数据库并开展相关的专题研究。目的是抢救并继承这笔流落海外的文化遗产，同时也将这部分研究资料纳入中国民俗学和人类学的学术视野。

所谓民俗文献，首先是指自身承载着民俗功能的民间文本或图像，如家谱、宝卷、善书、契约文书、账本、神明或祖公图像、民间医书、宗教文书等；其次是指记录一定区域内人们的衣食住行、生产劳动、信仰禁忌、节日和人生礼仪、口头传统等的文本、图片或影像作品，如旅行日记、风俗纪闻、老照片、风俗画、民俗志、民族志等。民俗文物则是指反映民众日常生活文化和风俗习惯的代表性实物，如生产工具、生活器具、建筑装饰、服饰、玩具、戏曲文物、神灵雕像等。

本丛书所收录的资料，主要包括三大类：

第一类是直接来源于中国的民俗文物与文献（个别属海外对中国原始文献的翻刻本）。如元明清三代的耕织图，明清至民国时期的民间契约文书，清代不同版本的『苗图』、外销画、皮影戏唱本，以及其他民俗文物。

第二类是十七—二十世纪来华西方人所做的有关中国人日常生活的记录和研究，包括他们对中国古代典籍与官方文献中民俗相关内容的摘要和梳理。需要说明的是，由于原书出自西方人之手，他们对中国与中国文化的认识和理解难免带有自身文化特色，但这并不影响其著作作为历史资料的价值。其中包含的文化误读成分，或许正有助于我们理解中西文化早期接触中所发生的碰撞，能为中西文化交流史的研究提供鲜活的素材。

第三类是对海外藏或出自外国人之手的民俗相关文献的整理和研究。如对日本东亚同文书院中国调查手稿目录的整理和翻译。

我们之所以称这套丛书为『海外藏中国民俗文化珍稀文献』，主要是从学术价值的角度而言。无论是来自中国的民俗文献与文物，还是出自西方人之手的民俗记录，在今天均已成为难得的第一手资料。与传世文献和出土文物有所不同的是，民俗文献和文物的产生语境与流通情况相对比较清晰，藏品规模较大且较有系统性，因此能够反映特定历史时期和特定区域中人们的日常生活状况。同时，我们也可借助这些文献与文物资料，研究西方人的收藏兴趣与学术观念，探讨中国文化走向世界的方式与路径。

是为序。

2020年12月20日于广州

序

◎周 波 孙艳艳

2016年，中山大学王霄冰教授承担了国家社科基金重大项目『海外藏珍稀中国民俗文献与文物资料整理、研究暨数据库建设』。在该项目组的纲领性文章《海外藏珍稀民俗文献[1]与文物资料研究的构想与思路》中，王霄冰指出，『全面、系统调查海外所存中国民俗文献及民俗有关文物，予以编目、整理、研究，并尽可能复制、扫描或摄影以设立数据库，不仅大有必要，而且也是当务之急』[2]。其中，由泽田瑞穗[3]（1912—2002年，号清观道人、风陵道人。日本著名汉学家、民俗学家）捐赠给早稻田大学的近二百部中国宝卷是项目组重点注意的一类民俗文献。现在，在『十三五』国家重点图书出版规划项目、国家出版基金项目『海外藏中国民俗文化珍稀文献』的支持下，我们有机会将其中的十二部宝卷予以付梓，惠泽学界。接下来，编者将向各位读者介绍一下宝卷与宝卷学、泽田瑞穗搜集中国宝卷的过程以及本书选择这十二部宝卷的原因。

一、宝卷学：方兴未艾的研究领域

宝卷是说唱文学的重要类别，堪称『中国宝卷研究第一人』[4]的车锡伦将其定义为：『宝卷是一种十分古老的、在宗教（主要是佛教和明清各民间教派）和民间信仰活动中，按照一定仪轨演唱的说唱文本。这也使宝卷具有双重性质：作为在宗教活动中演唱的说唱文本，演绎宗教教义，是宗教的经卷，这类宝卷大部分不是文学作品；另一方面，大量的宝卷是演唱文学故事，因此，宝卷又是一种带有信仰色彩的民间说唱文学形式。由于演出宝卷都是「照本宣扬」，所以中国宝卷不仅以口头形式流传，同时留下来大量卷本。』[5]

宝卷从民间社会中的一个社会文化现象变成学术研究中的一个独立的体裁样式，始于顾颉刚[6]和郑振铎[7]的研究。自二十世纪三十年代以来，在宝卷目录编撰[8]、集成编撰[9]、作为非物质文化遗产的宝卷研究[10]、宝卷理论研究[11]等方面成果甚多，逐渐奠定了宝卷研究成为独立研究领域的基础。李世瑜甚至于二十世纪九十年代初提出『宝卷学』一词[12]。通过宗教学、民俗学、历史学、语言学等学科学者的不断深入研究，宝卷学成为方兴未艾的研究领域。

宝卷学的研究路径有一个显著特点，就是注重个人收藏与研究紧密结合，这也与二十世纪以来包括宝卷在内的说唱文学研究路径相符。[13]其中，泽田瑞穗引人注目，他不仅珍藏了近二百部宝卷，被黄仕忠认为在数量与质量上『一时无两』[14]，还出版过《宝卷の研究：总说・提要》（1963年）[15]、《校注〈破邪详辩〉——中国民间宗教结社研究资料》（1972年）[16]、《增补宝卷の研究》（1975年）三部专著，其《佛教と中国文学》（1975年）一书中也收录了关于宝卷的重要研究成果。

在宝卷学领域，泽田瑞穗是在宝卷学史上承前启后的重要学者。[17]吉冈义丰甚至认为：

> 初期的宝卷：最先注意到宝卷文学价值的学者，应该算是拥有《中国俗文学史》等名著的郑振铎氏，他认为宝卷文学是唐代变文的嫡系子孙，可是，开拓宝卷文学研究的新生命者，则是泽田瑞穗教授，他虽然十分尊重郑振铎氏的见解，但在其著《宝卷的研究》中却说：『对于宝卷文学的来源，其实不必远求于一千五百年前的变文，或宋代的谈经，若溯之较近之唐、宋、元、明佛僧们所撰写的科仪书、坛仪书、忏法书等，也有接续的可能。』[18]

『开拓宝卷文学研究的新生命者』泽田瑞穗能有如此成就，与其占有大量的宝卷直接相关，而这批宝卷是其1940—1946年期间两次来华在北京市搜集所得。虽然学界对这批宝卷多有参考和使用，但关于该批宝卷搜集和整理的过程却语焉不详。编者将就现有的泽田瑞穗日记、自述等资料进行历史的还原。

二、泽田瑞穗对中国宝卷的搜集

据泽田瑞穗在《枕簟自语》中自述，其生于1912年（明治四十五年）5月23日，老家是土佐（高知县的旧称）幡多郡白田川村伊田（后改称幡多郡大方町伊田）。小学三年级后移居大阪，毕业后进入市冈中学。

泽田瑞穗喜欢创作俳句，偏好日语、汉文。因数学差，后于1930年（昭和五年）报考进入没有数学课的国学院大学高等师范部一部。该校校长服部宇之吉是著名的汉学泰斗，汉文教学团队包括市村瓒次郎、小柳司气太、诸桥辙次、饭岛忠夫、池田四郎次郎、安藤圆秀、斋藤惇、新田兴、松下大三郎等人，对泽田瑞穗影响较大。在校期间，泽田瑞穗涉猎了大量关于中国的古典文学和现当代文学成果。他还受教国文学的折口信夫的影响，对民俗学产生了浓厚的兴趣。折口信夫在课堂上曾邀请过车人形[19]剧团，与泽田瑞穗后来对中国佛教唱导文学（宝卷文学）产生浓厚的兴趣有一定的关系。

1934年，泽田瑞穗毕业后，时值昭和金融危机结束不久，工作不太好找，他只好靠做辞典编纂之类的工作勉强谋生。1936年9月，安藤圆秀推荐其成为智山专门学校[20]的讲师，教授《韩非子》《汉语语法》《中国时文》等。[21]

泽田瑞穗曾接到去中国台湾的邀请，但他一直想去中国大陆实地研究中国文学。他在国学院大学就读时的老师内藤智秀将其介绍给日本外务省，以日本驻北京大使馆的特约人员的身份赴华。于是，泽田瑞穗向智山专门学校申请停职。借助为凌叔华《花之寺》[22]做翻译所得的稿费，泽田瑞穗于1940年2月开启了北京之行。他被分到大使馆文书科，负责『大使公馆中杂乱无章的图书资料，做成卡片并制作目录』[23]。

在京期间，工作结束后，泽田瑞穗常去王府井东安市场买书，最后回到东城羊尾巴胡同的住所。休息日时，他会和智山校友吉冈义丰去寺庙古迹闲逛，去东安市场、西单商场、隆福寺街、琉璃厂等地的书店买书。其中，隆福寺街路南宝文书局的掌柜李殿臣[24]和琉璃厂致雅堂书店老板阎吉和[25]为他搜集宝卷提供了较大的便利。[26]

泽田瑞穗搜集宝卷与郑振铎有一定的关系。据他回忆，他『一直对中国宗教文学、通俗文学满怀兴趣，在二十余年前受到已故郑振铎先生研究的刺激，立志于搜集宝卷，在北京生活的数年间更特别留意于此』㉗。我们从他的日记中可以一窥他在 1942 年的搜集活动。㉘

表 1　泽田瑞穗在华搜集宝卷情况（1942 年）

日期	宝卷搜集
7 月 2 日	致雅堂书店买《雷峰宝卷》《扫尘缘》
7 月 25 日	什刹海书摊买《无极金母五更家书》等
8 月 5 日	买《斗母九皇圣经》
8 月 13 日	致雅堂书店买石印本《伏魔宝卷》
8 月 15 日	致雅堂书店买《伏魔宝卷注解》《灶君劝善文》《东厨司命灶君神经》等
8 月 23 日	致雅堂书店送来许多善书杂本，但没有值得一看的
9 月 7 日	二百九十八个书包运回日本

1942 年 8 月底，泽田瑞穗辞职回日本，结婚生子，在智山专门学校和国学院大学分别担任讲师，并整理在北京的收获。受战局的影响，泽田一家生活窘迫，于是他又想办法申请返华，最终于 1944 年 5 月底如愿。泽田瑞穗携妻儿到北京，名义上是担任东亚交通公社华北分社附属传习所主任讲师。在这个培养交通公社的中国职员的机构里，他的工作是教授中国学生日语。

泽田瑞穗在华期间不只是全力搜集宝卷，他还曾对宝卷进行了整理：

我将搜集到的宝卷与学友吉冈义丰收藏的部分合录在一起做成一百几十种提要，另外还起草了《宝卷概说》第一稿。但在二战结束次年，我携家人回国时，尽管懊悔不已却也只能无奈将草稿及资料尽数毁掉。因为书籍、原稿、照片等资料是被禁止带出中国的。只不过，我搜集的宝卷在那之前就已经寄到本国，因此大部分都幸运地得以保存。㉙

日本战败投降后，传习所被解散，泽田一家于1946年3月被遣返回日本。[30]回到老家高知县后，泽田瑞穗完成了《中国の文学》[31]一书。之后十年，泽田瑞穗进入低谷期，在一些中学任教。1957年，泽田瑞穗终于重返大学，成为天理大学助教授，研究也进入了正轨。1962年，泽田瑞穗被聘为天理大学教授，1975年成为早稻田大学文学部教授，2002年1月28日去世。[32]

由上可知，泽田瑞穗对宝卷的搜集源自他求学期间的学习和工作环境的熏陶，这使他对中国文学和民俗学产生浓厚的兴趣，而郑振铎的宝卷研究也对他形成了启发，两次来华的经历则为他搜集宝卷提供了直接的便利。

三、关于本书所选宝卷的说明

1989年，泽田瑞穗将包括宝卷在内的私人藏品全部捐献给早稻田大学图书馆。因其书室号『风陵书屋』，故早稻田大学图书馆在该馆地下一楼设『风陵文库』以陈列其藏书。[33]在早稻田大学图书馆和早稻田大学中国古籍文化研究所的推动下，泽田瑞穗所捐宝卷分别被制作成《风陵文库目录》[34]和电子图像数据库，并在网络上公布。

据车锡伦在1998年时的统计，海外宝卷近二百五十种，其中孤本近三十种。[35]车锡伦指出，泽田瑞穗收藏了明代及清代前期民间宗教宝卷二十六种，其中八种为孤本，包括《巍巍不动泰山深根结果经会解》《正信除疑无修证自在经会解》《佛说三皇初分天地叹世宝卷》《虎眼禅师遗留唱道经》《太上老子清净科仪》《圆通白衣集福宝忏》《护国威灵西王母宝卷》《佛说准提复生宝卷》。此外，泽田瑞穗所搜集的清末及民国宝卷多为通行刊本和石印本故事宝卷，其中《化意宝卷》《云香宝卷》《东歧宝卷》《回家宝卷》《圣像全图十忠十孝经》在大陆未发现藏本。[36]

当然，车锡伦的判断是在二十世纪九十年代许多国内所藏宝卷未被公开的情况下得出的，『中国大陆公私收藏此类「宝卷」一般均未整理著录，因难确定泽田所藏是否为孤本』[37]。近三十年来，国内外陆续出现了部分与泽田藏品相同或相似的版本，并陆续出版。泽田瑞穗所藏的八种民间宗教宝卷珍本中，马西沙主编《中华珍本宝卷》集成已出版了六种。[38]

由上可知，这批宝卷已基本电子化，且有一些宝卷版本不再稀见，甚至国内的宝卷集成也已出版，但仍有部分宝卷具有出版价值。在原计划中，编者本欲出版更多的宝卷，但由于版权所限，最初的设想未能实现，最后退而求其次，只是申请了十二部宝卷的版权，分别是《麻姑菩萨宝传》《财神宝卷》《云香宝传》《扫尘缘》《无极金母五更家书》《新出梅花服忠良宝卷》《绘图苏凤英药茶记宝卷》《王月英宝卷》《绘图白鹤图宝卷》《绘图玉带记宝卷》《绘图姊妹花宝卷》《绘图姊妹花后部再生花宝卷》。本书选择这十二部宝卷，主要出于以下原因：

第一，泽田瑞穗所藏宝卷的丰富性是毋庸置疑的，涵盖了所有的宝卷类别，引起了中国学者对海外藏中国宝卷的重视，也为宝卷目录编撰和研究提供了大量的线索和比较材料。[39]泽田瑞穗所著《增补宝卷の研究》一书还收录了日本其他机构和个人藏宝卷六十九种。[40]基于对这些宝卷的深入研读，泽田瑞穗提出了较多具有启发性的宝卷学观点。本书所选十二部宝卷，涵盖了民间教派宝卷、民间故事宝卷和扶鸾宝卷[41]。按照泽田瑞穗的分类，这十二部宝卷除科仪卷外，还包括了说理卷、叙事卷、唱曲卷、杂卷。[42]阅读这些宝卷文本，能更加深入地理解泽田瑞穗的宝卷学思想。

第二，泽田瑞穗本人深受民俗学的影响，他的宝卷研究是其民俗学研究的重要组成部分。泽田瑞穗搜集宝卷以『常用、常见』为宗旨，注重『实用与博通』[43]，有以中国民俗研究为导向来搜集资料的意味，并不以搜集珍稀版本为根本目的。即使如此，他的部分宝卷至今仍未见于已出版的宝卷集成。未来希望有机会能够和早稻田大学进一步合作，对其所藏的泽田瑞穗所捐的其他宝卷继续进行整理和出版。

第三，泽田瑞穗关于宝卷研究的主要特点是，兼顾宝卷的宗教性与文学性的综合研究路径。这十二部宝卷无论是在宗教性和文学性特色，还是在宝卷的思想、形式演变方面，或是用于宝卷与其他文类的比较研究等方面，都有一定的代表性。编者在每部宝卷的题解中会予以进一步的补充说明。

由于编者能力有限，错误在所难免。恳请各位读者批评指正。

是为序。

2023年6月

注

①『所谓民俗文献，首先是指自身承载着民俗功能的民间文本或图像，如家谱、宝卷、契约文书、账本、神明或祖公图像、其他各类手抄本等；其次是指记录一定区域内人们的衣食住行、生产劳动、信仰禁忌、节日和人生礼仪、口头传统等的文本、图片或影像作品，如旅行日记、风俗纪闻、民俗志、老照片等。』参见王霄冰：《海外藏珍稀民俗文献与文物资料研究的构想与思路》，载《学术研究》2018 年第 7 期，第 145—146 页。

②王霄冰：《海外藏珍稀民俗文献与文物资料研究的构想与思路》，载《学术研究》2018 年第 7 期，第 145 页。

③参见［日］泽田瑞穗：《佛教と中国文学》，国书刊行会，1975 年；李庆：《日本汉学史》第三部《转折和发展（1945—1971）》（修订本），上海人民出版社，2016 年，第 2 版，第 576 页；郭玲玲：《日本泰山研究的经典之作——泽田瑞穗〈中国泰山〉述评》，载《泰山学院学报》2020 年第 1 期，第 39 页。

④施爱东：《学术行业生态志：以中国现代民俗学为例》，载《清华大学学报（哲学社会科学版）》2010 年第 2 期，第 7 页。

⑤车锡伦：《中国宝卷研究》，广西师范大学出版社，2009 年，第 1 页。

⑥顾颉刚：《苏州近代乐歌》，见顾颉刚著，王煦华编：《孟姜女故事研究及其他》，商务印书馆，2017 年，第 235—238 页。

⑦郑振铎：《佛曲叙录》，载《小说月报》1927 年第 17 卷号外《中国文学研究》，第 739—756 页。

⑧傅惜华：《宝卷总录》，巴黎大学北京汉学研究所，1951 年；胡士莹编：《弹词宝卷书目》，古典文学出版社，1957 年；李世瑜编：《宝卷综录》，中华书局，1961 年；车锡伦编著：《中国宝卷总目》，『中央研究院』中国文哲研究所筹备处，1998 年；车锡伦编著：《中国宝卷总目》，北京燕山出版社，2000 年；等等。

⑨张希舜、高可、宋军等主编：《宝卷初集》，山西人民出版社，1994 年；王见川、林万传主编：《明清民间宗教经卷文献》，新文丰出版股份有限公司，1999 年；王见川、车锡伦、宋军等主编：《明清民间宗教经卷文献续编》，新文丰出版股份有限公司，2006 年；濮文起主编：《民间宝卷》，黄山书社，2005 年；车锡伦主编，钱铁民分卷主编：《中国民间宝卷文献集成·江苏无锡卷》，

商务印书馆，2014年；马西沙主编：《中华珍本宝卷》第1辑，社会科学文献出版社，2012年；马西沙主编：《中华珍本宝卷》第2辑，社会科学文献出版社，2014年；马西沙主编：《中华珍本宝卷》第3辑，社会科学文献出版社，2015年；等等。篇幅所限，不一一列举。

⑩ 车锡伦：《『非遗』民间宝卷的范围和宝卷的『秘本』发掘出版等问题——影印〈常州宝卷〉序》，载《河南教育学院学报（哲学社会科学版）》2011年第1期，第9—13页；刘永红：《青海宝卷研究》，中国社会科学出版社，2013年；等等。

⑪ ［日］泽田瑞穗：《增补宝卷の研究》，国书刊行会，1975年；［美］欧大年：《宝卷——十六至十七世纪中国宗教经卷导论》，马睿译，中央编译出版社，2012年；李世瑜：《宝卷论集》，兰台出版社，2007年；车锡伦：《中国宝卷研究》，广西师范大学出版社，2009年；等等。

⑫ 濮文起：《宝卷学发凡》，载《天津社会科学》1999年第2期，第81页。

⑬ 苗怀明：《说唱文学文献学述略》，中国社会科学出版社，2021年，第5页。

⑭ 黄仕忠：《日本所藏中国戏曲文献研究》，高等教育出版社，2011年，第83页。

⑮ ［日］泽田瑞穗：《宝卷の研究：总说・提要》，采华书林刊，1963年。

⑯ 黄育楩原著，［日］泽田瑞穗校注：《校注〈破邪详辩〉——中国民间宗教结社研究资料》，道教刊行会，1972年。

⑰ 范夏苇：《日本学者泽田瑞穗的宝卷研究》，载《汉籍与汉学》2022年第1辑，第135—145页。

⑱ ［日］吉冈义丰：《中国民间宗教概说》，余万居译，华宇出版社，1985年，第157页。

⑲ 日本有一种被称为『人形净琉璃』的木偶戏，包含多种分支，车人形是其中之一。车是加了轮子的小板凳，人形是指木偶、傀儡，其只需要一人手脚并用便能灵活操纵。参见谢天晓：《扎根于民间的日本木偶剧『车人形』》，载《民艺》2018年第2期，第112—120页。

⑳ 今为日本大正大学。

㉑ 以上参见［日］泽田瑞穗：《枕簟自语》，见［日］泽田瑞穗：《泽田瑞穗教授还历记念　中国文史论丛》，天理大学学术研究会，1973年，第11—14页。

㉒ 桃生翠（笔名）编译：《花の寺：凌叔华女士短篇集》，伊藤书店，1940年。

㉓［日］泽田瑞穗：《枕簟自语》，见［日］泽田瑞穗：《泽田瑞穗教授还历记念　中国文史论丛》，天理大学学术研究会，1973年，第15页。

㉔ 李殿臣，字文颖，河北冀县人。受业于宝文书局刘善伯，1934年在隆福寺街路北26号文渊阁书店担任经理之一。20世纪80年代去世。参见王玉甫：《隆福春秋》，中国社会出版社，1995年，第123—124页。

㉕ 阎吉和，字致中，河北冀县南漳淮人。1943年在北京宣武门内大街抄手胡同口外路西开设致雅堂书店。阎吉和日常为大学图书馆或专家送书。参见常树一粟：《冀县在京古旧书业琐记》，见河北省出版史志编辑部：《河北出版史志资料选辑》第7辑，河北省出版史志编辑部，1990年，第135页；孙殿起：《琉璃厂小志》，上海书店出版社，2011年，第105页。

㉖［日］泽田瑞穗：《枕簟自语》，见［日］泽田瑞穗：《泽田瑞穗教授还历记念　中国文史论丛》，天理大学学术研究会，1973年，第15页。

㉗［日］泽田瑞穗：《旧版导言》，见［日］泽田瑞穗：《增补宝卷の研究》，国书刊行会，1975年。

㉘［日］泽田瑞穗：《北京往日抄》，见［日］泽田瑞穗：《芭蕉扇——中国岁时风物记》，株式会社平河出版社，1984年，第338—375页。

㉙［日］泽田瑞穗：《旧版导言》，见［日］泽田瑞穗：《增补宝卷の研究》，国书刊行会，1975年。

㉚［日］泽田瑞穗：《枕簟自语》，见［日］泽田瑞穗：《泽田瑞穗教授还历记念　中国文史论丛》，天理大学学术研究会，1973年，第15—17页。

㉛［日］泽田瑞穗：《中国の文学》，学徒援护会，1948年。

㉜［日］泽田瑞穗：《佛教と中国文学》，国书刊行会，1975年；李庆：《日本汉学史》第三部《转折和发展（1945—1971）》（修订本），上海人民出版社，2016年，第2版，第576页；郭玲玲：《日本泰山研究的经典之作——泽田瑞穗〈中国泰山〉述评》，载《泰山学院学报》2020年第1期，第39页。

㉝平成元年（1989年）早稻田大学接受这些赠予，参考https://www.waseda.jp/library/collections/special-collections；早稻田大学图书馆编：《早稻田大学图书馆文库目录》第17辑《风陵文库目录》，凸版印刷株式会社，1999年；郭玲玲：《日本泰山研究的经典之作——泽田瑞穗〈中国泰山〉述评》，载《泰山学院学报》2020年第1期，第39页。

㉞早稻田大学图书馆编：《早稻田大学图书馆文库目录》第17辑《风陵文库目录》，凸版印刷株式会社，1999年。

㉟车锡伦：《中国宝卷文献的几个问题（代前言）》，见车锡伦编著：《中国宝卷总目》，『中央研究院』中国文哲研究所筹备处，1998年，第6页。

㊱车锡伦：《中国宝卷研究论集》，学海出版社，1997年，第237—239页。

㊲车锡伦：《中国宝卷研究论集》，学海出版社，1997年，第244页。

㊳马西沙主编的《中华珍本宝卷》共3辑，每辑10册，由社会科学文献出版社分别于2012年、2014年和2015年出版，包括《虎眼禅师遗留唱经》（第1辑第4册）、《护国威灵西王母宝卷》（第1辑第5册）、《圆通白衣集福宝忏》（第2辑第13册）、《太上老子清静科仪》（第2辑第14册）、《巍巍不动太山深根结果经会解》（第3辑第25册）和《正信除疑无修证自在经会解》（第3辑第25册）。

㊴车锡伦编著：《中国宝卷总目》，北京燕山出版社，2000年。

㊵［日］泽田瑞穗：《增补宝卷の研究》，国书刊行会，1975年，第212—262页。

㊶关于扶鸾宝卷，参考本书附录《泽田瑞穗藏扶鸾宝卷研究》一文。

㊷［日］泽田瑞穗：《增补宝卷の研究》，国书刊行会，1975年，第41—42页。

㊸杨慧：《风陵文库目录与泽田瑞穗的戏曲收藏》，载《兰台世界》2017年第13期，第115页。

目录

麻姑菩萨宝传　一卷

线装，刻本，一册，长二十三厘米。检索号：文库19　F0399 0061。每面八行，行二十一字。白口，单黑鱼尾，四周双边。宣统三年（1911年）正月重刊。封面题『麻姑菩萨宝传』，封二题『中一老人鉴定　麻姑菩萨宝卷　大清宣统三年岁次辛亥正月李正旺捐资重镌』，卷首题『麻姑菩萨宝卷』，版心题『麻姑菩萨宝卷』。卷后列举捐钱刻书的善士数人。

内容：

序言介绍该书是直隶省宣化府万全县张家口李正旺为追思先亡父母宗亲而捐资重刊。唐辉宗年间，四川省都平州金花县侯家庄员外侯果和妻子张氏年到四旬，只有一女真定。真定生来聪明好善，十二岁时，家中供奉金仙圣母、无生老母、观音大士，她白天焚香叩首，夜晚参禅打坐。真定常见生老病死，渴望明师点拨。真定十五岁时梦见神仙指点，说河南济源县玉阳山东有古庙白鹤堂，皇姑玉阳公主在那里修行，可去拜师。于是，真定拜别父母，决意前去拜师修行，侯员外想阻止她，但无果。侯员外送真定到半路后返回，真定迷路。王母娘娘化身书生诱惑她，真定投崖，王母娘娘救之。皇姑玉阳公主收留真定，真定每日听讲经说法。

真定受命下山种麻，以解决寺庙粮食不足的问题。碰上大旱，真定挑水灌溉，有一天碰到前来看女儿的侯员外。侯员外看真定辛苦，劝她回家。真定不肯，将从皇姑那里得到的仙桃给了父亲。张氏吃了仙桃怀孕，侯员外祈祷若生子，酬谢诸神。后张氏生子，侯员外六十得子，遂焚香答谢神灵，许诺若孩子长大成人，他愿意吃长斋日念经文。孩子取名王桃。

二十余年后，王母娘娘化身贫婆点化真定，给了真定一卷丹经，传金丹口诀，叮嘱其要加功进步，苦心修炼，还得百日功成果满，然后上天。真定转告皇姑，皇姑将丹经展开观看，该经讲的乃是养性的根源。真定突然七窍大通。

皇姑给真定十两银子，让她回家给父母送丧，然后返回。真定将弟弟托付给二舅为女婿，回来后被师父送道号『麻仙姑』。玉阳公主奏请辉宗批准，重修玉阳万寿宫并天坛顶三宫八观九庵，又举行了七天七夜的大醮，感动了王母娘娘。王母娘娘奏玉皇大帝，侯员外夫妇超凡入圣，各归天宫。

该宝卷散韵结合，韵文多为五言、七言、十言。

补记：

《中国宝卷总目》记录了包含泽田藏宝卷在内的一个版本。①潘婕在其硕士学位论文中认为该宝卷情节跌宕起伏，心理活动刻画细腻，具有较高的文学价值。②而从内容来看，该宝卷讲述了一个凡人成圣的故事，也是一部体现世俗孝道观与民间教派孝道观之差异的作品。

注

① 车锡伦编著：《中国宝卷总目》，北京燕山出版社，2000年，第183页。

② 潘婕：《明清麻仙姑形象研究》，扬州大学硕士学位论文，2022年，第34—35页。

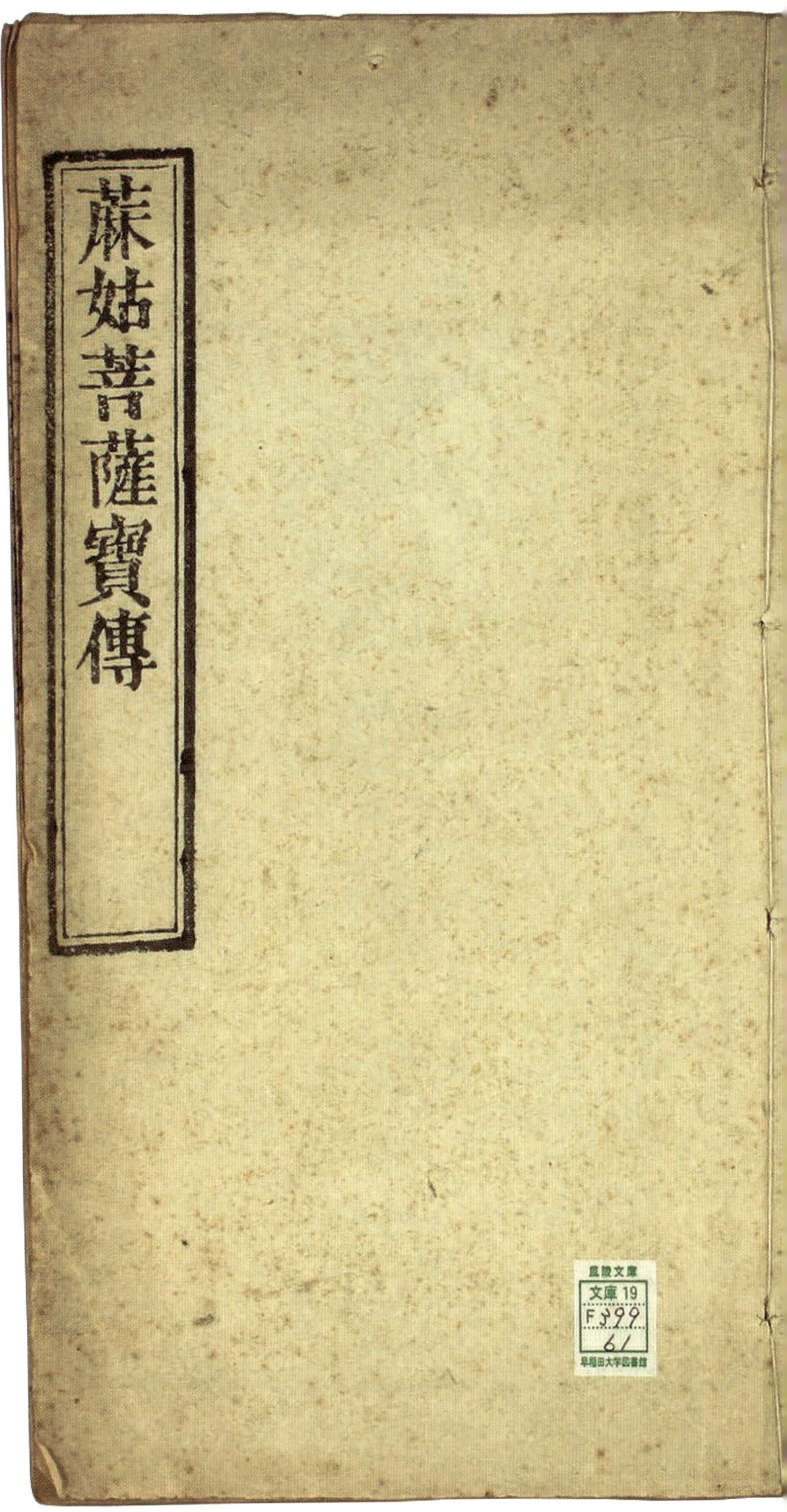

蘇姑菩薩寶傳
風陵文庫
文庫 19
F399
61
早稲田大学図書館

中一老人鑒定

蔴姑菩薩寶卷

大清宣統三年歲次辛亥正月李正旺捐貲重鐫

蔴姑寶傳

張家口善士茂林公李正旺者諸惡不作衆善奉行孝心誠篤欲思先亡父母宗親高超三界永享極樂清福忽遇黃梅五祖傳蔴姑傳五女傳十告靈文九陽關五書敬閱追思正合心意大有益於先亡宗親也與余相商樂捐貲重刊行世夫此五種書傳世原爲救度世人引誘向善改惡積功培德克巳復禮成就十全好人感格 天心默蔭至人相遇指示厥性復初天仙大道依

法修成丈六金身在儒爲聖在釋爲佛在道爲天尊則
以慰遺留書之心願也矣但遇此書皆是三生有幸如
依書究追細微身體力行尋訪高明至人自然得遇指
授自性彌陀真正如來自巳古佛一尊方不枉投東一
轉得爲人身一世者也亦了捐貲重刊刷印之願心也
特此企盼厚望之至禱如是記數語緣起重刊之意云
耳
皇清宣統三年端陽節吉日青陽山人易南子拜記

蘇姑菩薩寶卷

青陽山人易南子拜閱

中一老人鑒定　茂林山人李正旺捐貲重鐫

詩　法鼓通三界　金鐘震十方

曰　仙人登寶坐　演卷免災殃

妙道大藏經中　選出一段因果　乃是蘇姑　修行寶卷　出在大唐輝宗　駕坐大國長安　有四川省都平州　金花縣候家庄　出了一家員外　姓候名

果字本元　娶妻張氏　年至四旬身之無子　所生
一女乳名眞定　小姐生來聰明　自幼好善　年長
一十二歲　家中供奉　金仙聖母　無生老母　觀
音大士　白晝焚香叩首　黑夜叅禪打坐　不覺年
長一十五歲　常見生老病死苦有心入山盼道　躲
離生死　不知明師何處　小姐終日憂愁　一日夜
眠　小房夢見一位媽媽　手持黎杖　走到床前問
曰　小姐何不投師　小姐應道　有心拜師　不知

何處所有　媽媽說　河南濟源縣　有一玉陽山

西連秦嶺　北靠金爐　東有一古廟　名叫白鶴堂

長安玉陽公主　在此那裡修身　此人本領較大

你若拜他爲師　大道可得　言畢飄然而去　眞

定夢醒　方知神人點化　次日來到上房　將夢中

之事　說了一遍　辭别一雙父母　要奔玉陽修行

詩　一日在世一日憂　疼兒心腸幾時休

曰　眞定雖說脫身話　二老豈肯放金鈎

候眞定來到了上房以內　拜過了爹合娘二老雙親
兒有心到那裏修行悟道　尊過我父母命纔敢起身
候員外叫一聲眞定孩兒　聽我把前輩古說來你听
昔日裡有一個高才賢女　括乾海尋父骨葬埋墳塋
感動了太白星臨凡下世　次後來到如今天下馳名
又一個焦花女哭麥行孝　衛南華去平水與父爭功
想前輩俱都是盡忠盡孝　誰像我養女兒要入山中
況且你女流輩單身獨自　入深山歸曠野怎去修行

勸我兒在家中侍奉二老　强是你入深山盼道一生
候婦人聽言罷吊下痛泪　叫一聲眞定兒你好絶情
我二老年高邁身傍無子　單生你眞定兒孤女花童
指望你成人大堂前盡孝　到後來把二老殯葬墳塋
你如今去修行徉徜要走　撇下你爹合娘誰人應承
况且說夢中事豈可憑信　那是你心頭想杳杳冥冥
自古來修仙人無千帶萬　到如今有幾個不老長生
兒自幼在娘前串來過去　怎捨你離家鄉千里遠行

勸我兒你早些回頭轉意　你莫要信邪說跳入火坑
那眞定說到、爹娘勸孩兒　盡孝得名固是正理、
只說一日閻王要命、何處去躲、誰人可替

詩　光陰似箭催少年　爭名奪利枉徒勞
曰　迷人只等無常到　想要回頭難上難

候眞定叫爹娘不必苦勸　孩兒把前輩古說來你聽
有一個黃花女成仙了道　辭父母入深山盼道修行
曹仙姑毛仙女皆爲生死　那一個戀家緣能爲仙童

趕早兒不尋個躲身之處　臨危時無常到想躲不能
老爹娘開牢籠還則罷了　若不肯你孩兒懸樑喪生
話說員外叫道、婦人你看孩兒眞心修行、你我若是強留倘生變故、如何是好、不如叫他修行去罷、想是你我命該如此、婦人聞言沉音半晌、說女兒既然要去、我二老難以強留、我的兒身高歲大、路上怎麼行走、且自回房安歇、到明天叫你爹爹送你前去、我兒意下如何、小姐聞言回繡房去了、

詩　真定聽說回房去　点起燈來整行裝

曰　東方未明他先起　更換衣衫到上房

候真定望父母雙膝跪下　拜過了爹合娘養育之恩

懐抱兒三年整移乾就濕　撫養我十五歲萬苦千辛

也只說兒長大堂前行孝　全不量半路上閃了娘身

勸爹娘你不必傷心吊泪　兒是個裙釵女浮萍無根

掐指算兒今年一十五歲　不修行在咱家還住几春

自古道養女兒盧花一朵　怎比得拜孝男傳嗣後人

只要我二爹娘多行好事　老天爺他不絶善人兒孫
倘若是得一子堂前盡孝　你的兒去修行也不憂心
見倘若功果滿成仙得道　候家庄來度我二老雙親
那時節一家人團圓聚會　靜樂宮享清福萬載長春

詩　左右不離在娘前　一去修行永不還
曰　漫說婦女心腸窄　就是男子也泪懸

候婦人聽言罷傷心吊淚　好似那提鋼刀來刺娘心
非容易恩養兒一十五歲　也不知費爲娘多少精神

平日裡在家中一日不見　娘如同失吊了萬兩黃金
此一去生活死未可立定　想見我眞定兒那裡去尋
倘若是到那裡投師得道　寫一封平安書稍回家門
娘知道我的兒修行何處　叫你家老爹爹睄着你身
將你的破衣服多帶幾件　防備着深山內少線缺針
候婦人說不盡母女恩愛　候員外在一旁吊泪傷心
候眞定叩頭起往外所走　候婦人眼含淚送出柴門
候眞定將行走回頭望母　嘆壞了他的娘年邁婦人

詩　流泪眼觀流泪眼　斷腸人送斷腸人

曰　一去玉陽路千里　何時探母歸故郡

侯眞定只在那頭前所走　後跟着侯員外白髮老翁
父女們出離了金花縣內　侯員外叫女兒不知路徑
侯眞定在路上望空祝告　飛來對白蝴蝶引路前行
有心把路上事一一細講　眞乃是萬里道山水無窮
不如咱省點事少說几句　咱將那大概處畧叙幾宗
父女們只來到渭水河上　侯員外把女兒叫了一聲

父女二人在渭水河上、員外便叫一聲、女兒你看那樹上是什麼東西、小姐抬頭一看、說爹爹原是幾雙烏鵲員外說道、因何老鵲穩坐、小鵲打食、小姐說爹爹豈知烏鴉有反哺之義、員外說旣知烏鴉有反哺之義、我二老若大年紀、你還要入山修行、麼眞定聞言、低頭不語、直往前走

詩　員外一陣暗傷情　路上解勸女花童

曰　眞定立心去聆道　好是耳傍吹來風

侯員外在路上好言解勸　小女兒他只當耳傍吹風
父女們過去了渭水河岸　東北角太華山只在望中
有一道黃河岸方纔過去　出離了潼關口又望正東
走了些高山嶺不知名號　過許多長流水記他不清
自幼兒坐繡樓習學針線　那曉得這外邊許多地名
夜晚間宿在了神堂古廟　白日裡與爹爹作伴同行
起身時百花開楊柳發綠　到如今白露降遍地秋風
只走了五六月未停一日　金花縣撇在了萬里雲濛

把一條新羅裙磨去半截　也不知紅綉鞋几次重更
父女們入在了濟源郊界　果然間好風光人傑地靈
見一座天壇山高大峻秀　過去了王屋鎮又到辛城
往前走又閃出大山一座　也不知他叫做甚麼地名
父女們孤恓恓正往前走　猛然間黑黎虎攔住路徑
要知道他父女遇虎何處　就在那虎腰下虎嶺村東

詩曰　父女正往前行走　㤞然猛虎現出形
　　　真定秦嶺迷了路　王母點化現村庄

話說他父女行至秦嶺山下正往前走面前攛出一隻猛虎眼如燈光口晒血盆順撲道路而來員外一見魂飛天外魄散九霄嚇得沉昏在地那真定慌忙走了几步言說山神山神奴乃侯真定那是我家爹爹送我王陽修行偶遇猛虎阻路寧可將我傷害莫可傷我家爹爹真定祝告已畢只見猛虎伸腰擺尾往山中去了小姐急忙上前扯住他家爹爹便叫爹爹醒來猛虎去了孩兒在此員外睜眼一看果然猛虎不見嗟嘆一聲說

見呀你看山中猛虎交串虫蛇極多怎麼在此修行不如隨老父回家去罷眞定說爹〻害怕你就回去代孩兒獨自前去員外說二人且不敢行走一人怎敢盼路眞定說孩兒若還害怕就不敢來修行既來修行就不害怕兒意已定不必多勸爹〻回去見了我家母親就說孩兒死在虎口叫他斷心割腸再不必思念與我員外聞言兩眼落淚說女兒當眞不回去了眞定說孩兒既然出門夫不回家員外說你捨得老父老父怎捨得

你真定說爹爹不必悲痛孩兒修行不死還要回家探望與你

詩　員外聽說斷肝腸　恨心女兒不還鄉
曰　孤身獨行歸家去　路上常懸泪雨行

侯員外無奈何回家去了　侯真定止不住兩泪汾汾
出門來父女們同行作伴　至如今孤恓恓轉回家門
離家鄉路千里山川阻隔　何日裡老爹爹纔回故郡
侯真定在路上哭啼多會　拿死心奔玉陽展去泪漣

往前走不曉得東西南北　濶坡上長荒草路途不分

四下望盡都是怪石古木　那有箇人居住一庄半村

耳傍邊只聽得猴啼虎叫　老天爺偏奏巧細雨汾汾

眼看七四山晦紅日西墜　今夜晚奴可到那裡安身

且不說倈小姐山中迷路　再說那西瑤池金母元尊

詩　香烟杳杳寶扇開　金童玉女兩邊排

曰　金鍾一响天地動　王母早坐聚仙台

話說王母娘娘早坐法合金童报到倈眞定山中有難

王母聞言大發慈悲駕起祥雲來在秦嶺山下望空出氣一口化作荒庄一座清風幽雅隱了真形變一婦人坐在門首等侯真定到此這也莫提且說真定入到秦嶺山內見林梛較大天色已晚好不怕殺人也

詩曰　真定獨行到深山　孤踪寂寞少人緣

漫說婦女心驚怕　就是男子也胆寒

侯真定迷了路仰天啼哭　走過了多半晌末見一人

往前走尋不着陽關大道　俱都是乱石坡荒草荆針

踏頑石歪破了綉鞋数對　過荆針掛壞了百幅羅裙
口咬着青絲髮串架掛葛　金蓮破並不知十指連心
渾身上出慌汗如同水洗　紅羅襖不顧扣手提衣襟
老爹爹在路上焉能知道　我的娘在家中怎得知聞
忽拉匕踏翻了頑石一塊　不登匕搶壞了粉面珠唇
西王母你不是將我點化　分明是把奴命送到山林
侯真定正着忙抬頭觀看　只見那嶺後边冒起烟雲
想必是那山後有人居住　不覺得把愁腸去了几分

登山望果然有茅菴幾座　好似那小嬰兒見了娘親
觀青山並綠水白雲環遶　栽幾科桃梨樹四季長春
籬邊菊初開放幽香可愛　看家狗如猛虎不咬驚人
門外邊坐一位白髮媽媽　賽過了西天上金母元尊
侯眞定忙上前端肅下拜　老媽媽忙還禮動問一聲

話說眞定來到荒庄以上、望見老母、深深下拜、媽媽問其原音、眞定從頭至尾說了一遍、媽媽荒忙站起、請到草堂飲食厚待眞定、用畢茶飯說道、請問媽媽高名上姓異日得地好來報恩媽媽說老身姓王小姐說素不識面如此討擾難報媽媽之恩眞乃令人割肉難忘媽七說有心與你多叙多叙小姐是行路之人身上伐困枕被掮設停當小姐安歇明早再來叙話眞定說媽媽請回

詩　媽媽說罷徉徜去　喜壞眞定女娥媓

曰　設若玉陽得了道　要度媽媽上天堂

侯眞定在草堂心中暗想　誇不盡老媽七待人有情

黑夜間收留我飲食厚待　兩鬢白倚與我捕床送燈

到後來我若是成仙得道　寶庄上來度他同赴天堂

侯真定念不盡媽媽好意　西王母出草堂又顯神童

話說王母娘出離草堂心中暗想真定雖來修行凡心還不知退與不退不免化一個白面書生將他淫戲一把看他動靜如何

西王母顯神童搖身變化　變一位美男子白面書生

委花面如浮粉風流俊俏　十指尖如玉笋溫柔齊整

帶一頂小儒巾飄帶兩根　穿一身翠藍衫目秀眉清
悄密密踮在了草堂門外　雙手而叩柴門暗叫連聲
侯眞定將就寢銀燈未息　猛聽得柴門外有人所行
想必是老媽媽又來敘話　急忙忙整衣衫出門去迎
用手而開開了柴門兩扇　走進來一少年白面書生
侯眞定見書生魂飛天外　𡙡花面代怒氣問了一聲

話說眞定方欲就寢、忽聽門外有人叩門、當是媽媽又來敘話、慌忙開門去迎、原是一位少年書生眞定一見勃然變色說道奴乃行路之女媽媽留俺在此相公來到為何書生應道我見小姐獨坐草堂小生特來作伴眞定聞言冲冲大怒看你的儒冠儒服必是讀書之人豈不聞長幼有序男女有別何敢如此無禮書生應道天地絪緼萬物化生男女居室人之大倫小姐何云無禮眞定說相公所言乃俗家之事奴是出家之人修行伴道相公胡談

詩　眞定說出修行話　書生趂勢用巧言

曰　自古男女皆婚配　那箇神仙不私凡

那書生講說罷滿心歡喜　說起來修行事正合吾心
自幼兒不貪那功名富貴　居林泉十數載養性修眞
請小姐隨吾到蓮花洞內　結一對鸞鳳交同看經文
白日裡坐蒲團聯肩論道　黑夜間臥石床共枕談心
天生就並頭蓮神仙兩個　千里外來相會結成婚姻
好比就秦樓女吹簫換玉　連理枝棲雙鳳徹夜長春

詩　小姐聞言怒氣冲　毀罵無端小狂生

曰　混亂乾坤羅綱滅　不尊王法敢胡行

侯眞定听此言冲冲大怒　好一個無羞恥強暴凶人
唐王爺有道君長安正坐　作禮樂明政刑鎭壓乾坤
聞聽說濟源縣中華地界　難道說無王法地暗天昏
你若是出茅菴還則罷了　如不出我就要喊叫四鄰

詩　書生微微笑　小姐講話差
曰　山高皇帝遠　那個知王法

那書生聽言罷微〻冷笑　那些話只可嚇三歲頑童

這周圍数十里無人居住　總然間你喊叫那箇能聽
今夜晚宿在我荒庄以上　好相似天邊鳥自入牢籠
你總有凌雲翅飛走不脫　勸小姐不如你早做人情

詩　小姐一陣暗傷情　千山萬水來修行
曰　只說跳出苦海外　誰料陷入是非坑

候真定在茅菴左思右想　這一會道叫我無計可生
他若是草堂內強行無禮　壞了我修行事料也不成
正作難忽想起一條妙計　今夜晚我須要就計而行

侯小姐當時聞將話改變　回言來說於那少年書生
既然聞叫我去頭前領路　奴隨你蓮花洞同去修行
那書生聞此言徉徜就走　侯眞定出草堂拐了路徑
話說眞定小姐出離草堂月光底下用目觀看只見庄外林椰甚大轉身往岐山而逃前行不過大半里又遇深崖攔路、回頭就走只見書生後邊緊〻追到方欲遮身林下、那書生一言叫道小姐不必隱藏我生早已望見了眞定無奈何坐在崖前相公說小姐走頭無路可

該從下親事貞定說在從死在這裡斷無從親之說書生說小姐可識人勸貞定說爲人豈不識勸書生說小姐穩坐听我道來

白日裡在深山孤恓難過　到晚間卧草堂冷淡傷情
穿一身破道袍少衣無袖　吞几口野菜根且把饑充
上無父中無夫下無兒女　誰是你知心人將你心疼
勸小姐你若要隨我前去　配一對好夫妻快樂無窮
冬煖閣夏紗帳呼奴喚婢　朝食肉暮飲酒自在受榮

羅幃帳貪頑耍魚水交會　繡桃上歌曲唱鳳和鸞鳴
夫婦們說几句知心好話　總然間受飢寒心也安寧
看小姐你是個聰明伶俐　這件事爲甚麽這樣懞懂
侯小姐听說罷心中大怒　好一個無羞恥村外狂生
你總有蘇秦口張儀說法　想亂我修行事萬々不能
那書生听說罷雙目齊皺　太和氣話一轉霹靂雷霆
好言語說過了千々萬々　小奴才執死方只是不從
男共女都有個三回九轉　從未見這樣人捶打不明

那有這閒工夫與你細講　學一個楚霸王強上硬弓
將腰中青絲帶用手觧下　拴你到蓮花洞要把親成
侯眞定見方像有些不好　打一個轉身而投崖喪生

詩　悠悠明崖萬丈深　俱是破石合荆針
曰　漫說眞定是女子　就是鐵人難見魂

侯眞定尋無常投崖喪命　慌壞了西王母忙救善人
雲頭上將袍袖望空一擺　霎時間提到了玉陽山根
侯眞定在空中昏迷不醒　魂靈兒悠蕩匕如見閻君

好似那桂花飄輕輕落地　並不知跌着他一毫半分
昏沉沉多半晌心中伶俐　睁開了流淚眼好不驚心
昨夜晚荒庄上投崖一死　爲那問我如今獨坐埃塵
想必是彼一時神人點化　那一個小書生不是凡人
侯小姐望空中深深下拜　拜過了衆神靈點化奴身

話說侯貞定投崖一死，多虧神人相救，將他提到玉陽山根，醒來方知神人得救，謝神已畢，又往前走，正在驚疑之處，思念之間，忽見翠柏青松，圍繞綠水長流，上前

觀看有一洞府門上有字上寫着清淨自在神仙府逍
遥快樂羽士家又寫白鶴堂三字正然觀看又見朱紅
門大開出來一個女童眞定問道此處何人居住女童
應道唐王玉陽公主在此修行眞定聞言喜出望外果
應此夢隨定女童同到白鶴堂見了皇姑躬身下拜皇
姑命坐一傍問其來音眞定說仙師尊坐听弟子道來
侯眞定望仙師端肅頓拜　聽弟子把出家稟告師尊
家住在四川省都平州內　金花縣侯家庄有我家門

父姓侯字本元母名張氏　單生奴名真定愛如千金
年長着十二歲看經好善　俺家中供養着金母元尊
白日裡念真經聲七不斷　到晚間參禪坐無改善心
忽然間我想起生老病死　那一個脫苦海長在紅塵
那夜晚在夢中神人點化　他叫我玉陽山投拜師尊
因此上棄故里前來相訪　望仙姑收留我受教仙門

話說真定小姐將家緣居住訴了一遍皇姑說千里來投那有不收之理只是廟中稻粱短少不能顧盼小姐

向別處投師去罷眞定說千里來投如同飢人望食一般若不收留只是一死而已說罷滿眼落淚悲哀不止皇姑沉音半晌言說罷了小姐既然不肯前去暫且收下再作商議眞定聞言如此師尊在上容弟子下拜拜師已畢留在廟中每日講經說法這也不必細表一日皇姑早坐法台將眞定呌道廟中稻粱不多有心命你往山下種蔴你意下如何眞定說弟子尊命

詩　眞定拜師徉徜去　山下種蔴用苦工

曰　若非受盡苦中苦　怎得蘇姑萬古稱

侯眞定忙來到山下觀看　喜不尽好土壤肥潤可耕

每日裡來往走不暇食息　只做到日落西纔把工停

不多時種下了田蘇數畝　老天爺偏湊巧細雨淸風

雲霧收天色晴山下觀看　蘇苗而如水洗枝綠葉靑

終日裡在田間搞苗拔草　人人誇好蘇苗齊節肥豐

忽然間五六月天遭大旱　遍坰裡火光起賽過籠蒸

把蘇苗只旱得枝枯葉落　侯眞定乾掐手無計可生

倘若是把蔴苗尽都旱死　老師傅怪下罪我怎應承
無奈何担一付柏木大桶　嶺後邊去取水澆蔴用工
小路險金蓮小左傾右倒　水担重柳葉軟曲体彎弓
破肩掛研透了兩臂在外　將綉鞋俱湛壞雙足難行
緣紬褌穿不住引線補納　高低透露出來裝脚白綾
花容衰月光虧面似苦鬼　披着頭露着足不像人形
自幼而在綉樓養身惜體　十五歲未走過三里路程
至如今受這些無邊心苦　俺的娘在家中知必心疼

那眞定記在那玉陽山內　再明明張氏女思念花童

詩　侯眞定功成得道　度雙親同升天宮

曰　雖說是前受辛苦　到後來身享華榮

話說張氏、自從女兒修行去後終日思念晝夜啼哭、一日悶坐庭前、將員外一言說道咱家女兒修行三年有餘在無音信爲妻與他做下幾件衣服還有綉鞋幾對有心叫你、與他送到那裡瞧看女兒不知你意如何員外說像他不孝之人、你我何須提他、他道無有念咱之心你我那有憐他之意任他死活再莫要思念與他婦人聞言放聲痛哭苦〻哀告員外無奈收拾袍袱行裏奔往玉陽探望女兒路上行走不必細講半載光景來到濟源縣內玉陽山前話說那金仙聖母變化一個貧婆在此等候員外上前問道老大嫂我的女兒在此修行你可知道貧婆問道你女兒叫就何名員外說道乳名眞定貧婆又說你望西嶺看担水淩麻是也不是員外抬頭一看果然有一個女兒担了一付水桶從那裡

而來員外左一看右一看說道你是眞定女兒爲何這般光景眞定說道孩兒每日担水洗蔴不顧整理容顏所以折磨如此員外聞言滿眼落泪好個受苦女兒呀

詩　員外一見泪珠垂　我兒心下當自存
曰　修行之事從今止　更換衣衫隨父回

偯員外止不住兩眼落泪　哭一聲受辛苦女兒花童
想當初你不听爲父解勸　一心心要往那玉陽修行
就知道修行事無有好處　到如今身遭難果然災星

在家中坐繡樓呼奴喚婢　風不吹雨不洒整理花容
至如今還不如了鬟使女　在田間學耕種担水用工
黑如鉄面如柴鳩口鵠面　人不人鬼不鬼不像人形
我若是再遲來三朝五日　父女們大約是難得相逢
叫女兒你快將衣服更換　隨老父回家去自在受榮

話說眞定小姐、担水洨蘇、容貌損枯、不像人形、員外一見痛傷不止、我二老憂念你、在山中受苦、與你做了衣服几件、繡鞋幾雙、我今特來送望、兒將衣服繡鞋換了、隨老父回家去罷眞定說爹〻既來瞻望孩兒將衣服繡鞋撇下這山中少鍋鈌灶不能與爹〻造飯孩兒出廟時節師傅與我仙桃三個孩兒用了一個還有兩個爹〻食一個消飢解渴將那一個與我家母親捎回以表孩兒一點孝心欲待與爹〻多叙師傅知道見罪難當爹〻歇息一時回家去罷我還要担水淩蔴說罷担起水桶即往山後取水去了

詩　眞定說罷徉徜去　閃的員外孤零零

曰　無奈回家忍飢渴　用下仙桃如雲登

侯員外見真定徉徜去了　只閃的老員外獨坐流平

少不得下山坡放声痛哭　哭兩聲烈性女不回家中

走一步哭一聲自思自想　難道說爲嬌兒哭死不成

展去了腮邊淚即速大道　雖然走常回望難見花童

正行走猛覺得肚内饑渴　忽想起取仙桃只把饑充

侯員外將仙桃用到腹内　也不饑也不渴當時身輕

好也似鳥離籠飛天展翅　又好似太虛空風吹雲行

侯員外在途路且悲且喜　不幾日來到他四川都平
到家門老婦人忙來迎接　員外把玉陽事前後表明
話說員外、用了仙桃不多一時、來到家中、見了婦人、把
女兒淩蘇遺桃之事、一一說明、婦人聞言且喜且憂、員
外將仙桃取出、付與婦人、張氏將仙桃接在手中、用到
腹內、忽覺心安神胎、如有人道之感、遂即身懷有孕、婦
人便叫員外、我今身懷有孕、不知是男是女、員外听說、
望空祝告神靈、我若得一子接續宗支、酬謝諸神、光陰

似箭、日月如梭、不覺懷胎十月滿足、生下一個孩兒、婦人員外歡喜不盡、滿斗焚香、答謝神靈、

詩　張氏吃桃身懷孕　十月胎足降生男

曰　夫妻得兒心歡喜　廣生堂內答謝神

侯員外見小兒滿心歡喜　經堂中焚明香答報諸神

我年長六十歲得了一子　天保佑不絕我後代兒孫

倘若是小孩兒成人長大　我許下吃長齋日念經文

隨起名叫王桃六親知道　當時間鬧轟轟改換門庭

詩　員外心歡喜　得下小兒童
曰　親戚都來賀　有了人送終

話說員外、夫妻歡喜不盡、抱定孩兒行不離步、坐不離懷、合家歡喜、過着光景不提、又表眞定在此玉陽山修行、不覺光陰似箭、渡過黃河二十餘年、那金仙聖母親來、點化見他山下往上担水、甚是不便、隨化爲民間貧婆等候、眞定來到山下、貧婆說此處就有泉水、何不揭開、眞定便說、泉水那裡、貧婆說此地就是、那眞定上前揭開、果然是寶貧婆又說你日後不必担水、我傳你金丹口訣、你須要加功進步、苦心修煉、還得百日功成果滿、我來度你上天、說罷袖內取出丹經一卷付與眞定、貧婆書了、一道金光騰空去了、小姐拜畢、回到白鶴堂、說與師傅、皇姑將丹經展開觀看、乃是養性的根原、那公主與眞定、忝悟丹經、忽然七竅大通、忝透此理、

詩　眞定接書心歡喜　拜別老母謝師尊
曰　展開丹經從頭看　字字行行寫分明

上寫着頭一戒割私去慾　塵世事都斷了依戒奉行
第二戒只要你堅心守道　有進心無退念自然功成
第三戒除邪淫萬緣放下　晝夜間常打坐要下苦功
第四戒莫要貪虛花境界　只等得靈光智智慧聰明
第五戒鎖心猿牢拴意馬　迷却了生死路闖出四牲
到那時你修的功成果滿　離塵世超仙界跳出凡籠

詩　看畢一丹經　字字說分明
曰　参透其中理　人人得長生

話說公主雖然修行數載，未得親傳，今日方知此理。師徒二人依戒而行。又表公主取白銀十兩，便叫眞定：「這是銀子十兩，交付與你，卽該回家。你那一雙父母大限將到，送他黃金入櫃，卽時回來，再下苦功。」眞定聽說，辭別師傅，離了玉陽山，駕起五色祥雲，一時光景，來到家下。見他爹娘身得大病，臥床不起，來到床前。員外便問：「你是那裡師付？」眞定上前雙膝跪下，說道：「我是二十年前不孝眞定，回到家探望爹娘。」那員外听說女兒回家，免

強起來抱頭痛哭大放悲聲

詩　員外一見放悲聲　哭聲真定女花童

曰　正是久旱逢甘雨　好似他鄉遇故人

侯員外見女兒勉強起來　哭一聲我的兒今日回來

我只說與嬌兒不得相見　二十年不來家看望雙親

趁今日把親戚請到家內　將家財交付你再不憂心

把你的小兄弟你要寬待　我死後他是你貼己之人

今纔知養女兒盡忠盡孝　病好了與你尋的對良門

員外說事不好我今死去　婦人說娘兒們兩下離分
老兩口夜晚問一身死去　只落得兩手空去見閻君

詩　人死如灯滅　好似湯潑雪
曰　有心活一百　閻王不容說

話說真定姊妹二人將他父母入殮殯埋以後真定又見他兄弟年幼未曾婚配想了多會娘舅無子止有一女無婆家便叫二舅孩兒有件心事與舅舅謪議不知意下如何母舅言說你講我聽真定言說我爹娘撇下

許多產業無人照管、又撇王桃年幼、少爹無娘誰人憂慮、我想二舅跟前無子、只有一女、以孩兒之言、將我王桃兄弟、與你作一門婿、咱兩家親上做親、防備養老送終之人、一則二舅有靠、二則王桃有歸、三則家產有人照管、三全其事、二舅聽說隨即許親擇定良辰吉日將兄弟親事成就、辭別眾親、回到白鶴堂見了公主將家中之事說了一遍、公主言說、眞定你的功圓果滿、你不必淡麻、我今送你道號叫做麻仙姑、在此修行、咱功成果滿此話不提又表玉陽公主乃是唐暉宗皇帝女兒道號稱爲玉陽仙姑出家玉陽山前萬壽宮後到白鶴堂修行忽然一日觀看本宮樓台殿閣年深日久被風雨損壞無人修理奏準父王重修廟宇金塑神像聖旨下來即命孟州太守兼功將孟州王屋縣陽城縣曲陽縣四處錢粮不許觧進京俱係公主奉祿修宮使用公主領旨謝恩即喚能工匠人重修玉陽萬壽宮並天壇頂三宮八觀九庵不僅二載換然一新大功完畢又修

設黃緣經延大醮七日七夜感動西王母娘娘起奏玉皇上帝上帝即差王母領旨瞄落雲頭往下觀看只見雲霧靄靄瑞氣騰騰發水一洒員外夫婦超凡入聖各歸天宮

詩曰
王母領旨下天台　楊枝一洒離塵埃
真定仙體臨凡世　居家人等上天宮

西王母駕祥雲親來點化　度化他一家人早上天宮
侯員外老婦人騰空去了　撇家緣付嬌兒王桃兒童

這家緣交於了娘舅執管　兩家兒成就了親上做親
蘇仙姑得了道功成果滿　普天下人讚嘆眞定修行
功成就虎隱山龍歸蒼海　寶卷完功果滿各回天宮
今夜晚演一本蘇姑寶卷　勸天下男共女個個回心
有智人聽寶卷改惡向善　無智人聽寶卷耳邊過風
我二人再想要多說幾句　卷本上無了字記也不清

詩　七寶林中七寶台　寶蓮寶樹寶花開
曰　演罷寶卷言道德　三人舉步下瑤台

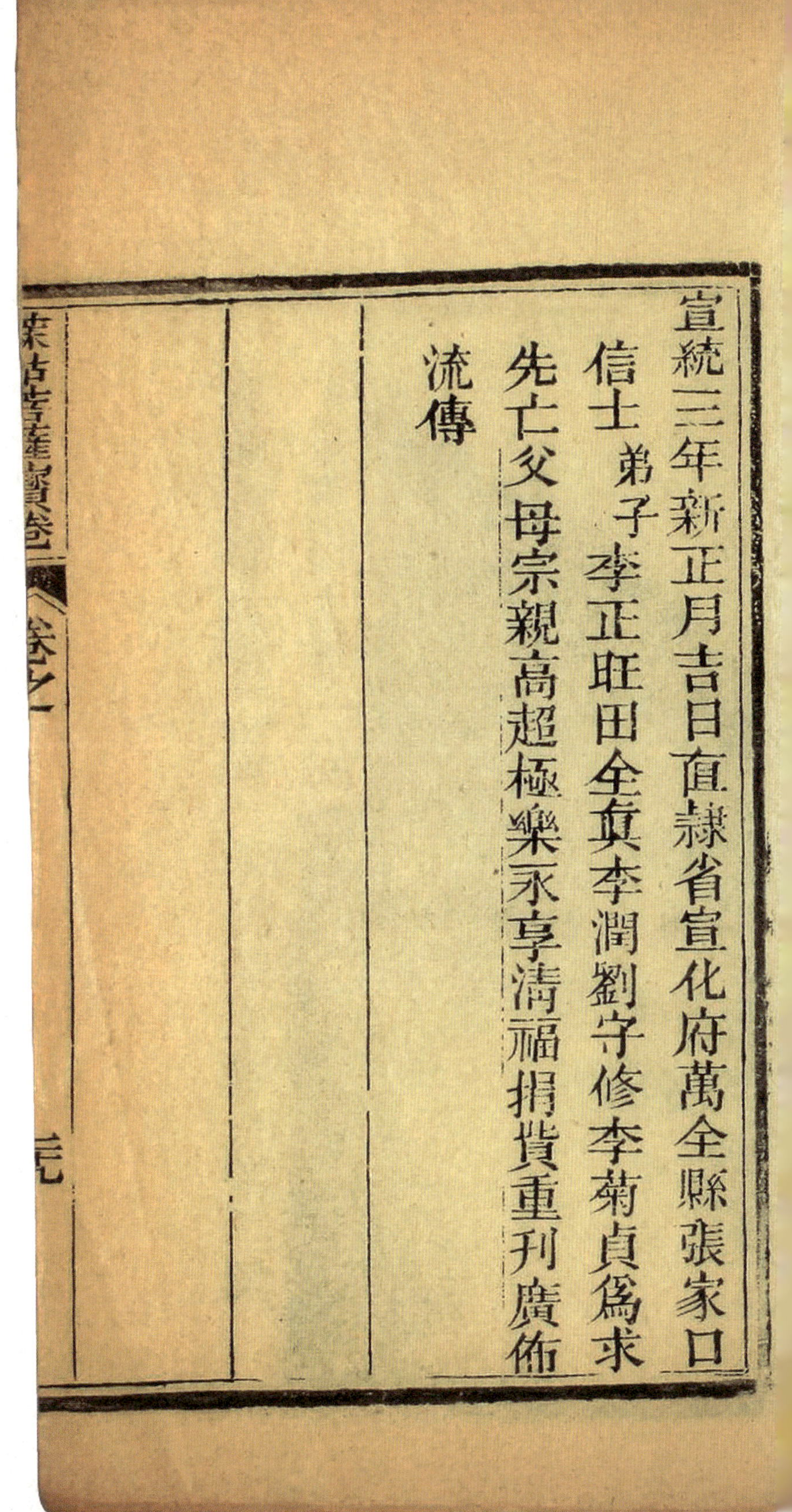

宣統三年新正月吉日直隸省宣化府萬全縣張家口

信士 弟子 李正旺田全貞李潤劉守修李菊貞爲求

先亡父母宗親高超極樂永享清福捐貲重刊廣佈

流傳

章福祥捐大洋二元

丁玉書捐大洋一元

三河縣劉崇正捐大洋二元

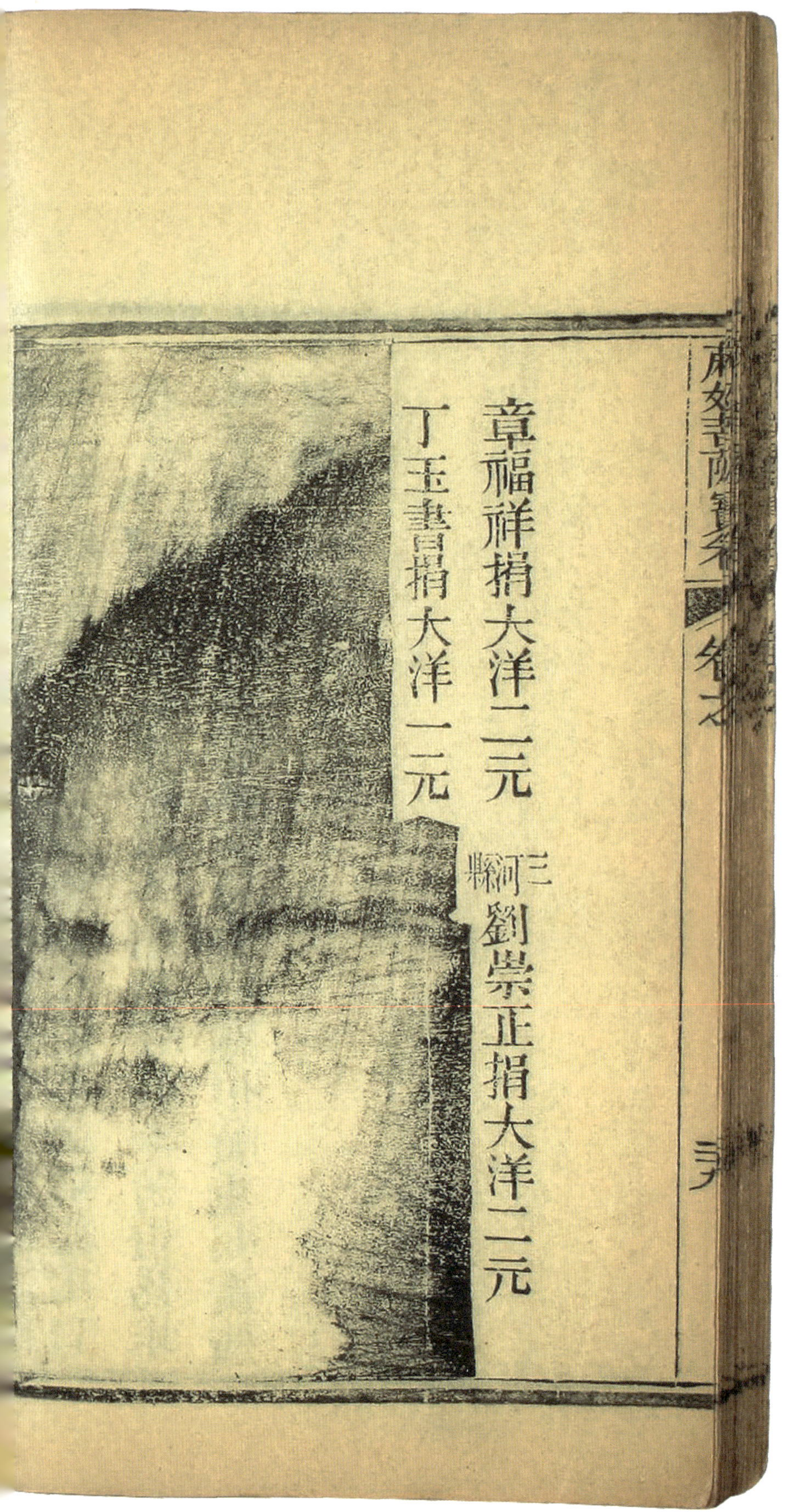

财神宝卷　一卷

线装，抄本，一册，长二十四厘米。检索号：文库 19　F0399 0075。每面七行，行十六字。道光四年（1824 年）录于乐善堂。封面题『财神』，扉页题『江流卷　邢文质记』，卷首题『财神宝卷』。

内容：

商末周初，朝歌城外南岭财主杜兴家财巨万，奴仆成群，妻子钱氏，两人四十岁没孩子。他们大发善心，初一十五斋和尚，初三廿七斋道人，日夜念佛拜道。三界符官奏闻上帝，上帝大喜，命殿前五位童子投胎转世为杜兴之子，以作为其行善的回报。童子不愿意，上帝保证他们下界后衣食无忧，诸事顺心，于是童子遵命下界。

钱氏怀孕，十四月后，正月初五子时，生碗大的肉团，用剑挑破后，五个婴儿落地，迎风而长，生得威风凛凛，相貌堂堂，分别取名金、银、财、宝、珍。他们七岁开始读书，一目十行，学富五车，文武双全，先生为他们分别取名乾、元、亨、利、贞。

五兄弟与父亲商量，想以后一个做官，一个做将军，三个做生意。父亲说，将、官、商都不如农家学种田。五兄弟就找工人五六十人，到南庄种苗五百亩。他们吩咐工人隔年不必种麦，来年二月中耕耖，三月下秧，四月栽种。但当年遭遇干旱，五兄弟就吩咐工人把青苗铲起，晒干后堆在仓场。五兄弟去城里，碰见有人卖炭，有数万担，只卖原价的三分之一。又有乌盆船卖火盆，每百个要价白银三钱半。他们都买了下来。秋天，因商王无道，天突降大雪三天三夜，寒冷难忍，但城内却无炭和火盆。五兄弟趁机大赚一笔。城里马受冷发瘟，要吃未秀苗柴才有救。杜家又大赚一笔。五兄弟将金银米麦舍与穷人，以济寒冷。五兄弟到朝歌游玩，有卖扇子的忧闷，因为夏天已过去了，家中又有事，他急着回去，现在只需原价的一半就出手。五兄弟买下了。到了十一月，忽生奇变，隆冬天气像六月，热得厉害。扇子五日就高价卖完了。

大哥说要做不发财的生意，于是买鱼去放生。龙王三太子被罚做鲤鱼来受罪，三年罪满可超升，不幸被渔民网住了。五兄弟买了将其放生。龙王生有五太子，众太子拿宝物答谢恩人。五兄弟分别获得玉如意、珊瑚树、摇钱树、聚宝盆和犀牛角。太白金星奏玉帝说童子已经功德圆满，可封他们下界度万民。玉帝准奏，封他们为人间五福神，人间建庙供奉。封其父为招财阿太，封其母为聚宝盆夫人。

该宝卷散韵结合，韵文为七字句。

补记：

该宝卷讲述五路财神的故事。泽田认为：『虽有稚拙的部分，但并非中状元之类的俗套，而是否定官员、军人等，以农业为最高，这一点非常浓厚地体现了明白朴素的农民色彩。或为地方宣卷人所用的一种祝贺宝卷。』①

《中国宝卷总目》记录了四十六个版本，各个版本的文字差别较大。②近年出版的《苏州戏曲博物馆藏宝卷提要》记录了一个手抄版本③，在情节上有一定的差异。日本早稻田大学图书馆所藏版本可作为一个异文，与其他版本进行比较。

注

① ［日］泽田瑞穗：《增补宝卷の研究》，国书刊行会，1975 年，第 144 页。

② 车锡伦编著：《中国宝卷总目》，北京燕山出版社，2000 年，第 19—21 页。

③ 郭腊梅主编：《苏州戏曲博物馆藏宝卷提要》，国家图书馆出版社，2018 年，第 17 页。

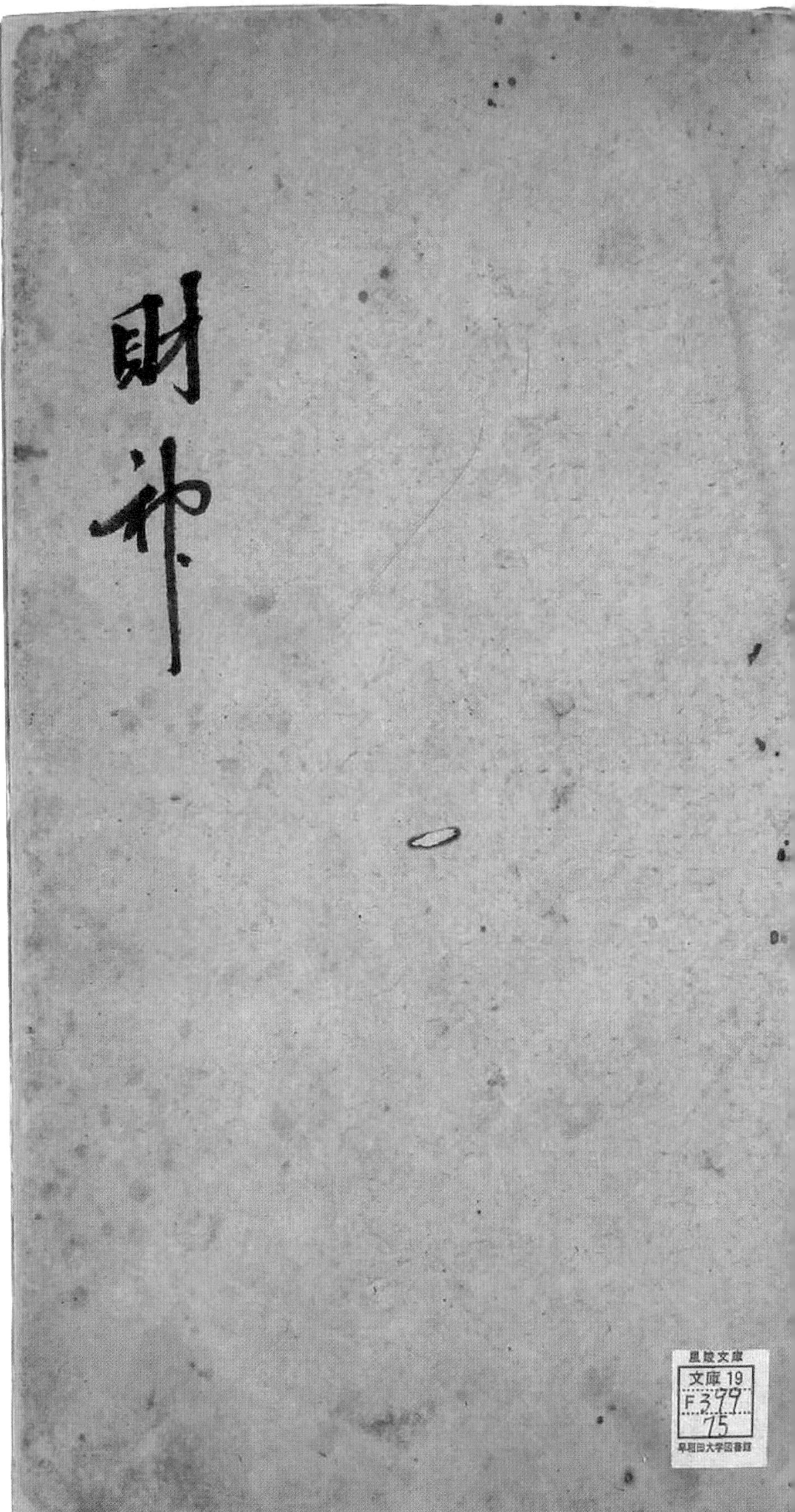
財神
風陵文庫
文庫 19
F 377
75
早稲田大学図書館

江流卷

邢文嘖记

萬歲

財源以掌財源事　行善人家送福来

大相执起玉如意　財源滚滚進門来

二相执起珊瑚樹　上生珠子下生金

三相执起犀牛角　海寶奇珍尽進門

五相执起

財神寶卷

平安無事便爲財　且喜今年造化來
春賞桃紅楊柳綠　夏觀池裡碧蓮開
秋來丹桂飄香遠　冬季梅花報歲來
一年好景觀不盡　散淡逍遥實暢懷

且說商沒周初朝歌城外南嶺村頭有個大富長者姓杜名興家財巨萬米爛陳倉

珍珠滿庫奴僕成行院君錢氏仝庚四十
並無所出百萬思想家財雖有若無男女
揔是徒然因此大發善心廣行方便

長者思良發善心　廣行方便濟飢貧
修橋補路行方便　建塔修菴造殿门
各廟捨財裝塑佛　點燭焚香日誦經

二十郎君無妻室　助他百兩雪花銀
少年寡婦無靠防　苗田義米贈他身
年老之人無男女　接他家內養終身
初一月半齋和尚　念〻初三齋道人
朝〻點燭來念佛　夜〻焚香拜世尊
二 僧道誦經常礼懺　設醮齋佛多放生

善心浩大通天地 符官土地奏天庭
三界符官奏聞上帝：：大喜即將殿前五
位香童降他為子以表行善之報灵童奏
曰微臣不愿下界在此長生快樂若到紅
塵必受憂愁之苦帝曰不妨你去還你思
衣得衣思食得食思福得福諸事稱心便了

院君果然身有孕　一旦清[illegible]

看看到了十四月　正月初五子時生

生下肉團如碗大　長者心中吃一驚

便將寶劍來桃破　五位官人抱出来

面分五色真奇相　落地迎風似大人

長者又驚又喜一胞所出迎風就大好不

稀奇生得威風凛凛相貌堂堂取名叫金

三

銀財寶珍爲何十四月而生揀定良時吉日臨盆也

長者家中生五賢　門庭吉慶喜欢心
年登七歲攻書讀　一目能親字十行
過目不忘能記得　五車書籍悉皆全
文又高來武又廣　本是昊童上界仙

全先生取名朝天子[illegible]君至左一六
歲五位第九与父商量一個要做官一個
要做將軍三個要做生意父親道不心多
言听我道来
父亲叻說莫多言　何必千般心意偏
陣上將軍拚性命　朝内為官伴帝眠
生意費心勞碌事　不及農家學種田

弟兄听説心欢喜　果是為農勝萬般

弟兄五人遵依父命竟往南庄照齊工人五六十共種苗田五百畝吩咐隔年不必種麦來年二月中耕抄停當下之秧頭三月下秧四月栽種便了

家人奉命乱芒〻　翻坭耩土沸吹搶

黄霉正遇天乾旱　日夜車水沒主長
思量早把青苗砟　遲天收割倒高強
免得工人多勞碌　大家掮扇乘風涼
弟兄思量天時乾旱。工人辛苦。心上不安。倉中米麥滿足。不如遲早收割。即便吩咐工人。要把青苗砟起。工人笑道。古人云種稻得糧。如今就砟。勞碌無功了。五相道。你衆

人不必多言。与我早〻收割便了

工人日〻斫禾苗　晒得青苗乾似硝
收来堆在倉場上　叠成五個像山高
工人各〻摇頭説　非但無粮不好燒
闲遊无事山歌唱　弟兄快樂自逍遥
弟兄把苗粜個〻苦好。日〻逍遥。心中无

論如今生炭客人要緊回去只値天氣何
人要買此物。客人不論價賤。只要出價便
了。弟兄听見便道。炭有多少。行家道。南北
四棧。有数萬担。如今要緊出棧只賣三分
之一。弟兄道照依時價。一應賣我行家大
喜。忙叫脚夫舡户。挑載到南庄。装在棧中。
即将銀子送客。々人收銀欢喜而去。

叅付行頭縣出门　又見家人报一声
爲盆船上人多少　要把烘缸賣主人
弟兄听了呵〻笑　有炭還酒要火盆
每百白銀三錢半　尽数將來送上门
弟兄把火盆生炭　裝好栈中日〻大家人
飲酒作樂到秋间　只因商王無道天時大

水成冰萬民叫苦寒冷難熬。乾柴城内生
炭火盆全無。四门走盡。行頭道。有便有只
是貴。衆人道。只樣冷天。何論貴賤。口口要了有便
行頭領衆到南庄　要買生炭与烘缸
弟兄听得呵呵笑　衆人不必鬧喧喧
棧中貨物雖然有　要到寒天出棧房
七 行戸道。若棧有價　價若高時賣不妨

弟兄道本欲不賣。看行戶面上。又見衆人寒冷。如此行戶定價便了。行戶道時價不同。生炭五兩一担。火盆二分一斤。文銀發價便了。

弟兄听說便允承　吩咐家人開棧门
一边棧裡發出貨　一边便去上天平
滿城窮富多來買　門前人立像烏雲

春、賣到六七日　几庫新錢几庫銀
生炭火盆多賣盡　掃厫落脚賞家人
家人個、心狠夯　背雖底未價要增
一升銅錢一升炭　二十銅錢一火盆
人、賣得呵、笑　個、欢喜骨頭輕
几十厫脚几十担　共賣連盆五百銀
只、為主人多有福　家人個、富翁能 八

且説朝歌城内千兵萬馬。只因受了秋间寒盖火交冬冷氣一冲。馬瘟起来。妙藥难醫。馬人道。必要末秀苗紫吃了有救。将軍道。此物少有。馬医道。着落行須一问覔。比如即唤行須到了。将軍道着你去寻末秀苗紫医馬。行户道。有便有。只是價貴。将軍

何、妃何爭貴賤

行頭領命便行程　来到南庄說事因
城中馬匹多有病　要賣茴香、藥吞
一横六禄来一丁　上秤、秤有二斤
每斤價是銀三兩　一斤應當六兩銀
弟兄听說微、笑　行户定價及談听
欲把茴香送風水　九 不愿將来賣与人

行頭笑曰五相嫌價輕了。所以不賣。再加一倍便了。五相笑道看行户面上胡乱賣了，衆家人道，不賣〻。这ケ宝業處風水的。若是賣了。便有冷風來的。主人道。想必衆人出貨辛苦。每ケ業。加十文下落了。家人個、喜欢心　即便閙閧閙溫〻

滿國陣、香風繞　雪白毫光豔、能
衆人一見多喝彩　行頭也把舌頭伸
病馬聞香多活跳　吃着肥胖[illegible]龍形
莫說城中多來買　外州各府也來尋
每ケ苗榮十二両　下落十文衆人分
白銀滿櫃扛入庫　散亂銅钱堆滿所
看、賣到五六七日　各庫之中盡滿盈
十

庫少錢多無擺佈　不如不賣且消停

行頭道可將散錢穿足。便在倉場上堆作

圍墻，內藏金銀踏垛，層、高上，有何不可。

將錢堆積作圍墻　內藏金銀又不妨

南庄金銀堆滿地　登時變化[illegible][illegible]庄

圍脚賣與家人得　家人也做富豪郎

五[illegible]

不如將金銀米麦捨与窮人以濟寒冷使
叫家人將傳單貼出。各方飢民多到。不論
男女。每人白銀一兩。米麦二斗。齋[illegible][illegible]賞[illegible]去。
弟兄收捨過新年　拜見家中父母全
告稟種田多有幸　更兼生意賺多錢
南庄各庫金銀滿　露積倉場有萬千
餘米捨与窮人用　免得看更心裡安

十二

父母听說心欢喜　好個財神出世间

時值初秋天氣。弟兄们到朝歌城内遊玩。只見賣扇子客人心中憂悶。已今夏過哉。変賣不落。家中有事。要緊回去。[illegible]送杜家弟兄到。行家遠、迎接。到行坐定[illegible]龍閙言。多蒙叨惠。謝之不盡。如今有賣扇客人

前頭做几次房號生意如今做[illegible]賤[illegible]
意何妨。便问要多少價錢一千。[illegible]一。遲
價不同。大扇五兩一千。小扇四[illegible]百。如
今只要一半價錢哉。弟兄道。今[illegible]仗兄教把
扇子一應發到我棧中。交銀便了。
行頭听說笑呵呵　忙喚舡户共脚夫
將貨送到南庄去　交清数目少不多

十二

大扇足有十萬数
小扇七萬有餘多

栈中叠得夫、满
還有多来别處鋪

父親一見心中想
痴人作事忒糊塗

將来寒冷誰人買
来年價賤道如何

来年是有来年客
十年變賣不能無

栈中細物推不盡
扇子蓬鬆碍屋多

不說父親疑慮且說紂王在鹿臺[illegible]同
廿四个家人。吹簫品笛。飲酒作樂。十月陽
春和煖不作為過。可知商王無道。社稷將
亡。忽生奇变。十一月隆冬天氣。好像六月
天光。熱得利害。名為地蒸。人々嘆氣。個々
汗淋。好像火焰山倒下。火焰冲天。滿城百
性多要買扇。家々到行戶家買扇。行戶道。有

十三

便有。只是價貴、衆人道。只等勢天。何爭貴賤。
行頭領衆便行程　来到山前南嶺村
個、說道要買扇　人、尽說勢難鸮
行頭說声休忙乱　大扇三分足白銀
小扇二分少不得　人、個、豈依遵
不消五日多買尽　銅錢銀子斗来畚

五相[illegible][illegible]哂哂笑 父親[illegible][illegible][illegible]

如此時光行此背 笑得我家財運通

大哥說。無心求福又發大財。種助發財。生意椿椿發財。如今偏要做弗發財生意買魚放生。自然弗發財了。兄弟們笑道哥、言之有理。竟去買魚、放生便了。

不說弟乙行好事 放生修福大功論

十四

且説龍王三太子　只因冒犯上天庭
罰做鯉魚來受罪　三年罪滿得超昇
只因要去召龍母　網舡獲住不能行
弟兄買放長江去　太子回宮感念恩
龍王所生五太子　弟兄筭計謝恩人

大太子道活命之恩必當根荅。王太子道我

誤我們仝去謝他。大太子道。我將珊瑚樹去

謝他。二太子道。我將玉如意去謝他。四太子

道。我將搖錢樹去謝他。五太子道。我將犀牛角去謝他。

救命之恩、最大　正是知恩當報人

太子各帶龍宮宝　夜到南庄杜府门

來到床前深、拜　叫言救命大恩人

日裡鯉魚就是我　蒙君買放脱逃生

十五

拜羅一番來作別　一陣香風不見形
思量無物來酬謝　六般寶貝報君恩
大相得夢來睡醒　果見床前六件珍
大相來朝說與兄弟知道。人〻歡喜。將明
珠掛在所上。不用點灯自然明亮。五相各
执一件在手。大相执起玉如意。西方財宝

三相扶起搖錢樹錢錢好像雨点前□不

执起聚宝盆珍珠宝貝满盈盈五相执起

犀牛角逼海逼河不用舡好像平地一般

本是財神地　原来上界仙　弟兄得了寶　財源尽近身

玉皇端座霊霄殿　太白金星奏事曰

灵童已得功圓满　封他下界度凡民

玉皇准奏親勅旨　金星捧旨去封恩

十六

雲端念動真言咒　弟兄足下便生雲

金星奉敕宣官誥　封作人間五福神

職掌天下財源事　來往凡塵度衆生

弟兄謝恩忙下界　救度人間富与貧

金星奉旨。敕封五福財神。執掌天下財源事。又封父招財阿太。母封聚寶盆夫人。濟

萬歲

財源以掌財源事　行善人家送福來

大相執起玉如意　財源滾滾進門來

二相執起珊瑚樹　上生珠子下生金

三相執起搖錢樹　雨点銅錢飃進門

四相執起犀牛角　海寶奇珍尽進門

五相執起聚寶盆　金銀堆積滿門庭

十七

招財阿太生財寶　聚寶夫人保太平

周朝五福相。知事財神降福。奏聞君皇。勅

建廟宇。勅命天下萬民人〃敬重。個〃奉

尊。供養財神。增福延壽。人口平安。般〃如

意。件〃稱心。

奉旨方〃造殿門　官員萬姓尽欽尊

堂中裝塑財神像　招財利市[illegible]

世上何人不要福　四方敬重萬民尊

香烟繚繞長不絕　燭光顯耀照乾坤

筵前齋供如山積　各方男女拜慇懃

祈求四季財源盛　保佑家、樂太平

財神得蒙上帝勅封。又賴人王建立殿宇。

肉身成真。父母亦得超昇。吉日公座。財神

奉天行事。掌管萬方生財。降福愛護四方。
財神寶卷衆知聞　所者人ミ百福增
有人宣得財神卷　歲、年、事稱心
官貧若把財神敬　理事陞堂斷得清
豪富若把財神敬　祖米紛、送上门
貧人若把財神敬　登時發積起高所

[illegible]神若把財神敬　落水[illegible][illegible]砂大[illegible]

章碧若把財神敬　每歲四石有餘零

和尚若把財神敬　重、齋事不分身

道士若把財神敬　日間打醮夜誦經

待詔若把財神敬　门徒日、約做親

伴娘若把財神敬　代國酒水真豐盛

十九 醫家若把財神敬　不消一帖病除根

店家若把財神敬
做工若把財神敬
養牛若把財神敬
養猪若把財神敬
男人若把財神敬
女人若把財神敬

生意興隆長萬金
脚健身輕生活勤
飛犁走耙快如雲
下園芸多百十觔
出外長、遇好人
摇紗織布摸黄昏

幼童老把財神敬　[illegible]

年朝若把財神敬　四季生財事稱心

齋主宣了財神卷　歲、年、保太平

田禾萬物收成好　六畜生財家道興

官非口舌空中散　火光賊盜永埋沉

福不求來空裡至　財不經求送上门

但須財神空中護　何求諸事不稱心

廿

此本名爲欢樂卷　隔氣听時買飯吞
財神寶卷宣圓全　拜謝招財利市身
五路財神騰空去　收去灾殃降吉祥
如
神寶卷終
時維
道光四年歲次甲申孟春望日樂善堂錄

云香宝传　一卷

线装，刻本，长二十三厘米。检索号：文库19 F0399 0090。每面七行，行字数不等。白口，单黑鱼尾，四周单边。封面题『云香宝传』，扉页题『民国辛酉年① 孟冬月刊传 云香宝传 德善堂藏板』，卷首题『新刻云香宝卷全集』，版心题『云香宝卷』。李青阳编。

内容：

卷头有民国十年丙辰岁李松云的序，宣扬救世度人，有钤印『风陵书屋藏本 泽田瑞穗』。内容多为劝化世人的小偈，包括《十朵金莲词》《九品金莲词》《织绫罗词》《一串铃词》《造法船词》《四瞧词》《举花瓶词》《太子游四门词》《贫人修行词》《点瓜词》《十不亲词》《仙佛出家词》《葫芦词》《织手巾词》《四季词》《老母稍书词》《鹦鸽出笼词》《公冶长叹鸟词》《子房辞朝词》《子房辞家词》《孔子哭颜回词》《十二月寡妇词》《保童劝母不嫁词》《十重娘恩词》《五更梦词》《五更懒修行词》《戒烟酒词》《五更醒迷词》等。

补记：

《中国宝卷总目》记录了仅泽田藏该宝卷一个版本。②该宝卷实为一本小偈合集，《十朵金莲》《造法船》《哭五更》《老母稍书》等是从宝卷中脱落出来可以单独唱诵的经歌或小偈，至今仍在民间社会广为流传。日本早稻田大学图书馆藏该版本可与仍在活态传承的类似文本进行比较研究。

注

① 1921年。

② 车锡伦编著：《中国宝卷总目》，北京燕山出版社，2000年，第353页。

雲香寶傳

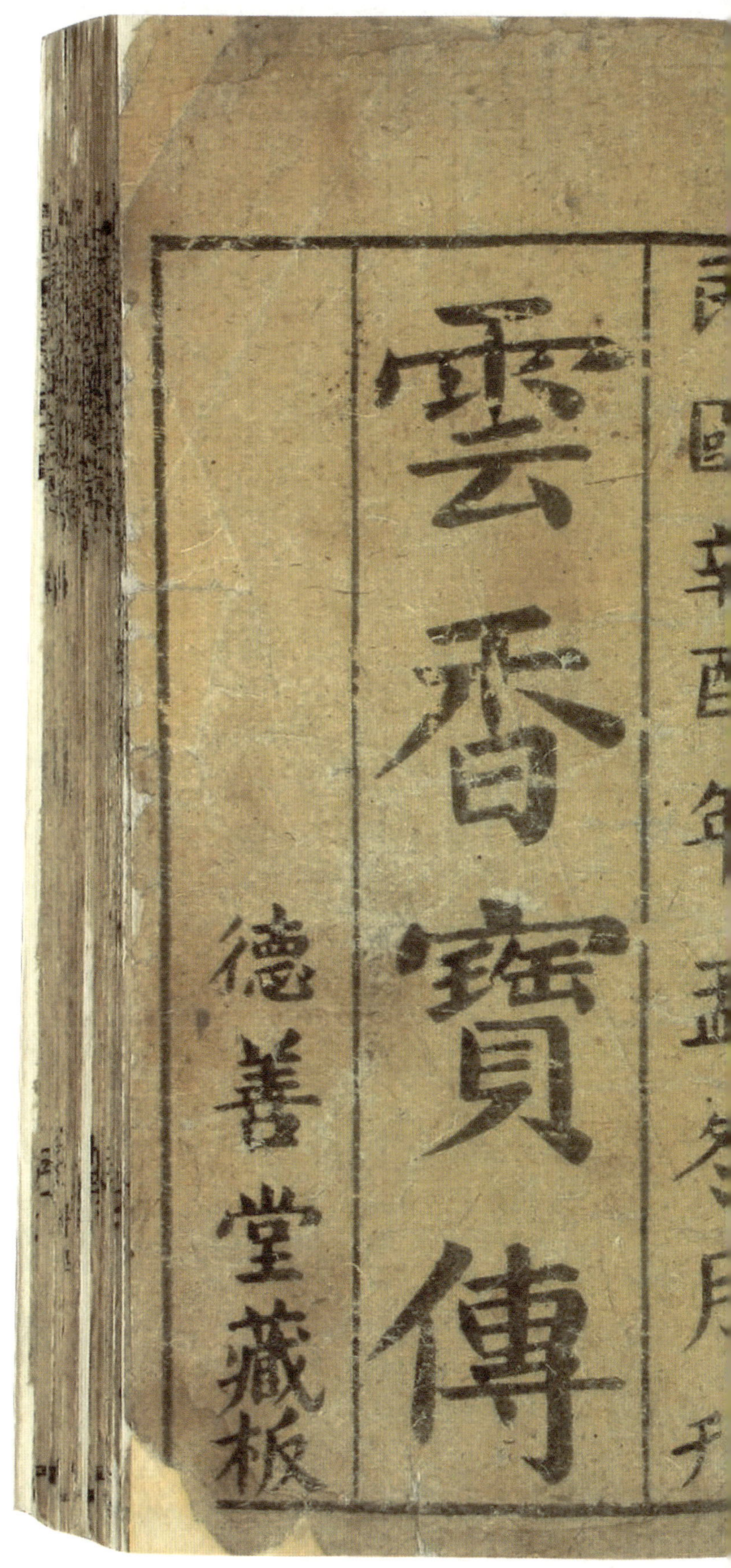
雲香寶傳
德善堂藏板

且夫天地一道之所運化也流行也。推遷也。著道有章。行道有矩。勸而行之。懲忿窒慾。遏惡擴善。無所容乎人欲之私有以全

乎天理之正。不難為聖為賢成
仙成佛梯航也。今人心陷溺。大
刦臨頭世風頽下。難以挽化。
慈悲觀音。留有詞章古調易醒
庸愚。婆心一片。先聖後賢。歷

[illegible]

也。孰憶諸真。神居太虛。心羈塵凡。則有詞。新腔古調。高唱入雲。母子情聯。詞義足香噴。夢漢愚歸。痛快人心。誘以為善去惡之

意。內含悽涼情調。口吟。則警惺名婦村夫。高貞堅志。矇啟立身修真之念。智慧清切。洗穢半生。徹滌舊染。方致一貫。故名曰。雲

不酧紅粱之醞。好歌白苧之詞。尋訪博覽。辛勤校閱。編集成書。請序於愚。余不揣鄙陋。亦爲度人之願。修士竭力功勛德甚溥

也。功莫大焉。異日蓮品不一。是
三期之厚望也。以為敘。

旹
中華民國十年丙辰歲仲呂月
月酉邑子白李松雲謹識於養

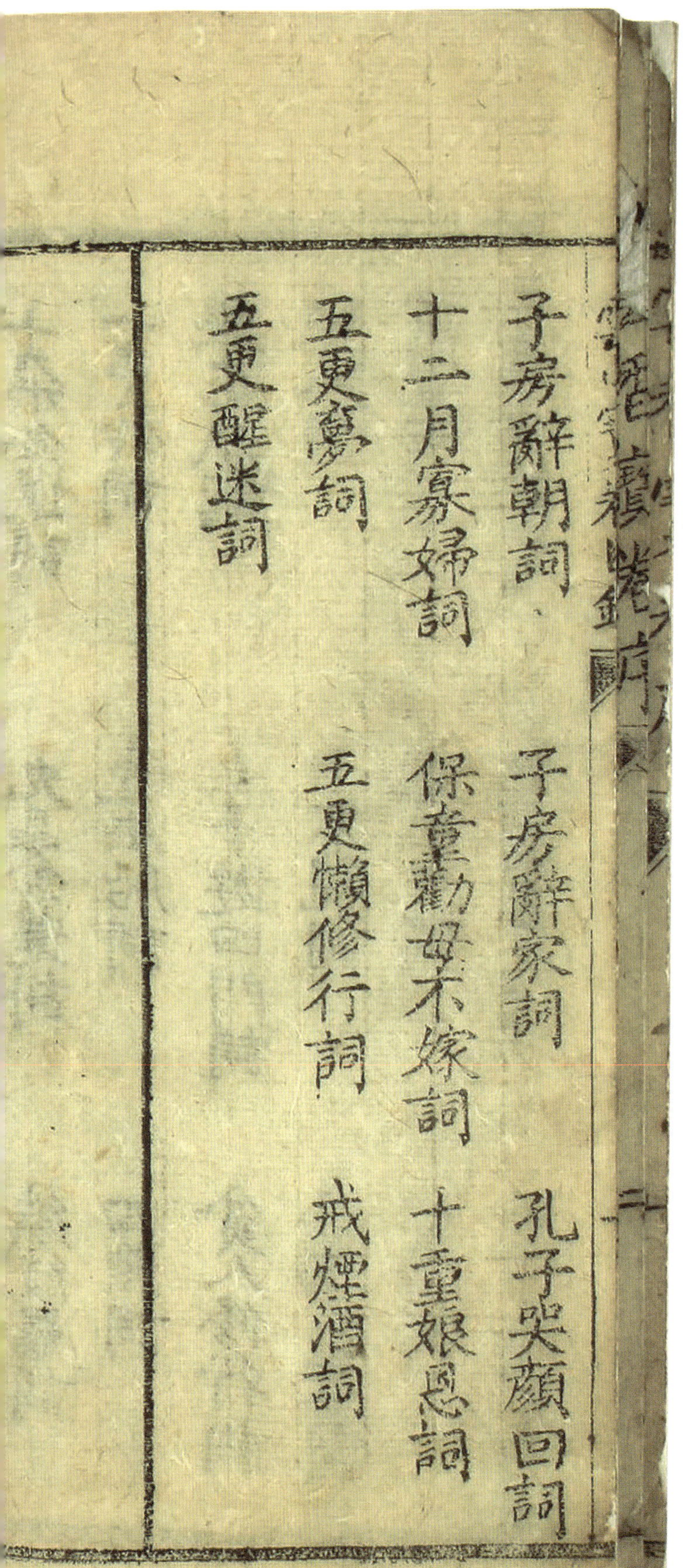

十朵金蓮詞

一朵蓮花對佛開　好善吃齋拜佛來　心猿意馬[illegible]
酒色財氣要丢開

二朵蓮花對佛開　十八羅漢兩邊排　你不吃齋佛不怪
切莫吃齋又開齋

三朵蓮花對佛開　報答四恩修行來　各人修行各人了

兒女與你替不來

四朵蓮花對佛開　人生在世早安排　有朝一日大限到

任你黃金買不來

五朵蓮花對佛開　勸人行善早吃齋　紅塵世界來看破

永世不入地獄來

六朵蓮花對佛開　榮華富貴人人愛　世間若問那些好

枉自吃齋去朝山

八朵蓮花對佛前　八十公公進花園　花開花卸年年在

人老何曾轉少年

九朵蓮花對佛開　善惡昭彰兩邊排　任你銅打鐵羅漢

生前容易死難捱

十朵蓮花向佛前　三飯五戒要記全　日後功程麥修滿

好赴瑶池去登仙

九品金蓮詞

金蓮台上品一。我今發願修積皈。三寶唸阿彌。守五戒。遵三皈。願避旁人是與非。

金蓮台上品二。我今習學禮義。在人前。莫亂言。要儒雅。休顛頑。文質彬彬人欽羨。

金蓮台上品，四我今得遇明師，賜與我一線路，勤打坐，用工夫，切莫忘了双林樹。

金蓮台上品，五我今工夫到手，透玄關，對針尖，性要悟，命要条，九重鐵鼓一箭穿。

金蓮台上品，六我今工夫条透，跨白鶴，去雲遊，朝太虛，遍九州，無寒無暑，着得自由。

金蓮台上品七我今要回西去，海底裏有命脉，往後翻過三關陽氣一昇透九天，

金蓮台上品八我今收什歸家，將珠寶獻菩薩，無生母笑嗄嗄娘今幾，見小冤家，

金蓮台上品九我今工夫撤手，不知無不知有，神不迷丹不走一輪明月常常宗

王母娘娘把緺搯
大姐上機誇巧手　雙手搬住雲牙走　先織十五月兒圓
後織梭羅在中間　手挪金梭織一遍　青龍白虎列兩邊
朱雀玄武前後站　南極壽星空中懸
二姐上機誇巧手　雙手搬住雲牙走　先織牛郎合織女
後織王母劃天河　牛郎隔在河東岸　織女隔在河西坡

要得二人重相會　除非來年七月七

三姐上機誇巧手　雙手搬住雲牙走　先織日月並星斗

後織八仙來慶壽　上織金烏合玉兔　下織龍虎把丹守

織就陰陽合四相　再織八卦配成雙

四姐上機誇巧手　雙手搬住雲牙走　先織崑崙山一座

後織黃河九曲流　寶劍插在三江口　逼得老龍臥沙灘

撩佃包袱包東西　東包東洋東大海　南包南海普陀岩
西包西城雷音寺　北包北京北燕山　上包玉皇靈霄殿
下包閻王鬼門關　四大部洲齊包盡　再包天外一重天
再懺一遍方終　東懺東洋東大海

一串鈴詞

思想起淚淘淘。無影山前無下梢。好心焦。又只等那。靈山頂上有一個兒。金鷄鷄兒。出了窩兒。裏吃食兒雄鳩鳩兒呱。

喇喇兒。喞唎唎兒伸腰腰兒。高聲叫。又

無影山。好修道。躲過生死路一條。好僬燥。又只等那。靈山頂

上有一窩兒。山菊花兒。一蒲龍兒。紅霧霧兒綠英英兒吹

風風兒搖擺擺兒。剖爭爭兒開放了。又

正用功。一心定。休叫六賊來搬弄。好靜悄。又只等那。靈山頂

修行人端然坐。嬰兒姹女笑哈哈。我的佛。又只等那。靈山頂上有。一窩兒。金葡萄兒。下了根兒。長出苗兒。扯開蔓兒。開開花兒。結下紐兒。滴溜溜兒。往下吊又拜明師。求指教躲過生死路一條。我的佛。又只等那。靈山師傳。傳與我兒。兜兜天道兒。禪機竅兒。玄中妙兒。活潑潑兒。明晃晃兒。亮堂堂兒。光閃閃兒。一尊佛。又

造法船詞

南海南裡南海南　南海南裡造法船
船幇船底降龍木　珍珠瑪瑙鎖船邊
月宮有根梭羅樹　砍將下來做圍杆
八洞神仙來拉扶　四大天王把槳搬
左文殊來右普賢　後邊跟隨阿羅漢

船頭坐定觀音母　廿四執事把撓撥
地藏菩薩後倉坐　陳傳老祖尾倉眠
我問法船多少大　善財童子說根源
東至東洋東大海　南至南海普陀山
西至我佛雷音寺　北至達王飲馬泉
上至玉皇靈霄殿　下至閻王鬼門關

我問法船度何人　初祖達摩說一番
一船度的是神光　熊耳山前跪九年
二船度的皇太子　五當山前搭茅庵
三船度的三公主　一心修行遊香山
四船度的目連僧　十八地獄救母還
五船度的唐三藏　西天真經到長安

八船度的李翠蓮　一心不二樂無邊
九船十船無人度　不度無緣度有緣
令將法船撐海岸　來度十方衆高賢
有緣遇師來指點　無緣地獄受熬煎
小小童兒執篙竿　有人度你忙上船
叫你上船不上船　推了今年推明年

有朝一日船開了　思前容易悔後難
不知求道學修煉　免在輪廻地獄關
九玄七祖同上岸　一齊度在極樂天

四瞧詞　兩頭漫韻

望東瞧。又東土衆生不學好。打在地獄裡他還不知到。打僧罵道。又奈河橋上跌一跤。銅蛇來吞住。鐵狗又來咬。潑漣

望南瞧。又南海普陀走一遭。訪拜明師傳。傳我真空道。持齋
到好。又脫殼飛昇上九霄。菩薩來點化。再不投凡竅。
望西瞧。又西方路上有金橋。童兒來接引。接引上金橋。眾生
看着。又抬起頭來往上瞧。善惡兩分離。總顯行善好。
望北瞧。又北衢盧州有大道。清風與明月。總顯玄中妙。此真
來朝。又賢良人兒根基高。恭拜明師傳。拍手哈哈笑。

望上瞧。又望見老祖煉衆苗。只見慧燈明。又見乾坤閙撥轉天盤。又鉛汞窾裏煉金丹。要吃長生酒。去赴蟠桃宴。

望中瞧。又八洞神仙過來了。耳聽簡版响。又聽魚鼓閙同過仙橋。又王母娘娘赴蟠桃。來吃長生酒。大衆樂逍遥。

望下瞧。又凡人迷昧不修道。都被四害纏。又被名利套。怎樣得了。又三寸氣斷葬荒郊。若不把善積。來世無下稍。

擧花瓶詞

咱家唸佛爲實好　把個花瓶打破了　打了三百六十塊

請個明師擧起來

要擧花瓶也不難　加功努力仔細叅　緊擧擧了三百六

擧的花瓶不漏明

無生老母誇我能　聽我從頭擧花瓶　擧了裏邊擧外迹

舉的花瓶圓又圓

舉起花瓶栽上花　花瓶内邊扎根芽　一旁開的紅芍藥
一旁開的白牡丹

無影山前一道河　也有鴛鴦也有鵝　棒打鴛鴦隨心起
我把花瓶落一落

落在東方葉兒青　一朶白來一朶紅　紅的就是真觜祖

外面穿的是黃袍

落在西方葉兒稀　七二毛來動消息　内裏裝的無價寶

秘密消息誰知曉

落在北方葉兒黑　菩薩度你幾千回　貪戀紅塵你不丟

氣得老母淚悲啼

落在上方他爲先　走來走去走去　潮上三江外

滚出雲門天外天

落在下方他為能　走來走去走虛靈　三性同見無生面

菩薩接你住雲城

須彌山上一顆谷　葉兒尖尖水内出　會對花的來對花

不會對花訪根芽

石榴花開葉兒綠　衆真只為花枯頭　有朝一日花開了

龍華會上祀師酬

太子遊四門詞　一封書

太子出宮門。文武緊隨行。菩薩來點化。化就貧婦人、

太子打馬出朝門　朝門撞見一婦人　懷內抱的小孩子

渾身打戰如水淋　太子勒馬問婦人　問你為何到此行

因為乞食來到此　猛然降下小姣生

太子觀罷婦人心中不忍不免與那婦人留詩一首、

詩曰　觀見婦人真可憐　不由教人心痛酸

渾身衣衫不遮體　前世造下今世寃

太子留下詩句、打馬正望東門而行

太子打馬遊東門　東門撞見一老人　腰躬頭低難行走

耳聾眼花看不真　太子勒馬問老人　問你幼年作何能

詩曰　兩鬢白髮似銀條　古樹臨岩怕風搖
家有黃金堆北斗　難買生死路一條
太子與那老人留下詩句、打馬正到南門、
太子打馬遊南門　南門撞見一病人　觀見面容骷骨瘦
兩眼不住淚交流　太子勒馬問病人　問你幼年作何因
幼年貪花好飲酒　誰知老來病纏身

太子觀罷病人心中不忍不免與那病人留詩一首、

詩曰　爭名奪利逞豪強　一身怎卧兩張床

大限來時總要命　寸金難買這無常

太子與那病人留下詩句打馬正到西門、

太子打馬遊西門　西門撞見一死人　可憐身死喪了命

烏鴉抱頭啄眼精　不知你是男兒漢　也不知你是女人

詩曰　爭名奪利逞英豪　大限臨時怎能饒
馬知死後受慘報　白骨現天罪荒郊

太子與那尸骨留下詩句、打馬正到北門、

太子打馬遊北門　北門撞見一僧人　身上穿的黃袈裟
口裏唸的大乘經　太子一見心歡喜　翻身下馬問僧人
我問靈山有多路　十萬八千還有零　慢說十萬八千里

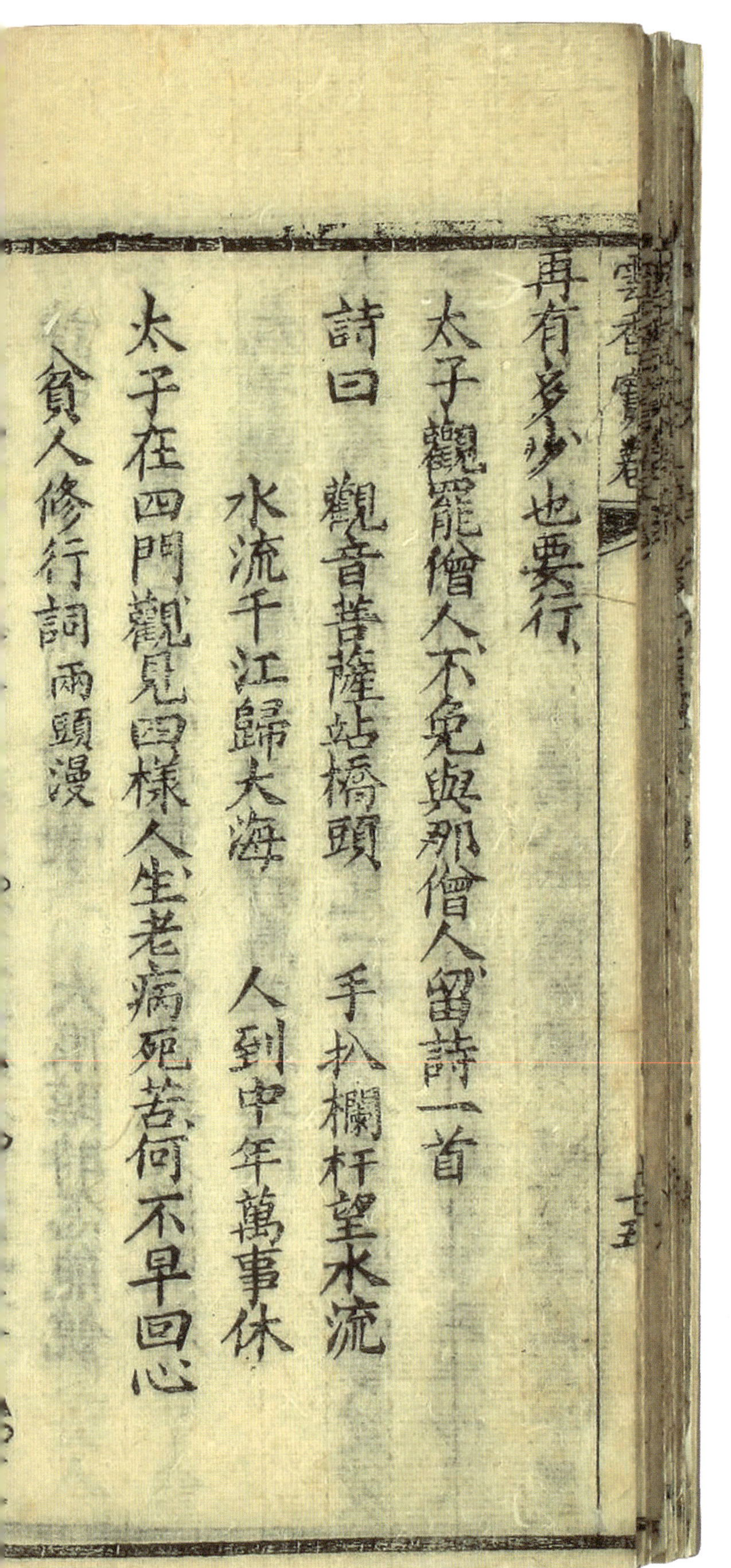

再有多少也要行、

太子觀罷僧人、不免與那僧人、留詩一首

詩曰　觀音菩薩站橋頭　手扒欄杆望水流

水流千江歸大海　人到中年萬事休

太子在四門觀見四樣人、生老病死苦、何不早回心

貧人修行詞　兩頭漫

行善難。又家內無糧實在難。來個衆道友。缸內無米麪。無米

麪東鄰西舍去借看。看看借不倒揹的胡繚亂。

行善難。又行善之人無衣穿。來到佛會下人前不敢站。不敢

站。誠恐遇見笑人漢。坐在無人處裝個痴呆漢。

行善難。又題起行善真個難。手內無錢使。長香都燒斷。都燒

斷。自己心中不了然。雖是吃齋人。佛前冷冷淡。

行善難。又可憐行善無憐念。窮的莫奈何。一心把佛唸把佛唸。求鉛窮數裡煉金丹。我佛丹書語。再不當窮漢。

點瓜詞

無影山前有一家　一娘所生姊妹三　大姐修行成佛祖
二姐修行成菩薩　只有三姐他不修　一心東土去點瓜
東海東裡去點瓜　南海南裡扎根芽　西海西裡龍抽蔓

黑籽紅穰賽蜜沙

怎麼吽就去點瓜　怎麼吽就扎根芽　怎麼吽就龍扯蔓

怎麼吽就開黃花

怎麼吽就解下紐　怎麼吽就長成瓜　怎麼吽就執下切

怎麼吽就賽蜜沙

發恨吃齋去點瓜　修行辦道扎根芽　心性久遠龍扯蔓

明心見性開黃花

西來大意結下紐　功圓果滿長成瓜　無字真經執下切

師傅言語賽蜜沙

須彌山前一個瓜　混沌初開即有他　有人嘗到瓜中味

攜手揚場大歸家

十不親詞

說起地親也不親　黃土蓋面三尺深　一年相見一年老

死後是土一口吞

父母親來也不親　死了三日送出門　滿堂兒女那個替

獨在荒郊作墳塚

夫妻親來也不親　大限到來兩離分　妻死夫續令美好

夫死妻嫁忘了情

弟兄親來也不親　一家相嚷[illegible]
心中有事問别人
兒女親來也不親　移乾就濕養成人　異日男婚女嫁後
忘了父母養育恩
親戚親來也不親　有酒有肉來往行　一日親戚貧窮了
雪裏送炭有幾人

銀錢親來也不親　死了何曾帶分文　喉中絕了三分氣

枉費勞苦一世勤

師傅親來本是親　教我靈山會世尊　指我上條生死路

好躲地府亦閻君

道友親來總算親　踐山涉水找善人　雖然不是親姊妹

都是靈山一母生

仙佛出家詞

妙善公主要出家　莊王天子不捨他　聖母娘娘長落淚

妙音妙元拋別下　香山頂上勤修煉　楊柳淨瓶花發芽

達摩老祖來度他　千手千眼活菩薩

真武祖師要出家　淨樂國王不捨他　母后娘娘長落淚

文武百官拋別下　勤修苦煉四十載　松木慧劍手中拿

一雙兒女抛別下白雲山上勤修煉　琴劍書箱茅庵掛

黃眉老祖來點化　一洞神仙走天涯

唐朝湘祖要出家　文公大人不捨他　杜氏孀母長流淚

林英賢妻抛別下終南山上勤修煉　魚鼓簡板手內拿

鍾呂二仙來點化　八仙會上稱祖家

五郎禪師要出家　太君婆婆不捨

五台山前學仙家木槵禪杖佛前

觀音菩薩來點化　一尊羅漢大皈家

世人早學修行法　個個成聖坐蓮花　惟願善信齊上岸

跳出苦海樂無涯

葫蘆詞紡絲娘

葫蘆兒扎下根修行人兩要用心六個賊鬧烘烘心猿意馬

走一遭又

葫蘆兒要上架莫個人而引進他拜明師傳正法得了正法

轉回家又

葫蘆兒往下吊主人宮裏脱殻了吃齋人有功勞靈山會上

哈哈笑又

葫蘆兒着了霜臭了根而澀了秧早不修臨時忙防備老來

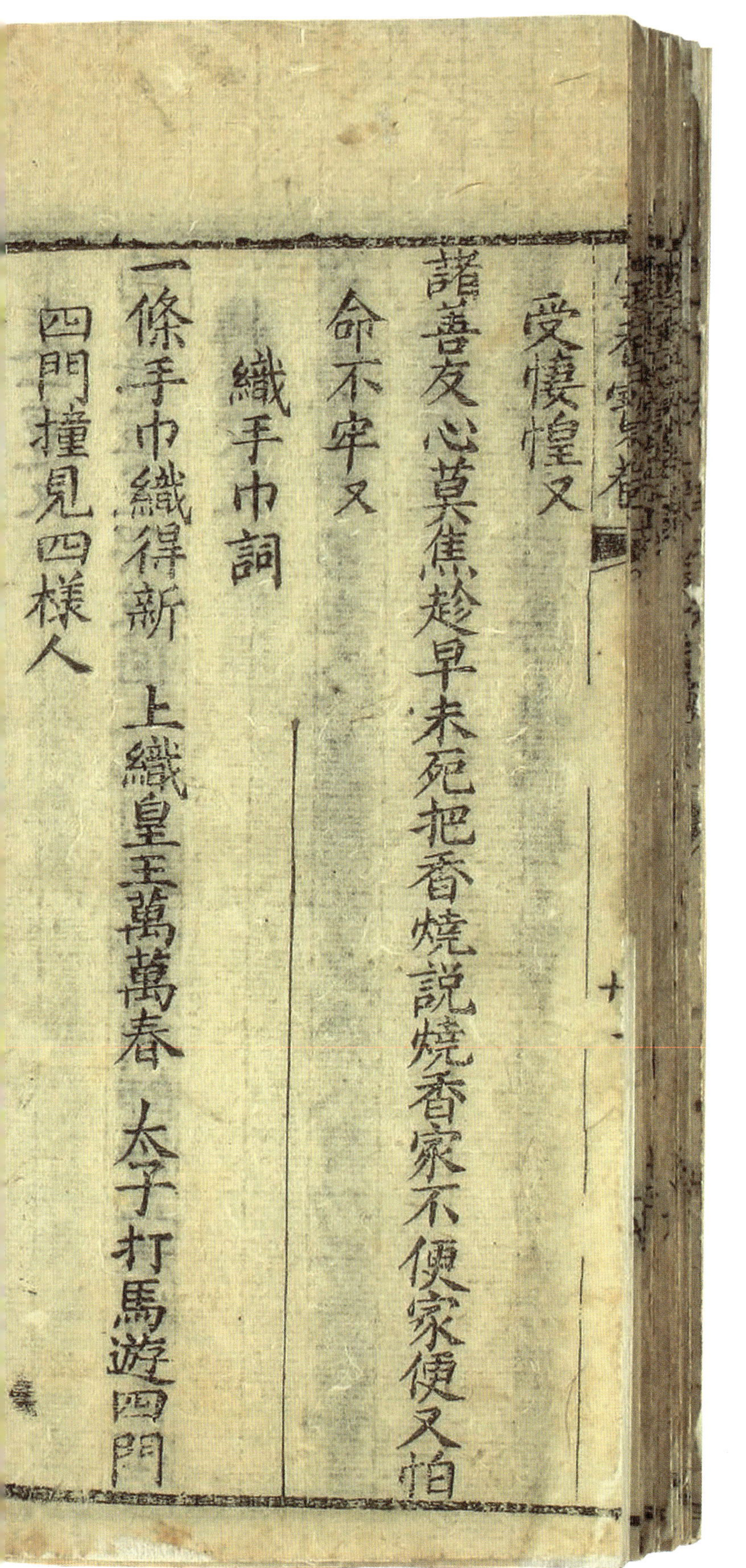

受悽惶又

諸善友心莫焦趁早未死把香燒說燒香家不便家便又怕

命不牢又

織手巾詞

一條手巾織得新　上織皇王萬萬春　太子打馬遊四門

四門撞見四樣人

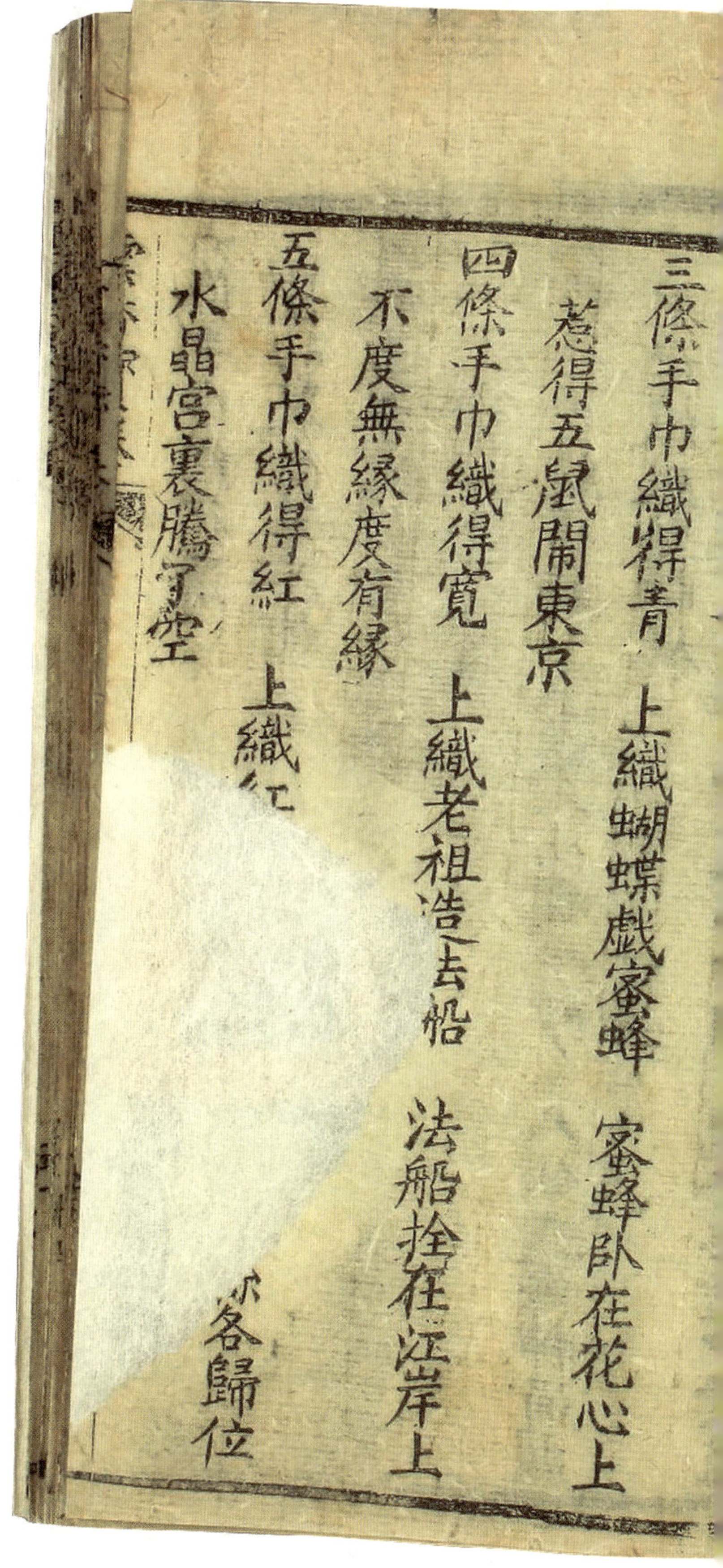

三條手巾織得青　上織蝴蝶戲蜜蜂　蜜蜂臥在花心上
惹得五鼠鬧東京
四條手巾織得寬　上織老祖浩去船　法船拴在江岸上
不度無緣度有緣
五條手巾織得紅　上織紅……各歸位
水晶宮裏騰了空

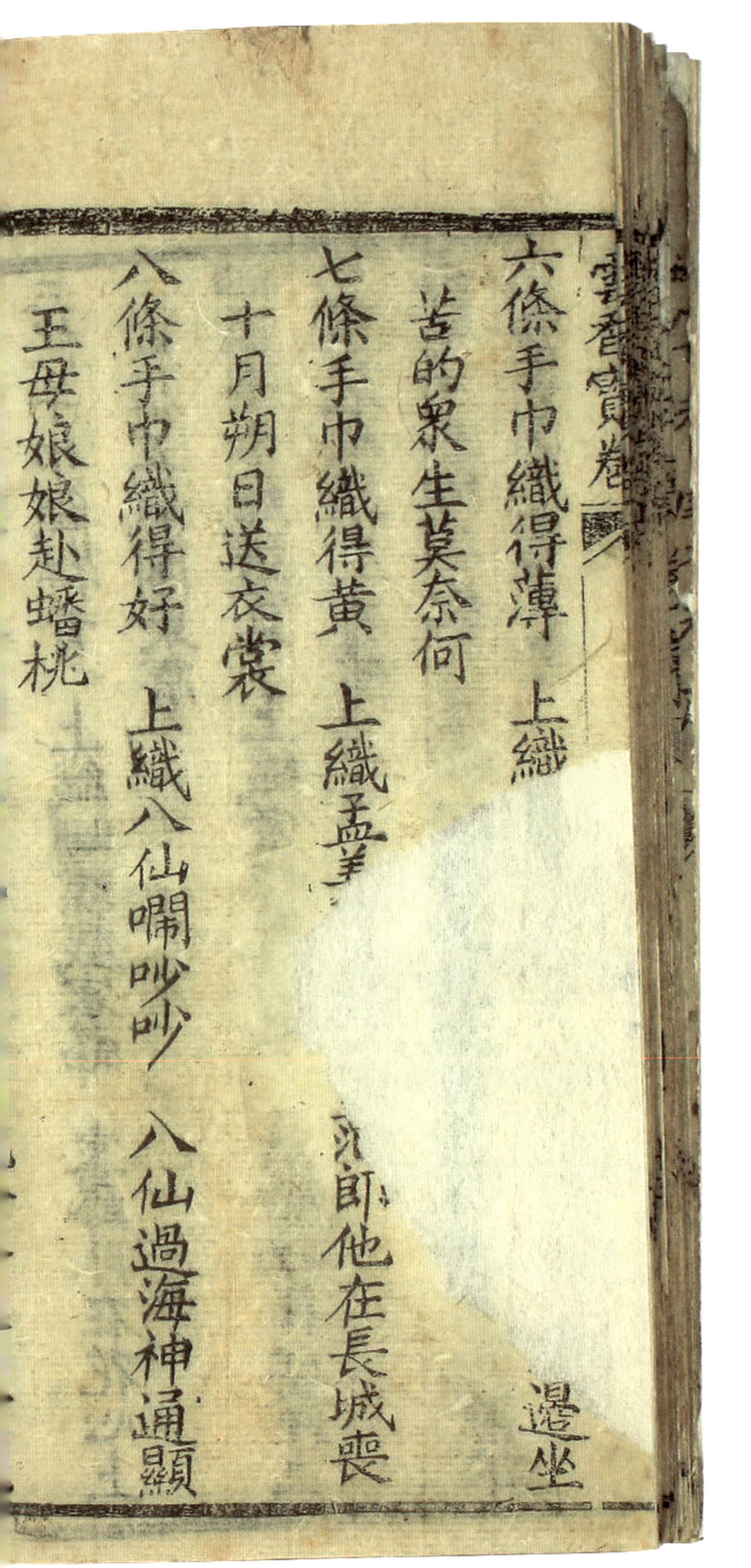

六條手巾織得薄　上織　　還坐

苦的衆生莫奈何

七條手巾織得黃　上織孟姜　　郎他在長城喪

十月朔日送衣裳

八條手巾織得好　上織八仙鬧吵吵　八仙過海神通顯

王母娘娘赴蟠桃

十條手巾織得全　上織老祖坐雲盤　老祖他在雲盤坐

增福延壽保平安

四季詞清江引

到春來桃花紅似火香草芽兒穿山過楊柳漸漸青桃花朵

落勸善人到老來正好唸佛重

到夏來炎暑熱似火吃齋人而高樓坐灑金扇而搧汗點顆

飄落勸善人到夏來正好唸佛重

[illegible]黃粮一面坡端等寒鵲來累窩秋風漸漸凉樹葉紛

紛落勸善人到秋來正好唸佛重

到冬來生下一盆火吃齋人而團圞坐滴水凍成冰雪花飄

飄落勸善人到冬來正好唸佛重

老母稍書詞

老母靈山閑坐想起東土遺下一處山庄十萬八千里大所生兩個冤家一個嬰兒一個姹女嬰兒東土務農姹女東土造飯年深月久不見回家只見乾坤和色日月光朗恐怕後來天降羣魔妖疫下生傷壞他兩個性命不免寫上兩封家書捎在東土叫他嫡孫二人早早歸家母子相會

掛金鎖

無生母提筆兩眼淚滿腮　叫聲嬰兒娘的小乖乖

你在東土全然不想母　半夜三更只哭的太陽出

母曰與嬰兒寫罷家書再與姹女寫上一封書、

無生母提筆兩眼淚如麻　叫聲姹女娘的小冤家

你在東土全不把娘罣　卽早歸家娘與你說些話

母曰兩封家書寫就不免喚上兩個家童一個真籍一個真

紅岩嶺前六賊來反亂　魔王當先就的渾身戰
九州大地自古山山現　見一黃婆親問嬰兒面
黃婆答言他在紫陽縣　十字街前有他殿庄田
嬰兒務農姹女納海蟾　一言未罷二人同出現
上前施禮便把家書現　嬰兒接書姹女一旁站
拆開封皮二人同觀看　上寫老母想兒不得見

久墜東土天地乾坤變　魔强法弱男女怎行善

一言難盡速遠早回還　咱家二人同把母參見

老母一望紅羅用眼觀　母子團圓永劫不臨凡

母曰你二人在東土多少時年紅蓮兒韻

無生母　你聽言　你送孩兒下靈山　混沌初開離別了

送在東土塵世間　母曰你二人在東土怎麽逕用過話

普天下　迷人多　各人照樣曾打影　誇強賣會看經卷

不得歸家脫塵凡　母曰你既然不得歸家脫塵勞四九

仙臨凡下世何不訪拜於他、

四九仙　臨凡世　默默暗藏妙消息　我無緣法難得遇

不得歸家証菩提　讚靈山有座古佛堂　嬰兒姹女站

兩旁　金爐同上一炷香　二人叅拜我親娘

鸚鴿詞

詩曰　昔日有個白鸚鴿　無影樹上累成窩
內中下了三個蛋　抱起出來唸彌陀

開言便問鸚鴿你心性純熟乃善你生長之處量想龍脈甚好我鸚鴿出在崑崙山腰無影塔前雙林樹上不大一個窩兒下蛋三個只九期滿抱出白鸚鴿翎毛未乾就會講

鸚鴿不聽老母之言、一翅飛在人惡山前、遇見六個強人、
掉下瞞天大網、將我鸚鴿套在網中、無有出路、忽然想起
老母之言、不由兩眼珠淚紛紛、　獵戶問曰、你這鸚鴿璘
淚長淌、家住在何處、　疊落金錢韻
西佛國有我家園　紫竹林是我根絆　每日歇卧天花板
又獵戶便問、你既然歇卧天花板上、就莫有佛祖真言、

我佛祖傳我真言　每日裡習學修煉　立真經記下千萬卷

又獵戶說真經記下千萬卷、都記的甚麼經典、

楞嚴經法華寶懺　金剛經清淨涅槃　常誦九連環鄉卷

又獵戶曰、你既然記下這些經典、不在你無影山居住來在、

我處所為何故、

因我處天遭年旱　不落雨整整三年　五谷不收民遭難

因爲打食到此間

又獵户曰既然打食到此就該端來正去然何落在我網中

可憐我命運艱難　猛抬頭牢鎖繩拴　放我活命高飛遠

又獵户曰觀見鸚鴿舌尖嘴巧喜之不盡上前將鸚鴿捉回

家中拿在場街去賣遇見長老僧人出白銀十兩將鸚鴿

買去拿回寺中那僧人有一金絲玉籠那籠上有八萬四

千胡椒眼三百六十窗兒內中有三到鐵鑛外有九鎖連

環將鸚鴿裝在籠中掛在殿前每日講經說法鸚鴿忽然
想起老母之言不由大放悲聲苦哉苦哉有偈為證、
有老母在家中心好煩惱　白鸚鴿在籠中珠淚長拋
想當初老母言若還聽到　免得我人惡山受苦悲啼
朝思量暮焦愁心好煎熬　我今日在籠中怎得脫逃
無奈了唸南無十字佛號　驚動了西來佛降下天曹

詩曰　鸚鴒籠中自　觀見達摩過

起身忙施禮　一心皈依佛

白鸚鴒讚罷十字偈言觀見達摩從此過鸚鴒上前即攔路叩見願拜門下為徒與我説個脫籠之計一朝出籠恩有重報答我領佛旨來在東土救度衆生未曾度人難道説我竟度你不成我若度你你是扁毛如何度法

我雖是扁毛之鳥　我曉得佛法三寶　不知運用難出竅

又你既曉得佛法僧三寶、是怎樣講說法、

皈依佛十方出現　皈依法法輪常轉　皈依僧毫光閃閃

又你既知法輪常轉都轉的是何物、

記下此佛祖經典、　叩頭參枉費心處　不知那是真修煉

又你不知真修實煉我就去了、　一

懇師傳憐我扁毛　脫了籠殺身難報　一點虔心皈佛道

天機

我怎敢走了消息　我怎敢洩漏天機、師傅傳我脫籠計

又你既求我傳授先發下紅誓大願、方纔與你說脫籠之法

我若是誑言虛說　將肉身化為血河　這是實言莫誑說

又既然如此聽我與我道來、紡績娘

達摩祖　西來意　聽我說個脫籠計　一要咬牙固住齒

二要低頭存住意又

採清風　合祖意　粧聾賣啞撲在地　長老不解其中意

打開籠而騰空去又　出了籠無影山下　從今再不貪玩耍

祖師法　真浩大

陪伴老母住祖家又

詩曰　扁毛都有修行意　人不如鳥太痴迷

勸君早尋脫身計　免得臨危受慘悽

人心曲曲灣灣水　世事層層疊疊山
古古今今多改變　貧貧富富自循環
將將就就隨時過　苦苦甜甜不一般

却說昔日有一賢人姓公冶名長其人心性靈巧能聽百鳥之言一日閒遊荒郊將身坐定嘆曰古人有言忠臣孝子治國齊家本有十大功勞國有殘　所害家出浪蕩之子化

如霜雪終、是一場空事、若還不信有詩為證、

天上星合月　地下水共山

四般長在世、人換幾千番

在此良言、讚嘆未罷　聽綠林之中、有二鳥作聲、一個哈哈大笑、一個兩淚悲啼、公冶長不知笑的是何鳥哭的是何鳥、不免上前看過、方知明白、皂羅袍

有屈情　公冶長　前來　看個分明

觀之原來一個是烏鴉一個是鴟鴞便問烏鴉你笑者所

為何事烏鴉答曰先生要聽烏鴉道來　要孩兒

有烏鴉　喜迎迎　請先生　你當聽　我今生下一孩童

抱卵一月精氣滿翎毛未全騰了空　每日打食將我俸

我今日有倚有靠　不由我喜在心中　讚曰

你孝你母非等閒　每日打食如敬天　孝順生的孝順子

把你美名天下傳

公冶長問罷烏鴉又問鴟鴞你今啼哭所爲何故鴟鴞答曰我啼哭怕死看你身旁無疾如何得死先生要問聽小鳥道來、

要孩兒

有鴟鴞　淚淋淋　請先生　聽原因　我今生下一孩子

公冶長便問鴟鴞你當初可吃過你母否　鴟鴞答曰到也吃過　讚曰　你吃你母無痛意　前輩行事後輩依忤逆生的忤逆子　把你苦處對誰題

公冶長觀罷二鳥不免與二鳥留詩一首

詩曰　一個喜來一個愁　二鳥林中訴根由

扁毛也愁生死路　何況世人不回頭

公冶長讚嘆禾罷只見山間之下來了一位採獵君子手
執彈弓從東而望西從下而望上就的二鳥展翅而飛
觀世人忠孝雙全　奉父母如敬蒼天　忠孝廉節天下傳
勝如拜佛去朝山
曾子養親萬古流傳　閔子盡孝繼母不賢二古人美名
世代傳

連人帶虎滾下去　不得上來怨青天　這緣是
欠了一命還一命　仇報仇來冤報冤

子房辭朝辭家詞　要孩兒

張子房　辭金鑾　有漢王　心不願　輔君治民為第一
高官厚祿任榮顯　入山歸隱是虛渺　此事不要在心間
輔孤王同把國保　子兒孫永列朝班

有子房　忙門言　奏吾主　心放寬　左右賢臣保社稷
主上江山萬萬年　為臣名利來看秀　赦我訪仙學參禪
三五年功成圓滿　那時節保主江山
有子房　下金鑾　文武臣　齊朝參　你今辭駕歸了隱
我等如何保江山　日後仙職若有望　憐念同朝把王參
走上前深施一禮　不由我心好悽然

自今朝分離過後　願衆公壽與天齊

有子房　喜迎迎　下金殿　徃前行　觀看世上人不少

都為名利日貪淫不知回頭把丹煉　無常一到萬般丟

早我個修行大路　免得那臨危悲憂

張子房　辭家園　抛妻兒　淚漣漣　今朝夫妻恩愛斷

萬貫家財離眼前雙雙兒女祢照管　親戚朋友休怠慢

為生死抛妻別子 怕 無常臨危來拴
有妻兒 走上前 勸老爺 休歸山 雙雙兒女誰照管
錦繡龍衣任你穿日食珍饈飲玉筵 行止動靜把佛唸
受用了四時八節 勝好你出家修仙
張子房 怒氣生 說賢妻 不聰明 你今留我終何用
英布彭越把命傾 韓信身死未央宮 龍顏惱怒不容情

恩愛夫妻兩分離　實想夫妻同到老　不料人心隔肚皮
半路想下脫逃計　衣服破濫誰漿洗　早晚誰來問渴飢
勸老爺　看家是正理
張子房　微微笑　吽賢妻　不知曉　你怎解我其中妙
人活百歲如春夢　夫妻好似同林鳥　大限到來各自逃
陽世三間由人造　陰司地府將誰靠　丟了官職修仙職

從今後兩下分銷

孔子哭顏回

思想門人真可傷　不由叫人哭斷腸

只因簞瓢陋巷樂　與衆不同真棟樑

吾乃姓孔名丘字仲尼只因顏回一死傳道無人思想起

來好不慟殺人也皂羅袍

莫你心胸、痛慺慺　打開琴音把琴奉
來弾琴聲音亂紊　哭顔回珠淚滚滚　学而時習認得真
其心三月不違仁　身入大道　獨步青雲　克己復禮
天下歸仁　論弟子　惟有顔回獨超羣
哭顔回兩淚如梭　不由人心如刀割　仁義禮智細琢磨
無有一件行的錯　簞食瓢飲　不改其樂　身居陋巷

另有斟酌　論德行　東山泗水首一個
想顏回博古通今　授吾學可謂知音　用行舍藏同吾心
亦足以發直可訓　擇乎中庸　拳拳服膺　你今一死
慟悔人心　哭顏回　哀聲能把山河振
哭顏回雨淚不乾　思想起實實可憐　雖然幫我傳語言
屢空更比端木賢　仰之彌高　鑽之彌堅　改過不吝

鯉一死余哀還由可　惟有顏回真可傷

寡婦詞　皂羅袍

正月裡寡婦煎熬　為恩愛割捨不了　丈夫命盡歸陰曹

丟下兒女無倚　一雙寃家　年紀幼小　自家事務

誰管誰照　這絕是　幼年寡婦把心操　看起來寡婦女前世少修積

二月裡寡婦憂愁　可憐我不像女流　半作男子半女修

經管田地做活路　推磨上碾　經管猪牛　織布紡線
不分夜晝　這纔是　幼年寡婦把苦受　苦盡甜來
三月裡寡　焦燥　出庄村去看春苗　麥子莞豆長的好
寡婦一見心忙了　要請老漢　做他不了　想請少年
怕人　笑　恨蒼天　殺我寡婦不用刀
四月裡寡　心痛　見旁人請下忙工　麥子莞豆收穫橫

五月裡寡婦心焦 見旁人安下秋苗 吩咐孩兒聽娘教
請你母舅即來到 與我點花 把豆鋤泡 上街入府
娘要指靠 當寡婦 娘家親人離不了 那是自然的娘家人靠的着
六月裡寡婦心慘 又只見天長夜短 寡婦房中去安眠
渾身汗水擦不乾 關門去睡 熱得可憐 出去乘涼
怕落閑言 當寡婦 無有男兒把心躭 自古長言女子節烈為貴

七月裡寡婦消遥　出庄門去看禾苗　谷子綿花長的好
我今一見歡喜了　從今日後　再不煎熬　谷子成熟
豆子黄了　老荅天　保佑寡婦庄家好　都是你的運氣
八月裡寡婦凄凉　織些布先縫衣裳　一雙寬家都穿上
寡婦總把寬心放　門差使費　要你承當　出了銀子
我心發荒　織些布　再卯使來完錢粮

未會安閒　當寡婦　泥裡水裡去經管

十月裡寡婦喜幸　為孩兒稟知先生　五經四書要讀精

學院下馬考童生　初考一場　金榜題名　紫袍玉帶

娘落賢名　當寡婦　守節立志功勞成

冬月裡寡婦清淨　備酒肉快請媒証　月老大人聽分明

託你與兒把親聘　仰望於你　六禮告成　迎親接娶

謝你恩情　當寡婦　誰來與我担重任

臘月裡寡婦逍閒　辦此錢要過新年　油蠟紙香合供獻

火炮酒醴謝蒼天　一年四季　缺少銀錢　初一十五

都少香烟　當寡婦　得罪神靈將誰怨

寡婦回心不改嫁　姊妹二人撫養大

讀書娶妻成了名　要與為娘把匾掛

恐怕悞娘無下場　苦守寒家　田地不廣　奴家年紡

恩養不倒　細思想　為娘把兒拋別了

保童聞言便問母親這句話而可是旁人講說還是母親

心上情願兒呀為娘只為家間貧窮日子難過別行改嫁

各討方便這個窮日受不了

看保童淚流滿腮　勸母親你聽心懷　母子正好掙家財

難說你把剛常壞　我父去世　訓誡母來　對天發誓

不出門外　我的娘　難說你把心腸改

保童開言詳勸母親娘守節立志兒長大成人真節牌匾

懸掛門上你看好也不好喜之不了

說甚麽真節匾掛　看起來盡是虛　兒子開口娘去罷

就是為娘大造化　你父死後　受貧受寡　如鳥出籠

人便是爲娘修積得好倘若遇着不賢德之人必受他人淩辱那時幹了一塲何事不如留娘在家撫養兒女長大成人名傳後世娘若不聽兒勸一心另嫁豪門去享榮華兒的耗名在外猶如潑水在地
有保童兩淚悲啼　我的娘莫錯主意　雙雙兒女相勸你
難說你無甯兒意　妹妹又小　未曾許配　爲兒年幼

還來聘娶　我的娘　千萬莫要去擇嫓

小叉才相勸為娘有心在家守節立志抚養兒女成人若是孝順還就罷了、倘若不孝、枉費娘的勞苦幹了一場何事不如為娘覓尋倚靠去罷

吽奴才不必相勸　把兒女養的精淡　有心在家受磨難

恐怕你是不孝男　要錢賭博　不准娘管　守節立志

若不孝神靈鑒察

有保章雙膝跪下　一心心把娘留下　守節立志把兒抓

但若不孝天鑒察　五雷打死　娘的冤冢　重別門户

六親笑話　勸毋親　鐵打心腸改了罷

說甚麼為娘鐵打的心腸自古長言講的却婦從小看大

三歲治老行止坐卧不聽娘教混了光陰不如為娘尋個

雲香寶卷

下落、
兒不必虛虛套套　你本是爲娘知曉　有心在家受煎熬
恐怕把娘失悞了　兒不成材　嫖賭嚼揺　三朋四友
引進圈套　怕只怕　爲娘日子難得了
保童開言使叫母親孩兒這般苦勸爲娘全不回心量孩
兒把爲娘無法兒有兩句言語說出口來任憑你去罷

割斷肝花　我的娘　何必把兒拋撇下

保童開言再勸母親若不改嫁念母子之情倘若改嫁兒手執鋼刀一把站在大門以内二門以外若是乘馬將馬腿砍斷倘若坐轎將轎打濫各州府縣憑憑你去投告，

保童一片心　良言勸母親

感動心合意　留與後世尊

十重娘恩詞

高高山上一樹槐　青枝綠葉長上來

為兒不把娘恩報　忤逆之子不成材

第一重娘恩　養育生身母　十月懷胎　晝夜娘辛苦

痛如刀尖　剜割娘心腹　臨產之時　性命全不顧

讚孩兒在身中憂愁百樣工　到今落了草　又怕產後風

讚孩兒痛慘傷滿床見血光　倘若血迷了爲娘不久長

第三重娘恩洗屎又洗尿　不嫌骯髒　每日洗幾遍

口啣水水　十指都凍爛　疼痛難忍　爲兒苦千般

讚娘的小冤家疼壞我肝花　受盡千般苦恐怕兒有

第四重娘恩　兒吃母陪伴　每日嚼哺　沾唇兩三遍

甜的兒吃　苦的母相餐　養大成人　誰把娘來念

讚孩兒洟漣漣左邊換右邊　兩邊齊尿濕把兒抱胸前

第五重娘恩　一見心歡喜　学言学語　樣樣都学習

漸漸成人　娘心方遂意　引的娘親　好似風魔女

讚孩兒得疾病為娘吃一驚　打發他父去快請好醫生

第六重娘恩　兒要只到晚　忙的娘親　急急連聲喚

冷來穿衣　飢時去吃飯　任意逍遥　不聽娘撒管

第七重娘恩　自思母情義　乳哺三年　晝夜何曾記
面上生殘　容顏都改移　身體枯瘦　好似乾柴劑
讚發兒本是要領童　十字街前任縱橫　聽見爲娘一
聲嗔　拍手打掌到家中
第八重娘恩　長大立門户　兒行千里　母擔萬里憂
貪花戀酒　家事全不顧　胡行亂走　何曾思家務

讚十字街前一座樓　老娘内邉苦憂愁　要得母親愁
眉展　孩童早回免担憂
第九重娘恩　戀家不修善　為兒為女　造罪無邊岸
瞞心昧已　看看孽貫滿　閻王面前　有口難分辨
讚地獄受罪冷浸浸　長枷鐵索帶在身　早知地獄來
受苦　抛下兒女去修行

讚閻王殿上掛鐵牌　巳時叫入午時來　三日不吃陽間飯　四日上了望鄉台

五更夢詞　凄涼吊

一更裡天重想起生死淚漣漣戀世情苦海無邊岸、男女心願又富貴榮華是枉然正享福、又被無常喚　躊躇萬千又昏昏沉沉靠枕邊睡着了、二鬼床前站、牛頭馬面

又拉拉扯扯見閻君鐵面無情漢、

二更裡天重猛然驚醒好傷慘想地獄號的通身汗、 劍樹刀山、又不論富貴並官員孽鏡照着口難分辨、 回頭有見、又開齋破戒罪加添、抽腸肚、口內銅汁灌、 碓舂磨研

又千生萬死苦無邊受盡了、打在輪迴衛

三更裡天重翻身起來穿衣衫拜明師要找娘生面、 萬木

又九玄七祖昇天界，報佛恩脱離恩情愛，

四更裡天重師傳言語仔細叅，叅透救母早昇天，性命雙

全。又賓主同行過玄關，解脱了，就是逍遥漢，加功細叅，

又九重鐵鼓一箭穿，捲竹簾，鉛汞勤煅煉，鎖住心猿，又

前後三三一担擔，肯行持，互烝得朝元，

五更裡天重清風明月幾人叅，脱了玄關人涅槃，我這還

原、又家鄉勝境在目前、騰雲霧、就見娘親面、 回家不難、又一去歸家赴中盤、迴光照、就[illegible]彌陀唸、 六門緊關、又今日回見到靈山、團圓了、母子同作伴、

懶修行

一更裡直然就睡、說修行總不明白、閣裡閣老烏洞黑、吹燈瞥眼誰哄誰 大限到來自己後悔、到臨危落個他鄉鬼、

三更裡正玄正妙翻過身仍然睡了意馬走脫不知曉萬法
何會歸一家瞞哄吃齋一世到老至臨危落得旁人笑
四更裡悠悠蕩蕩把修行放在心上自古男兒當自強發
坐在蒲團上魔王到來不固修養長伸腿睡個大天亮
五更裡還歸本地說修行總無實迹縱看丹經也無益無實
不得入真地師傅慈悲道友提攜把修行何會在意心裡

戒煙酒詞

詩參禪用酒煙薰壞三十三　前三後三倒怎能一肩擔

吃煙酒委實不堪　全不怕遮障先天　暗裡開齋嘴兒殘

迷魂之藥他偏戀　甘露洩漏　舍利不見　圓明鏡

只薰的　浮雲而散　讚曰既為佛彌沙　當遵守佛法

吃齋用煙酒　因小壞大瓜

只見海水往下拋　讚曰清淨七孔竅　佛祖出入道
真氣來往轉　滿天黑雲罩
吃煙酒助炎生痰　悞耳事要費銀錢　上下牙齒不堅完
一團濁氣難擇撰　地户不閉　引賊内竄　似這樣
你想來把老母見　讚曰佛法各宜遵　莫看旁人與
唸佛須學佛　戒規要守清

好吃人莫要生嗔　吃煙酒亂性傷神　黃庭地動紫陽昏
金烏不明玉兎悶　青牛炕死　白蓮濫根　似這樣
臨危怎把無生認　讚曰　既欲了生死　精神要無傷
凝盡元陽炁　怎能到西方
犯戒人聽吾苦勸　吃煙酒薰壞三關　滿腹邪火竅生煙
主人嚇得邅邅顫　七竅污壞　八孔噻乾　似這樣

參透無為道　功滿西方界

五更詞

一更鼓兒天、又莫把銀錢當心間、王百萬也把閻君見、少要熬煎、又莫為小事把臉翻、人在世活得幾十年

二更鼓兒多、又奉勸老幼細聽着、富貴人還要積善多少要遊波、又得歡樂處且歡樂、百歲人世上有幾個

三更鼓兒敲，又光陰似箭催人老，眼一睁，就把頭白了，少要操勞，又今生明死不知道，這無常個個難脱逃，

四更鼓兒排，又奉勸老幼你莫呆，人在世，製此穿合戴，少要苦挨，又積錢放債俱是害，到死後不得一文帶，

五更鼓兒深，又人活一世草一春，人在世，不過隨常混，少要相争，又好言好語勸你們仁義好，還要遠相親，

此處盡是大善人、各州府縣都有名、又懇辦會把經唸、又懇施捨出錢銀、廣結善緣佛功大、龍華會上占頭名、
叫我唸佛我不推、眾位道友坐一堆、我把佛頭來提起、遙望大眾要湊威、一家一個換到唸、三五日內不許回、
一見善人滿面光、三生有幸遇道場、早拜明師將法受、口唸無字偈無皇叅禪、打坐真人現、百年壽滿上天堂、

善人有緣遇我來勸你行善早持齋早早持齋把佛拜、今生富貴前修來今世修就來生福、身騎大馬坐八抬、

我勸善人莫要挨特齋唸佛早安排要學观音把佛拜、要效目蓮拜如来倘若衆信我的話、菩薩接你坐蓮台

昨夜夢見道友來、急忙安置米合柴、菜蔬菓品齊辦下、洒灰塵免沾鞋、你莫嫌我貧道友答伴善人坐蓮台、

一張棹子四角方，我請善人坐上方，到盃清茶解口渴，你把真言莫色藏，佛法大道交與我，千年萬載永不忘，日後成仙稱果證，我送善人上天堂

莫要焦，来莫要愁，紅塵苦海幾時休，有朝無常来取命，兒孫怎能把你留，金銀財帛帶不去，空手脚兩手墮獄囚，陰司地府無顧盼，你看焦愁不焦愁

我請道友來坐下時刻不離灵山塔、日月乾坤顛倒讖、子午
卯酉朝菩薩、三年九載不鬆駕、功滿真灵到天涯、
我請道友坐這方、結拜姊妹同燒香、莫要嫌我家貧淡、雖然
人窮情義長、商商良良把善做、功滿一同上天堂、
一進佛堂莫做虛、誠心誠意敬神灵、猿猴拴在双林樹、六賊
鎖在梵王城、無字真經口内唸、彌陀真經常在心

你們唸佛莫要爭，都是龍華會上人，誰個高來誰個低，唸個
佛偈奉勸你，各自大量莫惱氣，猶如姊妹同穿衣，
唸個佛來勸先生，五經四書讀得精，中庸天命之謂性，不可
須臾離黃庭，朝聞夕死聖人論，何不持齋早修行，
唸佛奉勸為官人，曾讀孔孟入黌門，聯科及第官一品，受享
爵祿管萬民，前生修就富貴命，在修來世為公卿，

唸首佛來勸太太、正好修行來持齋、前世修就貴千載、今生官門坐八抬、還要在修來生福、二世皇宮享自在、

唸個佛來勸少年、你學湘子捨家園、林英賢妻都抛下、終南山上苦參禪、三年九載功成滿、越牆成聖上雲端、

唸個佛來勸年高、多積陰功感神曹、三年七十金剛煉、果老騎驢過趙橋、何不回頭把丹煉、也學仙家赴蟠桃、

唸首佛來勸節婦要學李氏把塵出勸轉二人曾持齋李忠

李孝順學佛菩薩點化光相悟萬代香烟人欽服

唸首佛來勸你們夫婦双修早出塵馬祖丹陽孫不二同拜

重陽悟虛灵萬貫家財齊捨盡修成金仙永傳名

唸佛奉勸男子們多積陰功感神灵切既莫把賭嫖進損人

利己你莫行孝順父母為根本郭巨埋兒天賜金

唸佛相勸婦女們大娘嫂嫂你且聽何不持齋早向善免墮

血河受苦心生兒養女造下罪孽早懺悔修來生、

唸個佛來賀道家參透老君真妙法黄庭經上說的咪挹元

守一歸那[illegible]玄牝門上是咪封明了此[illegible][illegible]來、

唸個佛來相勸[illegible][illegible]釋迦大[illegible]佛發心誆照中土、阿彌

陀佛那裡出、佛法僧寶怎樣性法輪常轉轉何物、

打坐煉虛無收什法寶歸故土逍遥快樂上帝都

唸佪佛来勸二僧時時刻刻規定針四相皆空萬緣尽道之

不遠在舍城若還知到道妙景功滿蓮台得高升

唸佪佛来又佪佛奉勸人生走正路孝弟忠信為根本禮義

廉耻不可無若還持齋將工悟果滿西方封為佛

吽我唸来我就唸與你唸佪早看淡兒也淡来女也淡金銀

田土都是淡百年[illegible]帶不去何不趁早結善緣

你不唸來我又人來無别事、看你

持齋不持齋、長齋全齋戒早安排、

道友唸佛好声音、我今唸□話不真、声好須要時常唸、奉勸

世人早戒葷、要學観音出迷陣、抛去皇宮早修行、

你今唸佛嘴好乖、唸個佛偈人人愛、勸轉善男合信女、都要

修行拜彌勒、笑眉羅漢真心大、三期普度鈞賢才、

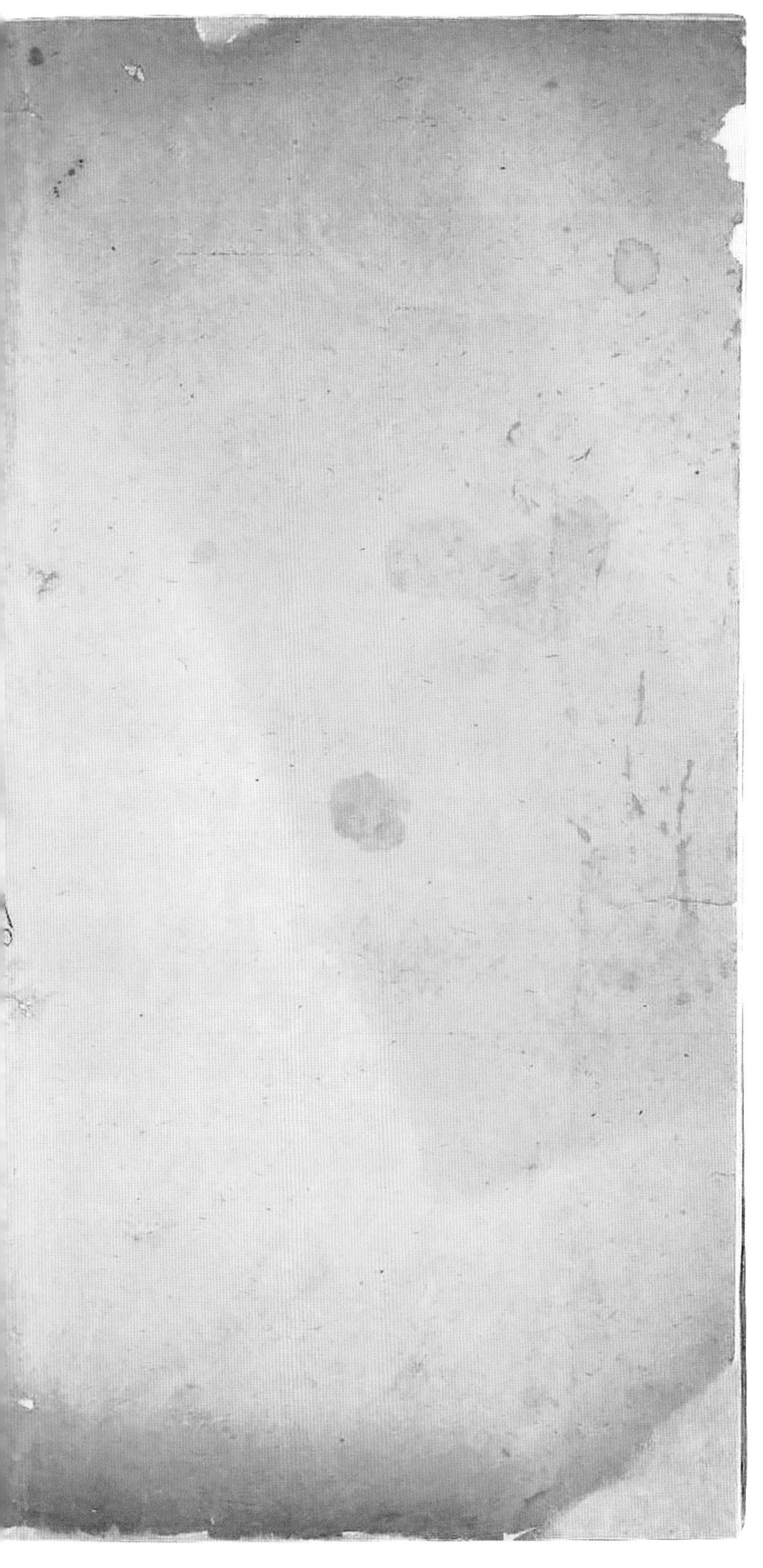

扫尘缘 一卷

线装，刻本，长二十一厘米。检索号：文库 19 F0399 0093。每面九行，行二十二字。白口，单黑鱼尾，上下双边。封面题『扫尘缘 全册』，扉页题『丙寅年重刊 扫尘缘 板存德州城东王官庄』，有『辅仁』二字，卷首题『扫尘缘』，版心题『扫尘缘』。

内容：

卷首有民国癸丑年（1913 年）静缘子序及无名氏序，相传该书为顺治帝修道之日所著的原本，有人从石室中得之，一直没有公布于世。在众信士的帮助下，静缘子将其付印。尾有精一子评。情节如下：

宋之后大道日堕，佛祖见世人不明性命，不修道德，作恶多端，造下劫难，损失惨重，于是邀集诸佛菩萨，升台讲先天大道。正在讲法之际，玉帝差太白金星前来传达旨意，说恰逢三期末劫，天堂设龙华盛会迎接得道之人，地狱接收逆伦的小人。佛祖派赤须佛投胎到爱新觉罗家族，搭救灵根。

神女佛古伦吞下神鹊衔来的朱果而有孕，生下儿子爱新觉罗·布库哩。布库哩因以大义说服兵锋相对的三部落而被奉为贝勒。后来九传至皇太极。此时明朝朝纲不振，农民起义风起云涌。赤须佛投胎为皇太极之子顺治。顺治聪明英智，六岁即嗜读书史，后继承帝位。应吴三桂邀请，清军入关。为避免大开杀戒，佛祖派达摩祖师进行点拨。达摩祖师化作僧人来见顺治，留下一篇书文，顺治读后，于是诏告天下，入关只是灭贼，不屠杀人民，不劫掠财物，奖顺罚逆。此举深得民心。

顺治统一天下后，想起以前达摩祖师的启示，有急流勇退之心。他对两个大臣说起自己做的梦，梦中有两个凶神指点长生妙法。顺治决定出家，托付太子给两位大臣。他逃出宫后去了苏杭，太白金星点化其拜杭州金山灵隐寺普定禅师为师，通过修炼，了生脱死。

山东莱州府即墨县小河村羊苏，家业万贯，四旬无子，深以为忧。有人指点他说非大阴功不能求子。于是他广行方便，积累阴德，长达数年。观音古佛奏明上帝，上帝命天罡星下凡，光大羊氏门第。于是，明天启元年（1621年）正月十三日子时，羊苏得一子，名衍泽，字纯仁，天资聪颖，过目不忘。羊衍泽六岁入学，十九岁中进士，但没等到放榜，李自成便攻进北京。到顺治年间，朝廷想拜其为官。其辞以双亲年老，乞求归家伺亲。后因守孝甚笃，又感动了观音前来点化他，授其五字经文。于是，他皈依并进行修行。后羊衍泽游至燕京西北天地山朝谒御庙，顺治在此等候，授无字妙诀八字灵文，让其四处劝化世人，如果遇到有灵根的人，就授予道法，以助三期普度，等待龙华盛会。羊衍泽到处劝化民众戒烟酒暗修性命，后来成为理门之祖。

孙奇逢，字启泰，道号钟元先生，保定容城人，十七岁中进士。明清鼎革后，顺治屡召不至。孙奇逢性乐山水，偶与顺治相遇，得其启示，亦拜到禅师门下修道，后从祀孔子。

康熙八年（1669年），康熙寻父至金山进香，看到一个不拜皇帝的奇异僧人，但康熙当面不识其父。回宫后，太后告知僧人乃是其父。后康熙再寻其父，意欲随父修行。禅师婉拒，和顺治向其讲述了为政之道和修行之道。

该宝卷散韵结合，韵文以十字句为主。

补记：

1942年7月2日，泽田瑞穗在北京致雅堂书店购得该宝卷。《中国宝卷总目》记录了包含该版本在内的两个版本。①

注

① 车锡伦编著：《中国宝卷总目》，北京燕山出版社，2000年，第207页。

掃塵緣

全冊

丙寅年重刊

掃塵錄

板存德州城東王官莊

掃塵緣一書乃清太祖順治修道之日所著之原本也自序生平前因後果以至臨御功成永退之情由一一悉載又將拜師得道而與聖經賢傳眞情之隱義歷歷指陳書成之後隱而未顯予幼朝南海憩於金山偶於方丈中獲見是篇詢之長老曰此書相傳爲清太祖手著有人從石室中得之存之已久未曾行世予循讀再三讚嘆不已而言詞雖涉鼓兒精義直透九霄眞不啻班馬之筆韓蘇之文講者義正詞嚴直如孔孟垂訓宣者何工韻穩宛似李

社賦詩不惟能詰誡下士更可以啟迪高明矣予憐而愛之祈假於長老幸而不吝以應其請遂携而歸藏諸笥中已數十年於茲矣因思時逢普度善與人同欲付棗梨公諸天下而工程雖然不廣奈予囊橐太空未能如願幸有諸君子且憫且憐不忍廢棄樂出資財共成盛舉不惟揭揚著書者之苦衷而且更贊襄於普度矣使予感佩無窮願彼蒼大加福壽也哉以誌巔末聊爲序云

時在

掃塵緣頂批序

嗟夫性命不修漂泊難逃夢幻死生無定輪迴怎見眞常夫人秉陰陽之氣鍾天地之靈以成形質若不求扭轉天地摶弄陰陽則何以致無上之妙道豈不辜負賢才者哉予幼讀詩書丹桂早折本欲致君澤民以全忠義奈遭刼運之興滄桑之變黃鍾盡棄於斯世青眼難加於今時故挂印歸田苟延歲月因思孟子存心養性之篇大化謂神之句則可以事天可以完人然而雖欲窮本恨無得其源

耳諺云人有是志天有是從後遇東野靜緣子者以悟真參同諸道書授之予莊誦之下忽而恍然方知存養神聖之說盡明於此矣文雖儒異道與儒同由是推之不惟能修身齊家以平天下而更可以入聖超凡耳遂虛心求教幸蒙不棄得忝門牆又以斯書相授令其批評予思書之由來雖自金山所獲其間奧旨微辭盡被先生手澤是正無由一辭相加而既受其囑何敢相違故而塗抹忝作頂批云爾語雖草率義實親切倘遇達人見而豁然默悟了

麟卞和不得不哭玉矣嗚呼惟賢明鑒之後學無名氏序

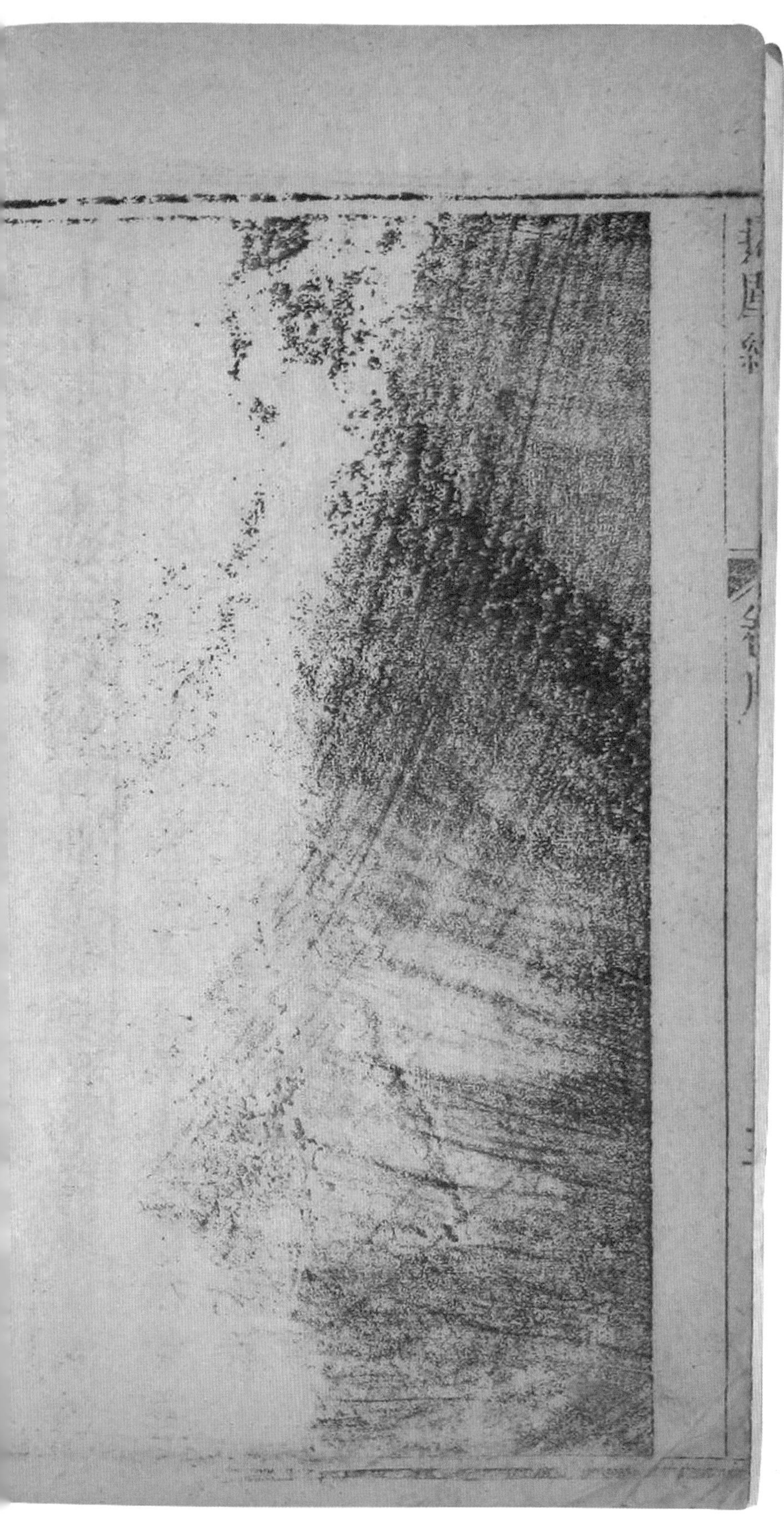

天開地闢以後陰陽五行判分乾坤毓秀鍾靈根釀成九六真人因將三才配合奉命齊下東林酒色財氣四字網羅不得脫身故開黃道訓諄諄打救原人返本

夫道者乃生物之理立極之端也故天地人無道不生無道不立天有道四時八節不失其常而能常清地有道五嶽四瀆各安其位而能咸寧人有道三綱五常不亂其序而能入聖故道德經云天地之間惟道最尊道在唐虞君明臣良道在成周父作子述道在春秋師聖弟賢溯厥由

來莫不心心相傳口口相授自孟子沒眞傳失人慾肆而天理滅矣迨至達摩度世單傳已與釋門六傳至宋周程張朱應運迭生道又歸儒世遠年湮人往風微大道鮮有不墮者矣爾時西域蓮花國掌邦大教主慧眼遥觀見斯世人民不明性命不修道德十惡不善造下延康大劫十死入九幽心不忍遂邀集諸天眾聖洞府羣眞登入寶之合陞九蓮之座諸佛菩薩朝禮三匝各入班就位　尊者言曰時值明末蟠桃不久將熟人心如此不變眞靈漸消

眞先天之理演說一番
拈金花登寶蓮雍容滿面　諸聖眞衆仙佛靜聽的端
自無極混混沌陰陽未判　無天地無日月無有支干
陰之極陽便生毫光以閃　毫光氣體清輕上浮爲天
又待至子之半五千四滿　重濁氣下凝結地始位焉
有天地無人民三才缺欠　無生母育五行化生先天
以天地爲爐鼎陰陽煆煉　陽生一陰生二共濟成三
將水火木金土時行運轉　煉一粒黍米珠號曰金丹

金丹內別清濁各得其半　清輕者升太虛濁降塵凡
向我等氣質清未受濁染　纔能得與天地造化同參
不生滅常安樂苦惱盡免　觀自在無行識終日乾乾
惟大地眾凡流深深可嘆　把先天真來歷置之不觀
昧良知昧良能汚俗同染　縱心猿放意馬財色是貪
氣秉拘人慾蔽天理乖舛　邪引誘物奪搖心性倒顛
久久的把虛靈消耗始散　將一着先天性墮落深淵
歸四生入六道輪廻周轉　失真常無歸期難以還原

不久間定然有敕旨傳選　定淡劫救原來各有主權
尊者正講的興濃之際忽見金光閃閃如是　天使來也
抬頭遥觀遠見太白金星手捧　玉旨冉冉將至如來忙
率羣眞擺香案迎接金星開讀曰　玉帝旨下三佛如來
聽旨近因運逢午會刼屆三期正天人合併之日善惡兩
分之時天堂高設龍華迎選修道之君子地府廣開諸獄
收伏逆倫之細人權雖天主事必人爲勅爾文佛旁求俊
彦若時登庸令伊應運而倒莊逕渠借毋以投生或爲忠

爲孝或作君作師繼前聖而大敷五教啟後人而廣助三期作當時之標榜爲後世之紀綱事在緊急惟佛是賴欽此　王旨讀罷諸佛齊呼聖壽無疆送天使回宫繳旨且説佛祖暗自沉思此逢龍華勝會正當天翻地覆之時非等閒可比若無經天緯地之人怎做出類拔萃之事何以能振起高明今有丙離宫赤鬚佛前因與宋滅周有失臣節又兼定鼎之後失恩功臣後患腰瘡被二世金針刺死至今未得復位現依本宫修養不若令彼當此責任以償

性情愚昧倘再失足奈何奈何佛曰尊者不要躊躇今非
昔比如怕墮落待其功成咱即差人指引早得皈依善爲
修養一則完全自己功果二則作爲他人榜樣夙孽已消
大功又立豈不美哉赤佛聞得這番言語頗展愁容請問
誕生何處系出何族佛曰察有塞北番王　愛新覺羅氏
修德九世雖開疆展土盡以德化並無勢取況今明絕將
終正值番王臨御之日也後人中原位正九五代天立極
興民興利皆在君一人而已赤鬚曰旣蒙荐拔敢不如命

再乞明諭以開愚蒙佛如其所言而即語曰

歙金容啟玉齒滿面含春　赤鬚尊細聽咱說段來因
凡吾党因得受佛心相印　纔能得脫苦惱位證金門
即證果務必要守元抱本　代天地贊化育補綴乾坤
只因你紅羊刼誕生應運　事後周官檢點扶佐嗣君
爲臣子當該盡臣子之分　是爲何生逆謀欺幼存心
在陳橋遭兵變臣節失盡　惟帶酒任侍從黃袍加身
將綱常與倫理置之不論　欺孤兒淩寡婦大傷天心

形體虧神氣喪位難返本　只落的受悽慘零落於今
今幸遇否泰交皇圖應運　衆星宿齊到莊建立功勳
更蒙得上皇爺大施惻隱　又命你投塞北再降凡塵
此一番下凡塵必當謹慎　抱道德行仁義正心修身
時正值延康初刼運凶狠　魔王起遍九州盜寇如林
衆黎民在水火無處投奔　全賴你展洪籌扭轉乾坤
率群雄入中原妖氛掃盡　據幽燕掌山河天下君臨
除殘暴安善良天應人順　解倒懸拯水火人歸神欽

以此功抵前愆夙孽消盡　到那時當回首退步藏身
欲皈一必須要清靜爲本　切莫要被風光哧却前因
求高賢寄重托謝却大任　棄富貴捨恩愛隱身山林
自然的遇明師傳受心印　勤裡修苦裡煉煅煉丹金
功行滿脫凡體瑤池宮進　攜九玄並七祖朝拜娘親
受天爵享天祿無窮無盡　稱大忠稱大孝流芳萬春

如來把前因後果一一剖明使彼心地豁然郎命送生菩薩送往滿州投生且說番王始於吉林之東長白山山下

奇異及長母告之以故命愛新覺羅爲姓布庫哩爲名後遊蒙古地界値三酋搆兵布庫哩以大義說之三酋遂息爭戰奉爲貝勒妻之以女此乃大清開基之始也後九傳至帝適逢明綱不振闖賊猖獗受明臣吳三桂之請遂入中原擊走闖賊以臨天下此是後事且說番妃搭喇氏因感陰陽遂備六甲妃性賢淑端一莊誠及其受娠目不視惡色耳不聽淫聲口不出傲言比誕之前其母見有紅光繞身倚以驚以爲火近救不見如是者屢及誕之先夕夢

神人抱子授之曰此統一天下之主也授置膝上其人不見次日誕生之時紅光照耀異香彌漫生而神靈志量非常稍長聰明英智六歲便嗜書史及先君升遐衆文武奉爲嗣君王雖沖齡內仰睿親王多爾袞攝政外恃鄭親王濟爾哈備邊其餘諸王貝勒戮力同心和衷共濟後淸平四海天下混一可謂太妃爲能胎教矣再說明主崇禎登基以來連年荒旱盜賊蜂起雖然政治嚴明怎奈先君寵幸中貴竊柄弄權綱紀板蕩根本搖動縱使高宗光武復

允其所請大誓六師連軍入援再表　佛祖駕坐大雄寶
殿一陣心血來潮凝神沈思便會其意前命赤鬚降生塞
北使其戡亂拯民以償夙債今被央三桂之請大興人馬
而下中原不日大功成就切恐殺戒大開寃緣重結正位
之後難以性復其初空勞一番神思不若令達摩中途點
化指破來因使彼鬧裡取靜事上存心以備後來之結果
即將達摩召至說明其事尊者謹領法旨即遂東土而來
達摩祖來東土高駕祥雲　舉慧眼觀遍了大地乾坤

普天下四部州一字包盡　一字中生出來萬教千門
惟酒色與財氣凶惡得狠　人若是親近他必墮沉淪
酒性甘能亂性失節喪品　色性溫善誘人敗國亡身
財性寬最招禍家傾命殞　氣性剛惹是非顛子連親
是何人設下者四大迷陣　陷害了塵世上多少愚人
上天爺見此情慈心不忍　纔命我下東土打救靈根
嘆世人被紅塵迷昧得緊　竟忘了先天事本來原因
生逆謀行逆徑以逆為順　貪假名圖假利用假作真

將靈光只磨的時虧時損　把識神反弄的日染日薰
先天理本來面漸漸喪盡　有外妖與內魔時時爭吞
把一粒無價寶消耗殆盡　雖然是人形在何異獸禽
金烏趕玉兔催連聲陣陣　不覺的鬚髮脫精竭神昏
大限到閻羅王從不失信　差無常執簽票找上家門
有妻妾合兒女誰能替問　只落的悽慘慘一靈孤魂
隨鬼使入幽冥閻君拷問　依功過定賞罰苦樂攸分
善者賞惡者罰絲毫不紊　鐵面情不論你王侯公孫

即富貴造惡孽身轉禽獸　縱貧賤修善果位證佛尊
下超上上墮下是何定論　總而言皆由於天理良心
勸世人早回頭切莫迷混　休等到大限至求救無門
盡孝弟守忠信培植根本　抱道德行仁義增福有神
訪明師求一貫指點玄牝　用君臣三昧火煅煉金身
三千功八百果丹書接引　歸極樂不生滅永遠長春

尊者行說行莫早離行營不遠接落雲頭化一貧僧來至
營門求把門軍官往裡相傳就說貧僧有急秘事相見軍

便問行止軍人回稟遊僧一人並無携帶王曰既無携帶
又保僧人諒無不測略備侍衛便相傳見俄見那僧慈眉
慧眼佛面法身身穿百衲衣足登紫荆履懷抱鐵如意飄
然而來感動胡主肅然起敬乃曰不知聖僧駕臨敝壘未
曾遣使迎接失敬失敬即命看坐獻茶僧稽首曰鄙俗野
僧不諳禮儀冒瀆洪威罪犯唐突幸蒙大王不即見責實
屬萬幸何敢再當賓位王曰天下好事盡出佛口聞者俱
得超升豈有立而論道之理僧方告坐王又曰居何名山

在那洞府不以養性修真爲何法駕辱臨必有見教僧答曰只因良辰將近蟠桃堪熟上奉　玉帝勅旨又領佛祖牒文命咱邀集三界十方諸聖群真共赴蟠桃盛會天緣預定偶爾經此祭知大王抱道負仁恭行天罰眞應天順人之主故不避唐突特來相邀耳王見那僧形容古者言語顛狂雖不樂于順從亦不忍于遽絕遂應口曰既承聖意本當相從怎奈妖氛正熾生民塗炭即使身登天堂筵赴蟠桃于心難安待其掃盡群凶肅清疆宇那時方能從

放於案上轉身告退王欲挽留杳然不見知是神人指點

謹將遺文焚香開讀

上寫着西湖僧提筆拜上　多拜上興國君濟世賢王

只因爲世運衰干戈擾攘　上皇爺勅令君治國安邦

你因此奉差遣西剐東往　闢靈山投塞北應運倒莊

生胡野長遐荒地近魍魎　水土硬人性剛以鬪爲強

輕禮樂重殺戮惟勇是尚　少講究不理會聖賢規章

幸賴君尙文明德修學講　道以德齊以禮化暴爲良

貴國中只化的文質相當　家雍穆國和順世道平康

惟至聖五德具周遍淵廣　自華夏及蠻貊聲名溢洋

近只爲惡風作生波起浪　南國中只鬧的國破君亡

仰大德臨滅國惟輔惟相　故所以千里來搬請賢王

此一去願明王慈悲爲上　省刑罰釋重誅招叛納降

體天地好生心德行寬廣　法堯舜勤政治救世心腸

皇天爺無親疏惟德是相　自然的默佑君到處吉祥

人施德天垂蔭天人合相　治化的四海清萬民安康

如不然試觀那今來古往　富貴中有幾個有好下場
見多少身榮耀王侯宰相　到臨危俱都是空自悲傷
總不如訪明師法求無上　移造化扭乾坤顛倒陰陽
五行山玩日月神情浩蕩　入寶爐駕烈火煅煉金剛
煉一顆紫金丹徐徐溫養　待其熟吞入腹即步天堂
君莫笑這篇言文義不廣　這就是回生術起死妙方

且說王將書看完暗自沉思這篇言語的是確論爲王當潛心理會正沉思間忽有大學士范文成進帳献策曰此

去燕京千里迢遥問有重關之阻流寇之擾若以兵力攻取豈不遷延歲月不若遣使佈告各州府縣示以此行特期于滅賊以安天下不屠人民不掠財物有開門歸降者官則加陞民則復業録其賢能恤其無辜若抗拒不服城下之日官民悉誅如是燕京以北則傳檄可定也王嘉其言而行之因此兵不血刃直抵京師且説闖賊攻陷帝都帝后煤山縊死賊僭號稱尊大索宫闈拷掠官吏不過以財色是欲豈有遠圖之志一聞大軍將至便燒焚宫殿磬

上寫着奉天命受承皇運　下佈着除殘暴安撫良民
皆只爲李闖賊猖獗大甚　逞凶惡犯帝闕害爾邦君
偪死了帝與后拔去國本　重擄掠官合吏又起狠心
街市上遍擄取縱火燒焚　僻巷內苦搜求擾害黎民
縱暴兵入城市絕不戒禁　肆強橫淫婦女惱怒天心
與爾等結下了通天仇恨　似海深寃與仇無處去伸
衆百姓在水火性命殆盡　幸而有山海關吳大將軍
書血表求救援言詞哀懇　因忠義纔感動我國君臣

故不辭千里遠而來剿恨　最可惜李闖賊望風遠奔
曉諭億眾黎民各安本分　爲王的自然有好報佳音
知爾等這些年受盡苦困　又敗家又蕩產又或亡身
編保甲聯名姓准其上本　按人丁各發給十兩紋銀
賦稅欵三年裡不教納進　關蠲例盡豁免一概更新
君后崩無所歸當於我殯　先朝裡舊典禮依然敬遵
倘若存皇後裔切莫隱遁　贈爵祿奉祭祀拜爲虞賓
再勅命有司官跡訪察問　細察訪忠貞的元老舊臣

此榜一出士庶人等無不悅服俱焚香歡呼塞滿街市王
即命攝政王又撫諭一番遂將所出的條欵飭部即行是
此一舉把個弔民伐罪的賢名朝野稱揚遂感動直隸山
東江河等處齊來歸順後待其天下平定始正大統建極
改元大赦天下光陰荏苒冬去春來不覺一十八載時逢
清明佳節適年豐登萬民樂業帝乃預先傳旨曉諭滿漢
文武屆期隨駕祭掃共相遊玩聖旨一下誰敢消停竟于
是日黎明之時齊集東華門候駕少頃帝后齊出后坐龍

鳳輦帝乘逍遥駒排佈鸞駕環列侍從前呼後擁君倡臣隨又兼百姓焚香慶祝歡呼夾道帝纔不禁忌與民同樂真乃重見太平之世復覩堯舜之天自漢唐以下未有如此之盛者鸞駕方出都帝又傳旨令人馬不要緊急緩緩安行帝坐於逍遥駒上舉目遥觀但見山明水秀氣朗天清回憶自塞外起兵而下中原掃盡群凶肅清疆宇貴為天子富有四海真人生之勝事也

順治爺在馬上微開笑口　衆愛卿聽寡人訴說從頭

煤山上偏死了帝與皇后　登大寳僭稱尊身坐龍樓
吳三桂上北國哀表求救　見爲王悲切切血淚交流
有寡人感忠義允其所奏　擇吉日誓六師大動貔貅
李闖賊聞風聲即早逃走　僭君臣因此纔據守幽州
日月轉星斗移光陰疾驟　不覺的忽已經一十八秋
今正逢清明節招魂插柳　士女們來踏青野外閒遊
觀群木齊爭榮盡皆吐秀　見泉水任回環逍遥長流
羡萬物欣欣然各得時候　最可嘆我今生形神已休

觀到這裡不覺的哏呀一聲俗語樂極生悲話眞不假當只因四海寧靖又逢佳節故而大擺鑾駕統帶文武雖然祭掃亦作遊玩故與羣臣歡敘樂談言行之際便觸起急流勇退的情懷遂改了念頭又想起初下中原路見那僧的時候來了

回想起那聖僧曾授靈文　至而今未嘗忘謹記於心
眞乃是金玉言嘉美之論　教爲王早回頭早修善因
那時我功未成心意不肯　空負了數十年良辰光陰

把心猿與意馬牢牢拴穩　再不肯空優柔效法愚人
且說天子見景生情遂把心腸改變主意已決並不與他
人言講及至皇陵無心流覽即命長隨陳設上祭令衆文
武隨班行禮祭罷傳旨回京一路不表待聖駕入朝文武
各散惟大學士馮銓鄭親王濟爾哈兩相謂曰近察上意
這番出京雖以祭掃爲宗兼有遊玩之舉駕初載道龍顏
溫和談笑自若沿途以上非觀山水即論古今將及中途
何反如也頸項頻垂終日默默笙簧不樂於耳甘旨不悅

於日臨祭草草歸心似箭未審何故今日時已至暮晉且
回府各修洗塵的本章以接風爲名藉聞採訪端的話猶
未了只見常隨太監頂旨而出一見二人不勝歡喜乃曰
咱奉聖旨正爲傳請老王爺老相國而來何其巧也二人
便問今上駕在何處曰現在養心殿候見二人隨旨來至
殿前伏俯金闕三呼萬歲各道風塵帝曰二卿平身風塵
彼此命太監設坐二人謝坐復奏曰主公連日碌碌駕方
回宮未及休息便傳臣等進見未知何事請領聖諭帝曰

前出京眾文武陪伴王駕　那一晚在中途行宮駐劄
有庖人進晚膳王將用罷　只覺着二目澁身體困乏
命常隨展行榻連衣卧下　方合眼得一夢把朕嚇殺
二人齊問所夢者何事這樣的凶惡呢
我夢見二凶神從天降下　執寶杵貌猙獰身披金甲
見了主公說的是甚麽
說爲王祿位終該當乘化　在靈霄奉勅命來把朕拿
此是夢幻何必深信呢

人怕死物貪生這話不假　有爲王許賄賂哀懇救搭
他一見這光景即刻變卦　說停限還指點長生妙法
又問指何妙法對爲臣講來
欲長生須放生莫惜重價　還必得入禪林身披袈裟
夢醒來只嚇得心驚胆怕　無奈何焚信香哀告菩薩
在中途心如焚未敢歇馬　方入宮故所以即把旨發
知卿等俱可以託孤寄寡　把太子交與恁王要出家
說罷即傳國母太子上殿母子二人來至殿上參見以畢

殿哀哀而奏曰

國母殿前來奏本　未曾開言淚先淋　萬歲連聲稱不盡
細聽小妃奏來因　昔年初把中原進　遍地干戈亂紛紛
地瘠年荒多苦困　水浸火焚更艱辛　君衣我衣手持刃
率領文武眾羣臣　先據燕京爲根本　後靖大難定乾坤
人心感戴天心順　四夷拱服推爲君　天下初定未安穩
正當垂教化黎民　而且太子欠教訓　爲何生起這樣心
萬望我主施惻隱　憐念小妃母子們　待其太子年英俊

那時去留任於君

國母奏罷天子微微冷笑說御妻之言差矣你教人憐恤母子尚幼待其太子成立再去未遲我且問你倘若大限當前是何人憐念寡人呢

皇爺開口把話呼　御妻說話太糊塗　雖掌皇宮爲內助
胸中居然少洪模　教朕少留且停步　憐恤母子形孤影
欲念恩愛流連汝　大限若到竟何如　試覩朝夕走烏兔
往來催人甚是速　正在青春形如虎　轉眼憔悴骨已枯

有緣若得入門戶　是我本來眞面目　無拄無礙無阻隔
無得無失無榮辱　再得明師求調護　點破虛幻返眞吾
莫言神仙人難做　形神俱全便是佛　非是爲王入岐路
前代名人已圖謀　張良因此辭漢主　范蠡因此歸五湖
此事卿等若羨慕　一同偕往竟何如　勝是待漏寒五鼓
羽化登仙謁帝都　朕意已决勿再阻　莫費神思枉勞祿

說罷不待二人開口即命太監捲簾退殿竟入後宮弄的二人滿腹言語出口不得只落的面面相覷而已國母曰

主上意正濃盛不容諫阻煩二卿待明日邀集合朝文武交章苦諫再看聖意若何上旣入宮本后不得久待二卿晉且請便二人唯唯而退再說天子進的宮來心中自思如此行動明日衆文武必來苦諫更有國母纏繞事終不便不若待后來時用好言相哄使其心無疑猜那時爲王自有道理話猶未了母子已至帝郎命常隨穩坐后與太子謝坐坐下帝曰朕於路上多不隨心因生煩惱進的宮來故有適纔之論不惟使御妻躭憂而且貽笑於卿相此

主上回心妾願足矣適纔之言幾乎把小妃嚇殺帝親自
扶起又以笑言相慰少頃宦人進膳帝命君臣父子夫婦
同棹共飲者纔是最難防者是暗箭有心算計無心人
他君臣共對宮燈同舉觴　順治爺假作殷勤笑臉揚
望國母展放襟懷莫惆悵　還要你格外海函恕爲王
都只爲時逢佳節把墳上　一路上事不隨心回朝堂
也是我規模褊淺無度量　進朝來立宣大臣與親王
養心殿不論好歹往外講　鬧的個內外加憂不安康

爲王的回到宮中細思想　只覺着大失言語好無光
望梓桐不念舊好多原諒　念其係自幼結髮情義長
朕素知國母飲酒有海量　卽分附常隨小官換巨觴
順治爺滿酌三杯親奉上　三杯酒聊作賠情敬皇娘
國母酒量本來不佳而且又飲多時欲待應命恐其過量
再說不從又怕違旨正自遲疑帝又說道國母緣何不飲
莫非還怪爲王的麼待爲王親自把盞謝罪說着將酒捧
至面前國母一見那敢消停說小妃罪該萬死敢勞皇爺

安歇去罷復又屏退侍從聽了[illegible]已盡三鼓遂展箋揮毫寫嘆世詞一篇

註寫着兔走烏飛東復西　勸世人切莫枉自用心機
細思想百年世事三更夢　再看那萬里江山一局棋
時正值禹疏九河湯放桀　一轉眼秦吞六國漢登基
從古來勝出多少英雄輩　俱都是南北山頭臥土泥
朕因此看破往來循環理　故所以謝却塵緣去皈依
眾文武若竭忠貞體大義　恁大家輔佐太子定邦基

如不然朕不強求隨爾志　從今後那管參差不參差
又賦惺心詩三首押放案頭詩曰
天下叢林飯似山鉢盂到處任君餐黃金白玉非爲貴
惟有袈裟披更難朕爲大地山河主憂國憂民事最煩
百年三萬六千日不及僧家半日閒
來時糊塗去時迷空在人間走一回父母未生誰是我
生我之時我是誰長大成人方是我合眼矇矓又是誰
不勝不來亦不去大雄寶殿常相依

吾今撒手歸西去那管千差與萬差

遂脫下龍衣改換行裝帶些細軟及明湶出宮門來至街前買兩件庶民服色到在僻靜之處扮作相士急急而往及至宮中知覺召諸大臣酌議訪查不必細言單表天子出的京來心中自思天下地面雖廣最勝者惟有蘇杭此地有崇山峻嶺方丈禪林廣生俊秀多出隱逸到在那裡是好區處主意一決以遊東南走下來了

離京都遊陽關身登古徑　急忙忙好以似倏鳥出籠

畏生死怕無常顧惜性命　因此事黑夜間逃出皇宮
把富貴與榮華一旦拋淨　有嬪妃合兒女一眼看空
再不戀普天下黎民百姓　再不戀合朝裡文武公卿
花如錦溫如玉不樂與共　心如死意如灰廣求長生
憶昔年受他人陰謀擺弄　悔不該入中原創立江紅
起義師靖大難傷多性命　開一條寃孽路無限深坑
從古來循環理絲毫皆應　怕的是寃報臨立見亡傾
黃粱夢被晨鐘剛剛驚醒　把從前坎陷處欲待修平

萬一的把上天惻隱感動　發慈悲宥罪過賞賜光榮
他正然存意念精進猛勇　忽然間雲四起細雨濛濛
起初時洒楊柳甘霖細弄　到後來搬天河直往下傾
渾身衣都濕透遍體寒冷　兩隻脚盡打破雙足流紅
只淋的心性亂迷了路徑　沒奈何彌陀佛高呼連聲
上天爺若不施魔難考懲　冤孽賬性命債怎能消清

話說天子只淋的心性迷亂不分東西暗自說道不受苦中苦怎得甜中甜朕自臨御以來性靈庖于廚刑罰出于

口所結所欠無有底止若不受些危難塡補寃緣豈肯罷休此正是消孽了債之日也俗語聰明不過天子此之謂也不說天子甘受無怨早驚動太白金星說只從赤鬚臨凡今已四十餘載雖臨極樂之境却也未脫來因念其苦心一片使其災難早脫遂在前面化一廟宇等候且說王跋泥涉水苦往前遊又加腹內飢餓天色又晚正在無聊之際忽見一廟甚是歡喜忙走進山門尚未落坐從裡面走出個小沙彌來說此處不是店房不住行人老客請出

修行聊且忍耐正自沈思忽聽裡面歌聲飛來歌曰
人生七十古來少日月偏人容易老正見春來百花放
不覺冬至萬物掃酒色財氣四個字惹得愚人晝夜跑
只知貪圖眼前歡不知死後怎麽了一日無常找上門
不論富貴與大小登時帶到森羅殿閻君善惡即察考
善者超升天堂去自在逍遥無煩惱惡人打入地獄中
痛楚百般加掠拷地獄天堂路兩條光明幽暗任君找
君子常言爲善樂小人偏說便宜好試觀兩條苦與樂

、那是相應那是巧世人欲享天堂樂打破迷津煉三寶歌罷而問曰將門闔好快來上晚課延遲則甚沙彌回說有人在此趕着不去應曰佛以慈悲爲主旣然有人想是避雨投宿豈有催趕的道理領進來罷天子聽到這裡心中略安然些跟定沙彌來至大殿只見那僧破衲草履迎逕甚恭參神已畢各打稽首命沙彌看坐略問來由便奉齋飯王曰無故討擾於理有碍今日權且領命他日必當補報僧曰野寺荒庵供乏甘旨蔬食菜羹何堪言報王見

禪俗僧之比必然道高德厚見性明心若不棄凡庸願拜
下風早晚以領教誨僧曰君言誤矣荊棘叢中豈有鳳凰
棲止此處路衝人繁修人豈樂於此既承錯愛當爲指引
有僧之同人現居杭州金山靈隱寺乃唐臣駱賓王也因
討武則天事敗歸隱曾受眞人傳授法能超生了死躲脫
廻輪不然焉得壽享千載君如愛慕明日令小徒相送彼
必收留說罷即設床榻令其安寢王自有生以來何曾經
過這樣的苦處身體實在困乏方一合眼便自矇矓者一

覺直睡到日上三竿方纔醒來睜眼一看身卧在山岩石上僧廟全無好不驚訝得狠呀

身坐石崖口內焦　反復尋思好蹊蹺　昨日冒雨陽闗道

四望一空無處逃　晚來投宿在古廟　遇一僧人道德高

開口言語多玄妙　舉止動靜甚逍遙　天文人事無不曉

古往今來盡函包　朕向坐前去問道　指我陽明路一條

金山靈隱寺長老　廣大法門委寶高　胸藏日月長生道

前去拜訪莫辭勞　說罷床榻已設好　令我暫歇待明朝

仔細沉思說是了

細想僧人那容貌　必是神人下天曹　暗施法力來護保

送我千里路迢迢　百叩連聲稱佛號　答謝洪慈恩德高

忽一轉眼　又見山花開放好　景色怡人樂陶陶

梅鹿啣花滿山跑　猿猴獻果捧仙桃　到處飛鳴靈禽鳥

許多跪食乳羊羔　樵夫山上割山草　牧童牛背吹短簫

山石高接望杳杳　山水廻環流滔滔　愈觀愈愛愈覺好

塵情了蕩萬緣拋　山湖佳景世罕少　勝是為王坐九朝

正然觀看無邊妙　來一童子歌聲高

話說天子正然觀看山景來一童子道服麻履頭挽雙髻手提花籃口唱道歌迎面而來歌曰

野外清風拂柳池中水面飄花借問安居何地白雲深處有家

待其歌罷王稽首而問曰借問仙童此山何名地係何處所轄童子答曰地屬杭州山是金山又問靈隱寺在此山否答曰正是又曰某初至此山徑不識敢勞仙童相送一

得攀藤扶葛分草移石崎嶇而行及至山頂但見層巒疊翠高插摩天瑶草琪花横繞懸壁麋猴分牟鶯鶴並舞陽春初回山色草色盡秀清風一過泉聲松聲相接眞令人心胸泰然塵緣頓滅回憶名利塲中眞有不堪言者雖貴爲天子何足道哉

順治爺來金山舉目抬頭　觀此景眞令人塵緣頓收
望上看千丈嶺高接牛斗　望下哨一溪水横繞清流
諸層巒霧隱隱白雲出岫　衆走獸跳躍躍金獅搖頭

靈芝草芳萋萋千年常秀　長春花艷豔四時不休
五彩石光燦燦照徹宇宙　群靈鳥聲喧喧鬧盡枝頭
松柏樹茂森森盤根長就　前後殿高層層能人造修
正大殿上安着吞脊穩獸　兩配房相襯着鳳閣龍樓
大山門俱都用金釘錠口　石獅子盡全是鏨花當頭
廟週圍栽几行香橼佛手　門左右伏几對麋鹿猿猴
左青龍右白虎形勢相鬬　前朱雀後玄武地脉通流
眞乃是活佛地世間罕有　恰賽過極樂國蓬萊瀛洲

施主裡邊吃茶王即還禮而問曰令師何人答曰普定禪師是也問歲月有几答曰朝代几更未曾記年說着來至客堂沙彌便請方丈相見各道寒暄位分賓主王偷眼打量見方丈松形鶴背氣宇軒昂暗自稱贊眞道德之僧也禪師問曰而今天下寧靖四海晏安正當擁紅爐衣錦裳挽嬪妃設笙簧不安享昇平之福何其急流勇退甘於淡泊耳王被方丈這篇言語說的如痴如獃半晌方言曰予乃村夫野人特領教誨禪師所言盡是佛偈法語旨意深

遠弟子愚昧難解望祈明言指教僧笑曰欲入斯門當以信實爲本何多詐也王曰盡是實情未嘗有詐僧曰不以皇帝自居反以村夫自任豈不詐之深乎王知其隱瞞不過乃問曰朕居北燕君隱西湖萍水未曾相逢何其識吾僧曰我本不識夜觀天星見紫微光射於此今見形容想必是也王遂把來意說明僧曰你不來我不怪今既來當受戒佛門戒律許多恐君難遵王曰朕雖不敏頗曉詩書曾讀孟子有云不以規矩不能成方圓朕何敢把聖賢銘

僧雖然居方外禮義頗曉　普天下率土濱莫非臣僚
論王章君臣分當正名號　君既然入此門莫論低高
凡有人來此地訪求大道　歷代祖早立下法律規條
初入門學誦經稱贊佛號　每早晚焚信香懇祈天曹
黎明起佛堂地誠心洒掃　卯酉時供茶水潔淨爲高
放生命把歷劫冤債解了　刷善書代天化無量功勞
三件事辦齊備拜佛呈表　地府裡抽了丁天榜名標
懺罪後多立功准求大道　點至善指採取加火烹熬

煉一粒黍米珠無價至寶　脫凡體超七祖同登天曹
永不受塵世間駁雜煩惱　往極樂常清淨任意逍遙
這就是修行的一段玄妙　非夫德皆不敢妄傳亂交
禪師言罷王遂執弟子禮而言曰天地之間惟道最尊寡
人豈敢攜天子之貴而侮慢師長幸蒙收錄恩同再造遂
獻所攜並所收納僧見其意至誠亦不推辭安於淨室令
其暫歇選擇吉日備辦供儀金爐焚香紫府呈奏　佛前
立願指點玄關教以迴光返照制魄煉魂囑曰若得情慾

僧曰汝既未識聽予再講

老禪師未開言笑容滿面　聽爲師把玄關細說一番
提起來這一竅理最深遠　大藏經數千卷未曾說完
總讓君再聽明慧心宏遠　若不遇明師指難識妙玄
在上天爲斗柄星辰運轉　在下地爲崑崙生長山川
惟有人這一竅隱而不顯　本來是在父母未生以前
父之精母之血兩相變幻　由無極生太極而成玄關
採日月精華氣兩儀光閃　收五星運五行五臟生焉

聚六合成六腑經絡貫串　運周天三百六骨節生全
合星斗八萬四限數圓滿　生毛孔並穴竅八萬四千
在母腹隨呼吸一氣運轉　四門閉萬竅合惟通此關
此一竅生三才萬物包遍　大無外小無內徹地通天
若上天無斗柄星辰不轉　若下地無崑崙江海盡乾
若人身無玄關生机立斷　天地人與萬物生於此關
故所以修仙佛此關先點　知此竅會陰陽返本還原
此一竅通萬竅百脉流轉　能生火能生葯能還大丹

再待其大丹成功行圓滿　脫凡體證金身位列天仙
住極樂享天福輪廻盡免　不生滅無寒暑壽同地天
人若是昧此竅不明修煉　大限到無常來性入鬼關
憑善惡定賞罰三曹對案　入輪廻轉六道苦惱百般
這就是聖凡道理窮一貫　得者超昧者墮盡在此間

且說太祖得受大道勤修苦煉日夜不怠不日三寶會合玄竅大開又得道于師師曰此道乃七返九還武煉文烹間有採取溫養之功脫胎出神之妙玄關一竅乃道之綱

領今玄關既開必當再擇吉日表奏天庭爾好一一領受

帝謹遵師命至期申表祝天神前盟誓禪師又講道

教弟子跪神前聽予細論　將金仙九節功對爾細云

先要你了意念萬緣掃盡　還須要飛四相收伏三心

定靜後請護法邪魔壓鎮　奪天地造化功萬脈歸根

乾坤定鼎爐立根基築穩　收祖炁運甘露時時飲吞

自然的鉛汞投離火下運　到那時必須知清濁區分

藥苗生雖採取要識老嫩　得藥後三河車自轉法輪

帝頂禮而問曰敢問何爲天仙之道祈老師明言教我師曰爾莫心急欲速則不達待其時限已滿功程已熟那時自然傳授後將及百日功成靈驗外丹已結諸事如前復

又傳講

你既然轉法輪三車逆上　再傳你用武火煅煉金剛
捉金烏擒玉兔評定斤兩　太極圖緊緊的懷中抱藏
煅煉到恍惚時急速温養　還要你舉慧劍妖魔緊防
鉛若乾汞若盡神光散放　用清靜池法水沐浴兒郎

歸根竅灌滿了乾坤浩蕩　再加上面壁功跡滅形忘
久久的煉成個純陽體象　還須要積外功感格上蒼
三千功八百果絲毫不爽　自然有丹書詔得步天堂
到那時九玄祖盡受褒獎　方不愧大丈夫出世一場

傳授一畢太祖頂禮叩謝自此以後非是參禪打坐就是講經說法三五年間天地萬物無所不曉九節玄功一一領會知超生了死易如反掌嘆世人不肯求耳再說山東萊州府即墨縣小河村一人姓羊名蘇家業萬貫四旬無子因此深以為憂[illegible]

意值有觀音古佛悉知其情奏明　上帝遂命天罡星臨凡以光門第是於大明天啟元年正月十三日子時誕生六歲送學讀書派名衍澤字純仁生而頴異過目不忘十九歲登崇禎丙子進士未及放榜適逢李闖犯闕衆皆逃散後至大清順治定鼎徵書召見欲拜為官因雙親年老告乞終養待其親沒廬墓守制孝心純篤復又感動觀音點化指醒迷途點破來因也是他靈根不昧遂即皈依欲棄凡塵隨師而往師曰爾功德却欠暫難超脫予且授五

字經文聯作登堂以盡人事待其義精仁熟自有高人引
爾入室方能超凡入聖遂把家業付與書童照理遨遊八
方普結善緣遊至燕京西北天地山朝謁御廟早有順治
待候於此羊公一見不勝歡喜乃稽首而言曰聞得主公
棄位逃禪高遷覺路弟子仰慕已久今日相遇實是天緣
望吾師莫棄庸愚懇祈攜帶帝曰君夙願未了塵緣尚多
此時正當竭力濟世而建功勳豈可預於安逸知君已受
五字眞經儘可爲煙酒者戒還不能與性命者修予再將

化若遇聖緣者[illegible]

人道若遇靈根深厚者授以無字為道入字為法令其脫

然高超暫開今時之法門以助三期之普度待其龍華盛

會之日那時三天共慶諸佛齊肩也不愧我等出世一場

矣羊公曰誨我諄諄弟子不覺恍然大悟惟恨外王內聖

之學未得全聞望師教我帝曰君既謙遜聽予冒言相告

順治爺展笑容春風陣陣　予妄將修身學敬述原因

因我等性光明未昧方寸　纔能得把世事真假攸分

人既生天地間當立根本　求克己而復禮正心修身

讀詩書當造其聖賢學問　學問道豈有他惟求放心

遵五倫體八德人道性盡　存三畏懷九思性養心存

視與聽言和動時刻謹慎　凡處事己不欲勿施於人

久久的涵養到人慾淨盡　大而化之謂聖聖化謂神

修天爵務要是光俗和混　勝似那棄塵凡隱身山林

常言道市井中何妨大隱　身雖然居於塵不染於塵

苟非是圖衣食歲月胡混　修行者本當該利物濟人

天宮內雖極樂無道難進　德不修學不講怎登金門

掌稱善又賦一律云

朝山拜頂到天台幸遇至人道悟開五字眞經非正訣三家妙用是良才蒙君甘露人間酒授我蓮花火裡栽自此方歸神仙境不須踏雪再尋梅

吟罷彼此告別到處隨緣勸化明戒煙酒暗修性命後來以作理門之祖再表世祖康熙八年帝奉國太懿旨以巡狩爲名暗訪先帝蹤跡駕至金山進香謁廟衆僧朝參諸事已畢帝前後流覽見一僧人坐于廚下自言自語居然

不拜帝怪而問之那僧見問便仰天大笑而答曰我名叫八叉我頭聚三花自幼別妻子適意是雲霞只因嬰兒小未曾還故家說罷又笑帝以為癲故不加罪及返駕回京覆命國太太后一聞是言不覺怒而言曰

老太后聞此言怒氣昂昂　未開言淚先落說短道長
你就沒聽他人俗語言講　天地間最聰明無如帝王
你既然奉天運江山執掌　是為何凡遇事不加思量
你也該細揣摩八叉字樣　將二字合一處仔細端詳

康熙爺聞此言魂魄俱喪　跪塵埃連叩首哀懇皇娘
望太后高抬手把兒原諒　兒情願上金山再走一塲
老太君含着悲令暫休養　我豈肯因此事混亂朝綱
念先帝本欲待勅爾再往　末三年再出京有礙典章
只要你存孝道念念不忘　文武臣選忠良替代何妨
康熙爺遵太后寬心且放　從今後爲兒的自有主張
母子們在皇宮暫且不講　金山寺再明明修道君王
且說太祖功課之暇聊覺悶倦散步閒遊偶至深林但見

松竹茂盛黃鸝鳴樹而百囀芝蘭馨香粉蝶探花而雙飛見幾對採藥童子聽了些作歌逸人不覺逸興勃勃遂口占一絕云

鳥語鶯歌處處聞白猿橅鹿走紛紛青松翠柳遮紅日錦樹琪花繞碧雲

○吟聲方歇忽聽有人贊曰佳作也帝回顧左右四望杳然及尋至幽崖處便見一人骨格清秀鬚髮半蒼端坐畔靜觀水流帝侍立多時那人並不舉首心甚異之乃

若一見火翻身若人一聞此言便竦然而起乃叉手而言
曰心有不存視而不見眞有眼如盲也此人姓孫名奇逢
字啓泰道號鍾元先生保定容城人十七歲登天啓丙戌
進士後居親喪於憂戚孺慕中悟心性原本慨然以聖人
爲可學因明紀鼎革淸代繼立太祖聞其賢徵書屢下堅
辭不應遂攜家薊門聲華早著從遊如雲其學以愼獨爲
宗以天理爲要涵養日邃自强不息接人無論貴賤少長
各得其道性樂山水故來於斯二人相見各無隱諱俱道
生平帝曰久聞先生盛德未得侍教左右今雖相見恨其

晚也孫子答曰昔武王剪商夷齊恥食周粟則盡節于首陽予乃偷生之輩遜夷齊遠矣何足道哉帝曰夷齊殉身盡節也先生守身持節也行雖有異其趣則一事能得當御是完人何必以生死拘泥君既抱道負仁何不立千秋之業垂萬世之功空老林泉草木同朽可不惜哉答曰君言固然但予生於末世迫於斯時君親遭危亡之辱妻子受流離之患寧忍背君親捐妻子而受他人之榮乎且芝蘭生於山林不以無人而不芳君子修道立德不爲榮枯

業二字其義甚廣不獨安邦定國至[illegible]
有集義施仁樂善不倦天爵之舉一旦功行圓滿先往齊
超地府拔宅共赴瑶鄉不受五行之尅得享萬劫之樂與
天地同老與日月並明與四時合序與鬼神合吉凶豈能
與數十年電光之榮所比予已棄四海之富九五之尊豈
肯戀恩與君以作世之驅使予所言者修性了命入聖超
凡耳答曰君言却是盡善盡美奈予讀遍孔孟之書斯道
未聞記載更兼佛老之學先儒歷歷相闢意欲相從恐於
聖道有碍帝曰君雖讀書萬卷身被青紫但一字心傳有

欠理會答曰請試言之帝曰自上古伏羲天縱至聖觀天法地會明此理見盈天地間之理即吾心之理天地循環御人生死遂一畫開端以示後人伏羲畫一畫其心傳也嗣後堯舜禹湯執中執其心傳也文王敬止武王敬勝周公始終一敬敬其心傳也孔子贊易而傳伏羲之一刪書而傳堯舜禹湯之中文武周公之敬故曰一以貫之顏子克己曾子省身子思致中和孟子求放心又皆得孔子之心傳也孟子沒心傳雖失聖人之心猶在恨無人以傳之

樂者何事二程被其指悟故明道定性伊川致知後有張子正蒙邵子經世惟朱子集諸儒之大成直揭孔顏曾孟之心傳而使伏羲堯舜禹湯文武周公之心傳不絕於天下矣文雖繁衍無非一也故天得一以清地得一以寧人得一以聖老子抱元守一釋迦萬法歸一孔子執中貫一三教聖人皆同一也各著經垂訓歷歷可考先生獨言未聞豈不惧之深乎君當三思

尊先生莫厭聞襟懷且展　予把那性命理敬陳一番

性與命卽陰陽一氣流轉　因動靜一生二二復生三
混沌後陰陽理未得明顯　自伏羲心靈慧察地觀天
觀天文察地理遠近取遍　取萬物法天地一畫開端
奈後人一字義識之者鮮　把真詮直昧了千有餘年
後待至陶唐氏接續道闡　主一字執其中爲大則天
有虞氏紹道統時雍於變　授夏禹十六字精一之傳
大禹王接心法舜將位禪　遏人慾惡旨酒而好善言
商成湯雖逆取聖脉未斷　德日新以自警刻銘于盤

或上下或旁左遞加一遍　遂加成六十四卦屬後天
恐後人不明白二字真面　直揭出陰陽理性命根源
先天體後天用體用變化　以坎離代乾坤方位倒顛
震巽離兌兌坎互相交感　雖然是震東北幸得西南
此雖是後天學內藏修煉　若參破僅可以入聖超凡
奈易理盡破那假儒所亂　你一解我一註失去真詮
便元亨與利貞齊把跡斂　把真義全失了徒知卜占
那人聽到這裡不覺鼓掌稱奇說予自負書讀萬卷學富

五車得步青雲之路不受白眼之加那知山高還有天水深莫若海眞天下之義理無窮一人之知識有限望君垂憐再開覺路帝曰

君既然樂于闡潛心細想　周易理入卦圖仔細推詳
乾用九坤用六是何言講　離代乾坎代坤又是何方
震歸東兌向西是何景象　艮東北坤西南眞意怎詳

孫某曰經外不可談天夏蟲難以語冰僕有耳不聰願聽先生教誨罷

乾爲天性剛健純陽之象　此乃是進陽火行健用剛
奈九陽居健初剛氣太旺　火侯大不能用龍故潛藏
離爲火火心虛內含陰象　與乾坤配剛柔以陰育陽
陰孤了不能生陽孤不長　故所以離中陰去助乾陽
坤爲地性柔順純陰之象　此乃是運陰符萬物收藏
只因爲太柔順不能主掌　得坎陽來賛化雖柔必剛
艮東北屬三陽陽極則喪　坤西南屬三陰陰極生陽
這名爲西南得東北則喪　震巽離兌覓坎調和陰陽

陰陽交水火濟生死在掌　這就是神仙術成聖妙方
孔夫子贊周易一言包廣　總而言道本是一陰一陽
雖道聽與途說望君原諒　爲闡道亦不怕貽笑大方
君如若不見棄攜手同往　作一對逍遥侶地久天長

孫子答曰君乃富有四海貴爲天子更兼學貫古今才邁天人尚且甘心樂此况予一介寒儒才劣學疏而且耄年將至恐無能爲矣帝曰君只知人道主順乃自幼而老尚不明仙道主逆能返老還童予有一律頗作明證詩曰

尼山曾許朝聞道，肯設虛言勸世人。

孫子聽的這篇議論，只覺義投氣合，佩服已極，眞正是孔子杏壇論道，佛祖現身說法，直令懦夫立志，頑石點頭，遂亦以律答之：

解識先生是丈夫，義同天地德何孤。
迷途路向靈山指，苦海人從覺岸呼。
早把丹丸成舍利，好將易理破壺盧。
惟期道範常親炙，好使新吾革故吾。

吟罷乃曰：「意欲相從，切恐貴賤不稱，有辱名教。」帝曰：「是何言也聖門原不羞貧賤况先生乃先朝鴻儒今代完人若肯爲伍豈不更與野人生色遂引見禪師收錄門下後道成之日著留傳薪要語行世於國朝道光二年從祀孔子

再說世祖康熙只從被太后責斥之後耿耿在懷待其國務之暇復又出京路無他往直至金山參謁已畢即問入乂安在方丈回奏並無此人天子心中自思說先皇既然斂跡焉有不隱諱之理亦不追究駐蹕廟內暗裡尋訪是夜鐘鼓無聲萬籟俱寂帝獨步月下徘徊院中但覺秋香

心清靜無煩惱終日貪何日了只嫌家中財帛少分明傀儡綫牽纏綫斷之時身跌倒無常到無大小不要金銀不要寶不分貴賤與王侯年年多少埋荒草看看紅日落西山不覺鷄鳴天又曉急回頭莫說早三歲孩童易得老財高北斗富千箱孽債隨身怎麽了勸世人回頭好持齋念佛終身寶看來名利一場空不如回頭爲善好

歌罷帝尋聲而來至僅後禪院松栢亭中見一破衲老僧

倚松望月遂借月色細覷即前之入乂也忙跪伏塵埃連呼太上那僧良久便徐徐而言曰天子巡狩乃是正典但此處野寺荒山何有諸侯居之帝曰自離膝下昊天難忘罪出不孝使太皇隱遁遐荒致失定省之禮朝夕之供見尚如此何以垂治天下願太皇以綱紀爲重返駕回京以安宗廟答曰爾言固然但人各有志豈可奪乎昔嚴光辭爵而垂釣許由牽牛以洗耳崇節高風靄靄尚存富貴者未聞而栖焉本不與爾相見念其至誠朕志久決勿復乃

孝子也但此事爲父不敢自主必須請命禪師自有定論
正値禪師升殿爲父代爲通啟僧聞其言即請相見既而
奏曰禪門小術招隱先皇幸蒙陛下度量寬宏不即見罪
實屬萬幸豈敢再乎帝曰朕雖不才頗通今古禪師直坐
容朕道來

康熙爺開笑言殷勤細稟　老禪師容寡人細說分明
朕雖然不讀書禮義頗懂　天與地君親師五大恩情
天之覆地之載洪恩最重　養育恩水土情最重非輕

因大恩皆不小苦難遠求　故所以求法師道傳長生
論來道古帝王原有明証　軒轅皇爲大道三訪廣成
持齋戒浴身體禮甚恭敬　未入山先叩首膝行崆峒
周文王東海濱子牙聘請　臣坐輦君拉縴身背縴繩
漢張良三進履忍耐心性　心意誠纔感動黃氏石公
授大道佐漢高除秦苛政　大功成急勇退隨師修行
這些人因得道保全性命　那一個不是從由卑而成
爲王的我豈敢自專自用　挾富貴慢師長把道看輕

于山林的有當居于朝市的隱纔得當進退合宜方爲行道適中不然則陷于幽谷入于歧途且慢說超凡入聖人道能不斷乎且先皇仗太后之德陛下之賢故而位讓九五隱身山林貧僧方敢屈納如陛下者上有終身未完之恩下有後世不就之業欲效太皇之爲大與道理有礙願陛下察之帝曰嘉言明訓敢不恪遵當可當否惟命是從僧曰容物納諫聖君所爲心旣投合道又同風貧僧猶有鄙俗之論敬于主公陳之

萬歲爺容僧人揚眉吐氣　把前朝與後代向君細陳
是為何帝與王勝稱堯舜　無非是依道德至聖至仁
以天下為一家人慾淨盡　以萬物為一體天地之心
將大任擇賢交親疏不論　惟所願普天下抱道守仁
後世人被其澤感戴不禁　當王者封其墟蔭其子孫
夏禹王義傳子大明方寸　受二帝傳薪法其仁可親
商成湯雖逆取天應人順　放夏桀于南巢惟德日新
周武王始誅紂仁德未泯　訪微子繼絶世奉祀于殷

復延至春秋代天理遂盡　[illegible]

後世人取天下奉爲標準　奪其位逐其兇滅其子孫

把天理與人情置之不問　文明世竟翻成黑暗乾坤

天地間失中和五氣不順　因此纔少善良多産佞人

亂極治否極泰鴻鈞轉運　至而今正當出救世聖君

有貧僧纔敢闡大道妙品　污濁世更變成和平光陰

這名爲先天道還原返本　紹禹庭十六字君臣傳薪

道原來有次序先後定論　欲治國先齊家最要修身

窮其理造其命以至性盡　事理通性命立萬脈歸根

外希王內希聖內外精進　人慾淨天理純返樸歸眞
再加之烹煉工渣滓淘盡　脫凡體現法身便是眞人
道雖然無二傳當審世運　逢盛世傳朝市否隱山林
春秋時道不行孔子歸隱　在杏壇作春秋筆誅亂臣
道自有其中樂曲肱而枕　故所以把富貴視如浮雲
顏子淵受大道不爲窮困　以簞食以瓢飲甘心樂貧
周文王遭不幸羑里囚禁　抱大道演先天至德稱云
自古來行道者多受磨困　貽後世作美談流芳萬春

望陛下務須要時刻謹慎　道成時超宗祖還蔭子孫
且說天子本來學貫古今惜乎未聞心傳之要一聞此言
不覺恍然大悟方知堯舜周孔之顯老子釋迦之隱義合
爲一若得一字眞傳不惟能齊家治國更能超凡入聖外
王內聖之學今始聞其方略矣前者因被假儒所悞讀書
只知尋章摘句惟能下筆作文不求口授心傳焉能超生
了死今雖得聞恨其晚也切戀白駒過隙歲不我留三寸
氣斷悔無及矣趁今韶光未老良緣相投不亦急于求教
更待何時說罷跪伏座前切切懇懇僧見意出至誠命暫

請起敕整供儀神前傳授帝受道謝恩遽爾上稟乃曰得沐洪恩幸歸覺路朕雖生於斯世寔與成周同輒欲將斯道公諸天下使萬物皆被化育大地盡沾風光不知可乎僧曰善哉斯言也怎奈天命有在非人不傳非時不示久欲普傳但時未至何又兼歷劫冤緣尚未尋報今代正當分明故天錫國號曰清更有難測之論略向陛下言之君父子相繼亦非偶然乃天數之所定預作普渡之標榜亦蔭後世之子孫天機大事不敢預洩君當自揣更有國家

家敢索金玉以作銘箴僧曰虛名浮傳更難久疏筆墨飽
嘗見愛權且塗抹說着便濡墨展箋一揮爾就詩曰
乾坤夫婦語茫茫道總一陰共一陽詩首國風求淑女
麟經正月載春王時逢七夕知玄妙節到隆冬視卷藏
欲學聖賢窮造化中庸三十悟三章
既而又囑曰道高謗興德修誹來前程保重須防半途慎
之慎之帝聞言感慨流連嗷嗷臨別口占一絕而往
多少愚人謗好修神仙與爾有何仇可憐斯道空千古

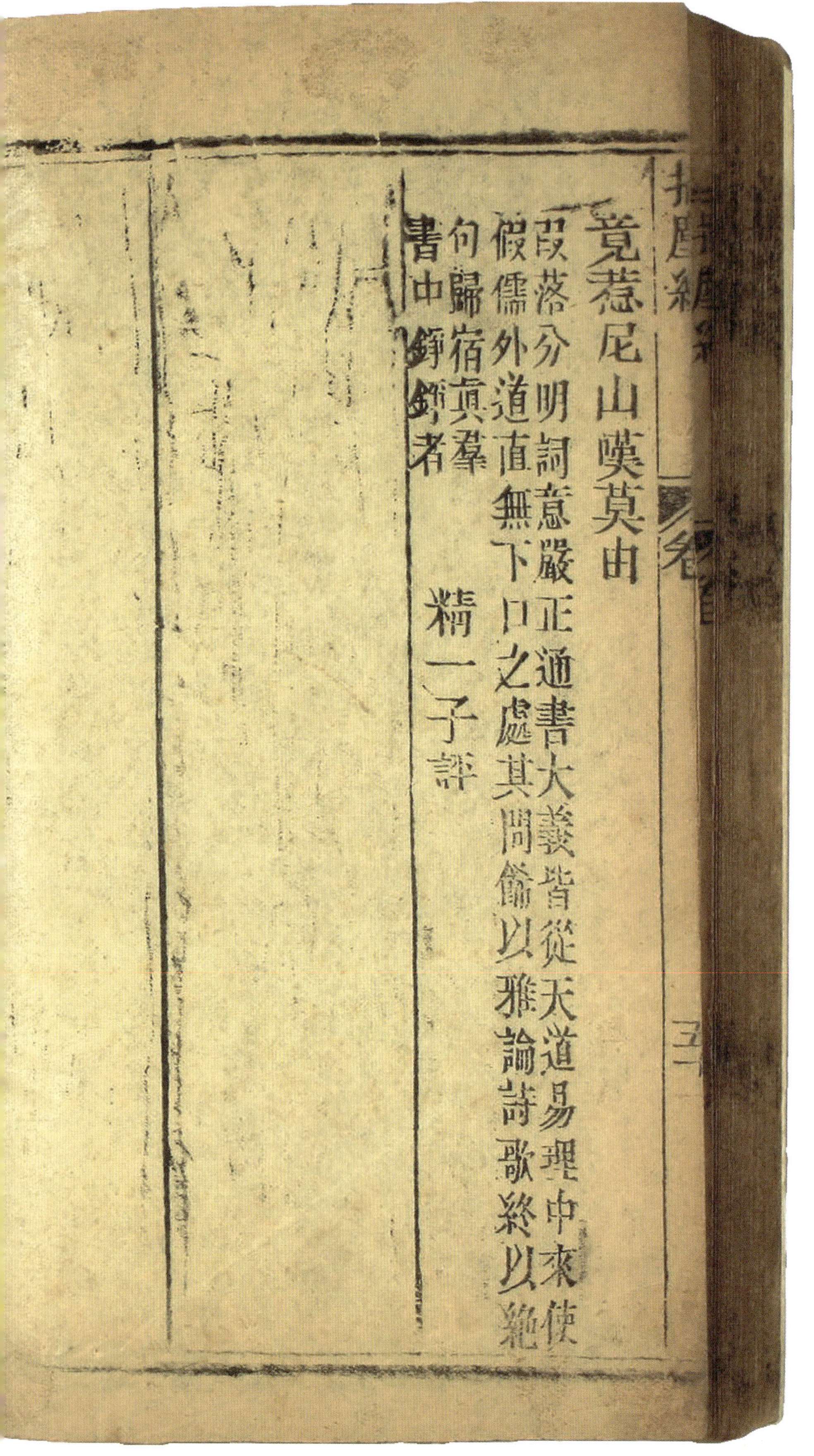

竟惹尼山嘆莫由

一段落分明詞意嚴正通書大義皆從天道易理中來使假儒外道直無下口之處其間觕以雅論詩歌終以範句歸宿真摯書中錚錚者

精一子評

无极金母五更家书　一卷

线装，石印本，一册，长二十六厘米。检索号：文库19　F0399 0097。每面八行，行字数不等。上下双边。封面题『无极金母五更家书』，扉页题『无极金母五更家书　甲子年①正月　许昌喜经理重印』『中华丁卯年②春月　如心堂众等又经理重印』。卷尾有杨昌昇等捐款情况。

内容：

该宝卷属于合订本的前半部分，内容是五更调，十字句为主。无极金母眼见下凡儿女在人间受苦而不肯回头，涕泪涟涟，传家书于人间，告诫大众修真悟道，以摆脱水火刀兵之灾。

合订本的后半部分是《苦口良言热心语古诗合音》，内容是宣传三教合一思想。散韵结合，句式为三字、四字、五字或七字句。在此不收录。

补记：

1942年7月25日，泽田瑞穗在什刹海书摊购得该宝卷。《中国宝卷总目》记录了仅泽田藏该宝卷一个版本。③该宝卷目前在民间有较多异文，可以进行比较研究。原宝卷在印刷时有两处错误，第一处是将原页码第二十八上半页印成了第三十上半页，第二处是将原页码第二十八下半页印成了第三十下半页。也就是说，该宝卷少印了第二十八上、下两页。本书收录此宝卷后，发现了这一错误，在印刷时未再将错印的第三十上、下页重复印刷。

注

①1924年。

②1927年。

③车锡伦编著：《中国宝卷总目》，北京燕山出版社，2000年，第289页。

無極金母五更家書
風陵文庫
文庫 19
F399
97
早稲田大学図書館

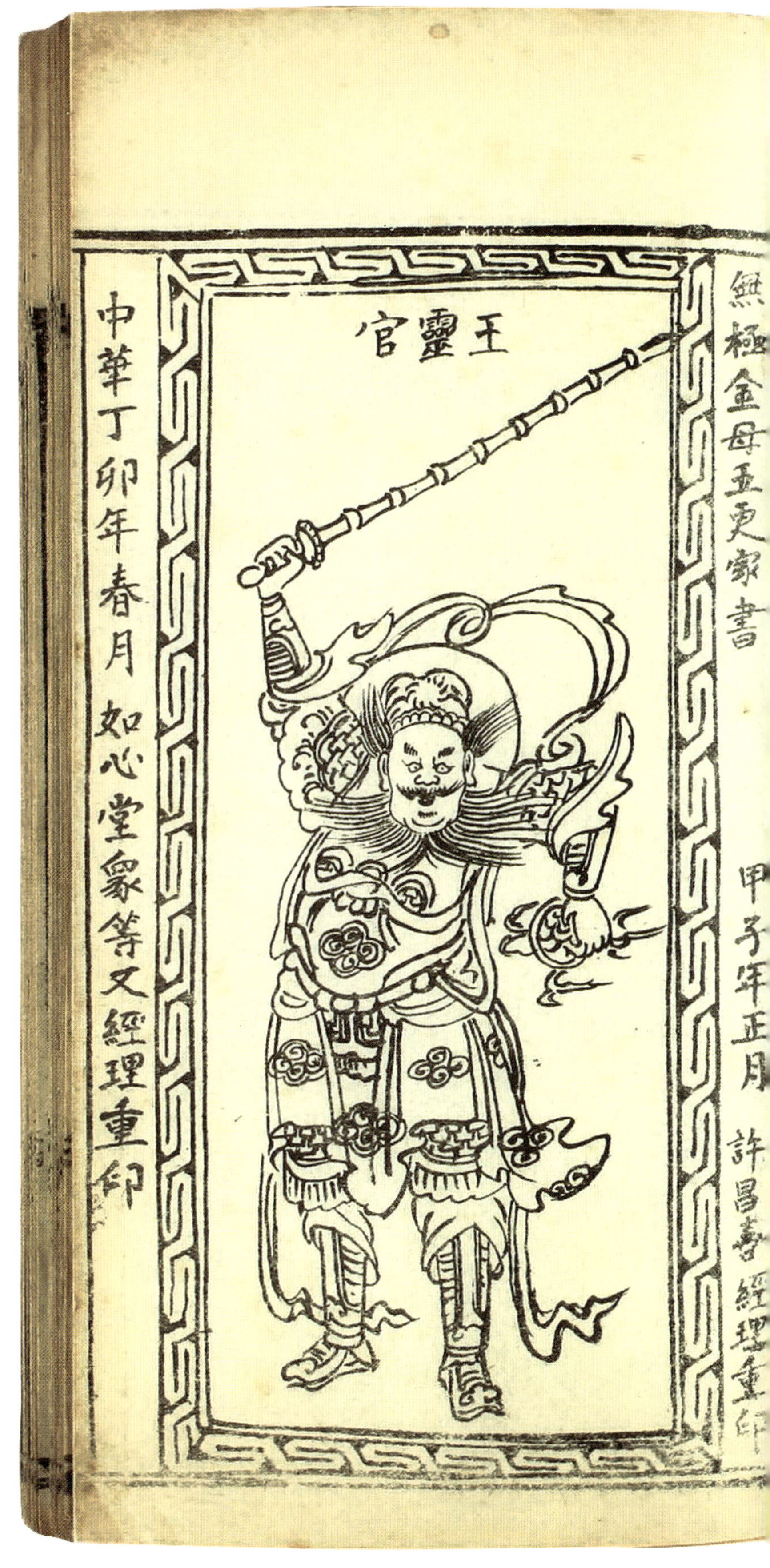
無極金母玉更家書
甲子年正月 許昌壽經理重印
王靈官
中華丁卯年春月 如心堂彙等文經理重印

偈曰
金烏西墜轉東陽　觸我憂民淚雨行
蒼生好似中秋草　青風一掃落渺茫
一更里提硃筆鳳眉蹙皺　止不住濮酥酥珠淚下流
皇胎子爾被那塵土埋厚　吾屢次捎書信不肯回頭
龍華會在眼前爾可知否　無極宮開普渡萬緣齊收

命弟子駕慈舟四方遊走　費盡心說破口那個知由
金丹道送家門諄諄教授　爾男女拏當了霜打瓜蔞
爾不知玄關竅因時顯漏　過此時走天涯無處懇求
得大道全不知嚴謹保守　任七情寵六欲擺蕩優游
再不是洗不淨舊染塵垢　再不是擺不脫恩愛綢繆
再不是怕毀謗歪歪扭扭　再不是心疑惑惚惚悠悠
再不是憤高心不肯低首　再不是自覺真不去訪求
爾衆生聖賢理次第參透　豈不知禮下問不是俗流

孔夫子遊太廟每事問透　而今作帝王師萬古常瞓
孫五子被雷擊死之以後　入子胎投徒門為的真修
修性命為的是萬劫不朽　難中恭磨中考苦中追究
不遺難不能把紅塵看透　不受磨不能有絕志真修
未來天星宿劫天運轉扭　諸仙佛化靈光各把胎投
天花性落在了混元金斗　待時年大聚會同到翁州
按功果定高強分位各有　佩仙衣掛綬袋共慶晃旒
紫霞宮設罷下仙桃慶壽　吃一個也非凡喜氣優游

在兩旁細樂响笙歌齊奏　吹龍笛合鳳管清韻滿樓
這是爾持長齋結果了手　纔不枉受磨難日夜苦修
抬頭看虛空中仙子遊走　雲靄靄霧濛濛靉靆晃眸
神童子乘麒麟搖頭擺手　仙姑娘跨彩鸞笑破咽喉
蒼髮姥騎白鶴蓮花在手　白頭翁跨麋鹿角掛鈴球
龍鳳舞獅象瑞虎豹貔貅　一片的全世界花果滿秋
封了佛對了號極樂國走　九二億靈根子永不東投
居婁城斗牛宮長會仙友　九洲地十島峯任意遨遊

吹仙曲唱仙歌鬭[illegible]九九　勝是爵[illegible][illegible]地掛印封侯

手把着雲城門望下觀瞅　見紅塵黑洞洞無有日頭

只聽那黑氣裏鬼哭狼吼　山也崩海也笑罡風颼颼

最可嘆無根種繞歸無有　真靈魂真靈性隨風飄去

這罡風整颳了七七四九　就剩了忠孝子雲城裏頭

三世佛步雲梯安星換斗　翻天盤換卦象從立閆浮

願清福居極樂安享永受　願紅福在世享六萬餘秋

好一個大家福五古少有　航純關為此事費盡良謀

怕是爾功德小無福領受　躭悞了慈悲母千萬躊躇
這一會無德的白白覷瞅　心不誠意不專千墜下流
爾總然受苦難諸神不佑　誰叫爾延歲月不肯加修
滿心修捨不的氣色財酒　爾愿作六道輪肉山骨坵
有志的傲雲峰要奪人首　在鼇頭還要占鼇頭鼇頭
冲天志冲天誓常不離口　謹隄防龍華會滿臉含羞
無字經玄關竅刻刻保守　怕的是過不去火焰山頭
提起來火焰山吾好難受　到如今嚇的我渾身汗流

更不比上法塲滋味好受　好以似周文王七載囚羑

牛魔王累累的與我爭鬬　霹靂火燒的我心如澆油

疼的我忍不住咬牙扣手　疼的我忍不住紅臉運頭

多虧了孫悟空兩隻聖手　芭蕉扇倒搧火魔王纔收

只燒的精細鬼他鄉奔走　只燒的伶俐虫望影遠投

只燒的黃袍怪肉焦皮朽　只燒的蛟魔王化為雲流

只燒的牛魔王死心縮首　只燒的六獼猴忘了跟頭

只燒的獅魔王統作烏有　只燒的獨狱王一往罷休

只燒的偃月楼龍虎交媾　只燒的曹溪水倒捲上流
這是俺所演的周天火侯　非真火燒不退一身陰符
小嬰兒合姹女黃房配偶　全憑着萬花娘兩把情勾
真主人坐黃庭時時靜守　七寶池醍醐水晝夜長流
三心掃四相飛二五妙湊　戊己土結刀圭坎離添抽
明明的先天卦無聲無臭　七陽返九陽還得赴瀛洲
費一片鉄石心肝腸標透　反說我弄邪法攪亂閆浮
那一個再說我黃狐白柳　吾畧爾時不久刀斷咽喉

吾現修借空子假口假手　於皇胎指一信實煉真修
起頭為上蒲團感感靜守　把憂愁與思慮一概撇丟
捨住了意馬賊死下毒手　謹防備小猿猴私把桃偷
裏也空外也空是物無有　七寶台端坐着無為陀頭
採清氣往下降換去濁垢　倒騎着太上的獨角青牛
三皈真五戒全誠意要久　吾保爾大志人名振千秋
這本是正法眼真訣洩漏　莫信那坑人道擺尾搖頭
只囑咐皇胎兒主意拏就　積陰功改錯過就是西遊

慮眾生貪名利八方遊走　五更起半夜眼苦苦奔求
揹抗挑勞身心血氣傷透　走他鄉磨穿了脚掌骨頭
就讓我掙金銀高任北斗　無常來大數到一概撇丟
富好似石中火轉眼無有　貴極侯電中光水上浮漚
爾吃酒吃的是無常藥酒　貪風流貪的是地獄風流
爾吃肉吃的是自己袼肉　啃骨頭啃的是自己骨頭
爾不知獸轉人人死轉獸　吃八兩還半斤寃緣相酧
淫人妻輪廻報妻女人誘　好賭業轉塡溝驢騾馬牛

一個個誇聲勢雄雄抖抖　鬧到了大限臨頭作髑髏
庶家人看不破田土豐厚　仕宦家看不破爲國担憂
貧賤人看不破飢寒永受　富貴人看不破瓦舍高樓
耄耋人看不破嬌生骨肉　青春子看不破恩愛冤仇
閑八士看不破靈機空有　修行人看不破花衣粉頭
伶俐女看不破血河永受　蠢笨女看不破死貪風流
大廠着仙佛門幾人行走　緊閉住牢獄門直往裏投
嘆一聲五濁世人情冷透　總不如滌身心閉門潛修

吾正作修行理話未說透　咕咚咚二更鼓响在樵樓

偈曰　金風颯颯晝夜吹　失鄉兒女幾人歸

　　惟吾空子開覺路　奪盡群雄第一魁

二更里止不住珠淚滾滾　忠孝男賢良女細聽元因

吾本是太極先無極根本　億萬劫純忠恕慈悲為心

存寬宏存大量育養為本　存恩惠存包涵方便與人

居住在碧雲宮九蓮上品　諸仙佛諸神聖拜吾為尊

爾衆生全不曉天地氣運　聽為娘說一段天地原因

十二萬九千六遭一混沌　天開子地闢丑寅會生人
石金木水火土各懷性本　支辰結陰陽交雷電風雲
分四季十方列天地氤氳　成雨露與霜雪冬涼夏溫
交卯宮東風解三陽出洞　咸池宮現出來日月兩輪
有胎卵與濕化生生不盡　有動植與飛潛變化無貧
吾卯時觀天地氣運開順　差九六真佛子齊下紅塵
先差來上三皇治世未純　復差來後五帝各為聖君
伏羲氏畫八卦陰陽定品　神農氏嘗百草五穀始分

精華氏生造熟人得飽飲　融結氏架木巢人得煖溫
蒼頡氏造文字鬼哭神悢　天雨粟從此把人鬼兩分
軒轅氏制衣冠人顧體本　盧醫氏能療病藥辨寒溫
堯王氏禮賢士盧山訪舜　有娥媓合女英許他修身
舜即位聖明君風調雨順　河漢清宇宙寧國太安民
舜讓禹九洲地洪水橫滾　禹治之三過府未入其門
治洪水弔萬民心力勞盡　分九江定八河海湖列陳
堯傳舜舜傳禹世世承任　述心法十六字統作聖君

禹傳夏[illegible]了十六[illegible]帝　父傳子家天下不肯讓人
相傳了十七世氣數已盡　至桀王寵妺嬉社稷歸陳
相繼世六百載氣運亦盡　至紂王寵妲姬酷虐良臣
周文王定後天陰陽返遯　換卦象西北乾西南為坤
節分為二十四五年二閏　六十卦三八爻生尅調均
飛熊夢率群臣渭水賢聘　姜呂望佐武王帶罪伐民
內寓着禪截教兩不合順　遭劫數歸神台死後封神
相定世八百載五百變混　孔仲尼出泗水列國化醇

成五經定四書綱常政純　四位聖十二哲七二賢人
秦歸漢四百載漢終歸晉　前五代隨歸唐二十正君
後五代歸大宋徽宗氣盡　元明清緊接連直到於今
歷代的興衰事難已言盡　從開闢掐指算六萬餘春
青陽會差太上紫氣東奔　感應篇道德經化取善人
度二億先天性復命歸本　現居在極樂國快樂長春
弘陽會差釋迦金光東潤　化身在西梵國王葉靈根
太上化八十一良謀用盡　燃燈佛指先天看破紅塵

祇樹林獼猴園把衆指引　歸雪山坐六載苦煉身心
留金剛度迷津三十二分　度二億中天性永不沾塵
還有吾九十二殘零佛性　到如今還未復本來元根
來往人東土下常常追問　衆仙說一味的貪戀紅塵
中南子下東林閙化愚蠢　教爾等返先天認祖歸根
為娘修告急秘十封家信　是怎麼廣去信不見回音
吾想兒忘寒暑坐卧不穩　吾想兒南陽宮長放悲音
吾想兒終日家費餐忘寢　吾想兒只哭的兩眼睧睧

男仙子列盤桃四億餘準 女仙子共合有八百餘人
男子有青雲志歸山隱遁 女總有冲天志不得出身
哭一聲嬌生女血河被困 兒前世欠人債今生還人
與人家生兒女還人元本 縫縺補叠被褥息利錢文
在家中作閨女謹守閨訓 不觀燈不看戲時刻謹慎
諸日間更不敢搽胭抹粉 恐惹那無耻徒頭迷眼昏
有針黹與茶飯樣樣學準 誠恐怕到去時嫁後受嗔
哥嫂前姐妹們細和順順 恐出閣來徒走義味不親

在娘家父母前嬌生慣養　出嫁去千金體交與男人
攤一個好婆家一家和順　他有情爾有敬隨度光陰
攤一個惡婆家不把理論　拏不是當禮說皷舌搖唇
打過來罵過去一天几頓　唬一聲心胆驚走了真魂
千思想萬憂慮無有可適　免不得培笑臉侍奉慇懃
公婆前能屈忍落個孝順　最怕遇不論理扭別男人
白日裏不論情怒打幾棍　到夜晚羞慙慙培伴夫身
一腔屈滿眼淚憂憂悶悶　那有心與爾人侍奉百春

無奈何兒只得假把情順　自己身難作主盡由他人
細思想當婦道下賤算盡　無知女拏當了寶抹嘴唇
生前死產後亡驚嚇命損　一展眼夫妻情作了孤墳
聰明女智慧婦主意拏準　修一個出血河脫苦良因
盡三從與四德大屈大忍　早晚間焚信香苦念觀音
念千遍消去了歷劫仇恨　念萬遍消去了歷世孽根
念到了無心處蒲團坐穩　精氣神三寶足白髮還春
再加上上上功赤龍斬盡　兩乳縮大竅還攤出雲門

叅彩鸞跨彩鳳幢幡接引　到瑤池赴蟠桃一家相親
無生父拉左手珠淚滾滾　無生母扯右手大放悲音
想當初就差你東土應運　不畧想你造下歷世孽根
戀丈夫捨不得鴛鴦繡枕　戀兒女捨不得屎尿瓦盆
戀華屋捨不得畫閣器皿　戀美衣捨不得紅襖綠裙
戀糚台捨不得翠花香粉　戀油頭捨不得首飾可心
戀牙床捨不得被褥衾錦　戀口腹捨不得佳餚奇珍
戀魚水捨不得情濃義恨　戀聲色捨不得書畫棋琴

免往那紅塵世仔細思忖　下腸頭綿花包盡是女人
一時間忍不住爭吵一陣　落一個不賢名傳滿鄉鄰
細思想那一世作事太損　閻君爺罪罰落去當女人
帶一個五漏體一世不禁　抱兒女污穢氣長不離身
一邁步一行動難處太甚　怎勝那男子漢遊遍乾坤
一個個不醒悟苦往前奔　桃笑李李笑桃亂爭陽春
生死關輪迴報爾未參敏　奇珍花開滿園幾日鮮馨
[illegible]爾青春女如花似粉　一展眼金齒落髮成銀針

生一次死一次煩惱受盡　脫這殼入那殼數盡苦辛
投四牲轉六道輪流不盡　脫白骨堆成山歎殺人心
有兒女用棺槨誠意葬殯　無財人丟荒郊狗拾狼吞
有志女立碑碣千古名振　無志女喪廉恥含羞萬春
若不着五魔劫催的急緊　爾蒼生不能現天理良心
娘不設三千門遍地指引　爾蒼生盡是些礦內生金
三陽花聚寶鼎萬物風徽　五氣果結滿林永是長春
八寶池水澄清白蓮出品　曲江底赫石飄困龍翻身

金獅子微點頭清風幾陣　玉麒麟不眨眼甘雨傾霖
銀河發轉九轉波浪滾滾　運三運水倒流逆轉崑崙
正子時太陽出坎宮水郡　正午時星斗現滿輪太陰
吾袖吞河洛理曲指算準呀正午會一陽復彌勒新春
按周天青陽過弘陽已盡　天數定白陽陞萬象更新
這一會大收原原人返本　九十二殘零子認祖歸根
酆都城枉死鬼轉滿塵郡　山妖魔水怪精齊化人身
千千位真佛祖離了西郡　萬萬尊活菩薩下了崑崙

領勅旨借凡身埋名隱姓　駕慈船避苦海遍滿乾坤
呂純陽菩薩闕飛鸞指引　設立下萬全會普渡東林
兒今日來在了淨土極郡　兒呀再不可野心性意外搜尋
多虧了你師父諄諄誥訓　指開了性命源天地靈根
又虧了緊加功苦惱受盡　娘暗撥天花性靈陽慧心
三昧火晝夜忙赤龍燒盡　這是爾八萬劫一條禍根
化成了純陽體金剛國本　活潑潑現出來十五太陰
與天地合其德不增不減　與日月合其明億萬化身

入風雲入水火無形無影　與鬼神合吉凶永不沾塵

你今日來在了無極國郡娘的兒呀下東土六萬年今纔翻身

九二億真原人這會度準　免去我憂爾等晝夜懸心

為娘我有封誥依功定品　龍鳳襖珍珠衫瑪瑙彩裙

喫的是玉液漿八珍菓品　居的是五花宮八石粧新

閒來時與姐妹談談論論　悶來時與仙姬吹笙彈琴

劉這步逍遙地樂之不盡　勝似爾東林地一品夫人

上古時人心屯有可胡運　犬羲天五百年刃推一品

現如今三期劫人心壞盡　男女們造罪孽山高海深
男子漢失落了仁義禮信　婦女家失落了四德三從
釋家子失落了清規大倫　道家子犯飯戒惡邪長存
讀書子總不肯替天宣訓　庄稼子亦不肯禮拜神恩
手藝子不拜佛終日胡混　買賣子一味的利己損人
仕宦子依勢力天良喪盡　失清廉喜賄賂屈死黎民
父不慈纔惹得子不孝順　子不孝走他鄉不顧雙親
兄不友弟不恭手足情損　為財產只打的如同路人

夫不剛妻不柔兩不和順　只吵的各懷意疴病在心
交朋友一片心無有寔信　慧眼觀盡都是狗党狐群
作閨女背爹娘私把姦淫　再不是欲曠夫遥離鄉鄰
作媳婦嫌夫醜不顧本分　背公婆與丈夫私勾情人
作寡婦失落了冰霜閨閫　亡夫殯脱白衣另扎紅裙
種種的惡穢氣釀成劫運　狗男女造罪孽惱透天心
降下來五斗魔世界殺盡　咳　吾不忍率諸聖親下海雲
省府縣設罷下萬全聖會　聚四海並九州佛子仙孫

選的是三千門九外冉品　不論男不論女真裏訪真
拔完我九十二皇胎仙孚　剩那些惡邪輩一苗不存
恨邪賊與黨類話有未盡　自鳴鐘十二點陰陽始分
偈曰
雲海楓冷有天秋　遍地愁雲漸次收
只恐來年添佳恨　產紫空於悪煞留
三更里丑子時一陽來復　與皇胎修一封語急秘書
諸佛祖下雲梯三曹普渡　移星斗換天盤從丑開浮
吾催爾急速修出身大路　煉元精化元炁炁化返無

無中生有一個無窮妙處　聰明子千千萬萬猜疑不出
善男女總得把紅塵看破　萬善畢倫常盡可遊仙都
妻爲朋子爲伴和光混俗　忍煩惱耐魔考纔是規模
避識神不靠前元神作主　一身陰一身魔化煅清處
守玄關先把那禍門頂住　七情鬼六欲賊一刀全誅
三心歸四相飛五行攢簇　二五交妙合凝不可須臾
爾只知蒲團上參悟妙處　其不曉日用中亦有功夫
或豎行或坐卧幽幽如如　時刻刻存呼吸也是功夫

将意馬拴在了無影松樹　小猿猴鎖在了清靜堂處

謹計着把住了幽冥地户　須小心墜落下雁愁澗灘

會修的只修的降龍伏虎　不會修如癡猫守着空窩

人長說衣裳破必須縫補　无身的大毛病總得醫除

聖人云君子人祖其禍福　飄風起搖不動必是根粗

真棟樑擔千斤必大用處　榛柴棒八萬車煮飯燒炉

一隻虎下山來擋住去路　千隻羊萬怕死只落三屠

爾衆生要享受天外清福　忍住心沉住氣只有前途

煩惱關差能人嚴嚴把住　謹隄防無毛獸又狠又毒
他來了好以似下山猛虎　擋住了上西天取經師徒
孫大聖執鐵棒一聲詭住　好野畜爾竟敢任意狂胡
爾可以吃那些獐狍野鹿　再可吃看家犬嚷糠母豬
吾本是靈霄殿天齊聖祖　爾把我算當你到口脆酥
抖神威用左手一把抓住　三皮拳只打的尸骨全無
皇胎免若不受苦中真苦　怎能彀列仙班永脫迷途
人[illegible]受苦不盡難滿甜處　純剛劍折不到怎得利乎

夏至後天漸短短至極處　必有個冬至節一陽來復

爾不信觀歷代今今古古　那一位人上人不受苦楚

孔夫子為行道徧遇桓魋　絕陳蔡遭危危及乎嗚呼

子思子困宋邦忍受凌辱　公冶長曾受過縲絏難平

朱文公闡大道忍其訕阻　蘇東坡避異端閒逸茅廬

邱長春為大道餓忍饑腸　青蓮第撈明月捨命江湖

爾不見南海岸觀音老母　受火焚與斬絞道心未輸

爾未聞高登的佛佛祖祖　那一尊平白的身到仙都

龍華會拔的是千難萬苦　選的是大根器絕烈丈夫
爾就是大羅天臨凡佛祖　吾畧爾無實功難出圖圖
仙佛廠更不論貧貧富富　拔的是出世才蓋世英夫
有多少閨中女絕修出路　何況爾咔一個八寶丈夫
爾從今定陽針心猿定住　再加上上上上窮理功夫
觀紅塵富貴榮如糞如土　心純鋼性純灰意純涵谷
心純鋼能斬斷輪廻世路　性純灰再不能火焚茅屋
涵谷子十七歲看破世俗　磨又磨煉又煉高登雲衢

述仙佛更不論漁樵耕讀　無論貧無論富通可進乎
爾莫說為閨女難登覺路　爾不知魔陀姑何姑麻姑
爾莫說為媳婦難登覺路　李九龍龐太清盡是媳婦
爾莫說年邁婦難登覺路　混元母東元君白髮修出
爾莫說打魚郎難登覺路　嚴子凌隱涇水係乎釣徒
爾莫說打柴人難登覺路　鍾子期隱孤山本乎樵夫
爾莫說庄稼子難登覺路　有曹父與許遊道隱吏夫
爾莫說讀書子難登覺路　唐八隱與八愛風流雅儒

爾莫說乞丐子難登覺路　孝楊一趙海州討飯修出

爾莫說娼妓女難登覺路　陸安女滌心身位證清虛

爾莫說盜賊子難登覺路　八羅漢洗前非雷音奉佛

爾莫說殘疾子難登覺路　鐵拐李為八仙名揚五湖

爾莫說瞽目子難登覺路　郝真人功行滿靈光透虛

論成道更要論吃葷吃素　只在你一點心為正為乎

有山妖與水怪修出天祿　人居乎兩大間不如野畜

柳白玉他係是一柯柳樹　而今署宣講主遊化世愚

屠夫子放屠刀殁多成仙祖　匪為子皈依佛惡業勾除

十惡子皈依佛清規嚴固　吾許爾進雲城龍華會赴

改了惡從了善魔考忍住　必須要立善功前愆抽贖

買放生敬字紙修橋補路　敬天地禮明神宣講聖書

或施米或捨茶掩埋枯骨　刻善板印善書醒覺迷途

再不是造河船以濟百渡　措衣食憫凍餓憐恤寡孤

三千功八百行倫倫如如　八十一續長生元性復初

學赤子混沌心心無一物　不參禪不打坐就是工夫

觀空似空不空內含真如　陰返陽陽返陰陰陽返夫
無想時無色界有条真路　無牽纏無罣碍正是仙途
真種產有一個玄空妙處　五道子梅花道難寫難圖
吼一聲呼吸斷身心無主　無人我無天地恍恍惚惚
不沾天不沾地四不着處　道造端如夫婦嗞在異手
頃刻間心明亮自參自悟　這是個甚麼景實難說出
此火候總用着真經師之　若不然準在此崩鼎漏爐
雁鵰愁澗獨木橋就在此處　無真訣準墜落瀘之玄湖

爾衆生當曉得河車道路　火逼金法輪轉炸開任督
眞主人坐中宮文文武武　孔子發憤忘食嗞在其乎
四陰陽兩天地在此分路　闔闢開兩呼吸爾可知不
有地軸對天關不可錯步　這消息憑神手搖動轆轤
往上升升至在高峰天谷　轉過來下降於關元土釜
安神息任天然朝朝暮暮　空王殿不久現摩尼寶珠
鏌鋣劍射透了九重鐵鼓　嫦娥女獻過來仙桃無數
波羅蜜到口中甜似甘露　雙林下端坐着東海麻姑

識神死元神活幽幽如如　老黃婆孕靈孩元亨利初
懷十月産聖嬰三年乳哺　移上苑靈陽宮萬智生出
撞開了無縫鎖透出天谷　囫圇圖一點光照透閻浮
往上看三十天諸佛諸祖　又一層花世界奇景異乎
往下觀九幽冥十八地府　衆惡鬼受罪苦晝夜啼哭
面壁九煉到了人神妙處　玉皇爺差天官降下丹書
歸天宮列仙班名標紫府　十二萬九千六永列玄都
一個子昇佛域超拔九祖　永居在清涼永萬壽無虞

此乃言真乃是大道直露　吾問爾叅道子那個說出
吾正悲啟依子淚未止住　忽更鼓打四梆月轉東初
偈曰闡化六百三千門　門門講道道訪真
自古三聖玄機妙　多有自覺自己真
四更里星皎皎月出東洋　哭一聲皇胎子淚濕衣裳
擦眼淚大千界四海觀望呀　衆男女靜悄悄矓睡黄粱
眼睜睜殺人刀臨爾頭上　洋鎗炮打的爾無處躲藏
吾因爾遭大難不忍坐望　屢次的忍憚煩駕臨蓮邦

陽春時來一回神清氣爽　有萬紫配千紅惠風和暢
桃杏花笑春風佳人願賞　柳垂金逢甘雨才子樂章
竹苞松梅吐玉百鳥歌唱　松茂茂柏青青蘭噴異香
爾蒼生識不透寒來暑往　一瞻眼九秋景好不淒凉
桂花落菊花開楓葉飄落　賓鴻鳥影超超飛列南方
皇胎兒懶加功心不明亮　豈不知日月急晝夜逩忙
只催的小嬰兒頃刻強壯　小嬰女一瞻眼油頭粉粧
天有數人有時古語常講　誠恐怕躭悞了這段時光

男青春女年少正好修養
吾為兒蟠桃晏政理停當
爾不肯緊加功優游浪蕩
你的心雄抖抖如同滾浪
一箇箇修的的不設修樣
學道的失師訓不純忍讓
功不成命不救空打白撞
庚子歲大劫該臨爾頭上

爾懶惰愁壞了慈悲老娘
但等我皇胎子共飲瓊漿
吾總有擎天手空自着忙
皇天爺惡狠狠有場秋霜
仁不仁義不義喪却倫常
傳道的不明理論勝爭強
怕的是過不去水火瘟癀
多虧了純閞帝南海慈航

會衆聖與諸真灵霄殿上　千行血萬行淚哭奏上皇
只怨的玄穹主大失海量　等幾年再與劫攪海翻江
命真武在缸窑代天宣講　修五坛分五大化度愚氓
南閆浮一萬坛飛鸞現像　諸佛祖下九天刻刻勞忙
演義的勸世書車拉船放　看書人只當作故語俗章
萬全堂奉命設各處發放　有十地與頂保引證恩忙
近性寺吾掛出招賢佛榜　聚南巖萬善中架海金樑
皆善生須袖生乱生顯像　率善男合信女齊赴全堂

衆灵觀標姓氏千秋經仰　纔不枉皇胎免苦修之一場
依善功定高低母有陞賞　掛仙號標仙名萬古流芳
吾早已把大事安排妥當　九九刦天極秘闇隱行藏
伏魔卷坤元經皇極無上　渡迷寶萬仙錄果報十王
冥報圖本行經扶正除妄　盡出於五靈宮學善佛堂
多虧了正副帥衣富二將　率奉員大小官買賣經商
不吝惜黃白物扶助道場　印諸經數萬部撒於八方
衆蒼生不要爾紛紛亂嚷　要爾的真實在一點天良

臨吾壇有功賞有過必降　依不得爾憤高自作主張
一分功一分果不偏不向　按三乘分九品已定高強
從今後得大道好好溫養　莫等馬臨江邊纔想收韁
六萬年積累下一本大帳　天數盡從開闢另正倫常
有志的修出去飛昇天上　無志的自暴棄干墜下塲
爾不知道尺高魔高一丈　修道子時刻刻嚴謹隄防
有天魔與地魔人魔更上　有妖魔與鬼魔自心魔王
古銅鏡若不磨照人不亮　超凡子磨不透難露純陽

東說好西說歹又不一樣　孽重人得正道不久旁荒
假付休顯神通糊模做樣　貪酒色受供養口頭衣裝
自稱神自做鬼頭搖頸愰　自誇己真正道混鬧八方
有旁門並外道滿口胡講　說齋戒不齋戒任意猖狂
金丹訣真火候傳不明亮　決別當傳真法悞人時光
玄牝穴真訣竅分不清爽盲師　悞了人性命源罪實難當
死陰曹後學祖一齊不讓　你悞我好兒孫一世白忙
把銀錢誆到手不幹正項為非　栽兒孫無善功怎出孽鄉

俺在此陰曹府晝夜盼望　兒成道把我們超昇天堂
不料想邏狗奴左攔右擋　悞兒女天良心白奔一場
吾與爾那一世結下冤枉　來來來森羅殿同面閻王
五閻君坐森羅一聲高嚷　孽障奴悞人命罪惱上蒼
壓在了大陰山寒冰永曠　受陰刑八萬劫罰變牛羊
爾頻生莫憂疑來吾壇上　秘蜜訣精妙理細問純陽
嘆衆生看不破痴迷羅網　貪名利走八方終日遑忙
[illegible]

爾不信瞻明眼前朝觀望　那一個為名利身得下塲

朝閣城摘心死比干承相　李陵碑碰死了靈公臺楊

銅雀台那去了孟德吊將死了　阿房宮拿去了秦氏始皇

白鱗台拿去了奸雄王莽　姑蘇台拿去了西施吳王

重童城拿去了劉邦項羽　月輝輝明朗朗空照烏江

說不盡歷代的英雄名將　那一個脫過了大夢一場

吁一番世炎冷人情虛恍　總不如滌心身煉我空王

燃燈佛辭宰相先天執掌　妙善女辭皇宮普渡十方

古梵王辭皇宮雪山修養　清高祖辭社稷五台隱藏
呂洞賓辭功名通明左相　韓湘子辭恩愛朝見上皇
漢鍾離辭軍督群仙總掌　麻姑女棄紅塵跨鸞西方
文昌帝辭朝政桂宮安養　張子房辭漢帝高居天堂
情濃陣喪多少英雄名將　溫柔鄉危多少風流才郎
今似古古似今今古一樣　人似仙仙似人仙人同光
切莫聽俗人說積德妄想　切莫聽孽人說修身白忙
切莫聽惡人說無有仙長　切莫聽渾人說魔磨荒蹚

借凡性返聖情金木交並　借識神煉元神烏兔交精
借後天養先天煉金脫礦　借先天補後天俊烏出籠
借佳世修出世動中救靜　借世財備法財濁裏澄清
借假體養浩然渾然大定　借甘露潤聖體坐倒花驪
爾皇胎待透了真空妙境　除名利斷恩愛皈吾虛空
五更書指破了南柯大夢　天也明法也明大道也明
子午卯卯子午山搖地動　七四三三四七萬事改更
指一次又一次爾未指醒　來一回又一回幾下雲宮

得吾道再不修真性真命　怕只怕躲不過水火刀兵
說到此嚇的我心驚耿耿　蒙指頭見殺氣貫滿虛空
三天上諸佛祖雲宮候請　捨不得度不轉哭回瑤宮

偈曰

五更天明露太陽　萬全堂中設蓮
九二皇胎歸吾化　共慶龍華出孽洋

又曰

霜染草木榴花顏　親下東土把道傳
其中妙理若難解　無極靈宮問呂岩

出玄入牝在禪定　九轉還虛大覺身

五更里聽金鷄報叫一聲　只忙的我轉工略指分明

一煉已煉盡了一心魔病　三昧火燃起了無油海燈

二築基伏龍虎情化返性　憑神手晝夜勤武煉文烹

三採藥日月華安爐立鼎　青衣女白面郎意合情濃

四結丹舍利子丹田踊動　滿目花雨耳風腦後鶯鳴

五還丹透尾閭提爐灌鼎　下鵲橋穿重樓降於黃庭

六溫養十月胎換爐移鼎　居上苑璽陽宮五眼六通

又脱胎出三玄出動入靜　身外身天外天五氣朝空
八一玄珠玄妙機千呼萬應　隨心意分靈轉變化無窮
九還虛不增減與道合定　功圓滿丹書詔跨鶴飛升
内包裹七二候八十一洞　人常説洞洞裏皆有妖精
慧根淺命運薄難出妖洞　喂妖魔喂鬼魔娘又心疼
智慧子識破了孽海迷境　純一片金剛志打破頑空
借凡體立聖志一言一定　借魔考燒丹爐百煉百烹
借凡心返聖意歸根復命　借凡愛返聖恩嬰[illegible]相逢

苦口良言熱心語古詩合音

昌喜家寒未讀　習观善書幾章

古詩今續十八行　粗言無文𡨴講

莫笑不合平仄　三教至理包藏

好話奉承言非良　自思抹心細想

"十三五"
国家重点图书
出版规划项目

海外藏
中国民俗文化
珍稀文献

王霄冰　主编

日本早稻田大学图书馆藏中国宝卷选编（下）

Selected Precious Scrolls from the Collection of Waseda University Library, Japan

周波　孙艳艳　编

陕西师范大学出版总社

新出梅花服忠良宝卷　二卷

线装，石印本，二册，长二十厘米。检索号：文库 19　F0399 0034 0014。每面十六行，行字数不等。白口，单黑鱼尾，四周双边。朱芝轩校正，民国六年（1917 年）版。封面题『忠良宝卷　文益书局石印』，扉页题『绘图梅花服全卷　忠良宝卷　杭州聚元堂发行』，卷首题『新出梅花服忠良宝卷』，版心题『忠良宝卷』。

内容：

明天启年间，山东蓬莱县人陈廷玉（字尚卿），天资聪慧。父亲陈命显是翰林学士，任礼部侍郎，为官清廉，母亲杨氏为官宦千金，不幸二人早早亡故。陈尚卿二十三岁娶刘氏为妻，婚后生活和睦，但贫苦难以度日，只得将楼房典当，在草房生活，依靠刘氏做针线活换钱生存。陈尚卿打算到苏州阊门寻找做绸缎生意的富商舅舅杨秀章，刘氏苦劝陈尚卿无果。陈尚卿到了苏州却意外发现，舅舅家三年前连遭火灾，人都死尽了。陈尚卿一下陷入盘缠用尽、举目无亲的窘境，心灰意懒之际，在江边放声痛哭，被江苏吴县乐善好施的十八岁富豪应庭玉（也作应廷玉）在扫墓时看见。陈尚卿和应庭玉两人一见如故，拜为兄弟，宴饮享乐。

陈尚卿想到自己的妻子还在家里受苦，带着应庭玉赠予的五百两银子归家。此时刘氏早已经支撑不住，想悬梁自尽，恰巧为江苏吴江县的富书生范忠良发现，给予资助。刘氏获得资助，但误将范忠良视为登徒子，将其臭骂一通。陈尚卿回到家中，夫妻互相讲述自己受资助的经历。陈尚卿听到妻子被男人资助后大怒，怪妻子不守名节，写下休书，将妻子赶回娘家。刘氏被父亲用绳子勒到晕死过去，被放在后院，后来慢慢转醒，被从观音阁出来化缘的朱夫人（其丈夫朱元原本也是清官，但被奸臣陷害）遇见并收留。家仆没找到刘氏尸首，为逃避罪责，谎称尸首已经被火化。陈尚卿听说妻子去世，悲痛万分，开始勤学苦读，立志考取功名。范忠良也自觉做了错事，范妻劝他赶考功名之时到陈家将事情说清楚即可。

这边应庭玉散尽家财资助一方，却也遭遇了多次火灾，陷入贫困境地。被应庭玉资助过的周楚乔给他一些盘缠，好让他去山东找陈尚卿。应庭玉旅途中住在关王庙，在庙中获得一颗明珠，遂往当铺典当换钱。典当老板起了坏心思，冤枉应庭玉的明珠是偷他们家的，应庭玉屈打成招。周楚乔到狱中探望，谈论办理此案的官员是奸臣汪同（一说汪洞）的门生赵能。再说高家小姐高秀金曾捡到应庭玉的梅花服，也听闻应庭玉的事迹（应庭玉遇见陈尚卿的那天，扫墓后到附近牡丹亭游玩，天热随即将梅花服脱了下来，被高秀金捡到）。一日，观世音菩萨托梦给高小姐，称应庭玉是文曲星下凡，而高小姐与应庭玉今生有姻缘，现在应庭玉被关在监牢内，要她赶快去救人。高小姐和丫鬟秋香将计就计，向高老爷谎称观音托梦说自己命不久矣，但可以通过做善事的方式续命，比如出银子照顾监牢的犯人。在高老爷安排下，高小姐亲自将写着观音托梦之事的书信、一块鸳鸯帕、半件梅花服和一些银子送到监牢交给应庭玉，两人订下婚约。

时光飞逝，范忠良和陈尚卿都参加乡试，租住在同一家酒楼，两人因此相识结义。陈尚卿通过范忠良了解到应庭玉的现状，决心考中功名解救应庭玉。陈尚卿因看到与自己亡妻相似的夫人而难受，在范忠良的追问下道出当年之事。范忠良听完，震惊之余亦道出实情，陈尚卿这才明白，是自己错怪了亡妻，更加泪流满面。乡试出榜，范忠良为解元（乡试第一），陈尚卿为经魁（明科举有五经取士之法，每经各取第一名为首，称为经魁。陈尚卿大概是某一经的第一名，乡试前五名）。两人都继续到京城参加会试，范忠良中状元留在皇宫，陈尚卿中探花做了山东巡按，并获得尚方宝剑。陈尚卿回到山东，先去刘府批评教育亡妻之父。恰逢收留了刘氏的朱老太太到刘府化缘，告知陈尚卿，刘氏并未死亡，至此，夫妻得以会面。但刘氏态度坚决，不愿与陈破镜重圆，最后在亲生母亲和朱养母的劝说下才勉强同意。

范忠良向皇帝揭发奸臣汪同，陈尚卿重新提审应庭玉窃珠案，终于使真相大白，奸臣伏法。应庭玉亦无罪释放，从此开始苦读诗书考取功名。陈尚卿在山东任期满后，调回京城任吏部尚书。范、陈、应三兄弟会面，应庭玉将自己与高小姐密订婚约一事说给兄长，因高小姐父亲是范忠良的母舅，因此范忠良允诺应庭玉考取功名后帮他说亲。后应庭玉果真考取功名，如愿与高小姐结为夫妻。之前帮助应庭玉的周楚乔也被应庭玉接回家中招待。行善必有好报，知恩图报是大德。

补记：

《中国宝卷总目》记录了包含泽田藏宝卷在内的八个版本。①（辽宁大学王淑慧参与了对本题解内容的总结，特此说明并致谢！）

注

① 车锡伦编著：《中国宝卷总目》，北京燕山出版社，2000年，第365页。

寶卷
文益書局
石印

(14)

梅花服全卷

繪圖忠良寶卷

杭州聚元堂發行

民國六年出版

版權所有

校正者　吴下　朱芝軒

總發行　上海　文益書局　鉄度橋河浜德安里

發行所　杭州　聚元堂書局

發行所　紹興　聚元堂書局

每部定價洋二角

分售處　各省大書坊

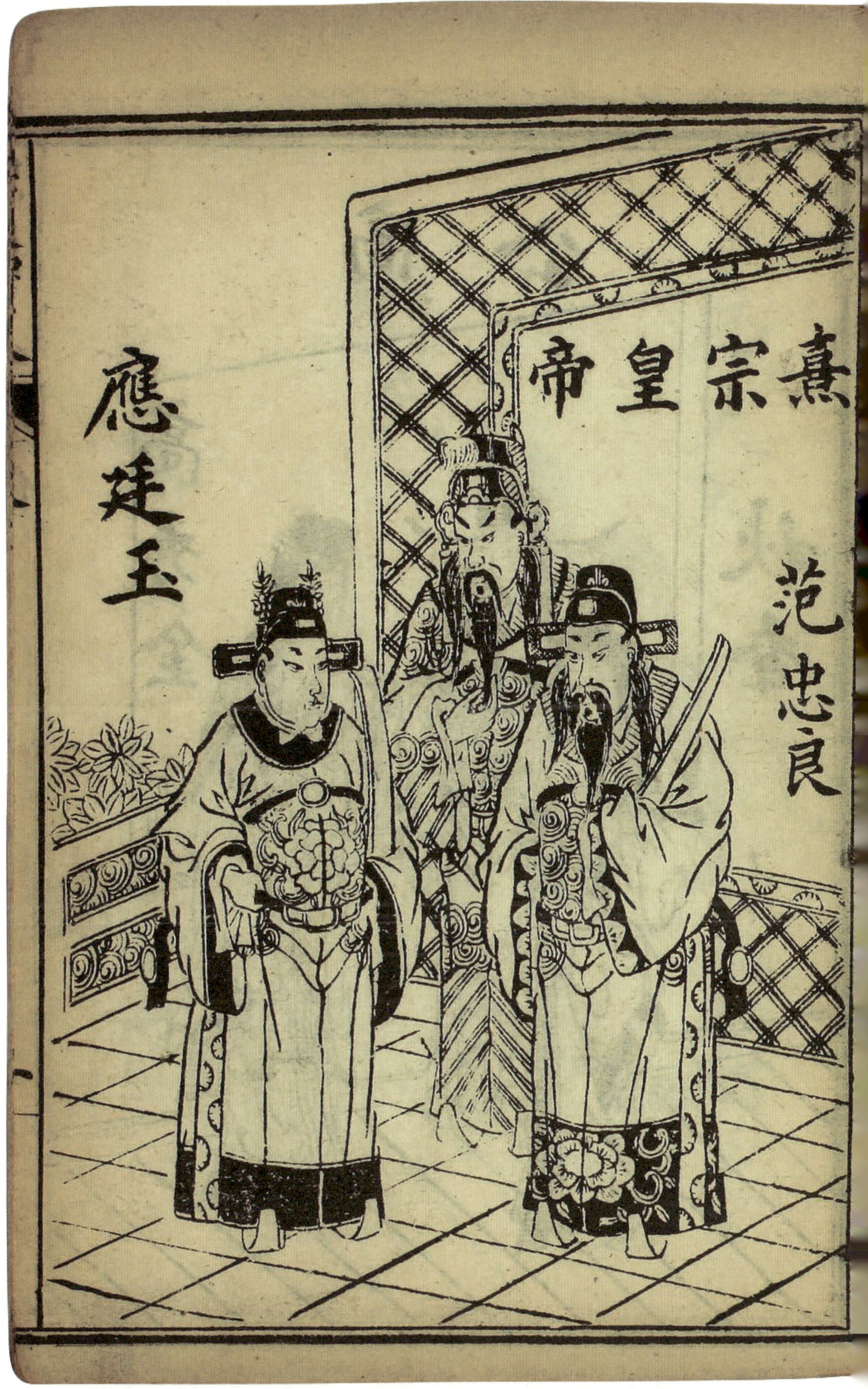
熹宗皇帝
范忠良
應廷玉

高公
高秀金
秋香

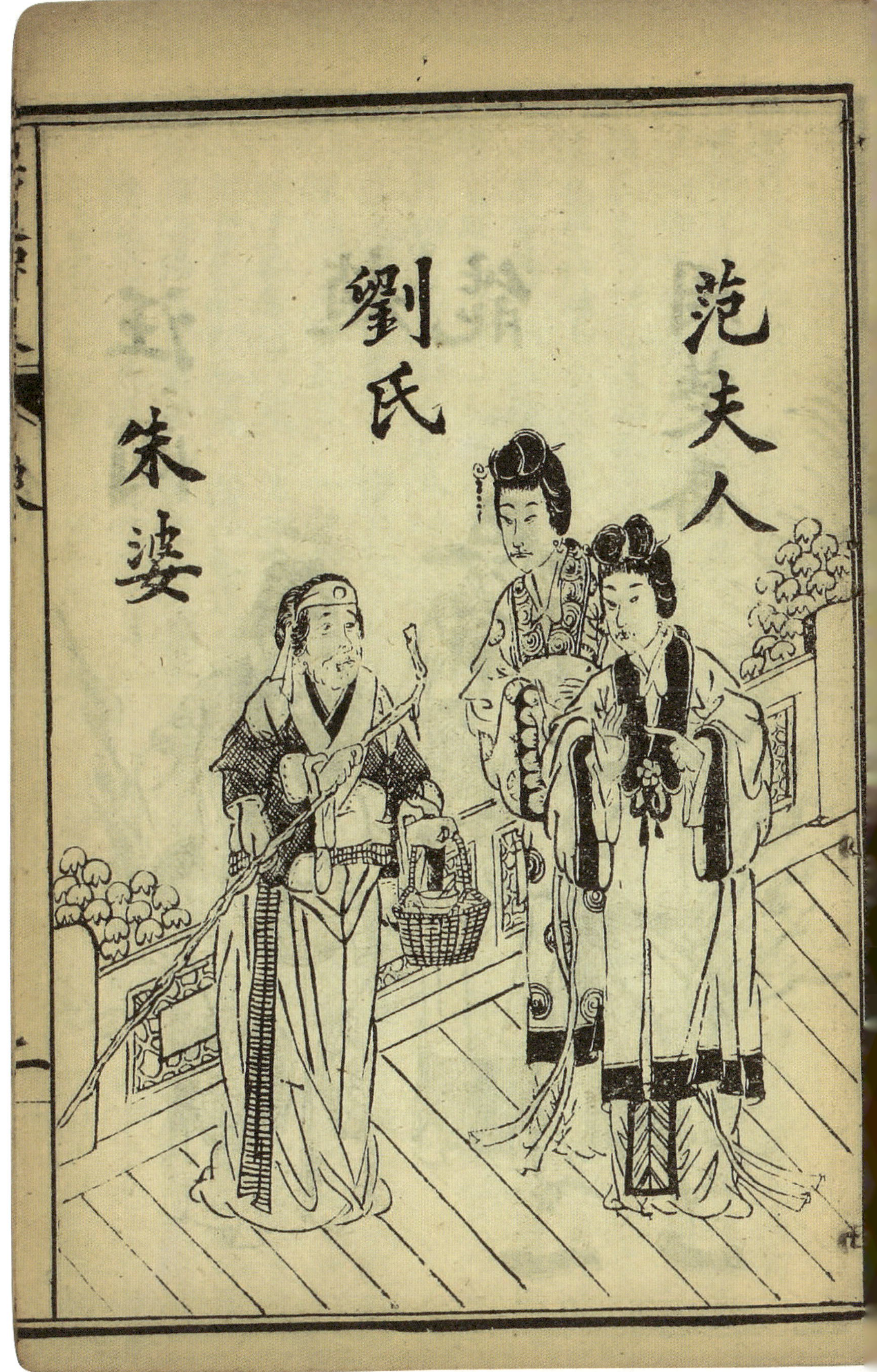
范夫人
劉氏
朱婆

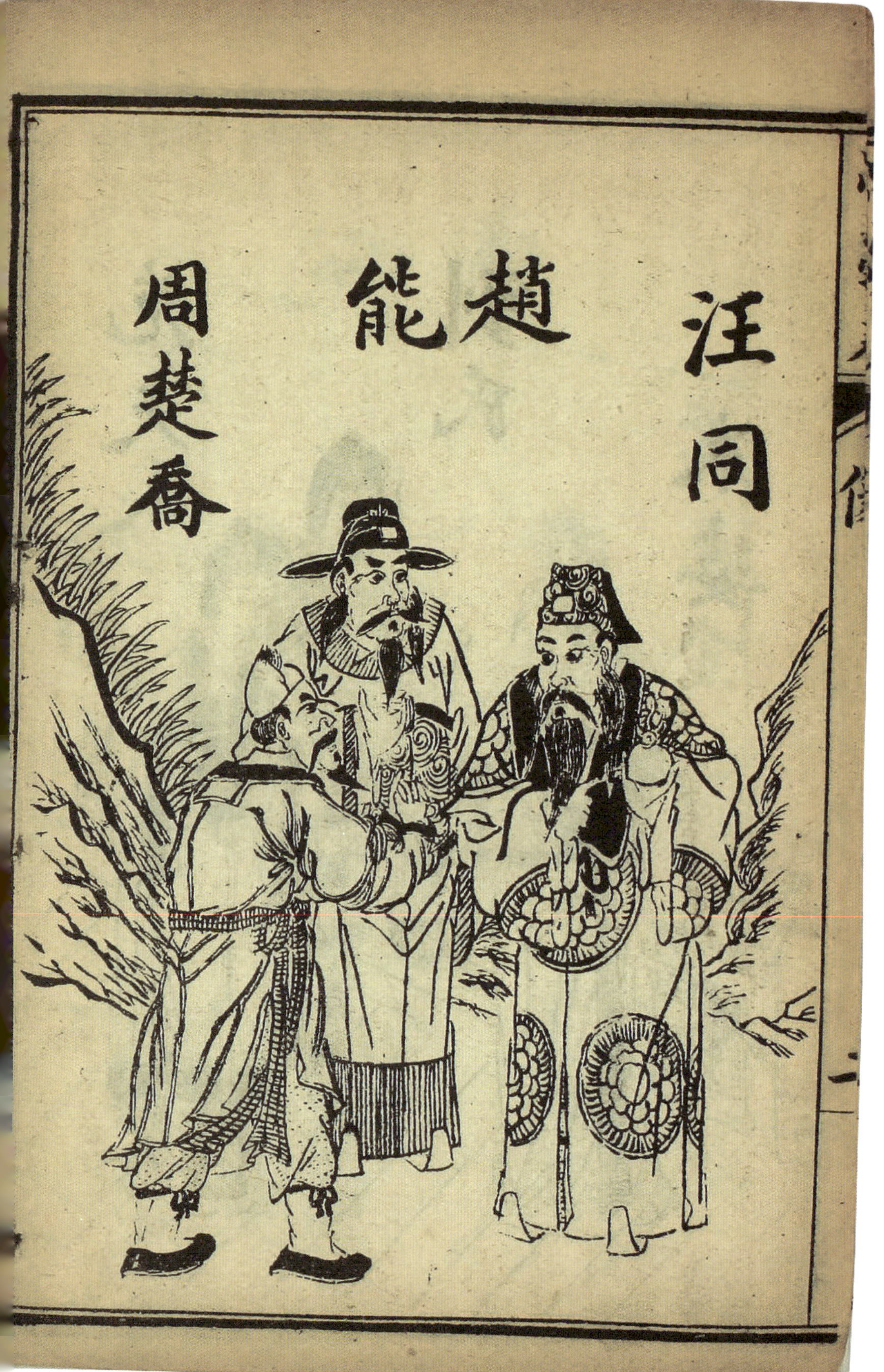
汪同
趙能
周楚喬

新出梅花服忠良寶卷上册

忠良寶卷初展開　恭迎菩薩降臨來　善男信女誠心聽　增福增壽免消災

蓋聞忠良寶卷出在大明天啟年間。山東府。蓬萊縣人氏。提表一人姓陳。名廷王。表字尚卿。才貌雙全。早入黌門。父親陳命顯。在日翰林學士。官居禮部侍郎之職。為官清正。不貪財寶。故而家道清貧。母親楊氏。官官千金。亦授誥命夫人。不幸早已亡故。這也不在話下。小生在年二十三歲。娶妻劉氏。面貌如花。做人賢德。夫妻全庚。可憐一家貧苦。日結三餐難度。幸虧我妻日做針指。變賣糊口。只有樓屋一間。出典趙氏管業。故而夫妻二人。在草房安身。日間缺少柴米。到夜床內無被。肚中飢餓。只怕身上無衣。思想起來。好不凄涼人也

世上萬般都是假　惟有錢財好為人　世上苦人最為多　只樣苦人沒處尋
陳珽為人多正直　一身行事甚公平　我妻劉氏多賢德　夫妻和睦過光陰
討了妻房有六載　並無生育在家門　父親陳顯多名望　在日官居學士身
不貪民間財和寶　故而家道甚清貧　樓房典賣趙家住　自己草房住安身
母親楊氏官家女　曾授誥命有名聲　不幸雙雙歸仙境　無用細述敘前情
陳珽想起心焦躁　捶胸頓足淚紛紛　灶上並無半顆米　灶下草毛沒半根
有道開門七件事　如何少得碎另星　喫厨餓頓誰知道　斷厨歇鑊不堪聞

雖有妻房做針指　我看來針指銀錢有幾文　別人家貧苦有人救　我家貧苦一無人
就是岳父人一個　十分毫富廣金銀　是從我父身亡故　杳無踪跡上我門
那有一點親情義　永無音信到我門　看來錦上添花有　雪中送炭萬不能
世態炎涼皆如此　何用埋怨別家人　積善之家有餘慶　作惡之家不久停
我門祖先多仁厚　並無惡積在家門　為何如此狼狽苦　顛沛飢寒到如今
亘廷玉暴躁發心事　亘裡面劉氏問原因　丕廷玉見妻身站起　雙雙作揖禮殷情

亘嘆官人。聽你自言自語。兩淚汪汪。究竟為何緣故。說與妾身知道。丕嘆娘子。想卑人父母早亡。家道清貧。如今柴荒米貴。尤其消索。雖則娘子做了針指。變賣錢文。久竟口食不敷。卑人肩不能挑。手不能提。讀得幾句詩書。全無用處。累及娘子。勞心費力。日夜辛苦。卑人好不難過。故此心中煩悶。亘官人只是妾身分內之事。何必官人掛在心中。亘到也難得嘆。

娘子嘆世間只有夫養婦　那有妻子養夫君　可憐你清辰做到黃昏後　何有一日得安寧
卑人嘆鹹酸苦辣都嘗徧　嫁到陳門受苦辛　娘子嘆卑人有朝一日身榮貴　必要酬謝我妻恩
若是仍舊身前落　苦刹賢妻一個人　想起心中添煩惱　那有心思讀書文
當初思量圖上進　今朝心想冷如冰　年年跎踏多不利　時時受苦受蹭蹬
並非英雄多氣短　為了窮苦不開心　亘劉氏聽了夫君言　做妻子婉言勸解丈夫身

劉氏聽夫如此說　上前勸阻丈夫身
官人呀況且舅母多年不相見　舅母未知勝敗若何能
想想看那有銀兩作盤費　那有鋪蓋於衣巾
那時節夫吽妻房妻不應　妻吽夫君夫不聞
官人呀你去自思併自想　妾身言語可中聽
娘子呀卑人是昨日趙家買我屋　我得二兩雪花銀
娘子呀卑人到了姑蘇地　卑人是即對舅母說原因
娘子呀卑人是三月初三登程去　卑人是及遲四月轉家門
娘子呀卑人主意多立定　來早吉日動身行

叠

官人呀並非妾身來阻你　勸官人路遠山遙難出門
官人呀舅母雖則多親熱　勸官人作事須要三思行
官人呀即使樣樣多周備　可憐我孤單妻子一個人
官人呀你別妻子如何好　掛肚牽腸悶愁深
娘子呀做卑人勸你不必心焦燥　卑人是勸妻子無用悶沉沉
娘子呀一兩卑人做盤費　卑人是一兩家中過光陰
娘子呀舅母若有銀子借與我　卑人是便當即歸轉家門
勸妻子苦度光陰過　勸妻子草房內面靜安身

吓娘子。卑人只為家貧。故欲往姑蘇。出於無奈。你在草房安身。苦守靜心。要做一個冰清玉潔的人。叠劉氏聽了。兩足亂頓。兩眼流淚。官人哪。

官人呀我與你完姻有六載　官人是莫非不曉你妻身
官人呀你妻子不是楊花女　不是貪花愛色人
我夫何用多心事　何必疑惑費心情
官人呀路遠山遙須仔細　仝伴須防仁不仁
但願得我夫此去多得意　順風相送到閶門
官人吓妻子幼年曾讀閨門訓　三從四德緊記心
官人呀常言道女慕貞烈為正道　男效才良是本心
官人呀妻子為你出門心意決　萬語千言也不盡
官人呀下船上岸心莫急　險渡危橋緩緩行
官人呀若是借得財和物　速歸故里莫留停

官人嚹富貴在天終莫強 勸夫君無用憂急悶心情 官人嚹時運未到君且守 憂思過度損精神
官人嚹有朝一日倘若風雲際 官人是困龍也為上天庭 官人你是少年風流客 必須做氣步清雲
官人嚹與祖爭光則時人尊重 心隨意懶被人輕 官人嚹況且書中是有黃金屋 則交是一聲雷震天下聞
呂蒙正與妻來挨背 到後來一碗清水祭神明 破窑受盡淒涼苦 寺內投齋苦不盡
到後來一朝身及第 人人仰慕呂蒙正 官人呀你看他天天門生名頭大 到後來那個官員不奉承
官人呀古言有志竟成事 鐵硯磨穿桑姓人 做妻子勸夫君切不可自暴弃自躁 勸夫君到後來總有出頭日
廷玉聽妻來解勸 略解愁腸有几分 心中週圍來劃策 吓賢妻卑人是有句要話對妻明

呀賢妻。聽你之言。如金似玉。卑人敢不依從。但是家中如此苦法。總然難已度日。卑人有母舅楊秀章。住在蘇州閶門外。開張一間大大綢緞店。家業興隆。但是母舅家中。膝下兒女全無。卑人意欲前去。探望母舅。借些銀兩。倘能借得回來。可以求赶功名。二則可以過得日子。未知賢妻意下如何。

賢妻呀卑人是只為家貧難以度日 卑人是去到蘇府探姻親 賢妻呀卑人是幼年全母去探望 探望母舅十分深
賢妻呀母舅家中多豪富 綢緞店舖盡馳名 賢妻呀舅舅自從父母亡故後 不相往來到如今
賢妻呀屈指算來十四載 尚未回面得相親 賢妻呀母舅雖則多年來睽隔 卑人是講起情由說原因
卑人是並非泛交担遇客 舅甥兩個嫡親親 賢妻呀卑人到了母舅家中有好處 賢妻呀卑人是為只發精為不為貧
賢妻呀母舅自然有銀兩借與我 定然送我轉家門 賢妻呀卑人雖則母舅多年不相見 異日相逢分分親

官人吓須要記草房得妻子苦　莫做閑游浪蕩人　娘子吓卑人不是無情漢　不是忘恩負義人
娘子吓卑人身雖出外蘇州去　我心仍記草房情　娘子若是浪蕩来遲緩　為人不及乃飛禽
望妻子不必心疑惑　草房謹守過光陰　明日吉期時已到　卑人就要別妻身
不說夫妻分別苦　再表來朝天色明　小小包囊收拾好　拜別賢妻別起身
阿娘子。苦剎你了。卑人就要去了。吓娘子。卑人此去。多則二月。少則一月。就好回来。娘子你將一兩花銀。苦苦挨積。異日倘能出頭。圖報深恩。旦阿官人。我與你夫妻有福同享。怎說報恩二字来。只怕你出門不慣。路受風寒。因此妾身放心不下。生娘子不妨。卑人路上。未冷先穿。未飢先吃。決無妨礙。勸你且免愁煩。不必悲泪也
廷玉難撇妻房女　旦　妻房丟不下丈夫身
陳廷玉到吉期不能遲緩　點香燭叩神明又拜祖先　回身轉又拜了賢德妻子
未出口先流淚看得可憐　賢妻吓卑人是今朝拜別　只為那家貧苦身受熬煎
可憐我灶上裏買到灶下　又無柴又無米又少油鹽　開門出七件事並無一點
怎能夠受此苦度到明年　實指望交運来望有發達　誰知道日復日年復如年
苦賢妻受此苦面黃焦瘦　寒無衣飢無食夜不成眠　總是那你丈夫無力支撐
不能夠耀門庭與祖爭光　枉做了男子漢累妻受苦　枉讀了孔聖書食用不全
所以我心想起羞人怛怛　幸賢妻願受苦不出怨言　但是我家產盡毫無進路

當無物借無門兩眼望天　幸虧得我的妻手段絕妙　日日裡做針指變賣銀錢
但是那針指錢所進有限　怎過得夫和婦兩口家筵　今日裡往姑蘇出于無奈
向母舅借銀兩略整容顏　若能夠母舅家借我銀兩　那時節忙收拾急整歸鞭
不遲緩不留停急歸故里　萬不肯在姑蘇浪蕩流連　一邊說夫和婦双双流淚
陳廷玉硬了心走出門庭　行一步回頭看三迴九轉　旦乃劉氏見夫容泣涕連連
望不見夫君面草房緊閉　仍然是做針指不敢偷閑　慢講那劉氏女在家望夫
再表那陳廷玉落了航船

阿吓。到是順風相送来到蘇州了。不免付了船金。上岸去罷。阿吓且住。我幼年仝母親来過。已有十餘年矣。想今番到此。路豆忘懷了。如何是好。不免上前請問一聲便了。吓大叔請了。內 客官請了。生 請問一聲。這里閭門外。有家楊秀章。開張綢緞店鋪不知開在何處。相煩指教。內 阿客官。你要問楊秀章家中麽。生 大叔正是。內 客官楊秀章家中。可憐三年前。連遭回祿。連人都死盡了。生 吓不㇟㇟好了。

客官吓不問楊家還猶可　問了楊家眼淚淋　客官吓可憐楊家連遭回祿二三次　可憐他家內綢緞化灰塵
廷玉聽得魂飛散　大哭悲啼舅父身　母舅吓甥兒多年不能来探望　誰知舅父赴幽冥
母舅無兄并無弟　又無姊妹只單身　母舅吓又無男女来承接　家財綢緞化灰塵
母舅吓甥兒年年来探望　為只為囊內無錢家道貧　實指望了到姑蘇地　舅甥兩個共談心

母舅甥兒那知舅家父母都死盡　不能會面舅母身　舅母今朝叫我甥兒如何好　人地荒疎不成生

母舅甥兒早知今日情如此　何苦跋涉到閶門　母舅甥兒腰內用盡盤和費　来時有路去無錢

賢妻可憐你在家中何由曉　可憐你夫落難在蘇城　賢妻卑人悔當初不聽你良言勸　卑人今朝受苦也該因

廷玉一路来啼哭　走進招商旅店門　我就進了店堂身助下　聲聲叫苦好傷心

母舅甥兒寔指望到此地　做甥兒欲想借了銀兩赶功名　今朝舅家父母双双死　欲要歸家萬不能

誰人肯来周濟我　抬頭舉目也無親　只得暫住招商店　慢慢挨猜等救星

或者上天来保佑　保佑書生轉家門　住在招商有半月　缺少飯錢并房金

店中走出王小二　走上樓来叫客人　店中客人俱算出　你的賬目也該清

廷玉聽了小二話　双眼流淚講原因　小生投親多不遇　囊內無錢苦刹人

小二望你寬限三四日　尋覓花銀付你清　小二再三不肯允　腰內無錢請出門

鋪蓋包裹留在此　異日付錢還你們　廷玉苦苦哀求告　小二只是不容情

將他扯出店門外　大哭高聲陳廷玉　眼淚汪汪哭到前面去　又只見海瀏瀾洋一大濵

且住。想我陳廷玉。命有如此苦法。指望来到母舅家中投親。誰知母舅家遭回祿。一家身亡。可憐我来有盤川。去無路費。躭擱招商店內。算来也有半月有餘矣。分文毫無。如今店家將我扯出。叫我如何安身。想我苦到這般光景。還要在陽間做什么人。不如赴海。盡個自盡便了。

可怜我双膝跪在塵埃地　拜望父母二大人
母親爹爹孩兒指望来到姑蘇地　兒想舅父家中借花銀
母親爹爹誰知舅母家中遭回祿　可怜他舅父舅母双双命歸陰
母親爹爹孩兒如今上天天無路　呌孩兒低頭入地地無門
可怜孩兒身邊並無錢和物　可怜我腹中飢餓寔難當
母親爹爹兒在陽間如此苦　爹娘陰間可知情
孩兒拜望父母抽身起　回身又拜我妻房
賢妻你在草房之中来望我　那曉你夫受煎熬
妻在家中望夫君　賢妻那曉得你夫自投江
拜别賢妻抽身起　硬了心腸赴海洋

慢表廷玉投江事（小生）卷中另有救星人

家財豪富有萬千。身入黌門有數年。小生姓應。名庭玉。祖居蘇州府。吳縣人氏。先君在日。官拜都御史之職。母親楊氏。亦受王封。不幸双双去世。小生在年一十八歲。只因父母早亡。尚未婚配。這也不在話下。小生最喜救苦救難。濟急濟貧。故而名聲大振。個個稱我孟嘗君。我想今日乃清明佳節。備辦三牲福禮。要到江邊祭掃墳墓。家童。（内）相公。（小生）祭禮可曾齊備。（内）相公祭禮齊備多時。（小生）如此帶馬。隨我一走。（内）小人曉得。

庭玉騎上高頭馬　身上衣衫簇簇新　頭上方巾双飄帶　中間一塊玉鮮明
内穿綾子銀紅衫　外罩梅花服色新　白綾襪子硃紅履　金扇輕摇手内擎
後面跟了人四個　挑了祭禮向前行　来來往往人不少　個個認得姓應人
打恭作揖了不得　回身還禮應書生　街坊一路休要表　再表山東陳尚卿

翻天覆地来啼哭　望空四拜至江濱　小生應庭玉望見如此　馬上加鞭急急行
不多時刻到江邊　即忙下馬問原因　你是何州并何縣　何府何村何姓名
看你年少風流客　為何短見喪殘身　還是被人来欺侮　心中惡氣不能伸
還是家内無銀用　少柴少米少衣衿　不可隱瞞言和語　切勿吱唔說勿清
小生尚卿聽問回言答　恩兄你且聽原因　小弟家住登州府　蓬萊縣内住安身
小弟姓陳名廷玉　出官名兒叫尚卿　虛度年華二十二　丁年徼幸入黌門
先君翰林編修職　清廉正直兩袖清　家蒙皇封楊姓曾　曾授誥命一夫人
不幸父母歸天早　家業蕭條徹骨貧　小弟難受苦中苦　来到蘇州探至親
指望借得銀和兩　拿回家内赶功名　恩兄小弟誰知投親多不遇　異鄉落薄不堪聞
小弟無奈只得進了招商店　算来半月有餘另　小二上樓来算賬　立逼飯鈔并房金
可怜小弟囊内無錢剩　苦苦哀求不容情　將我扯出店門外　鋪盖包裹作抵銀
那時小弟羞容滿面無門訴　走到江邊赴海濱　幸蒙恩兄来相救　未知何日報深恩
小生庭玉見了尚卿心歡喜　陳兄連叫兩三聲　你且到小弟寒門去　歸家與你叙中情
忙叫應桂家人去　你仝相公轉家門　待我祭掃坟墓了　回家欵待相公身
無得怠慢須恭敬　差你服侍要殷勤　丑應桂點頭稱曉得　陪伴相公轉家門
不表應桂回身轉　小生再表庭玉祭畢去遊春

且住。今日江邊留住陳尚卿。心中好不開懷。忙到坟前祭掃。擺開祭禮。點起香燭。起倒八拜。焚化銀錠。祭畢。阿家人們。內 相公有何吩咐。小生 你們先回家去。備辦豐盛酒筵。欵待陳相公。我就回来了。內 小人曉得。生 你看桃紅柳綠。翠柏松春。百花齊放。菜花黃金。不免遊春一番便了。

一年四季春為首　惟有春光色更濃　庭玉青春并少年　青春年少應遊春
見過景象多多少　回頭又向那邊行　那邊女子遊春景　袄紅綠裙必必文
這邊盡是書香客　紙扇搖搖文派人　前邊望去商買客　挽手空談生意經
後邊皆是種田漢　扱脚擄膀不老成　講的盡是田言語　今歲春光十倍增
做此官来行此禮　聽他談講豁然明　庭玉又往前行走　抬頭看見牡丹亭
假山洞對桃源洞　双双二鹿赶雌雄　仙橋上面金魚來戲水　左右百種花名次第春
果然亭上多精雅　各樣花色甚光明　走向東邊來遊玩　百花樓在面前存
書桌上面金炉擺　炉內檀香香氣焚　三春天氣多和暖　庭玉走得汗淋身
即時脫下梅花服　一齊放下牡丹亭　將身坐在湘机椅　色色行行看得清
移步上前至別處　小姐 高家小姐至園亭　遊春玩景散心事　緊閉園亭兩扇門
小生 庭玉回轉園亭首　亭內関得緊層層　遺下一件梅花服　不能令手轉自家門
不說庭玉衣服事　小姐 再表高府一千金

春光明媚艷陽天。萬紫千紅色更新。春色惱人眠不得。遊春玩景去消閑。奴家高氏秀金。祖居蘇州府人氏。父親高忠。官拜都察院之職。目下致仕還鄉。母親王氏。贈授誥命。不幸早早亡故。奴家年華二九。琴棋書畫詩詞歌賦。盤盤皆能。母親亡故。爹爹愛惜女兒。故而未結朱陳。這也不在話下。今日清明佳節。帶了秋香丫環往園亭遊玩春景一番。秋香那里。旦白來了。小姐有何吩咐。小姐秋香隨我到園中一走。旦白了環曉得。

旦 秀金忙步楼下來　旦白秋香了環隨後跟
旦 秀金也不濃粧扮　家常便服貌溫存
行走如雲裙不動　不露金蓮緩緩行
旦白秋香扶着小姐走　双双主婢進園中
小姐果然園中花開盛　四時花景更色新
小姐你看那邊楊柳條條綠　這邊桃花朶朶紅
茂林秀似君子竹　歲寒不改丈夫松
仙橋上面来觀看　五色金魚戲水中
優游瀠蕩多快樂　青萍泛水恁他吞
旦 小姐百花楼上看　有只見一件衣服在園亭
待看細細来觀看　自然曉得這情踪

秋香。與我亭中一件衣服取上来。待我觀看。旦白了環曉得。

秋香就將亭中衣服取　遞與小姐看分明
小姐就將一件衣服来觀看　難察難詳想不通

呀有字在此。待我看了。自然明白。

秀金提起衣服看　有見六字寫袍中
我看来左邊寫着應庭王　右邊寫着孟常君
此人名聲多揚大　四海揚名盡知聞
爹爹時常来説起　蘇州吳縣孟常君

慷慨仗義真君子　救苦救難救貧窮　我想来想必他先到園亭內　果而衣服夾亭中

奴家紅顏多薄命　不能親面得相逢　我將衣服擧中房中来藏好　衣服揗好放箱籠

他来取討梅花服　原物仍還孟常君　不知那個應庭玉　使我一見得心鬆

奴奴自此多顧盼　顧盼吳縣孟常君　慢表小姐樓中事　生再表庭玉轉家門

小生應庭玉。那時遊玩花園。因天色温和。把這件梅花服脫下。放在牡丹亭上。我身往别處去了。回身轉来。不料亭門関閉。不能進去。諒衣服已鎖在亭內。咳。此亦小事。由他去罷。想陳兄在家冷淨。不若回家便了。

庭玉即忙回家轉　三步改作兩步行　將身走進書房內　連呼陳兄二三聲

丑吓仁兄回来了。生小弟回来了。

應陳二人作揖身坐下　內家人即刻送香茗　丑仁兄小弟承蒙恩情與義重　留住小弟在家門

仁兄小弟欽抄尊府多欲意　小弟未知何日報恩人　生陳兄小弟在外多閑遊　小弟把兄冷怠在寒門

陳兄小弟伏望原諒休見責　恕弟無知寬罪名　庭玉吩咐家人備酒席　完是安排在高廳

內家人奉了主人命　即忙廚房辦酒筵　諸公吓豪富人家作事真容易　不多一刻辦完成

生二人對坐來飲酒　說得投机十分深　陳兄小弟與你萍水相逢真難得　三世有緣遇兄身

二人情投多意合　言来語去共談心　陳兄吓我與你雖然不是親兄弟　勝似同胞一母生

陳兄吓小弟與你不如結拜為兄弟　異姓兄弟勝如親　陳兄吓小弟與你有福同當無別說　海誓山盟不改更

陳兄況且小弟無手足　也無姊妹只單人　今朝與兄來結手　好比[illegible]

旦 尚卿連聲稱不敢　娣似寒酸苦命人　仁兄吓你是個察院公子誰不曉　有福全當無福人

仁兄吓你是好比天中月　小弟好似一顆星　仁兄吓常言道彗星如何照明月　不敢高攀結義人

陳兄你是聰明伶俐客　今朝說話不聰明　陳兄結拜那里論富貴　常言道世間有富必有貧

生 十年富貴論流轉　豈能長有好時辰　吾兄何必多心事　一言既出永無更

吩咐家人擺祭禮　花園裡面結拜情　二人拜下分先後　陳尚卿年長把兄來稱

等時擺下三牲禮　朝天四拜甚虔誠　小生 蒼天吓弟子要學桃園三結義　地久天長無改心

以後若是有反悔　天誅地滅没收成　庭玉拜罷抽身起　旦 尚卿跪在地埃塵

朝天四拜多恭敬　天神監察二人身　蒼天吓弟子今朝應陳二姓来結拜　不分你我不分身

倘然弟子有翻悔　天誅地滅盡收成　二人拜別抽身起　花園裡面飲酒巡

兄一杯来弟一杯　相怜相愛亦相親　你遜我来我遜你　飲到黃昏就起身

生 庭玉送了兄長歸房內　旦 樂極生悲陳尚卿

且住。想我在應府躭擱。思想我妻在草房受苦。阿妻吓。卑人起身時節。只有一兩紋銀與你。我說多則一月。少則半月。如今亦有兩月。未知我妻如何度日。近因柴荒米貴。一兩紋銀。能有几天過去。思想起來。好不掛念人也。

賢妻吓卑人吃的山珍并海味　妻在草房無菜不沾唇　賢妻吓卑人應府綾羅穿不盡　我妻是擡頭舉目也無親

賢妻吓卑人如何乏得下　卑人如何得安寧　尚卿房內自言語　小生庭玉房外聽得明
輕輕樓門敲几聲　正生尚卿開門不留停　小生庭玉進房見兄面　正生尚卿面上淚珠淋
小生望你丢下心中事　嫂嫂受苦我知聞　明日是個黃道日　弟送兄長轉家門
本欲與兄常飲酒　今朝嫂嫂不安寧　待弟端正盤和費　家童送你轉家門
正生賢弟吓愚兄未知何日能報答　只得来生犬馬報洪恩　小生庭玉作別身進內　取出五百雪花銀
當即收拾行和李　吩咐家人應桂聽　你今服侍相公去　盤船過壩要當心
立刻又備餞行酒　明日是順風相送轉家門　到了次日天明亮　正生尚卿收拾衣和衿
小生庭玉来請餞行酒　仁兄回里弟餞行　小生望兄時常来看顧　小弟恭侯哥哥身
正生尚卿見弟多醲釅　依依不忍兩離分　小生望兄領情寬飲三盃酒　中午即刻兩離分
正生尚卿扯住賢弟手　愚兄拜別就起程　賢弟吓愚兄勸你不可添愁悶　無煩遠送且安寧
小生小弟依依不捨我的兄長面　正生三回九轉陳尚卿　開船直到相遠去　小生庭玉方得轉家門
內應桂奉了相公命　路中服侍甚當心　順風順水来得快　一路遥遥如箭行
不表路中二人事　正旦再表草房劉氏身
我夫一去無音信。奴家日夜掛胸懷。奴家劉氏。我夫尚卿。因為家道寒苦。我夫往蘇州投親。夫吓。你出門時節言道。多則一月。少則半月。就可回来。如今端陽已過二月有餘。為何不見回来。叫妻子如何度日。咳。夫吓。

官人吓可怜奴清晨望到黃昏後　黃昏望夫到天明　官人吓你並無音信回家轉　你妻子日夜疑惑不安寧

咳夫吓。你人不歸家。也該寄封書信歸家。妻子也好放心。

官人吓到如今人不歸家無音信　不知我夫那邊存　官人莫非路上長和短　官人莫非拋親不還親

官人莫非好友相留住　官人莫非撞見不良人　官人吓也曉得妻在草房身受苦　莫非夫在外面不知情

官人出門忘記家中事　官人吓可曉得你妻有死也無生　官人吓你妻子可怜三日無飯吃　肝腸餓斷痛難禁

官人吓你早回三日可見妻子面　官人吓妻子是看来不久命歸陰

吓夫吓。你若早回。還可見得妻面。再遲三日不回。為妻要餓死了。且住。我想餓死也是一死。懸樑高掛也是一死。到不如盡个自盡。免得何苦受了另碎凌辱也。

劉氏主意多定當　懸樑高掛一根繩　一可怜三日無飯吃　寸寸節節肚腸痛

淒淒慘慘房內哭　哭聲夫君我親人　不說劉氏盡短見引是再宣我船上姓范人

小生姓范忠良。蘇州人氏。父親范金。在日官居通政司大堂。母親高氏。官宦千金。不幸早亡。小生在年十八歲。上入黌門。如今已有二十八歲。連赴鄉試二場。不能高中。娘子王氏。與我仝庚。尚未生育。今日小生来到登州。只為張家欠我花銀千兩。三年本利全無。為此赶来收討。今日業已還清。回家故里便了。

忠良船內思想情由事　恭時心中痛徹徹　便對撐船老大說　快快將船靠岸邊

老大吓我要上岸去出恭　双手撐艄不留停　尋着毛坑来出恭　忽聽啼哭女人聲

聽他言来三日無飯吃　肝腸寸断痛難禁　他說早歸還見妻房面　遲来不能見妻身

阿吓且住。聽前面草房内。有女人啼哭之聲。聽他言語。想是他丈夫。不知到那里了呿。

聽他言来如此凄凉苦　走上前来救此人　他是女来我是男　大有不便是難人

況且對面不相識　未曾會過此人身　吽我如何来行事　輾轉思想不安寧

我想見死不救却有罪　眼觀瞪瞪理不應　必要上前去相救　我身才得好放心

且住。見死不救。却是有罪。身邊有十兩花銀。贈與他便了。無有物件可包。不免將身上背心。脱下包好花銀。送去便了。

忙步上前来行走　將身来到草房門　輕輕就把門来敲　亘劉氏疑惑不分明

想必是我丈夫回家轉　移步開出草房門　擡頭舉目来觀看　不得寬心吃一驚

從無回面不相識　何人踏進草房門　劉氏一見重重怒　何處遊頭光棍精

引生大嫂吓小生不是遊頭輩　不是遊頭光棍精　大嫂吓小生讀書知禮義　我是黌門秀士身

小生聽得大嫂来啼哭　要盡短見喪殘生　大嫂吓小生聽得心不忍　前来相救大嫂身

背心裡面花銀在　收藏用度過光陰　亘劉氏聽得如此說　喝罵遊頭不是人

你是讀書知禮義　也曉男女受不親　我是冰清玉潔女　不做貪圖暴富貴人

引生我寧可在家身餓死　無義之財理不應　快快與我拿出去　免我喊吽喪殘生

引生忠良就將花銀背心放棹上　不言沒語望外行　不說忠良身受辱　亘再宣劉氏說原因

阿呀奴聽此人聲音各別定是異鄉遠處之人此人[illegible]
子。今日不知他那裡聽見我要盡死。拿了花銀前来救我。被我一頓怨罵。就走出去
了。此事奴也不過了。他前来救我。不能感恩。反受怨罵。但不知他住在那裡姓甚名
誰。另日官人回来。如何對他說明。叫奴好不悔也。

奴躭將他来辱罵　也該問聲姓和名　躭他住在何方地　未知那府那縣人
惜日官人回家轉　叫奴如何說分明　不說劉氏来思想　再宣尚卿轉家門

一別家鄉數月。另未知我妻怎樣過光陰。小生陳尚卿。往姑蘇投親。誰知投親不遇。
無處安身。欲盡短見。多虧應庭玉相救。承蒙恩重如山。後来結為仁義弟兄。這也不
在話下。你看天氣晴和。船已到了山東。心中好不歡悅。内 相公船已到了馬頭了。壹
吓應桂。内 相公。生 你將行李物件。一該搬起上岸。内 曉得。

尚卿上岸来行走　内 應桂後面跟定身　壹 即步上前来行走　不卻来到自家門
將身走進草房内　壹 劉氏一見喜歡心　夫妻作揖身坐定　說長道短問原因
壹 官人出門之後可康健　回来路上可安寧　為何蘇地多躭擱　舅公舅母若何能
娘子吓舅公家内遭回祿　金銀綢緞化灰塵　三年以前多燒死　膝下並無後代根
娘子吓那時可怜卑人投親多不遇　卑人身邊少錢無處去安身　娘子吓那時卑人只得走進拾商店　卑人是店內安身半月另
娘子吓店小二立逼卑人来算賬　要我回鈔屋租金　娘子吓可怜卑人那時腰邊無錢剩　那有飯錢并租金

娘子吁可怜卑人上前苦苦来求告　店小二將我扯出不容情　娘子吁店小二口內嘮嘮叨叨罵　將我舖盖作抵銀
娘子吁那時節卑人怨氣無處出　卑人是走到江邊赴水瀑　娘子吁卑人幸虧來人應庭玉。是個慷慨仗義人
娘子吁他將我留佳他家內　十分相愛亦相親　情投意合多歡悅　結拜金蘭兄弟身
娘子吁他送卑人盤費回家轉　贈我銀兩赶功名　未知娘子家內苦　如何度日過光陰
娘子吁卑人只有一兩銀子交付你　怎能過得二月另　想必我妻多受苦　快與卑人說分明
旦劉氏聽得這些話　細言細語稟官人
吁官人有所不知。是從你出門之後。緊閉草房。做此針指。後来二月有餘。一兩紋銀
用盡。可怜妻身。苦得不堪之及也。
望夫不得歸家轉　山遙路遠隔三関　妻子家內銀錢多用盡　你妻受苦好凄凉
此時腹內如刀割　又無親眷可商量　官人吁妻子想起餓死總是死　不如早死得安寧
官人吁你妻想來免得另碎身刀割　蔴繩高掛要懸樑　官人吁那曉得被人來聽見　舉手敲門道短長
官人吁你妻只道夫君轉　草房開出便知詳　官人吁那曉得來了一個斯文客　銀包放在棹中存
外面背心來包好　聽他言來異鄉人　官人吁他說道好死不如來惡活　何苦懸樑高掛人
許多言語來勸解　被奴怒罵胆消烊　官人吁他就將銀包背心放棹上　不別而行望外行
生尚卿聽了這方話　腦得心頭如火燒　賤人吁我出門何等吩咐你　不可鬧遊亂胡行
不可走東並走西　斗你謹守在草房　誰知我家門亂放　你不該入在草房

賤人吓你不顧自己名和節
不顧丈夫面上光
賤人吓你私通人情銀包贈
還說在家受苦辛
家中正有銀錢用
何用餓斷肚腸根
賤人吓你都是荒言哄騙我
誰人聽你巧花言
賤人吓我與你夫婦有六載
到今朝吽卑人有口也難言
亘 奴奴聽得双流淚
官人吓也該曉得奴心情
官人吓奴奴幼年曾讀閨門訓
三從四德盡知聞

吓官人。你說奴有私情。那是含血噴人。家中有銀錢用度。何用餓得。這般光景。還望夫君外面打聽。是真是假。奴若有私情之事。再來責罰奴身。到也未遲。阿吓官人吓。

官人吓奴若有半點私情事
恁憑夫君取罪名
坴 賤人吓你既然冰清玉潔女
浪蝶遊蜂進裡邊
賤人吓我問你此人住在何方地
何姓何名說我聽
亘 官人吓名姓奴奴未盤問
未知住在那坊村
坴 賤人吓還說別人冤屈你
賤人吓在我面前那肯說真名
賤人吓我今朝沒有言語對你說
離轉娘家再教訓
尚卿便把休書寫
手印花押甚週全
亘 奴奴一見魂飛散
哀求官人發慈心

阿吓官人官人。你妻子莫非真有此事么。坴 呢賤人。我也不知。你的真假。見了銀包背心。我自然明白。他不知那裡來的遊頭。拿了銀兩。哄誘與你。你見了財物十分開懷。就與他私情來往。想我陳家門中。雖然寒苦。吽我如何與你對搭。你與我快快走出去便。

陳尚卿看情跡重重大怒
寫休書看花押手印分明
又把那背心兜銀包一個
兩件物提在手怒罵連聲
賤人吓我門庭名門之第
到我家未敘話盡是廝文

你為何全不顧我家門庭　敗了名失了節玷辱門庭　叫我身臭名兒如何受得
你自思你自想並你推情　你休怪別人家不留面情　多自你自取禍人面獸心
書中語天作孽還猶可語　你今朝自作孽決不能生　若果然貌端莊幽閒貞靜
這遊蜂遠遠飛怎敢近身　還要来我眼前徹清售身　除非是瞎眼精目不識丁
我今朝無別話休你回家　叫你娘再教道改過做人　我與你從今後斷情絕義
永不許進我門生思望想

晝劉氏女哀哀哭上前哭訴　對夫君說不盡苦楚離情
官人吓你出門妻子謹守　在草房做針指從不出門　在那日兩月餘不回故里
乃錢文無一個沒有分銀　奴可怜有三日沒有飯吃　那時節餓不過懸樑高掛
餓得那肝腸斷跰癱不起　不知道那一個對頭冤家　把銀包并背心前来救奴
到草房高聲叫舉手敲門　你妻子想夫回脚不留停　忙開門抬頭看滿面生疎
被妻子来辱罵忙出門庭　將銀包和背心放在地塵　急急忙步上前行不回頭
因此上不曉得此人名姓　望夫君細詳察就地親鄰　是奴家有半點行為狗當
恁憑夫来取罪無怨無聲

晝賤人吓我今朝心裡明白　何用去費周折詳察親鄰
見銀包和背心是曉細底　就是那三歲童也識原因　你今朝休分辯何用多說
忙忙走到娘家教道為人

晝官人吓你妻身嫁夫隨夫　今朝時就是死死在陳門
到娘家夸心急總是一死　我若死臭名兒不得洗清　官人吓到後来心里明白

夫君吓莫性急探聽真假　免得我妾身命屈死幽冥　劉氏女哀求告想懇夫君
陳尚卿心鉄打不肯回心　將劉氏一把孽拖出門庭　急忙忙来行走赶至劉門
陳尚卿高聲叫快快開門

門上可有人么○内是来了○原来姑爺姑娘小人叩頭○正生起来○快與我通報員外○說我要見○内小人曉得○

門公即時来通報　稟報員外老安人　員外吓外面姑爺姑娘到　未知何事到来臨
老生員外安人聽得門公報　即步上前問原因　正生尚卿拖了劉氏女　怒氣沖沖往内行
老生劉旺見他如此様　二人到来為何因　老旦劉氏一見親生母　大哭悲淚叫娘親
正生尚卿將言上前說　員外吓告訴令愛女千金　員外吓你的令愛在我門庭有六載　謙我寒苦家道貧
員外吓令愛貪財富歸邪教　見了財物就動心　員外吓那日我到蘇州去　不守閨門亂胡行
員外吓那日私通情人来走動　銀包背心作贜證　具名外面傳揚出　叫我如何做得人
員外吓我今將令愛送還你　再去教道好做人　我就將休書来取出　一并丢在地埃塵
不別而言身走出　口内叨叨罵不停　老生氣死員外人一個　老旦哭刹劉氏老安人
老生劉旺休書来觀看　手印花押甚分明　今日離轉我家内　具名傳揚不好聽
把掌拳頭来亂打　双脚亂踢小賤人　老旦安人上前来相勸　老生劉旺大罵老賤人

戝人吓三從四德牢牢記　幼年也讀女兒經　戝人吓你全不顧自己名和節　也不管爹娘難做人
戝人吓你今朝臭名傳揚出　要想活命萬不能　劉旺着寔来痛打　亶　奴奴跪在地挨塵
爹爹吓就是打死女兒人一個　總是冤屈女兒身　爹爹吓做女兒也是冰清玉潔女　豈肯做傷風敗俗人
耋　我劉旺打死你戝人非小事　敗壞我家一門風　戝人吓你既是冰清玉潔女　那有銀包背弃心
戝人吓則吽是浪蕩遊蜂不進門　真脏現在般般証　嫩清售俏萬不能　打死賤人命歸陰
戝人吓常言道人要臉来樹要皮　今朝害我難做人　戝人吓我家雖不是官家第　赫赫門庭有名聲
戝人吓今日你父定要取你死　無用怪着別家人　員外就將蔴繩取在手　耋亶　妾人着急淚紛紛
員外吓可怜我家僅有女　懇為曾養女兒身　還望員外細細来詳察　察出真情取死身
員外吓你切不可心内多焦躁　勸員外萬事須要三思行　劉旺愈加生嗔怒　開口就罵老賤人
現在真脏件件真　還要打聽什么情
常言道娘也重兒亦重娘若輕狂兒也輕狂只小賤人做了傷風敗俗之事叫我如
何得見親隣面目你只老賤人還不明白還要前来與他講情咳氣死我也
戝人吓你還要上前来解勸　要我饒他萬不能　耋亶　妾人便對女兒說　也該細底說分明
我兒吓可怜你少停一刻歸陰去　那個知你訴冤情　亶　母親吓奴奴思想難再活　情由跪告老双親
日前我夫蘇州去　探望親眷舅公身　一兩銀子交與我　叫我用度過光陰
三月初上身出外　五月初上轉回家　可怜三日無飯吃　可怜餓断肚腸筋

母親吓孩兒可怜千思萬想總是死 到不如懸樑高掛一根繩 本欲上前盡短見 不知一個冤家来敲門
母親吓女兒還道丈夫歸家轉 起身忙開草房門 母親吓女兒一見面生人不識 大罵遊頭光棍精
他人被罵羞滿面 背心銀包放棹存 母親吓他人即時荒忙身走出 女兒故此不識姓和名
母親吓今日我夫回家轉 女兒就為此言對他論 母親吓那曉得夫君来時變了臉 寃屈女兒不正經
母親吓說女兒為人多不正 私通情人有奸情 不問真假休書寫 休我女兒轉家問
母親吓女兒指望爹爹爹明白 有誰知爹爹也道是真情 母親吓可怜爹爹不由分說来痛打 可怜寃屈女兒身
母親吓若是女兒心不正 豈肯夫君面前說真情 母親吓常言道真金不怕火 是故怕火不為金
母親吓女兒還求爹爹来饒奴 是後真假見分明 叠 安人心內如刀割 哀求員外跪塵埃
與你夫婦四十載 還看老身一面情 可怜膝下只有一个女 家內餘外少親人
白髮倉倉所靠那一個 懇求留養女兒身 安人抱住員外哭 叠 劉旺不聽半毫分
叠 就把安人推倒地 揪住賤人外邊行 就將蔴繩打個結 將兒套進在蔴繩
叠 安人將繩来揑住 抱住親兒吽一聲 叠 母親吓可怜奴奴口內難聲响 我只得小足亂跳好傷心
安人那里捨得親生女 可恨尚卿小畜生 你若到了陰司府 閻王殿上告寃情
我兒吓你必要活捉你夫到陰府 問他何故恨妻身 安人抱了女兒嚎啕哭 千聲萬聲吽不應
我兒你在陰司等候我 為娘不久也来臨 不說安人来啼哭 叠 再宣員外與家人
家人們。有你們將賤人死骨抬到後園。快到街坊買一口棺木。速速焚化便了。內曉得兄弟們大家来抬。

家人們抬到園中去　再往街坊走一巡　不表家人街坊去　再表小姐一死人

奴家劉氏。夫君出外。二月有餘。可怜奴在家中。三日没有飯吃。欲盡短見。被人聽見。他拿了銀包。前来救奴。被我辱駡。他不言而去。夫君説奴有私情。將奴休回娘家。被爹爹縊死。將奴放在後園。伏了地氣。漸漸醒轉。咳吓。奴奴好苦吓。

凄凉可怜奴奴真個苦　爹爹將奴縊死好凄凉　不説小姐園中事　外　春中另表一個人

年老無兒真个苦。街坊求吃難為人。老身朱氏。祖住揚州人氏。我夫朱元。在日官居光禄大夫。為官清正。不貪財帛。可恨閹官奸賊。上殿謊奏。説我朱家私藏國寶。昏皇無道。將我家財抄盡。我夫立斬午門。老生逃難出外。逃在山東。亦有數年。晚来觀音閣内安身。日間街坊求吃。你看来到大户人家後門。不免前去求討。旦　苦吓。外　耳聽園内有婦人哭聲之音。不免進去。看個明白。你看那邊有個姑娘。卧倒在地。但老身上前。問個明白。吓。你只位姑娘。為何這般光景。旦　吓。媽媽。此地不是講話之所。倘若被人聽見。奴也是又死。外　如此姑娘仝我到外邊去可好。旦　如此媽媽請。外　姑娘隨我来。

只見一人身怜憫　盤問姑娘細底情　旦　媽媽吓。奴家本是山東地　父親劉旺有名聲

家財豪富誰能及　膝下無兒少後人　媽媽吓。爹娘將奴嫁在陳府内　丈夫名叫陳尚卿

媽媽吓。丈夫姑蘇探望親　投親不遇在蘇城　夫説一月回家轉　交付奴家一兩銀

媽媽丈夫出門一里妄妻子　奴家等到二月不回程　媽媽吓可憐奴奴一兩銀子俱用盡　可憐餓斷肚腸好傷心
媽媽吓可憐奴奴三日沒有飯来吃　寸寸即即受苦心　媽媽吓可憐乃是奴家難受苦　懸樑高掛一根繩
奴奴本欲上前盡短見　有人来敲草房門　媽媽吓那時奴家只道夫君轉　急忙開出草房門
誰知滿面不相認　奴家大怒罵連聲　媽媽吓他說前来救度我　放下銀包并背心
不言不語身走出　故此不識姓和名　後来夫君回家轉　就將此事說分明
夫君聽了心大怒　把掌亂打左右分　媽媽吓夫君說奴為人多不正　私通情人有好情
媽媽吓丈夫不問真假將休書来罵　將奴離轉是家門　媽媽吓爹爹性急如烈火　頓時縊死命歸陰
將我放在園亭内　天地照彰奴重生　幸虧媽媽来相救　奴家細細說分明

外 姑娘我想你進退兩難。若是進去。想你爹爹必要取死。依我之見不如仝我到觀音閣内去。誦誦經念念佛。做些針指。未知姑娘意下如何。旦 媽媽既肯收留奴家。那有不允。請問媽媽尊府姓名。外 姑娘容禀。一

姑娘吓老身本是揚州地　祖上為官正直人　我夫朱元號連貞　官居光祿大夫身
姑娘吓可恨閣官奸賊来讒奏　他說我家私藏國寶珍　姑娘吓昏皇無道見奏龍顏怒　將我家財抄盡沒分文
可憐我夫斬首午門外　兒孫避難各自分　姑娘吓到如今不知兒孫生和死　未知好歹若何能
姑娘吓老生無男并無女　流落山東一个人　觀音閣内苦修行　只得街坊去求人
今朝姑娘仝一處　老生與你可誦經　姑娘吓老生日閣街坊去求吃　晚来就可伴你身

旦媽媽吓听你也是忠良後　皇天不負善心人　媽媽吓善人後有總有團圓日　勸媽媽心莫焦燥悶沉沉

媽媽膝下無兒女　奴家也是少親人　不如今朝来結拜　拜你母親有靠身

外老生連聲稱不敢　旦姑娘四拜跪埃塵　外呵呵大笑朱媽媽　旦得意洋洋劉氏身

娘兒結拜休提表　劉星買了棺木到園亭

噲阿桂棺木来里哉。去成死首起。丑曉得哉。噲阿星死首勿見哉。內啱来東說所。西死首為不見介。丑阿星正個勿見哉。內我想別樣東西有人看想葛个死首終沒有人看想。到希奇杀哉。丑阿星主人面前如何說法。到要想个才情還好。內阿桂我有一个才情来里哉。你我二人走到主人面前。只說小姐焚化過了。丑好了好了。閒話少說。走東走東到哉到哉。員外在上。小人叩頭。老生你二人死首怎樣了。丑啟稟員外。死首焚化過了。老生辦得好明日領賞。丑多謝員外。噲阿桂員外進去者。我仝你去吃老酒。走東走東。

星桂二人来哄騙　騙得員外放開心　不宣劉府家中事　老生再表孤单陳尚卿

是從離了妻子後　日日夜夜不安寧　又聞妻子身縊死　搥胸頓足好傷心

賢妻吓我與你夫妻有六載　卑人不曉今朝兩分離　賢妻吓卑人陰隲心中思想多　卑人是今朝那有心想讀書文

賢妻吓卑人日夜悲傷淚　賢妻吓卑人害了你命喪殘生　賢妻吓卑人懊悔不該離你娘家去　卑人是悔不該假事弄成真

賢妻吓卑人今朝聞你可怜如此死　賢妻吓卑人是好比剛刀刺我心　賢妻吓我在陽間多懊悔　妻在陰司可知聞

賢妻吓都是卑人來害你　卑人是害你惡死赴幽冥　賢妻吓但願卑人有日登金榜　賢妻吓卑人當時寫表奏朝廷

賢妻吓那時你夫討了官誥皇封贈　你夫春秋二祭報妻恩　慢表尚卿淒涼苦　引生　再表忠良轉家門

小生范忠良。那日收賬歸家。路過一間草房。聽得有婦人啼哭之聲。贈他銀包。反被他辱罵。我想此事。他丈夫歸家。必要爭鬧。故而小生悶悶不樂。到反做了陰隲之事。你看離家不遠。不免即速歸家便了。

忙步上前來行走　行來已到自家門　將身走進家庭內　王氏移步出來迎

夫妻二人分賓來坐下　二人談說路中情　官人吓奴奴看你面黃多焦瘦　我夫莫非路途受風寒

引旦　官人吓奴奴看你愁眉為何并百結　我夫莫非身体不安寧　官人吓山東賬目如何樣　張家本利可收清

引生　娘子吓卑人張家賬目收清訖　娘子不必掛在心　引旦　官人吓既然賬目收清楚　官人何必心中悶沉沉

引生　娘子吓卑人心事難好說　你夫受了諉曲在心中　娘子吓你夫害了一場陰隲大冤事　卑人是想起心中淚淋淋

娘子吓因此卑人悶沉多不樂　娘子吓知我心事惟神明　引旦　奴奴再三來盤問　引生　娘子吓卑人心事只得對妻言

吓娘子。卑人山東收賬回家。不料霎時肚中疼痛起來。卑人上岸出恭。只見毛坑前面。一間草房內。淒淒慘慘。有女人啼哭。他說三日沒有飯吃。肚腸餓斷。他說早歸還見妻面。遲來不能見妻。聽他口氣。丈夫不在家中。此時女子欲盡短見。卑人聽得不認。腰邊取出十兩花銀。背心包好。送進他門。那曉女子見我辱罵。此時卑人忙將銀包放下。急急走出。也不曉他丈夫名姓。吓娘子。豈非大大陰隲。引旦　官人只到也不妨。引生娘子你那里曉得。異日他丈夫回家。倘能曉得情由。到也罷了。如說不曉。反要冤屈妻子。為人不正。私通情人。吓娘子。卑人做了。豈非大大一場陰騭了。

娘子吓卑人心里多明白　你夫想前想後悶沉沉

引旦奴奴啟口將言說　官人聽我說分明

官人吓今年大比之年到　進京考試去趕功名

官人吓你必要山東來行過　先到他家說出情

官人吓那時彼此多明白　解冤釋結不疑心

官人吓那時一該消除冤孽陰騭事　夫君安心赴考趕功名

引生卑人聽了賢妻話　故然妻子有才情

娘子吓卑人先往山東說此事　後往京都去趕功名

娘子吓自此卑人心放下　轉心致意讀書文

娘子吓卑人一心要把功名就　安排紙筆跳龍門

不宣忠良夫妻話小生再表仗義應書生

小生應庭玉。從前是節斋僧佈施。裝佛點金。一切好事。盡皆做轉。把萬貫家財。弄得干干淨淨。田園產業。都賣盡了。只有一所樓房。尚未變賣。居住安身。此時小生。毫無進路。日夜難度。將家童使女。打發出去。一切賣身文契。交還他們。思前想後。好不悲傷人也

庭玉打發家人去　眾眾家人使女淚紛紛

相公吓小人受你恩和德　今朝不忍兩離分

相公吓小人寧可你家身餓死　決不服侍別人身

小生庭玉聽說稱難得　你們個個有良心

但是我家身餓死　都是相公害你身

等我日後翻身日　仍然一總進我門

眾家人啼哭身出外　小生庭玉獨自冷清清

奈時廚房來起火　一間房屋化灰塵

走頭無路應庭玉　兩淚汪汪好傷心　對天長嘆應庭玉　思想我命苦傷心

不表庭玉苦楚事。外再表楚喬一個人

我乃楚喬是也。自從幼小做小本生意度日。想起當年我娘親有病。十分沉重。家無銀錢。那里醫得起娘親之病。對應相公說明。即與我三兩花銀。叫我醫娘親之病。如今病体痊愈。生意到也還好。聞得應子遭了回祿。無處安身。不免往街坊尋覔走遭也。

有恩不報非君子　有仇不報枉為人　楚喬心急往外行　走出門外向前行

走過東來撞過西　東南西北去追尋　轉灣落角多尋轉　長街短巷也追尋

抬頭一見應公子　深深拜揖大恩人　相公吓你是官家名門後　只樣苦楚未曾經

為何皇天不開眼　今朝相公受苦辛　相公吓今年流年多不利　慢慢挨過苦災星

善人是有出頭日　天道善惡有分明　楚喬扯住相公手　今朝且到我家門

湊成銀兩還公子　今日報你相公恩　相公吓家母日日来懸望　寒荆時時感洪恩

坐 我兄吓區區小事無掛念　無用牢記在心中　我兄吓小弟萬貫家財多用盡　何况我兄三兩雪花銀

外 相公吓不是言語這等說　有借有還是正禮　相公吓来青去白才是禮　相公全我轉家門

左手提着籃一個　右手扯定相公身　行来已到家門首　便對妻子說分明

賢妻吓今朝常言恩人到　必要恭敬待恩人　賢妻吓酒飯魚肉去調理　快須整頓莫留停

二人對坐来飲酒　話得投机十分深　相公吓小弟看你做了好事多多少　總有一个情義人

相公吓你何必登門去結拜　尋覔當年佈施人
小生庭玉聽了楚橋話　猶如喚醒夢中人
我兄小弟有一個結義陳尚卿　他家住山東蓬萊縣
我兄他来投親不遇多受苦　走到江邊赴水濱
我兄吓那時被弟望見来相救　那時小弟救他回家共談心
我兄吓小弟與他情投并合意　異姓兄弟結為親
到後来回轉到山東地　小弟是贈他五百雪花銀
我兄吓小弟思想欲到他家去　小弟是也沒有盤費難動身
楚喬聽了相公言語。好勝歡喜。吓相公。請寬坐一時。待我將物件衣襟典當銀子還你可作盤費。
就將物件當典進　當得銀子轉家門
交與公子收藏好　共有六兩雪花銀
小生庭玉接手忙領謝　難遇恩兄情義人
小弟日後倘有翻身日　決不妄恩情義人
即時作別登程去　依依不舍淚紛紛
廷玉行程有三日　関王廟内住安身
且住。你看来到關王廟内。不免進去。拜過神明便了。
雙膝跪在拜担上　哀告神聖在上聽
弟子今日山東去　探望金蘭結義人
弟子此去有好處　賜枝上上好籤經
捧着籤筒摇几下　一籤落在地埃塵
低頭將籤来拾起　只見下面亮晶晶
到也奇了明珠何人来遺下　莫非天賜小生身
只粒明珠無價寶　觀看明珠笑盈盈
上蒼道我能行善　圖報當年周濟貧
且住。我想山東路遠山遥難往。今日得了明珠。不如拿到隆興當内。當了銀兩回家。

廷玉心中多歡悅　手拿明珠笑盈盈　將身出了關王廟　移步即忙向前行

一無心觀看路中景　隆興典當面前存　將身走進典當内　就把朝奉叫一聲

吓朝奉。我有明珠一粒。煩為一當。内 吓先生。你只粒明珠要當多少銀兩。生 我要當千兩銀子。内 吓先生。你少停一刻。待我裡面稟過東主再定銀兩。生 如此曉得。内 啟稟太師爺。外面有一位先生。一粒明珠。要當千兩紋銀。請太師爺定奪。外 明珠在那里。内 在這里。請太師爺觀看。外 拿来阿吓妙吓。珍珠落在手。謀取在眼前。

老夫一見明珠寶　十分得意在心中　老天看来只樣明珠天下少　世間難遇得相逢

老夫家中雖有珍珠寶　不及此寶半毫分　眉頭一皺生惡計　奸刁萬惡起黑心

回頭就對朝奉説　明珠就是我家中

吓朝奉。這粒明珠。就是老夫家中之物。那日被賊窃去金銀珠寶。不知多少。現有失单一紙。呈送本府衙門。那本府未曾拿獲。此人自来送死。你快將此人拿住。交與本府審問發落便了。内 朝奉曉得。

朝奉領了太師命　拏住廷玉讀書人　就將双手来挷起　急刻送進府衙門

官 本府得了太師命　霎時坐出大堂審　分咐衙役帶進應廷玉　丑 衙役人等一聲應

即時帶進大堂上　生 嚇杀廷玉一書生

官 應廷玉。我看你年紀輕輕。有只樣大胆。敢搶汪同府里金銀珠寶。從實招来。免受刑罰。小生父台寃枉吓。

生員也是鄉紳後　翰林學士父親身　母親楊氏皇封贈　曾受誥命一夫人
单身生員人一个　也是黌門秀士身　足不出門圖上進　閉戶攻書個個聞
有何搶劫金銀事　並不為匪作歹人　父台細細來詳察　超豁小人萬代恩

官應廷玉你看失单上。搶去財物無數单內有明珠。今日獲着真賍你還要低賴想你不打不招。左右拖下去打。丑四十大板來打下。小生熬不起小生一個人。官招不招。小生寃枉難招。官不招夾起來。小生父台吓。寃枉難招。官應廷玉既然寃枉。你的明珠那里來的。小生父台容禀。

生員那日山東去　路逢閻王廟外行　生員廟內神聖拜　叩頭三拜求籤經
一籤反落拜担下　生員隨手拾籤經　只見地下霞光如紅日　明珠一粒亮晶晶
生員拾起來觀看　果然珠價值千金　拾起明珠在手內　不往山東轉回程
即時拿到隆興當　要當一千雪花銀　汪同見寶起謀心　太爺明鏡細察情
青天那有不曉得　文人那為搶金銀　莫非汪府搶來汪府當　木雕偶人一般能
小人句句真情話　太爺明審斷分明

官你只狗豆。一派胡言。與我夾起來。丑呼官招不招。小生寃枉難招。官左右。丑有。官取鋏剌箋來。丑呼

衙役就將刺夔取出着地擺 生 只等刑罰痛難禁　東邊拖到西邊去　南邊拖到北邊來
可憐我小生這樣刑罰熬不起　邊身肉碎血淋淋　我想招認不過死　不招我命也難存
小人刑罰熬不起　情願招認定罪名　那日打搶汪府金銀寶　明珠賍物是真情
只有明珠為賍証　金銀用盡沒分文　小人句句真情話　羽党全無獨一人
丑 啟太爺。應廷玉招認了。官 該死狗頭。不打不招。左右。丑 有。官 帶去收監。審問已畢。
退堂。丑 呼
不宣廷玉監中事 衆 再宣街坊閑人門　秀士怎能為大盜　黃狗也會變麒麟
街坊人人來咒罵　糊塗官兒審不清　人人盡說冤枉事 外 楚喬聽得淚紛紛
聽得傍人言瘟官長來瘟官短　少不得黃天開眼睛　聽得恩公來冤屈　我到監中問原因
問他何故受冤屈　叫我難解內中情　相公吓你在監中來受苦　叫我那里得知情
相公刑罰如何受　怎不叫人痛傷心　從前佈施多行善　今朝如此受苦辛
楚喬走到家中去　說與妻房得知情 旦 奴奴聽說心中苦　相公連叫兩三聲
夫郎吓須要想個牢籠計　典當銀兩望他身 外 楚喬聽說賢妻話　我妻說話不差分
夫妻出言多有義　安排銀兩到監中　要聽楚喬監中事　許多情義在下文
我乃周楚喬是也。街坊上聽得應相公如此受苦。叫我那有心相去做生意。對妻子
說明。典當銀兩。要到監中。探望相公。便叫妻子出來。看守門戶。旦 奴奴曉得。

外楚喬出門来行走　一路遥遥向前行　急忙来到衙門首　三脚兩步進監門

楚喬一見應公子生廷玉一見叫恩兄　兄吓小弟寃屈難受盡　當我大盗作里論

鮮血交流如潮水　偏身骨肉碎紛紛　兄吓小弟是你看周身上下盡是血　外楚喬觀看好傷心

相公行善多積福　為何今朝受苦辛　皆因流年多不利　蒼天應該護你身

吓相公。你往山東去了。就無事了。生吓周兄内中有個緣故在内。

蒙兄贈我盤和費　去到山東訪友人　行過閔王廟一座　小弟廟内拜神聖

双膝跪在塵埃地　只見地上亮晶晶　小弟低頭来觀看　那曉明珠在地心

我將明珠来拾起　原来珠價值千金　小弟拿到隆興當　汪洞見寶起謀心

説我搶他金銀寶　現在明珠作賍証　失单一紙去告呈　把我捆送府衙門

柳蓬官决斷来重責　貪賍官兒是趙能

吓周兄吓。那曉得趙能。就是奸賊汪洞的門生。

三桊豆毛四桊頂　三拷六問不容情　夾棍榔頭都受過　腦箍用得好傷心

那時小弟不招認　鉄刺凌拖不容情　東邊拖到西邊去　南邊拖到北邊存

小弟刑罰熬不起　當堂招認入監門　外楚喬聽得只反話　兩眼汪汪落胸膛

宣到此處停半本　探聽情由下卷云　諸位善人来静坐　停刻木魚再恭敬

忠良寶卷上卷終

商務印書館出版

閩縣林紓新著

高等小學適用

淺深遞進　國文讀本

六冊每冊一角

文學之妙。本含有美術性質。無論中外。均有可以意會不可言傳之處。而以吾國文字爲尤甚。閩縣林琴南先生。實爲方今文學泰斗。近以啓發初學之不易。特擇周秦漢唐最有趣味之文字。各附淺深擬作二篇。以爲先導。俾童子比而讀之。自可曉然於文學不傳之祕。全書六冊。每學年用二冊。適合高等小學三學年之用。誠文學界創見之名著也。

本館尚有林琴南先生所著各書
並列於下

左孟莊騷精華錄	二冊	五角
韓柳文研究法	一冊	三角
評選船山史論	二冊	四角
國文讀本	八冊	各角半
伊索寓言	一冊	三角
畏廬文集	一冊	六角
畏廬續集	一冊	六角

鳳陵文庫
文庫 19
F 399
34:15
早稲田大学図書館

新出梅花服忠良寳卷下册

忠良寳卷反從宣　善人請坐聽後言　天上有眼碧波清　善人總有好收成

吓相公。你是少年書生。那里受得起許多刑罰。可怜你在監中。並無親人看顧。我想我人在世。知恩必報。吓相公。勸你不必心焦。我到家中。借辦銀兩。與相公監中使用便了

勸你不必心焦燥　慢慢忍耐度昏朝　説罷之時身出外　一路街坊想心苗

急急上前来行走　行来已到自家門　將身走進家庭内　旦張氏出来問根苗

吓官人。應相公到底為着何事。外吓娘子。有所不知。應相公路過閔王廟去拜神聖拾着明珠一粒。拿到隆興當内去當。那曉汪洞説他搶去。立刻送進衙門屈打成招如今在監受苦。我欲想前去探望。以報當初之恩。吓娘子。你快些辦酒飯起来。旦晓得

張氏急忙辦酒飯　外楚喬家内集衣衿　布裙衣衫去典當　銅鉄錫器當錢文

物件包好往外走　三脚改作兩步行　將身走進隆興當　一并當銀五兩另

拿了銀兩轉家門　旦張氏酒飯交夫君　外楚喬手提酒飯走　五兩銀子帶隨身

一路滔滔来行走　行来已是到監門

你看来到監門。不免高吽一聲。便了。禁長大叔有么。丑我做禁子實在苦。個個犯人沒有路。外面何事。外請問一聲。有個應相公。可在你監中。丑在我監中。問他只甚。外我前来探望。與他有小小茶金在此。望大叔行個方便。丑走進来。外相公在那里。丑

不要高聲。隨我来吓。應廷玉快快出。有人前来探望你了。

生 廷玉耳聽禁子叫　兩脚疼痛步難行　可怜身上多痛疼　兩眼汪汪好傷心

吓大叔叫我出来何事。丑 有人前来探望你。出去談講純句。就要進来。不要害我啕氣。生 是吓周兄在那里。外 相公在那里。阿吓相公吓。

二人抱住嚎啕哭　監内哭得好傷心　相公吓 可怜你 是官家後　少年黌門秀士身

外 可怜相公衣衫 盡是血　脚下蒲鞋血染紅　滿頭盡是血塊結　未知身上若何能

辟開衣服来觀看　滿身皮肉碎紛紛　楚喬哭得傷心處　生 廷玉起口說兄聽

周兄吓 鉄刺凌 拖難熬受　小弟原死罪松成　今日 小弟 死去寃屈事　難免去斬兩離分

可怜我無出頭日　天大寃枉難洗清　廷玉說得傷心處　一跌跌倒地埃塵

咬定牙齒眼反白　外 楚喬急杀叫連聲　相公相公連聲叫　生 漸漸酥醒轉還魂

開眼流淚周兄叫　外 楚喬忙勸相公身　好心總有好日報　權坐監中保重身

你在監中無錢用　我有四兩雪花銀　腰邊取出銀四兩　双手呈送相公身

吓相公。我備酒飯在此。請相公充飢。生 阿吓周兄。叫小弟那里吃得下去。周兄吓。

小弟身上多痛疼　喉嚨難食病冲冲　周兄吓 做小弟 今生不能恩来報　来生犬馬報你恩

話不断情應廷玉　丑 来了禁子催起身

老兒快些出去。官来查監了。外 大叔小老就出去了。煩勞大叔格外着顧相公。另日

小老借辦銀兩孝敬與你　丑曉得你且放心
外楚喬難捨應公子　丑禁子拖出外監門　外三回九轉来觀看　小生廷玉啼哭叫周凡
丑禁子心內来着急　急忙推入內監門　就將監門来鎖好　外楚喬啼哭往外行
一路走到家門首　進內坐定叫妻身　旦張氏上前忙言問　外楚喬從頭說分明
旦奴奴忙把夫君勸　皇天不負善心人　吉人自有天相日　克勤克儉做好人
不宣夫妻来叙話　小生再表廷玉一書生　我奈上天天無路　思想入地地無門
可怜在監身受苦　偏身疼痛好傷心　自解自嘆心忍耐　暗想望個出頭人
多虧周凡来望我　禁子看待好三分　不宣廷玉監中身受苦　小姐另宣高府一千金

奴家高氏秀金。母親亡故。爹爹愛惜如寶。奴的終身未結。我想舊歲清明佳節。奴奴遊玩花園。牡丹亭中。有梅花服一件。放在亭中。奴家拾来一看。兩邊落下欵名。左手寫着應廷玉三字。右手寫着孟常君三字。奴家拏進房中。放在箱籠。實指望他来取衣服。原物歸還。掘指一算。已有一年光景了。為何不見来取。到把奴心中煩悶人也。

奴奴悶坐香閨閣　時時刻刻掛在心　舊歲三月遊玩事　不覺又是一年春
奴奴就將箱中取出梅花服　反反覆覆細看清　時刻想着應廷玉　使奴一見放寬心
梅花服在人不在　時刻記念也枉然　奴奴日日来掛念　應郎未知在那村
總然空念也無用　衣服仍然放箱籠

奴家梅花服取出一看。看得運拷粧台。耳聽初更以過。奴奴身体倦樣。不免安睡罷

奴奴倦靠粧台上　耳聽初更起安身　將身脫衣身睡熟　二更以過近三更

定宣秀金床上睡（付旦）再宣南海觀世音

我乃大慈大悲觀世音是也。只因文曲星應廷玉。在監受苦。高秀金有姻緣之分。不免往高府托夢一番。善才龍女門。（衆）有駕起祥雲。往高府一走。（衆）領法旨

大士離了蓮台下　駕起祥雲往高府　立在雲端來托夢　叫聲高府女秀金

我有言語你且聽　必須牢牢記在心　應廷玉與你姻緣分　五百年前結婚姻

此刻汪同來害他　屈打成招罪不輕　如今身坐監牢内　並無親隣送鐵文

快拿銀兩去探望　不可遲悞莫留停　日後是有團圓日　遇着清官有救星

大士托夢騰雲去　再宣秀金夢驚醒

阿吓奴奴睡到三更。耳聽神明高叫奴名。叫我言語緊記。須要快快即速。這有奇了。

奴奴睡到三更後　耳聽菩薩說原因　將身坐在床上想　呆呆不語想情由

奴的終身應郎配　要奴前去救他身　姻緣本是前身定　不用媒人為結親

今被汪同來陷受　屈打成招坐監牢　應郎在監無錢用　凶惡禁子用嚴刑

叫奴監内去探望　多帶銀兩到監中　奴家官宦千金女　含花女子守閨門

況且父親家規重　探監望郎萬不能

奴奴思想神明托夢之語。吽，奴前去採望應郎。我想如何去得。奴奴若還不送銀兩使用，有恐棊子逼打應郎。應郎是個書生，能有几日好過。倘若身有不測，如何是好。

吓蒼天，吓蒼天。

事在兩難無擺佈　好似亂箭射心胸
度寢忘食心中想　終日無計可調停
奴奴思想難相救　呆呆思想淚淋淋
將身睡着身朝裡　日出東方天又明

（丫环）秋香了環来送茶　（小姐）奴奴朝裡不反身
（丫环）秋香走進小姐房　小姐請起用香茗
秋香抱住小姐身　（小姐）見了秋香淚紛紛
那有心想茶来吃　（丫环）秋香一見战驚驚

吓小姐，你昨日好端端的，為何今日清晨如此光景，待了環去稟老爺。（小姐）秋香千吃不可通知老爺，我消停几日是為好的。（丫环）小姐你究竟是何貴恙。（小姐）秋香吓，你那裡曉得我的心事。

奴家身体全無恙　也無痛来又無疼
只為心中疑難決　輾轉思想不安寧
（丫环）如有心事對我說　了環是有妙計生
（小姐）我的心事無門訴　說来無盖枉勞心
此刻若有通天手　還可商量這庄情
說到此間双流淚　（丫环）秋香難察内中情

吓小姐，你既有心事，就對了環說說，倘有妙計可生，也未可知。（小姐）秋香你人雖則能幹，我與你說明，要想辦得成功，種種萬萬不能勾了。（丫环）小姐你若對我說，了環是有妙計在此。（小姐）秋香你既要問我細底，我與你說明，你切不可外面走漏風聲，倘被老爺知道。反為不是了。丫环 小姐且請放心。

小姐 昨夜睡到三更後　菩薩托夢說我聽　應玉廷是奴親夫主　五百年前結婚姻
如今汪同来陷害　誣告大盜坐牢中　牢頭禁子来拷打　索詐銀兩用廢刑
他是讀書公子体　能有几日受苦辛　吽奴奴帶了銀兩監中望　吽奴即速莫留停
想奴奴乃是官宦千金女　吽奴如何到監門　父親家規多嚴禁　怎好此事亂胡行
故此躊躇多不決　荼不思来飯不飲　雖有張良陳平計　也難成就這庄情

丫环 秋香聽了小姐話　亦無妙計可調停　勸小姐不必心悲泣　保重身体莫思想
小姐弄得真成病　面黃焦瘦少精神　不說主僕心中計

外 再表高爺心內悶沉沉
吓這几日為何不見我女兒出来。秋香也不見出来。莫非我女兒有什么事情。待我進去問個明白便了。

老夫想起心中事　急忙移步內閨門　走到楼下了環吽

丫环 忽聽老爺吽奴名

老爺在上。了環叩頭。外 罷了。小姐身体可好。為何這几日不見出来。丫环 老爺小姐有病在床。外 既然小姐有病。你為何不来通報。待我上楼。看個明白便了。

老夫移步上楼臺　口吽女兒不絕聲　一見女兒並頭朝裡睡　氣息奄奄病不輕
我兒你今病到如此樣　為父不曉半毫分　莫非秋香来怠慢　目無尊長亂胡行
回身就將秋香罵　我要責罰你小賤人　賤人吓小姐病到如此樣　也該報我得知聞

小姐 奴聽得爹爹便把秋香罵　反轉身来向外存　爹爹吓做女兒今日身有恙　不能妥侍父親身
緫是女兒多不孝　累及爹爹把氣生　秋香本要来通報　女兒捺阻不容稟
做女兒只怕父親心看急　兒想爹爹年老人　望父須看女兒面　莫責秋香小了頭
外 兒吓。這些小事無用。提起將息身体要緊。不知我兒几時起的病恙。小姐 爹爹吓
爹爹吓女兒近日感冒風寒症　不忌寒暑病来生　稍定几日是會好　爹爹不必掛在心
外 我兒吓為父見你如此恙　精神慌惚不安寧　看你時紅時白常轉色　看你發寒發熱少精神
為父看你心着急　以氣連連不做聲　可怜為兒添煩腦　生死由命不由人
小姐 爹爹自己身保重　你年花甲有餘另　奴奴想起心中事　兩眼啼哭爹爹身
你且放下心中事　休動煩腦且安心　外 老夫聽了女兒話　霎時兩眼淚紛紛
我兒吓為父請了醫生看　不可過度損精神
小姐 爹爹吓。女兒醫生不要看得。稍停几日。是會好的。外 兒吓。說那里話来。為人有恙。難道醫生不要看了。小姐 是吓。女兒不要看的。外 我想女兒有病。不要看醫生服藥。內中種有情節。我想秋香在傍。諒必知曉。但我問過秋香便了。吓兒吓。你好好將息。為父下楼去了。小姐 女兒曉得。外 秋香隨我来。了环 曉得。
老夫心中来思想　為何不要看醫生　我想種有情跡事　叫我難解又難分
忙步来到廳堂上　秋香後面即即跟　外 將身廳堂来坐下　要問秋香小姐情

阿秋香我且問你。你在小姐房中。諒必曉得。到底小姐什么病症。老實講來。老夫是為小姐作主。你若要瞞我半字。我要重責。了环 啟老爺。小姐的病叫了環不要說明。尤恐老爺心中煩悶。既然叫了環說明。我就說了。秋香一想。說了實話。老爺不信。必要添兩句慌話。老爺可以相信。吓老爺吓。小姐前夜睡到三更時候。夢見觀音菩薩。說小姐十九歲陽壽以絕。不能生了。此時小姐苦苦哀求。大士慈悲救度。那大士說。高秀金既要生壽。遠去燒香。不如近地作福。現在本府監內男女犯人。共有數十冤屈招認。監内禁子拷打。索詐銀錢。受苦非常。你帶了銀子。前去周濟他們。你可延壽了。大士說畢。只見一班披枷帶鎖。出蓬頭形容古怪之人。抱住小姐。小姐唬得汗淋直流。醒來原來南柯一夢。因此小姐如此

老爺吓是從小姐得一夢　奄奄不起病来生　睡着時常夢中見　茶不思来飯不飲
心中恍惚心無主　眼内不住淚紛紛

外 原来此亦小事。何用着急。這有何難。待我寫帖一個。往府衙投提。我府千金。要到監中周濟犯人。叫他另眼相看。就可監中去了。秋香你去對小姐說。叫他放心。若得病体全愈。就可去周濟犯人了。了环 曉得。外 家院那裡。内 来了。老爺有何分付。外 我有名帖一個。往府衙投提。内 老奴曉得。

手拿名帖有一個　即往府衙走一巡　不表家院衙門去了环　再表秋香報事情

將身走進內堂上　歡天喜地上樓行　恭喜小姐賀連聲（小姐）奴奴盤問為何因
奴奴病到如此樣　什麼喜事賀連聲　歡你休要心着急　坦坦平平可放心
老爺盤問病和事　了環說出夢中情　依你心事来行事　任你心愿到監中
奴奴聽了秋香話　即時起身病就輕　今日腹內心事散　病体全愈命能留
（小姐）奴有許多心內事　一時難對應郎言　既然父親来應許　自當寫書得安然
秋香叫快與我取出花箋紙　托夢情由寫分明　將手提起羊毫筆　上寫應郎可安身
應郎叫奴的姻緣婚配終身託　外附妃央怕作聘金　又附花銀三十兩　又把梅花衣服兩離分
半件交付應郎手　半件留在奴身邊　日後是有團圓日　縫攏梅花服一件
一切情由書內寫　備細情由在內邊　拜上應郎仔細看　秀全二字寫分明
奴奴書信来寫就（外）老爺進內便開言
叫秋香。小姐病体好否。（丫環）小姐病体自從老爺許愿之後。小姐就好了。（外）小姐好了。
謝天謝地。秋香小姐愈。就可還愿去了。（丫環）曉得。
（小姐）奴奴聽了爹爹話　走下樓来拜父親　承蒙爹爹許下愿　女兒身体得安然
全無痛處全無恙　仍然照舊一樣全
（外）兒叫。你若果然全愈。這愿心必須要還。為父已對本府說明。但是我兒瘦弱身軀。
恐防復發。（小姐）爹爹女兒不妨得的。（外）既然不妨。明日去罷。（小姐）女兒曉得。

外為父端正銀三百　交付女兒濟犯人小姐奴奴連夜忙收拾　物件包好放橐存

到了次日天明亮　物件放在轎內存　秋香丫環正能幹　服侍小姐甚當心

不覺抬到衙門首　知府太太出來迎　叙談寒温三五句小姐奴奴即刻到監門

問口忙把禁子叫　監中人犯有几名丑禁子聽得來分付　人犯一一説分明

小姐奴奴舉目來觀看　都是形容古怪人　也有因奸謀夫主　也有見寶起謀心

也有窃賊犯了案　也有作盜搶金銀　一名一名來點過　一共五十有三人

個個人犯濟他銀三兩衆人犯領謝小姐身小姐此時轉看應廷玉　斯文品貌像書生

奴奴忙把禁子問　此人何姓并何名丑此人蘇州應廷玉　祖居吴縣孟常君

小姐為着何事在監中丑禁子從頭説分明　因被汪同來陷害　告他搶劫寶和珍

斯文君子為大盜小姐可有餘党作為証　並無餘党人一個　一粒明珠作為証

吓小姐老爺三拷六問。用極發刑。那應廷玉如何受得起發刑。只得招認。小姐是吓。我想禁子在傍。叫奴如何問得應郎。丫環小姐丫環有計在此。

秋香便把禁子叫　快與小姐取香茗　禁子即忙身出外小姐奴奴應郎叫一聲

奴是高府千金女　秀金二字是閨名　又奉大士來托夢　細看書信便知音

奴有物件作聘禮　望郎收下細推情　不可遺失仔細看　必須緊記在心中

久聞應郎多豪富　為何今朝如此情　應郎你是黌門秀　哀老怜貧周濟人

所有家財多用盡　去年又被火來焚　又被汪同來臨害　說你搶他寶和珍
將你送進府衙門　三拷六問罪非輕
(生)吓小姐那知府趙能。是奸賊的門生。將我三拷六問。三六九追。比吓。小姐小生是
個讀書君子。手無抓雞之力。那裡會得搶劫。叫小生那裡來的餘党。吓小姐吓
可憐屢次來追比　要我招認餘党人　實情時常來拷打　小生骨肉碎紛紛
可憐偏身無好處　渾身上下血淋淋　滿身骨肉多痛疼　日不安來夜不寧
(小姐)奴奴聽得双流淚　心中思想好傷心　上前細看應郎体　盡是鮮血染衣衿
奴奴低頭哀哀哭(生)庭玉兩淚落紛紛　今日奴奴回家去　未知何日得相逢
犹奴在家心掛念　兩處難近應郎身　勸夫不必多焦燥　耐心苦守在監門
只為在監多時候　輕輕作別應書生　依依不捨相分手(丑)禁子送進好香茗
吓小姐請用香茗。(小姐)吓禁子。我想應廷玉。是個讀書君子。怎能會做大盜。想此事定
是寃枉。在你監中。必須另眼相看。奴有花銀十兩。送你使用。(丑)多謝小姐小人曉得
是寃枉。所以格外寬待。(小姐)如此秋香打轎回府。(丫环)曉得。
硬了心腸出監門　乘轎一走轉家門　將身走進府堂上(外)為父盤問事何因
(小姐)奴奴稟知父親曉(外)得父在得放寬心(小姐)維則應郎去望過　總然掛念在心中
想是身上多疼痛　時刻憂悠淚悲傷　幸虧秋香在旁勸　畧解愁腸二三分

不表小姐心掛念小生再表監內應書生 廷玉監中書來看 觀看書信好傷心
你有心想對我說 我無心想對千金 如此重罪來招認 要想團圓萬不能
不宣廷玉監內事引生再表當年姓范人
小生范忠良。是從去年回家之後。閉戶攻書。足不出外。不料光陰如箭。漸近場期。今
日乃是七月七日。待我明日備辦祭禮。敬過神明。不免請娘子出商意便了。
只為場期鄉試近 忠良收拾行李要動身 熹宗皇帝開科考 分分秀士便行程
才高八斗誰能及 學貫五車個個聞 鄉試秀士人人叙 個個都望跳龍門
只為明皇招賢士 卑人明日要行程引旦官人吓杭城蘇州無多路 還可緩緩過几天
為何去得如此早 出門不比在家庭 有道在家千日好 出門俱是面生人
引生娘子吓早去百事早定心 免得臨期促急情 卑人即尋招商店 盡得安心纔放心
在外也好攻書史 寓內也好讀書文衆家童辦出餞行酒 四盞二碗擺中所
官人請 夫人請 二人對坐來飲酒 夫唱婦隨共談心
引旦官人吓此去必得登金榜 獨占鰲頭跳龍門 夫為天子門生客 妾身狀元一夫人
引生娘子吓卑人腹內才學淺 未必榜上中頭名 引旦官人吓明皇為國求賢士 挑逢天下有才能
此去必得遂心愿 必得高中夫主身 席散抽身歸房睡 二人睡到大天明
引生娘子吓卑人今日登程去 莫把卑人掛在心 隨帶家童有四個 又帶二百雪花銀

引旦家童眾侍相公須仔細 生 盤船過壩要當心 夫妻二人來分別 眾 家童挑了行李行

引旦送出官人登程去 我且丢落在後文 生 再表尚卿來赶考 主僕已到杭州城

吓陳平。你我來到杭城。前去招尋客寓才是。內 相公禮該如此。生 你看那傍有店在此。不免上前看個明白。你看招牌上寫着。馮姓招商店鋪。不免進內問過。店家吓。店家。你寶店可有潔淨房子。丑 相公小店有三間樓房。甚是寬大。請相公到樓上觀看。揀擇一間如何。生 如此。你前面領路。待我上樓去看。丑 相公隨我來。生 果然潔淨吓。店只間房間。要租多少紋銀。丑 相公要租六兩四錢紋銀。生 店家六兩四錢紋銀太貴了。丑 相公租考寓。多則二月。少則一月餘另。六兩四錢紋銀也不算多。既然如此。請相公出價。生 五兩四錢如何。丑 尊命相公。生 吓陳平你將行李物件一概發上樓去。外 曉得。

主僕安宿招商店 尚卿日夜讀書文 不表主僕安宿事 引生 再表忠良到杭城

你看來到杭城。待我前去尋覓客寓。你看那邊招牌上寫着安宿客寓。不免上前問個明白。你看這三間樓房。到也清淨吓。店家。這三間樓房。可有人租去。丑 相公只有一間。有個考相公租去。還有二間。未曾租去。引生 原來仝考之人。未知一間要租價多少。丑 那一間五兩四錢。只一間相公照式就是了。引生 既然如此。家童行李發上樓去。外 曉得。

忠良移步棲梯上　只听得子曰子曰讀文章　听他詩詞歌賦輕輕讀　把手搖頭文墨人

將身走進書房內　起口仁兄叫一聲　正生尚卿一見身立起　深深作揖甚殷勤

仁兄請了。引生仁兄請了。請問仁兄尊姓大名。貴府何處。正生仁兄容稟。

小弟家住山東府　登州蓬萊縣內人　祖地住在浙江地　自幼離祖到山東

先君翰林編修職　家慈楊氏一夫人　小弟名叫陳廷玉　出官名兒叫尚卿

請問仁兄紀時恭喜遊入泮　正生丁年小弟得徼幸　在庠已有數年後　弟望榜上中魁名

請問仁兄何州縣　又問何姓并何名　小弟家住蘇州府　吳江縣內住安身

小弟賤姓本姓范　忠良二字取為名　先君在日察院職　母親誥命一夫人

正生請問仁兄何年入泮。引生也是丁年來徼幸。

正生請問范兄。貴府有一位應廷玉。他也世入黌門。可相認否。小弟一向認得他。為何坐守家園。不來赴考。引生陳兄不說應廷玉。到也罷了。說起來。咳。好不可憐。正生吓范兄却是為何。引生陳兄想他亦有萬貫家財。救苦救難。廣積陰功。可憐他流年不利。家産漸漸消盡。好不淒涼人也。

去年回祿二三次　燒得房屋干干淨　後來又被汪同害　告他搶劫寶和珍

失單一紙呈送府　一粒明珠作為証

正生吓范兄他的明珠那里來的。引生咳陳兄吓。

問他家道多貧苦　去到山東訪友人　那日路過閻王廟　步進廟内拜神明
拜坦下面紅光現　一粒明珠在地心　應生拾起珠和寶　拿到隆興當内當錢文
汪同見寶心歡喜　心中即刻起謀心　告他搶劫珠和寶　明珠一粒作為憑
吓陳兄蘇州府趙能乃是奸賊的門生　即把廷玉來提進　不問皂白定罪名
一見失单重重怒　即時身坐大堂問　應生難受凌辱苦　屈打成招罪非輕
三拷六問受凌辱　榔豆夾棍用猍刑　尚卿听了只番話　恭時昏到地埃塵
如今坐在監牢内　未知生死若何能　垩尚卿攸攸酥醒轉　嚎啕大哭不絶聲
引生忠良即忙來抱住　陳兄連呌二三聲　垩賢弟吓你做了廣積陰功事　今朝如此受苦辛
賢弟吓可怜你是官家後　今日犯罪實傷心　今日知曉弟受苦　好比剛刀刺我心
愚兄那曉情由事　誰知此刻知細情　尚卿哀淚多悲切　引生忠良啟口問原因
莫非皇天没有眼　善人如此受苦辛　垩范兄吓應生與弟原有瓜和葛　他是小弟大恩人
陳兄吓你莫非與他有瓜葛　快與小弟說根苗　引生陳兄吓到底為了什么情和事　說與小弟得知聞
那年若無應生救　我命早已赴黃泉　不料投親親不遇　小弟無處去安身
垩范兄吓只為小弟家内多貧苦　弟往蘇州去探親　店家小二來算賬　立逼飯鈔并房金
只得走進招商店　身住半月有餘另　將我扯出店門外　行李包裹作房金
小弟没有分文在　求懇店家不容情

小弟怒氣無門訴　走到江邊赴水濱　却被應生來觀見　將我救轉他門庭
與我情投并合意　結拜金蘭兄弟身　後來回轉山東地　贈我五百雪花銀
他見我難來相救　不救他難却無情　有仇不報非君子　有恩不報枉為人
小弟不往場中去　先到恩弟監中走一巡　今朝恩弟身受苦　那有心想赶功名
引生吓陳兄我勸你不必去得。丑生范兄却是為何。引生只汪同奸賊惡勢甚大。一切官員都是他的門生。陳兄此去。無濟其事。依弟之見。你我赴場。倘蒙高中。即刻赴京會試有了功名。就可救得應生。况且羽党全無。案是未定。陳兄且是放心
丑生尚卿听得只番話　總然心內悶沉沉　回身不覺双流淚　依依不寐發憂心
引生忠良見他多情義　上前說事且寬心　小弟孤單身冷落　並無兄弟姊妹人
今日來結桃園義　未知兄意若何能　丑生尚卿听得如此說　怎好高攀兄弟身
引生忠良忙把家童叫　快到園中掃清淨　即時備辦三牲禮　招商店內拜神聖
陳范二姓來結拜　猶如仝胞一母生　以後若有反悔事　石壓地獄不超身
說畢拜完仝飲酒　二人心內喜洋洋　你我明日進場去　文題須要苦用心
必要文章多出中　定要顯出一奇能　忠良年長稱為兄　丑生尚卿年幼小弟稱
忠良推窓來飲酒　听得對門樓上婦人聲　丑生尚卿抬起頭來看　只見裙釵三個人
不見此事還尤可　一見此事淚淋淋　引生賢弟吓裙釵婦女家家有　何必今朝如此清

丢仁兄吓並非見了裙釵双淚流

我妻身亡有冤情　說起裙釵且有因　中間一位女妓容

好似我妻能一樣　想起妻房好傷心　引生賢弟吓世間面貌多相像　兄弟何必太多心

英雄不可多氣短　不必情常婦女門　忠良苦苦来相勸　丢尚卿仍然淚紛紛

引生吓賢弟。你我今日雖則出外。少不得歸家。顧他則甚。丢生吓仁兄。弟婦早已去世了。

引生既然弟婦亡過。也是弟婦命該如此。一發無用提了。丢生吓兄吓。有個緣故在內。引生

有何緣故。丢生吓兄吓

若是我妻生病死　無用今朝如此情　因為小弟多冒昧　害他一命赴黄泉

引生弟婦因為何事起　害得弟婦喪殘生　丢生只因小弟家中苦　去到姑蘇借銀錢

投親不遇多耽擱　弟婦在家受苦心　可憐三日無飯吃　肝腸餓得痛傷心

懸樑高掛尋短見　有个人兒来叩門　弟婦道我回家轉　即時開出草房門

一見面生来辱罵　丢下銀包并背心　他身急急来走出　故而不識姓和名

後来小弟回家轉　弟婦對我說原因　此事被弟来辱罵　說他走動有情人

立將休書来寫就　休轉妻房母家門　岳父心急猶如火　縛死我妻命歸陰

故而心中多懊悔　想起心中淚紛紛　引生忠良听了只番話　魂魄飛在九霄雲

當初相救人一命　誰知反害女佳人　都是愚兄害了你　害得弟婦喪殘生

那年山東收賬目　回歸故里下船行　一霎時腹內多疼痛　起身上岸去出恭

尋着毛坑来出恭 听得前面哭聲震 只為難受家中苦 懸樑高掛一根繩
愚兄听得心不忍 銀包背心救他人 不道弟婦多賢德 他道愚兄是歹人
一見面生来辱罵 罵我無恥光棍精 就將銀包丟在地 不別而行轉家門
如此底細来詳察 故此不識姓和名 豈非做了陰隲事 就有九年扳弗清
正生仁兄吓自從弟婦死之後 小弟時刻不安寧 外面察訪多不曉 只為不曉姓和名
今朝天賜来相會 長兄是我大恩人 抽身跪在塵埃地 難報兄長舊日恩
引生忠良双手忙扶起 勸弟不必掛在心 正生范兄吓小弟誰知今明白 害我賢妻受冤情
千思萬想悔不轉 黃泉難見我妻身 引生賢弟吓勸你不必多悲切 哀傷過度損精神
況且明日要赴考 一心那有兩心情 正生尚卿揩干眼淚遵兄命 引生明日你我要進場
領了題目當心做 篇篇文章錦綉能 三場文字多出衆 龍虎榜上看頭名
解元非是別一個 蘇州忠良姓范人 經魁中在陳尚卿 衆報子報到范家門
引旦范氏大娘心歡喜 打發報子轉家門 正生尚卿家中無人報 報子不報事何因
鹿鳴宴罷相分手 引生各人各自轉家門 忠良回到家庭内 諸親賀喜鬧盈盈
不表忠良家内事 正生再宣尚卿轉家門 並無親眷来賀喜 也無朋友到我門
尚卿腹内来思想 再往京都赶功名
我想此番進京會試若得功名成就可以報得賢弟報得賢妻之恩也

祝告蒼天來保佑　保佑弟子功名就　我身若無愚弟救　性命早已赴黃泉
不知葬在那個魚腹內　怎能當堂中舉人　今朝賢弟身受苦　我今坐視不該應
愚兄家內何由曉　虧得范兄說分明　未知賢弟如何樣　愚兄日夜不安寧
汪同賊子勢力大　愚兄無計可調停　必要趕得功名就　擺佈汪同定罪名
何日可救應賢弟　可報我妻冤屈情　賢弟吓愚兄此去若得功名就　封了官後報弟恩
先救賢弟出牢獄　後封官職報妻身　賢妻吓你在黃泉休恨我　總是卑人心不明
今朝夫婦不能團圓敘　我在陽來你在陰　悔不該休你回家轉　恨只恨卑人心不明
不分真假少見識　無故陷害我妻身　不問細底糊塗極　冤死我妻實傷心
吽我如何悔得轉　除死誰可放憂心　尚卿哭得多淒涼（內）上前解勸一陳平
吓相公。勸你不必悲傷。有恐傷懷精神。依小人之見。不若備辦三牲福禮。請過神明。再祭祖先。然後揀定吉日。進京會試。未知相公意下如何。（生）陳平言之有理。你去備辦起來就是了。（內）小人曉得。
陳平反復叮嚀勸　尚卿只得依他行　終日思想終無益　散解愁悶去憂心
蒼天吓保佑弟子功名來成就　一切冤仇可理清　光陰如箭容易過　殘冬一過是新春
不可臨渴來掘井　寧可早赴京都城　外面自解自嘆陳尚卿（內）　裡面自燒自煎自陳平
即時擺出錢行酒（生）尚卿起拜請神明　請過神明方已畢　忙把陳平吽一聲

吓陳乎。你將門户関鎖好了。内 小人曉得。

尚卿去往京都地　一路滔滔向前行　船中無處散心事　就把書經看分明

書中自有黄金屋　獨占鰲頭天下聞　能過禹門三級浪　何處不到鳳凰池

那時方遂我心愿　不旺小生一片心　船中子日子曰書来讀　博古通今廣學人

心内自思并自想　不覺已到京都城　招商客寓来安宿　等侯兄長姓范人

不表尚卿安宿事 引呈 再表忠良往京城

吓娘子。今乃黄道吉日。卑人要往京都去了。你三牲福禮。可曾齊備。引旦 妾身早已齊備。引呈 侍我拜别家堂。

忠良拜别就動身　一路遥遥往京城　順風相送来得快　不覺已到皇帝城

来到招商客寓内　要會賢弟陳尚卿　二人客店来安宿　兄前弟後緊隨身

無暇細述浮文事　恭侯日期進場門　二月初九来會試　御筆親點鼎甲人

忠良錦心並綉口　三篇文章果然精　尚卿文才多出衆　五典三墳樣樣能

熹宗皇帝金鑾坐　典文策籍亦同心　君皇御筆来親點　共點鼎甲有三人

狀元非是别一個　忠良姓范蘇州人　榜眼出在襄陽地　探花山東陳尚卿

君皇御宴三杯巡　欽賜狀元范忠良　獨占鰲頭個個聞　遊街三日已完成

再表君皇賜封臣　忠良為官在朝廷　新科狀元多博學　留在東宮伴皇身

探花山東為巡按　限定三日出朝門　欽錫上方劍一口　先斬後奏聖皇聞

坯尚卿暗暗心歡喜　好救賢弟姪應人　回身便對哥哥說　弟要擺佈汪同一個人

擺佈汪同来削職　除奸滅賊保太平　引皇忠良上前稱曉得　當即擺佈此人身

若得汪同滿門来抄斬　才得我心氣稍平　坯尚卿作別賢兄長　皇命在身不敢停

又別滿朝衆文武　一齊相送出朝門　一心歸家就如箭　座船晝夜轉家門

硃纓黑杆八門鎗　代天巡狩好威風　一對瓜鎚分左右　江黄旗兒兩邊分

兩對掌扇分日月　上方寶劍在中央　一對頭牌船頭插　肅靜廻避兩邊分

一對江南巡按洋青字　一對代天巡狩用金鑲　座船沿江遥遥擺　衆迎送官員表不清

手拿名帖来通報　坯忙吽陳平傳諭知

吓陳平傳諭。吽文武官員。一概不必沿江迎接。請回衙理事。内下面听知大人吩咐下来。有皇命在身。不能躭擱。請文武官員。不必迎送各自回衙理事

船上一聲令傳出　衆沿途官府盡回衙　慢表官府回衙事　再表巡按到碼頭

青衣小帽身上岸　恐防驚動鄰舍人

吓陳平。備名帖一個。全我往劉府一走。内小人曉得。

陳平領了大人命　即即忙忙向前行　將身走到府門首　忙把門公吽一聲

門上那一位在。々来了何事。内陳大人前来拜望員外。有名帖一個。前去通報。々正

是啟員外有名帖呈上。（老生）待我看来。上寫着子婿陳尚卿叩拜。阿吓不好了。

老夫一見名和帖　心中思想战京京　為何今朝到門庭

意竟女兒来縊死（莫不是前来問我討妻身）　他與我並無親情義（到如今我也顧不得）　只得迎接進門庭

員外將身忙走出　（正生）尚卿拜揖岳父身　一全来到廳堂上　二人分宾坐定身

岳父岳母請上坐　小婿下面拜双親　（老生）員外安人稱不敢　即忙扶起探花身

員外不敢多攬搭　（老旦）安人（連吽賢婿）二三聲　（你不）記舊事来看顧　真是君子讀書人

（安人）說到此事双淚流　（正生）尚卿兩眼淚淋淋　總是小婿無主見　冤屈妻房赴黃泉

今日事情多明白　妻在黃泉吽不應　指望夫妻偕白髮　誰知阻隔不相逢

（老旦）（當初吽你）人情留一線　今日夫妻有相逢　當初不肯留情面　今朝何必痛傷心

（員外吓家中沒有三男并）四女　懇求寬恕女兒身　千不肯来萬不肯　縊死女兒你干心

不想父女親情義　你的心腸太狠心　（老旦）劉旺不敢回言答　低着頭兒不做聲

自想當初多氣急　怏悔不及女兒身　不表劉府心悲泣　（付旦）再表朱氏討飯婆

老身朱氏。日前收了劉府小姐以作繼女。住在觀音閣内。他做針指。自我出外求吃。到也過得日子。今朝天氣晴和。不免往街坊一走便了。

朱婆提了籃兒走　青竹梢兒有一根　走一處来討一家　好比蜜蜂彩花心

將身走到劉門首　（衆）門公喝住老年人

吓討飯婆。你今日来得好不湊巧。我家員外安人有心事在身。一概勿佈施。老相公員外家中為何這等閙熱。衆 咳老媽媽。不要說起。那年我家姑爺將小姐休回娘家。員外將小姐縊死。今日姑爺做官回来。說起前情淒涼悲泣。只外面的轎馬就是陳姑爺的。老生 吓原来如此。老公公快與我通報。求吃朱婆要見員外。你家小姐未曾身亡。在我觀音閣内。衆 當真的。老生 是然當真未死。衆 啟員外外面来了求吃朱婆要求見員外安人。他說小姐在他觀音閣内。未曾身亡。

他說小姐沒有死　觀音閣内住安身　老生 劉旺听說心歡喜　吽進朱婆說分明

付旦 朱婆走進厛堂上　老生 劉旺起口問原因　你說小姐身未死　一一從頭說根由

付旦 那日老身討飯回家轉　听得園亭哭聲音　即時走進園中看　則見啼哭女佳人

老身听得心不忍　救了小姐到菴門　仔細情由對我說　知曉尊府女千金

員外你家小姐在我閣内。以為母女相稱。他誦經念佛。做些針指。我去求吃。到也過得日子。正生 媽媽如此說来。你是我的大大恩人。你請上坐受下官拜揖。付旦 吓老爺不敢。請起請起。老生 媽媽你先去。我就来了。付旦 如此老身曉得。

老朱婆心兒里歡天喜地　心思想我今朝不要討飯　出厛門多歡喜頭輕腳重

一路走急忙忙將身跌倒　黃砂罐毛糙碗跌得分碎　兩件物忙拾起丟下江心

淺升米籃側側騰反地心　急急忙將手擠藏在籃内　抬頭看觀音閣就在面前

當日中天已午急急而行　到閣内心中喜喜中憂心　喜的是我今朝也有靠身
怕的是劉小姐不肯回去　喜帶憂憂帶喜無計調停　老朱婆哈哈笑走進閣内
劉小姐身立起就叫娘親　我母親為何事只等歡樂（付亘）我兒吓你娘親在時出山
今日里出門庭前去求化　那主人家閙熱轎馬紛紛（亘）母親吓那一家為着何事
我的兒説起来不是別家　就是你父親家閙熱盈盈（亘）母親吓父母家為何熱閙
為只為那年是你受他難　今日里做官回榮耀門庭（亘）莫不是我爹爹做官回家
非是你老父親錦衣歸里　就是那登州府蓬萊縣人　説起来他與你有此瓜葛
可怜他思想起大哭門庭（亘）母親吓莫不是廷玉尚卿（付亘）正是他中探花欽封廵按
可怜想你父母哭断肚腸　一心要到閣内接你回府　勸女兒幸仇恨念及前情
陳尚卿那曉得你在閣内　都是你老娘親上前説明　就把你從前事細説分明
説未完陳尚卿走進門庭　見妻房忙抱住哭得傷心　我的妻你丈夫心里不明
到今朝憑賢妻如何處治　受下官深深拜倍罪妻身

（亘）吓寃家吓寃家。我是個輕狂女子。怎能當得起做探花夫。你與我是断情絶義。今日誰要。你下顧寒門。從今以後。我與永無回面。可恨你心腸太毒。休我娘家。並不詳察仔細冤屈奴身。可怜奴家双膝跪在塵埃。苦苦哀求。你全不里採。與我打罵凌辱。到也罷了。不該將奴拖出門庭。還我歸家。我爹爹氣急[illegible]。[illegible]

幸虧蒼天有眼死去重甦多蒙干娘見奴如此苦發救我到觀音閣內苦度光陰你今日又來纏繞我仝你回家那反禽獸之心也丑生吓夫人總是下官不是無怪賢妻仇恨但是我六年恩情并無報答望夫人寬洪大量饒恕我身生尚卿吓你是寒天吃冷水點點滴滴在心頭你是讀書做官之人怕沒有妻室我是貪花女子玷辱門庭害得你沒面見人難見親隣冤家吓從今以後休生望想要奴歸家除非紅日兩頭昇從今以後你為官享福奴家命薄情愿閣內誦經念佛前世不修被你這等休辱故而苦苦修行再望來世你若要奴歸家奴情愿削髮修行為尼譬如被爹爹縊死譬如將我身焚化過了冤家吓非是我性情仇恨皆因你當初不肯留一線人情你若肯留一線人情何用分離可怜奴也不是輕浮女子我如今情愿在閣內裝香點燭念佛誦經憑你定妻再娶奴也不來管你奴家恨命苦你與我快些走出去了挺

劉氏說畢身進內　哀哀痛哭不里採丑　夫人不肯回家轉　兩淚滴滴落胸膛
回頭即把陳平叫　快到劉府請安人內　陳平奉了主人命　速往劉府走一巡
三腳兩步望前走　不覺來到劉府門　將身走進高廳上　忙把員外叫一聲

丑一見陳平回家轉　即忙啟口問原因

陳平小姐見相公可否回家內安人員外可怜老爺苦苦哀求小姐全然不听故而命老奴前來請安人前去解勸

耆安人听了陳平話　即刻乘轎出門行　將身來到觀音閣　拜見慈悲觀世音
亘奴奴一見親生母　抱住娘親哭傷心　耆亘一見女兒多悲泣　母女双双哭傷心
兒吓願你豁散冤仇恨　念及當年結髮情　可怜為娘無別靠　這有女兒靠終身
如今你夫自知曉　勸兒同娘轉家門　亘奴听母親如此說　女兒也該順母心
母親吓非是女兒心腸硬　相起前情好傷心　不如割斷恩和愛　免得淩辱受苦心
耆我見女兒切齒恨　一時難勸女兒身　臉容無限凄涼苦　亘朱婆上前叫一聲
女兒吓自從你到觀音閣　母女相稱到如今　指望你有出頭日　老身骨肉你就承
今日老爺哀求告　全然不听半毫分　安人苦苦來相勸　全然不听老娘親
自己生母丈夫皆如此　何況老身外來人　東磕西撞尋短見　亘劉氏唬得战京京
母親吓為何自己尋短見　付亘女兒吓為何不听母親言　亘女兒若無娘親救　奴命早已在黃泉
今朝若不回心轉　後來二老靠何人　千孝不如來一順　上前相順薄情人
丞尚卿一見心歡喜　深深拜揖娘子身　亘劉氏勉強來還禮　総記前情不稱身
老爺夫人已今應允了。今日就好接回去了。丞正是吓。陳平去備轎子到來迎接回去。內老奴曉得。
一乘劉氏千金女　一乘朱婆年老人　拜別觀音回身走　四乘轎子轉家門
不說朱婆劉府仝一處　亘再表忠良姓范人　本章連夜來寫就　俯伏金堦奏明君

臣啟奏萬歲。范忠良有本啟奏。外 范愛卿有何本奏。正生 臣啟奏萬歲。今有奸賊汪同殘害忠良。屢謀反逆。素有無君之心。私藏明珠國寶。陷害官家應廷玉。若不正法。惟恐奸賊當道。賢人遠遁。難已收服人心。望吾皇降旨。外 旨下。奸相汪同素行不法之事何不早奏。今着欽差錦衣校尉。將汪同扭解來京候罪。將他家財抄盡入庫。外附 領旨。

錦衣校尉出朝門　領了聖旨不留停　不說欽差扭解汪同事 正生 再表尚卿進衙門

欽賜探花為巡按　次日行香拜神明　放告日期多已畢　立提應姓范人身

官 蘇州府趙能忙不住　親自解押進衙門 正生 尚卿坐在大堂上 官 趙能參見大人身

一并文書來呈上 正生 尚卿細細看分明　看見汪同及盜案　多多冤屈看分明

吓。貴府。你把應廷玉帶上來。本院要親審一番。官 是。啟大人。應廷玉帶進。小生 憲天大人冤枉吓。正生 口稱冤枉。在本院面前。細細情由招上來。小生 憲天大人吓

那日小人身往山東地　拜見金蘭陳尚卿　一路行過關王廟　走進廟內拜神聖

只見地下明光亮　那曉明珠在地心　小人拾起來觀看　原來明珠值千金

隆興當店去當銀　汪同見寶起謀心　說我汪府來搶劫　明珠一粒作為憑

失單一紙來呈送　知府拷打不容情　榔頭夾棍多用盡　腦箍刺凌用發刑

如今屈打已招成　冤屈小人秀士身　小人也是官家子　怎能搶劫寶和珍

青天大人龍圖斷　超豁小人萬代恩

正生 貴府。此案内有一粒明珠。為何不見。官 明珠在太師家中收藏。正生 貴府此言差矣。本院看此案上。未曾審結明珠。理應入庫。太師何得收藏。你將明珠取來。恕你無罪。你若取不到明珠。本院請上方寶劍。將你立斬決不寬恕。官 是是是。

趙能即刻來乘轎　不多一時到汪門　外 太師出位來迎接　貴府到此為何因
官 因為來了陳巡按　不見贓証恨連生　叫我來取明珠子　有了明珠可審清
快把明珠交與我　好去回稟巡按身　外 汪同听得全不睬　官 急殺趙能一个人
不說知府取明珠　丑 来了門公報連聲　外 啟相爺　外 面欽差聖旨到　外 汪同接旨不留停
欽差聖旨忙開讀　外 汪同俯伏地中心　付 旨下汪同多不法　扭解來京定罪名
即時除下冠和帶　付内 錦衣校尉進門庭　罪裙一条身上繫　項穿鉄鏈响叮噹
正生 尚卿聞知心歡喜　就請知府轉衙門　就叫賢弟換衣衿　小生 廷玉叩謝兄長身
正生 就將賢弟忙扶起　弟兄分坐飲香茗　即時内堂排酒席　二人對坐共談心

吓賢弟在蘇州受苦。愚兄一竟不知。杭州相會范忠良。兄說起賢弟情由如此。欲以上前相救。因為汪同勢大。無計可施。幸虧忠良。中了狀元。他與結拜金蘭。情如手足。他寫本申奏朝廷。將汪同扭解京都。我想賢弟在此不便。不若到京。到忠良那里去如何。小生 小弟遵命。

廷玉听了兄長話　小弟拜别就起身　餞行酒畢登程去　正生 愚兄相送出衙門

生滔滔一路来到快　不覺巳到帝皇城　寫了名帖来投進　正生忠良拿帖看分明
就是姑蘇應廷玉　起身移步出来迎　雖然未曾来結拜　二人一見十分情
挽手仝行身進内　兄弟兩下共談心
小生兄長在上。小弟應廷玉拜揖。引生愚兄也有一禮。你那日被汪同陷害。那趙能前程也難保。賢弟寬枉。就可散了。
善人行善有好日　惡人作惡没收成　勸弟也把書来讀　小生廷玉答言大恩人
廷玉攻書且慢表　再表巡按一大人　上任為官多清正　不貪財物半毫分
三年任滿朝金闕　俯伏金堦奏聖明　内聖上見奏龍顏喜　清廉正直代天巡
欽賜吏部尚書職　正生三呼萬歲謝皇恩　即時来到狀元府　引生忠良即忙出来迎
二人挽手身進内　小生内邊走出應廷玉
吓二哥。小弟拜揖。正生愚兄也有一禮。賢弟今日苦中多甜。小生多蒙二位兄長玉成弟有今日。正生引生賢弟豈敢豈敢。小生二位兄長。小弟有一言告禀。正生引生賢弟請道其詳。小生那年寒食節。小弟踏春玩景。高府花園。此時春風温和。小弟把梅花服一件。放在牡丹亭中。身往别處遊玩。回身專来。不料園門緊閉。身不能入。把一件梅花服放在園亭。小弟心想。此亦小事。何必掛念。今被汪同陷害。屈打成招。坐在牢中受苦。天神顯灵。托夢高府。小姐說監中犯人應廷玉。與你有夫妻姻緣。他被汪同陷害。坐在監内。無錢受苦。你帶了銀兩。到監中探望。那小姐得夢以後。偶成一病。求神不灵。服葯無効。高爺問起。那小姐就將夢中之事。禀明老爺。老爺心急如火。跪在塵埃。拜求神明。許下大愿。小姐病体安寧。老爺問知小姐病好。即時寫了名帖。投遞蘇州府。太太備了花銀三百。交與小姐。周濟監中犯人。小姐寫了書信一封。内附鴛鴦帕一塊。外附梅花服半件。(引生、正生)阿賢弟。為何這有半件了。

(小生)兄長吓。他說半件交付我　半件留在他身邊　日後夫妻團圓日　成就縫好一件衣
小弟靜坐心中想　未知何日報他恩　此事禀告兄長曉　免得小弟意牽情

(引生)阿賢弟。高爺就是愚兄母舅。只婚姻都在愚兄身上。待等賢弟成名。為兄與你說合就是了。(小生)小弟遵命。

轉心志氣書來讀　日夜攻書實專心　廷玉鄉場去赴考　解元中在廷玉身
赶到京都去會試　解元得中耀門庭　後來狀元非别個　御筆親點應會元
連中三元應廷玉　天子門生四海揚　出朝拜見范兄長　又拜二兄陳尚卿
獨占鰲頭多榮耀　人山人海鬧嚷嚷　一个是狀元天子門生客　一个是翰林侍讀伴太子
一个是朝廷御使吏部官　范陳應(三人)好榮耀　當初受盡苦中苦　今日方為人上人
三人言語多得意　沿途官接表不清　坐船行動快如箭　不覺已近劉府門
三人登岸把府進　劉公通報夫人聽　合家迎接官所上　三人攙手進中堂

劉府躭擱三五日　范應二人要動身　一全作别陳賢弟　共往姑蘇一座城

日行夜宿来得快　不覺来到自家門　將身走進家庭内（引旦）范氏夫人出来迎

吓官人回来了。（引生）是卑人回来了。（小生）吓嫂嫂。小生應廷玉有禮。（旦）不敢奴家也有一禮。吓官人這位是誰。（引生）吓夫人這位是姓應名廷玉他與卑人義結金蘭乃是新科頭名狀元。（引旦）如此説来是應叔叔狀元貴人。（小生）豈敢豈敢。（引旦）就吽家人快辦酒宴與老爺接風應叔賀喜。（衆）老奴曉得。

（引旦）夫人交代忙走進　（衆）家人酒宴辦来臨　（小生）兄弟對坐来飲酒　對面花花喜十分

酒完席散抽身起　（引生）忠良揖别出門庭　一路行呈来得快　不覺已到高府門

吓母舅大人在上。甥兒拜揖。（外）罷了。（引生）吓母舅。甥兒到来非為别事。有一個結義兄弟應廷玉。他是新科狀元。甥兒前来與小妹作伐。未知母舅意下如何。（外）甥兒言之有禮。舅父那有不允之理。

高爺心中多歡喜　就取紅帖寫年庚　揀定八月中秋節　合卺交盃要迎親

掛燈結彩多閙熱　親友賀喜閙盈盈　今日狀元身榮貴　非親非戚也来臨

廷玉娶妻多閙熱　高府粧奩十分精　不表廷玉完姻事　（外）再表楚喬姓周人

小老楚喬是也。聞知應廷玉相公中了狀元。今日回来祭祖完姻。不免前去叩賀。来此已是。門上那一位在。（付）来了。何事。（外）相煩通報。我周楚喬求見。（付）侯着。起太老爺

外面周楚喬求見

小生 廷玉听報恩人到　急忙移步出来迎　二人挽手高厛上　二人共飲一香茗

小弟久別恩兄面　時時刻刻望兄身　未知生意如何様　未知恩嫂若何能

外 小老仍然做生意　仍然挑葱賣菜人　蝇頭利息多微細　腰内無錢那好行

一日不做無飯吃　缺少兒女苦伶仃　小生 既然如此光景苦　在我家内過光陰

外 楚喬听得如此說　拜謝相公大恩人　即忙回家說與妻子曉　夫妻是双双同到狀元門

小生 廷玉恭敬兄和嫂　使女了环伏侍身　外 楚喬心中多歡喜　夫妻二人有靠身

卷中不表楚喬事　小生 再表廷玉進房門　將身坐在校椅上　觀看梅花服一件

那年脫下梅花服　今朝原物歸舊人　夫妻二人多合意　合家大小喜歡心

後生二子皆高中　皆是從前積善功　范陳二子俱高發　皆是上代積德深

楚喬因為良心好　夫妻享福狀元門　朱婆因為良心好　尚卿供養如娘親

汪同因為良心黑　推出立斬午朝門　為人總要行善事　惡人到底沒收成

後來兒孫身及第　朝中伴駕大忠臣　貴府宣此梅花服　團圓吉慶保平安

梅花寶卷宣完全　福也增来壽延長

新出梅花服忠良寶卷下册終

教育部審定批詞

春季始業

高等小學共和國教科書

新國文教科書及教授法

教科書批
文字明暢教材扼要所擇古人文字尙能合度洵合高等小學校之用

教授法批
是書條理淸晰解釋詳明每課用意所在均能一一揭出參考一項亦頗扼要洵便教員之用

訂(37)

REPUBLICAN SERIES

Methods for Teaching the National Readers

FOR HIGHER PRIMARY SCHOOLS

(*for Two Semesters*)

Approved by the Board of Education

COMMERCIAL PRESS, LTD.

春季始業用

中華民國二年七月初版
五年一月二四版

(高等小學校用)

(共和國教科書)新國文教授法六冊

(第四冊定價大洋肆角對折貳角外埠酌加運費匯費)

編纂者 武進 譚廉
校訂者 長樂 高鳳謙
　　　 武進 莊俞
發行者 商務印書館
印刷所 上海北河南路北首寶山路 商務印書館
總發行所 上海棋盤街中市 商務印書館
分售處 北京 天津 保定 奉天 吉林 長春 龍江 濟南 東昌 太原 開封 洛陽 西安 南京 杭州 蘭谿 吳興 安慶 蕪湖 蚌埠 南昌 袁州 九江 漢口 武昌 長沙 寶慶 常德 衡州 成都 重慶 福州 廈門 廣州 潮州 韶州 汕頭 澳門 香港 桂林 梧州 雲南 貴陽 哈爾濱 新嘉坡 商務印書分館

中華民國二年三月二十一日稟部註冊
九月一日領到文字第一百十二號執照

八二六〇方

绘图苏凤英药茶记宝卷　二卷

线装，石印本，二册，长二十厘米。检索号：文库19　F0399　0066　0008。每面十八行，行字数不等。四周单边。封面题『绘图药茶记宝卷』，扉页题『苦尽甜来　绘图药茶记宝卷　上海惜阴书局印行』，卷首题『绘图苏凤英药茶记宝卷』，版心题『药茶记宝卷』。

内容：

四川端阳县有一个进士，名叫苏文尚，娶妻姜氏，育有一男一女，男娃叫景龙，女娃叫凤英。景龙勤于读书，将来必是国家栋梁。凤英熟知三从四德，擅长书画。还有一个继子，名叫余昌，余昌是苏文尚在外游山玩水时收下的养子，原是老英雄余洪的三子。一家五口其乐融融，很是幸福。

不料，姜氏突然病倒去世。一年后，苏文尚选择了一个吴姓再婚女子续弦，夫妻十分恩爱。苏文尚认为吴氏十分贤惠，非常开心，将吴氏所带的儿子张保也当作自己的亲生儿子。

半年后，苏文尚奉命去甘肃临阳上任县官，余昌陪父亲上任。此去一别可能需要三年五载，家中事务全靠妻子照顾。苏文尚与妻子谈了许久，然后命令侍女去房间将女儿凤英叫来，嘱托女儿自己要去甘肃上任，她在家中一定要孝敬母亲，不得违忤母亲。嘱咐完，他就将藏有珍宝的宝库钥匙交给了女儿，把其他仓库、柴房和房中箱笼的钥匙交给了吴氏。苏文尚走后，吴氏认为自己虽与苏文尚结为夫妻，但苏文尚临走之时却将宝库钥匙交给了凤英，这明显是不相信她。此次离去，苏文尚三年五载不能回来。作为一个后娘，做得好的话，孩子们也不是自己的亲生骨肉，做得不好也只是落得一个后娘的名声而已。本来自己嫁到此地就不贪图什么，思来想去无非是贪图他的家财，将来好让儿子张保成家立业。景龙今年已经十二，凤英也十一了，现在要是不收拾他们，将来怎么能管教他们。不如把凤英叫来，让她交出贵重珍宝，等拿到以后放到娘家去，张保可以回去创立家业。

将凤英叫到房中后，吴氏假作欢笑，要帮女儿清理衣服上的灰尘，凤英不了解吴氏的心思，连忙感谢娘亲。吴氏想要钥匙，但凤英自知这是父亲交给她的重任，不能交出。吴氏大怒，骂凤英女妖精，打得凤英皮开肉绽，威胁她如果次日午时不交钥匙就打死她。次日，凤英请求吴氏放过，仍说自己没有钥匙。吴氏骗凤英闭眼合掌念佛，父亲就会回来，凤英念佛时，双手被吴氏捆了起来。吴氏将凤英吊在廊檐下，抢走钥匙。景龙救下妹妹，兄妹二人去向吴氏求情，又被吴氏赶出家门，寄居祠堂。

张保回家，到祠堂找到兄妹二人，又给兄妹二人送来馒头。但吴氏意欲谋害二人，在馒头中做了手脚，结果反而毒死其子张保。景龙逃走，去寻找父亲，凤英仍藏在祠堂。吴氏到祠堂寻张保，发现儿子被毒死，伤心欲绝。太白金星救活张保。在张保的劝说下，凤英随二人回家。后在张保的保护下，吴氏难以继续下毒手。一个月后，吴氏心生一计，对待凤英出奇地好。张保见到母亲对待凤英很好便放宽了心。又过了一月又十天，吴氏让张保进学堂，说不能耽误功课，许诺以后绝不再打凤英。张保次日进学堂，三天后留在了学堂。吴氏罚凤英跪碎瓦，肩膀窝里竖尖刀。

且说苏文尚离别妻儿，带上余昌上任已有一段时日。苏文尚时常牵挂自己的儿女，就让余昌回到家去探望。余昌回到家后听园公说了家中情况，得知凤英正被吴氏打骂，便前去解救。余昌质问吴氏，反被认为是外人插手苏家家事，故愤怒离去。

景龙外出逃跑寻找父亲，意外碰见余洪的二子余隆，被余洪安排到山上住下。后余昌返回山中，将家中情况告诉景龙。自从派了余昌前去探望以后，苏文尚的心中常常挂念儿女。这一天他独自坐在衙中批改公文到二更，困意来临，睡着了，梦见亡妻姜氏告诉自己，儿女正在受苦，性命不保。

苏文尚向上级辞官回家，回到家中正巧碰见凤英在磨房干活，他误喝吴氏想要毒死凤英的茶水而亡。吴氏诬陷凤英害死了自己的亲生父亲，用三千两银子打点了县官，凤英被定罪。有神灵将此事禀奏玉皇大帝，玉皇大帝听了以后很是愤怒，就命雷公电母下界打死吴氏，救活苏文尚。苏文尚被救活，一时之间如梦初醒，此时才知道吴氏如此心狠手辣。张保和余昌将凤英救了回来，父女二人终于相聚。

善有善报，恶有恶报。后来凤英许配给了张保。景龙、余昌、张保，一个是状元，两个是探花。景龙娶了御史的女儿，余昌的妻子也是名门之后，余洪一家搬到城里住。姜氏被封为一品诰命夫人。

补记：

《中国宝卷总目》记录了包含泽田藏宝卷在内的三个版本。①该宝卷属于继母、晚娘主题，受王氏女三世宝卷的影响，心理活动的刻画较为丰富。

（中央民族大学时天封参与了对本题解内容的总结，特此说明并致谢！）

注

① 车锡伦编著：《中国宝卷总目》，北京燕山出版社，2000年，第232页。

宣講勸善民間故事
繪圖藥茶記寶卷
普門大士
惜陰書局
發行所 上海四馬路山東路口
出版部 上海閘北順徵路二十六號內
世風不古人心險詐如能循循善誘未嘗不可改進也本局在昔向以武俠小說風行海內持公道人心警世俗賢愚豈知閱者誤會反足遺憾青年本局慨念前非決去武化改求善化引人以正戒之以邪惡警人心以補世風耳
惜陰主人識

苦盡甘來

繪圖藥茶記寶卷

上海惜陰書局印行

余洪
蘇鳳英
余昌
小挑
吴氏
蘇景龍
蘇文尚
太白星

繪圖蘇鳳英藥茶記寶卷卷上

藥茶記卷初展開　諸佛菩薩降臨壇　善男信女虔誠聽　增福延壽并消災
延生功德最為高　白鶴啣花透九霄　萬壽老人來賜福　一門吉慶樂陶陶
諸位靜心聽開卷　聽宣進士蘇文尚　南無

話說四川端陽縣有一位進士蘇文尚娶妻姜氏膝下所生一男一女男名景龍女名鳳英俱已成人長大且喜景龍勤讀將來自是皇家棟樑鳳英頗知三從四德書畫皆知又有一個繼子余昌一家五口甚是相得熙熙融融享盡家庭之樂正是

閉門家裡坐　禍從天上來　好好的蘇家　從此多過矣

文尚享盡田園樂　不顧為官在家門　訓子罷來棋一局　閑來僧舍去談經
不料姜氏忽然病　寒熱連連昏沉沉　文尚一見心中急　速命家人請醫生
景龍兄妹侍湯藥　衣不解帶盡孝心　看來病軀天天重　外面急煞進士身
求神問卜多無效　百藥猶如投海中　如此遷延有一月　姜氏不起好傷心
自知凶多吉星少　喚到丈夫文尚身　為妻看來命不久　十年夫妻一旦分
將來老爺續絃娶　看顧兒女一雙人　千看萬看看妻面　見兒猶如見妻身
文尚聞言流珠淚　叫聲賢妻且寬心　自古吉人有天相　諒可勿藥早康甯
景龍鳳英哀哀哭　鐵石人聞也淚淋　是夜三更姜氏死　房中哭得滿天星
家人使女也流淚　平日因感主母恩　南無

蘇文尚含看眼淚料理喪事諸事已畢七七延僧超度亡魂時光容易不覺一年光

景當時街坊上的媒婆們知道蘇進士家財富足大家來做媒蘇文尚也因内助乏人究竟不便而且一個人也覺寂寞冷靜況且景龍兄妹尚在年幼也勸父親續娶繼母以掌内權文尚允許了擇了一个吳姓再嫁女子定親迎娶過門之後夫妻十分恩愛文尚見吳氏做人倒也十分賢惠非常暗喜的故而吳氏帶了一个兒子來也作己子看待過了半年光景

這天忽然部文到　要宣文尚管萬民　文尚奉命甘肅去　臨陽上任為縣尊
自古君命難違逆　文尚頓時愁容生　向在林泉清福享　如今又要出門庭
當下入内妻子見　將情說與妻子聽　為夫只因部文到　命我甘肅管萬民
文尚只限三日假　賢妻代我理鋪陳　此去只帶余昌去　家事拜托賢妻身
吳氏一口來答應　叮囑繼子余昌聽　你父年老須照管　路上一切要小心
余昌答應來退出　文尚開口叫妻身　我去三年並五載　一切家務托你身
了頭使女要你管　早晚火燭要小心　這些話兒毋多說　還有一樁大事情
只因兒女人二个　究竟還是孩子們　種種要妻來照顧　比我在日勝幾分
免得人家談論你　晚娘凶狠壞名聲　吳氏聞言含笑臉　回言便把老爺稱
兒女雖則非我養　做娘總是一樣心　老爺關照我的話　妾身自當銘于心
你且放心上任去　一切有奴獨担任　南無

蘇文尚聽了她的說話好不快活說道難得賢妻如此多情使下官放心將來任滿回家自當重謝賢妻教養兒女之恩

夫妻閒談好一回　文尚命喚女兒身　使女奉命房中去　相請姑娘出房門
一路行來娘房到　參見爹娘一雙人　文尚即命傍側坐　開言便叫女兒身
為父上任甘肅去　家中兒妹孝娘親　如今為父吖囑你　違逆娘親責你身
父去不過三五載　帮娘一切要當心　說畢之時身邊摸　一个小包手中存
雙手交與鳳英管　兒呀此包要當心　鳳英接過心明白　原来鎖鑰交我身
開口便把爹爹叫　父親路上要當心　聞說甘肅荒凉地　土匪強盜亂胡行
但願一路平安吉　三年任滿轉家門　母親自然兒女孝　爹爹路上莫掛胸
蘇爺聽畢哈哈笑　吾兒說話很聰明　南無

蘇爺讚了二句。然後取出一把鑰匙。交與吳氏說道這一把鑰匙交給與你。倉房庫房柴房并房中箱籠的鑰匙。一概在内。吳氏接了暗暗歡喜。此刻景龍在外面聞知父親要到甘肅上任。慌忙走進娘房。只見妹子也在那裏

景龍上前見爹娘　回身又見胞妹身　文尚吩咐來坐下　一番吖囑景龍聽
景龍唯唯并諾諾　兒妹立起辭雙親　南無

兒妹雙雙到了外面書房。鳳英把小包打開一看。原来是一把寶庫房的龍頭鳳尾鑰匙。因為篆香樓上藏着無價之寶。兄妹二人。自各明白父親的用意。鳳英回房把小包在身邊褲腰帶上繫着。不提是夜吳氏設了餞行酒。代蘇文尚餞行。一家五口都在座暢飲

蘇爺何非吖囑話　他們回答都應承　席散之時交二更　各各回房去安寢

次早五鼓抽身起　文尚梳洗出房門　余昌先把行李發　文尚拜別祖先靈
然後又和妻子別　一雙兒女送父親　送到大門方住步　眼看蘇爺向北行
繼子余昌跟了去　父子路上向北行　不表蘇爺揚長去　且說家中吳氏身

吳氏只因蘇文尚到甘肅臨陽上任去了。臨行之時。把二十四把龍頭鳳尾鑰匙交代給鳳英。管這篆香樓無價之寶。唉想奴與他名為夫妻。他到底不相信我。好在他此去非三年五載。不能回來。我總是晚娘。做得好男女不是我骨血。做得不好不過落了晚娘二字而已。本來我嫁到此地。並不貪他什麼。想來想去。無非為他家財。將來好交給張保吾兒。成家立業。但是這二个畜生一年大一年哉。

景龍今年已十二　鳳英也有十一春　若不此時來收拾　將來如何管他們
不免先把鳳英喚　叫她交出貴重珍　等我拿到娘家放　張保回去創家門
可恨老爺心惡毒　把我油瓶不當人　心中想罷回頭喚　春桃與我喚千金
春桃奉命西樓去　相請姑娘蘇鳳英　鳳英聞喚抬身起　移步來到娘房中
深深萬福娘親叫　呼喚女兒何事情

鳳英見了母親上前施禮道。母親呼喚女兒有何吩咐。吳氏假作歡容笑道。女兒多禮了。我們娘女兩个。日後不要多禮。來來媽媽腿上坐坐罷我看你身上多麼灰塵娘來代您拂拭拂拭。

鳳英不明吳氏意　多謝母親莫勞心　不知母親呼喚我　究竟可有甚事情
吳氏未說先含笑　叫聲女兒你且聽　娘要篆香樓上去　我兒跟我一同行

你把鑰匙交了我　未知女兒可允承
爹爹責任既把我　我今豈可交母親
想是爹爹帶了去　娘親要看等三春
莫非其中都在內　娘親還是仔細尋
好言好語向你講　反做推三阻四人
你若今朝不交出　為娘那裡肯甘心
說畢之時身立起　家法手中拿一根
鳳英一口回沒有　吳氏火上把油噴
打你胡桃滿地流　打你白果開了花
下身桂圓脫了殼　糖炒栗子打翻身
問你蓮子心中苦　徧身荔子起麻痕
越說之時心越氣　手舉家法下無情
足上紅鞋分左右　綫帶扯得碎紛紛
平日仗你爹爹勢　不把為娘放心中
就是景龍畜生子　同你一樣一条心
爹爹你今甘肅去　臨陽那知家中情
憑你叫來由你喊　娘打女兒怕誰人
交出鑰匙便罷了　不交明天收你命
鳳英聽說心中想　篆香樓上多寶珍
想罷一番開口說　鑰匙并不交兒身
那日女兒親看見　鑰匙一概交娘親
吳氏聞言心大怒　罵聲鳳英女妖精
快快鑰匙來取出　一筆勾消總不問
娘的說話你不怕　那把為娘放在心
問你賤人有不有　快快說與為娘聽
這番把你賤人打　打你幾套果子名
打你渾身如黑棗　上身打得天青紅
皮肉好像柿餅爛　把你打死不要緊
今天把你來打死　那個敢問我要人
頭上青絲都打散　上身血迹不干淨
打你果兒不算數　咬你幾口稱我心
假仁假義反來問　為母早知你的心
舉起家法從又打　鳳英抓住叫父親
吳氏聞言心更怒　指罵鳳英小賤人
如今放你回房去　限你明日午時辰
恨恨之聲房中坐　且表鳳英轉房門

鳳英受打。滿身青腫。一步一步。熬痛回房。倒在床上不由大哭起來。叫聲爹爹啊。你出去匝月。可知你的女兒在家受苦吶。

父往臨陽爲官去　可知家中大事情　恨煞娘親生歹意　苦打女兒不非輕
還了龍頭鳳尾鑰　篆香樓上取寶珍　她既嫁父已蘇姓　還要寶珍作何用
看來其中有別意　爹爹在外不知因　爹爹你今回來罷　相救女兒小性命
爹爹爹爹哭不住　翻來覆去睡不寧　飲泣吞聲惟暗哭　忽又想起母娘親
你在陰司可曉得　女在陽間受苦情　娘若有靈領我去　免得女兒苦伶仃
想起娘親腸欲斷　教兒怎得不傷心　娘在之時多寶貝　冷熱茶湯娘當心
自小至今十四歲　風吹肉痛好驚心　十五歲上晚娘進　初尚相安也太平
那知爹爹身出外　娘就變了黑良心　耳中忽聞書聲朗　又把哥哥叫一聲
哥哥你在書房讀　豈料你妹災臨身　小桃了頭防得緊　做妹難以下樓門
哥哥你今勤苦讀　看來難免禍臨身　一更二更三更過　四更五更已天明
熬着痛來身起立　也不梳洗出房門　不若且到娘房去　惟有哀告晚娘身
行來已到娘房裏　睹物思人更傷心　自己親娘何等好　晚娘究是二条心
一陣心酸先落淚　緩步進房見娘親　晚娘正在當中坐　面相好似五閻君
鳳英上前雙膝跪　扯住吳氏叫娘親　千不看來萬不看　看顧女兒幼年人
得放手時且放手　得饒人處且饒人　不看金剛看佛面　不看魚情看水情
魚情水情都不看　還看爹爹面上情　爹爹臨行娘來托　照看我們一雙人

為了一把龍鳳鑰　苦打女兒小姣身
伏乞母親行方便　今朝饒了女兒身
親娘若然寬恕我　勝比南海去齋僧
女兒日後長大了　日後燒香報娘恩

吳氏說道。要我饒你也可。你把龍頭鳳尾鑰拿來。鳳英道。母親沒有鑰匙。叫女兒拿什麼來把你呢。啊呀爹爹呀。明明害了女兒了。吳氏見她爹爹爹爹。心中一想道。有了。吩咐鳳英起來說道。

為娘打你二三下　你就哭得這般形
家法理應娘管女　難道不管由你們
你今既是爹爹想　可要你父轉家門
鳳英聽罷心中喜　回身重又叩娘親
若得爹爹回家轉　女兒感謝老娘親
鳳英究屬年紀小　又中晚娘惡計生

吳氏說道。你要見你爹爹。你把眼睛合了。起來合掌念一百句阿彌陀佛。你的爹爹就會回來。鳳英信以為真。果然合掌念佛。

鳳英此刻又上當　合掌念佛想父親
那知未念五七句　蔴繩一撒手難分
又被吳氏來扯起　吊在廊下苦難禁
十指連心手欲斷　低聲微微叫母親
母親你今饒我吧　吳氏聞言不只聲
上前解去她衣服　褲条帶上見寶珍
一个小包來取過　龍頭鳳尾在內存
鳳英一見魂飛散　高叫救命二三聲
哥哥快快來救我　看來妹子一命頃
吳氏舉鞭從又嚇　不許高叫景龍听

吳氏拿了龍頭鳳尾鑰。滿心歡喜說道。我同賤人揪了一會。連得燒香亦忘記了。等我撒一泡尿。再要念佛。還要燒狗肉炒田雞。做牛肉餃子吃。現在你且吊格一歇。到子時我來放你。就是得罪你罷。

鳳英吊在廊簷下　周身肉麻寔難熬　只望爹爹回家轉　豈知反而吊空中
親娘陰司不曉得　快來領女一同行　看來女兒命不久　決定傷在她手中
我家爹爹多慈善　祖上也不虧待人　因何好好娘要死　惡娘進了我家門
所以自古人言道　青竹蛇尾黃蜂針　兩般東西皆不毒　最毒不過晚娘心
耳聽譙樓更鼓响　烏天黑地怕煞人　東東東來西息息　朔風透體冷煞人
十指痛來心亦痛　哥哥緣何不知情　快快前來相救我　你我同胞一母生
怎的哥哥裝聾啞　不知不見不相聞　難道你怕晚娘打　難道你還不知因
難道此刻你已睡　難道專心苦用功　哥哥啊　你早來一刻還相會
哥哥啊　你遲來一刻妹陰歸　鳳英哭了多一會　無人搭救女釵裙
廊沿按下蘇小姐　書房再表蘇景龍　南無

蘇景龍今天一天不曾見過妹子。心中暗暗稱奇後聞救命之聲。還道鄰家玩耍。萬不料就是自己妹子。

景龍正在書房內　心中牽掛胞妹身　立起身來掩書本　先生面前話事因
弟子此刻身已倦　欲到內堂省母親　先生聽了心不悅　景龍你是偷懶人
我正教解聖人事　你却老早要省親　雖則孝娘也應該　讀書只是大正經
當初曲阜孔夫子　好學不倦稱聖人　周遊列國為魯相　三千弟子少少能
杏壇講學無倦色　內中七十二賢人　弟子个个高官做　都是勤學授師訓
今天初次饒了你　下次不可早歇停　去罷去罷進去罷　明日早些館中臨

景龍聞言拱手揖　弟子遵命向內行　不說先生書房話　書中原說景龍身

景龍一路進內來。看視妹子。耳中忽然聽得妹子的哭聲。十分悽慘。且聲音由外面透入。忙跟着聲音尋來。行至廊下。在半明半暗的月色之中。看來好似一个人吊在那裡。心中唬了一跳。行近一看。大驚失色。忙上前一把抱住了妹子。但她已是半死半活之狀。輕輕的解了下來。坐在地上。醒了一回。那鳳英悠悠醒轉。

景龍悄悄妹子叫　兄長在此放你身　你因何故廊下吊　莫非晚娘打你身
快把言詞告訴我　我好代你散散心　鳳英心中稍稍定　睜眼看見胞兄身
伸手攙住親兄手　叫聲哥哥了不成　你在書房將書讀　妹在房中受苦辛
只因晚娘心腸變　昨朝痛打妹子身　今天又把妹子吊　已時吊到夜黃昏
渾身被打青來退　高吊更是痛煞人　不是兄長來救我　看來性命活不成
原因她要龍鳳鑰　妹子不肯把她人　所以打了還要吊　鑰是抄去了不成
只是你妹受苦話　一句無誑字字真　鳳英一直說完了　苦壞景龍一个人
聽了妹子一番話　不傷心來也傷心　開口又把妹子叫　無娘不比有娘人
究竟晚娘心二樣　而且心中起歹心　現在爹爹又不在　只好含忍等父臨
為兄此刻心中想　晚娘總非鐵石人　我們且到裡面去　面求娘親饒我們
待等三年并五載　妹子終是別家人　何必與她招冤結　得寬心處且寬心
鳳英聽了兄長說　立起身來跟了行　兄妹雙雙內房進　叩娘房門叫娘親
吳氏裡面親聽得　開聲外面是何人　南無

吳氏問道。外面何人叩門。景龍答道。是孩兒來請安的。母親開門。吳氏此刻怒猶未息。正在胡思亂想之際。聞得景龍到來。便來開了房門。却見鳳英也在。不由大怒。

開口便把景龍罵　大胆逆子了不成　別人胆大身包胆　你的大胆胆包身
我將賤人來吊起　因何放她進房門　快快代我滾出去　一筆勾消總不云
若說半个是不字　叫你兩个都喪身　景龍鳳英心惊怕　雙雙跪在地埃塵
開口便把母親叫　萬望原諒兄妹們　兄妹雖然非你養　伏望娘親方便行
饒了妹子人一个　好比南海齋僧人　而且還看爹爹面　妹子年小忤娘親
下次當然要重責　初次還該留的情　吳氏一聽冲冲怒　大胆畜生你且聽
那个是你親生母　奸言巧語哄何人　前世與你來作對　今世永遠不相親
你們快快來出去　遲了些兒命難存　兄妹仍是哀哀告　吳氏回身把棍尋
左手執了青柴棍　右手指定罵畜生　你的死娘沒教訓　累我今朝氣來尋
說畢之時便下手　舉棍毒打二个人　一步一步來打出　兄妹趕出大墻門
順手把門來關上　回身入內進房門

兄妹兩人被她趕出大門。十分苦楚。

兄妹被趕出墻門　頓足搥胸放悲聲　景龍便把妹妹叫　不知晚娘這樣很
他今把我來趕出　那處地方去安身　又無親來又無故　誰是知心合意人
如此看來只有死　並無別法可以生　鳳英聞言哥哥叫　別處那裡可安身
我們且到娘坟去　要死也死在娘坟　兄妹含悲同行走　行到坟墓更傷心

雙雙跪在慶埃地
只因爹爹上任去
將身吊在廊沿下
那知歡求也不睬
兒在此間等親身
媽呀
只道繼母知生母
青紫棍子兒當承
母親呀
不可兒女少爺娘
媽呀
倚門旁來靠門旁
誰是我的親生爹
娘呀娘
代你兒女一同行
啊呀恩娘呀
我比黃連苦十分
地上打滾像个坑

叫聲親生我娘親
晚娘起了壞良心
毒打打得九死生
反將兒女打出門
娘親呀
因何親娘壽元短
焉知晚娘太無情
親娘呀
所以世人說得好
娘親呀
刀無鞘來無收管
誰是我的嫡親娘
姆媽娘呀
小小孩兒沒有娘
啊呀好娘呀
陽世不能侍奉你
鳳英哭得如酒醉
雙脚蹬破花鞋子

你在陰司不知道
為了一件無價寶
搭救妹妹黃昏後
母親呀
快把兒女領了去
早別爹爹命歸陰
姆媽呀
試問兄妹何處去
兩句古話句句真
無爺好比刀沒鞘
樹無根來活不成
娘親呀親娘呀
小小瓜兒沒有根
孩兒無娘不久長
在生不能同一處
陰間伏侍我娘親
景龍哭得昏沉沉
青絲滾得亂蓬鬆

可知兒女有難星
苦打妹妹蘇鳳英
二人復去救娘親
你要有靈並有性
免在陽世受苦辛
娘呀
拳打足踢妹受苦
那裡可以去存身
寧可爹娘無兒女
少娘猶如樹無根
娘呀
倚門前來靠門前
瓜兒無根難以生
叫聲親娘快顯聖
鬼門關上好相逢
說起苦來真叫苦
坟前血淚斑斑點
景龍心中如刀割

鳳英也如箭穿心　正正哭了多時候　苦命妹子叫一聲　娘死坟中難以活
我們且去找安身　一把扯了妹妹手　且到祠堂再理論　回頭娘親兒去了
雙雙一徑出坟行　三更已到祠堂外　只見大門黑沉沉　上守將軍本姓鐵
兄妹一見頡然驚　坟堂鎖住何處去　看來總是少命根　景龍低頭只一想
雙膝跪在地埃塵　開口祝告三代祖　左昭右穆眾先靈　兄妹將來有好處
鎖兒一扭兩下分　兄妹若然無出息　扭鎖不動半毫分　祝告一場方才了
扭落鎖兒開了門　兄妹二人心暗喜　將身走入祠堂門　二人席地來坐下
就在内邊躲躲風　想想父親又想母　思前想後無出路　好像亂箭刺了胸
不說兄妹坟堂住　書中另提出場人　南無

自家非別張保便是自從我家母親嫁了蘇文尚一交跌仔青雲裡去哉我想我个爺太多哉一共算來倒有一十八个有一年功夫吃呢姆媽个喜酒一年吃个四淌豆付亦吃仔三淌正月裡个爺姓袁四月裡个爺姓羅七月裡个爺姓王十一月裡个爺叫窮爺自我跟仔个个蘇爺叫我讀書我看見仔讀書頭也痛腰也酸今朝仔不我說謊說道先生老師老鼠抄千張今朝伲个窮娘嫁人生仔夾陽傷寒熱得來似風爐冷得來像冷雪草落叫我轉去張張俚个位先生老師老鼠抄千張倒說道准你早回明天唔媽好仔早點來倘其勿好叫俚放點布毛臭來好勿好我叫得有得白相勿去管俚且先拜仔孔家裡老婆子奔出學堂真正爽快得多現在路上無人勒走過讓我唱一个十八个爺宣卷諷宣卷大家聽聽大家勿要見笑个末來者

說起我來叫張保　一身有仔十八爹　窮爺倒有十七个　養生之爺馬浪蕩
第二姓洪三姓李　四周五趙六姓孫　七爺張來八爺陳　九湯十畢十一馮
十二姓沙十三朱　十四姓閻十五羅　十六姓王窮十七　蘇爺我娘十八郎
宣過幾句小曲調　匆匆一徑走街坊　將身來到大門口　立定身軀叩門墻
裡面有人來答應　原來就是吳氏身　南無

吳氏在房中氣悶開心并走氣悶的二位小冤家未知將來與自己不利開心呢龍頭鳳尾鑰到手了寶貝如在手中一般心中正在展轉思量忽聞叩門之聲問道外面何人張保道姆媽娘你的兒子來了吳氏大喜命小桃快些開門

吳氏看見親生子　心頭頓時喜十分　口中連連乖乖喊　快跟媽媽裡面行
張保說道兒知曉　將身移步到高廳　開口便問弟何在　妹妹也在那方存
因何今朝都不見　快快告訴孩兒聽　吳氏含笑親兒叫　你聽為娘說原因
昨日為娘心中悶　思想只為我兒身　要將蘇家田和產　惟有害死蘇鳳英
景龍畜生也害死　母子可過太平春　喚到鳳英鑰匙要　賤人不肯交娘身
為娘把她一頓打　又吊廊下二時辰　黃昏景龍把她放　被娘打出大門墻
為娘如今心中悔　忘記砒礵一大盆　不曾把他都葯死　便宜二个小畜生
如今家財雖我得　看來還是有他們　南無

張保聽了吳氏之言十分大喜說道好弟弟好妹妹我真放心不下不免待我去把他二人尋來再作區處說畢出了大門而去幸得此刻天色尚早他想弟妹二人一

定到他坟上去了

張保一路匆匆去　要到蘇家坟堂行
到了坟堂尋一遍　不見之時好傷心
只因三人多要好　故此又到祠堂尋

張保尋到祠堂内。推門而入。就連聲叫喚。

兄妹聽得張保到　提拳預備打他身
張保一見弟妹叫　因何還不轉回家
景龍便把情由說　只因母親打我們
把我妹妹來吊起　險些送了小性命
此刻哥哥來到此　莫非母親差你臨
張保連忙雙搖手　母親並不知我情
現在你們跟我去　一切自有兄當承
鳳英先說我不去　永遠不進繼母門
哥哥且請回去罷　免得母親掛你身
張保還言不要緊　我回家去拿點心
伙食另用由我送　兄妹祠堂且安身
說畢之時回身走　稍停送飯弟妹吞
匆匆一徑回家轉　進門大罵老牛精
弟妹都是爹爹養　你今豈可存黑心
快備點心兒取去　送與弟妹把饑充
吳氏一聽心生計　何不今朝如此行
叫聲吾兒且等等　為娘就去做點心
饅首做了三十只　廿黑十白對半分
白饅首中抗毒葯　黑的百果甜十分
叫聲親兒拿去吧　暗中叮囑二三聲
白的饅首不可吃　黑的拿來吾兒吞
切記切記不可錯　弄錯之時活不成
張保聞言稱曉得　別了母親就出門
匆匆一徑祠堂去　叩門裡面就開門
不知後來如何樣　下回之中且表明

藥茶記寶卷卷下

鳳英寶卷再展開　三星諸佛又臨壇
聽宣諸公多福壽　家門吉慶永無災

饅首送來此刻蘇氏的祖宗以及過往神祇見張保已到他們早已商量好了值日神將命他手下當方土地速救護所以土地等在門口見張保進門土地公公拿起拐杖當頭一記打倒張保饅首統統跌在地上白的饅首也弄黑了張保扒起來心中一想他把饅頭分做三起白的自己吃白的不吃反吃黑的兄妹兩人吃黑的倒吃了白的正叫做

人有千算　天只一算　算來算去　算着自身

張保吃了心中苦　口渴舌燥了不成
大叫一聲不好了　叫聲弟妹快救我
快快救我張保身　看來我命活不成
景龍鳳英心惊怕　明知又是巧計生
但是不能來解救　只好看着淚兒淋
張保頓時天良現　口中說个不住停

話說張保誤吃黑饅首頓時發作了可憐亦可笑害人反害己張保大叫一聲倒於地上七孔流血而亡

此刻嚇壞蘇鳳英　叫聲哥哥了不成
張保哥哥今已死　看來中毒莫疑心
哥哥你今快快走　莫在此間誤終身
只因晚娘知道了　你我性命活不成
景龍仔細這一看　頓時不覺好惊心
晚娘不該如此毒　他要葯死兄妹身
也是皇天多有眼　害人反害張保身
妹妹快快走了罷　不必在此等送命
鳳英叫聲親哥哥　妹子足小不能行
兄長乃是蘇門後　豈可蘇家絕了根

妹子千年人家去　死死活活不要緊　兄長倘然帶我去　累了兄長難脫身
不若一人好爽快　逃往臨陽見父親　景龍聽說言有理　眼中流淚胞妹稱
賢妹之言雖然是　為兄焉捨我妹行　我看要死一淘死　要行還些一同行
鳳英含悲心中怒　兄長說話欠聰明　不孝有三無後大　枉讀孔孟四五經
蘇家香火要你接　不明大義枉為人　你若不走妹先死　死了可以絕你心
說罷一頭來撞去　慌了景龍小姣生　上前一把來抱住　叫聲賢妹我就行
但是丟下賢妹妹　心中焉能對先靈　稍停吳氏一定到　賢妹性命活不成
眼看兄妹分南北　為兄怎不痛傷心　說畢之時哀哀哭　誰能救活張保身
景龍一言來出口　驚動上方日遊神　將情上天來奏報　上帝差派長庚星
太白星君奉玉旨　下界查看這樁情　慢表太白金星話　且說景龍兄妹們
鳳英連連來催促　叫聲哥哥快快行　天若夜時晚娘到　你我性命活不成
同死一處也無益　蘇家豈不絕了根　景龍含淚頻點首　向着祖先三鞠躬
拜了幾拜身立起　匆匆一徑出祠堂　心慌不問高低路　心急那管小路行
一心只要臨陽去　尋到父親作主張　不說景龍登程去　卷中原說晚娘身
吳氏等了多一回　不見張保轉家門　心中急來胸中想　此刻不轉出毛病
等我追到祠堂去　且看吾兒怎樣能　南無

吳氏心中掛念張保因天晚不回心慌意亂的向祠堂中而去他行行走走走走行行來此已是祠堂了啊門還開在這裡不免待我進去一看她前面望望不見一人

莫非在裡面麽。

吳氏將身入內行　尋到床邊見姣生　七孔流血身已死　不禁嚎啕放悲聲
我道害人反害己　算來還是不該應　吾兒吾兒連連叫　丟了為娘冷清清
早知毒葯你自吃　為娘不害一雙人　心中酸痛珠淚滚　大放悲聲哭姣生
左也兒來右也子　憑你叫喚不答應　左看右看人沒有　諒情他們已逃生
其實鳳英祠後躲　聲聲句句聽分明　不敢出來防吃苦　所以吳氏不知音
開口直話是下毒　不料祠後有鳳英　吳氏此刻渾無主　行到祠外叫高聲
有人能救我兒活　謝意千金我不吝　不論僧道商人輩　只要單方吃下靈
喊了幾聲有人應　一个老道到門庭　太白星君來變化　一心要救蘇鳳英
開口便把吳氏叫　我能救你小姣生　吳氏一見心歡喜　道長連連口內稱
待我帶路前頭走　相請先生看分明　到了裡面身立定　口中又把先生稱
吾兒不知中何毒　七孔流血好傷心　未知先生能醫否　活了之時謝千金
太白金星微微笑　些小事情莫躭心　不過用葯很難取　今朝老漢說你聽

吳氏道先生開了方兒我立刻去配來就是金星笑道你且聽我道來

一要王母搽臉粉　二要玉皇舊頭巾　三要大鵬鳥兒尾　四要蟠桃叶兒青
五要蒼蠅翅四兩　六要蚊子心半斤　六角鴨蛋第七樣　螞蝗骨頭是八品
天上地下都有過　還要人間六味添　一要晚娘心肝肺　二要油瓶十四春
三要黑心買一个　四要親娘硬耳根　五要告狀綉花枕　六要晚女淚半斤

一共葯品十四味、湊成可救你姣生　若然要是少一樣　想他還陽萬不能

吳氏聽了金星之言。呆了半晌說道先生這許多葯那裡去弄呢。還請先生另開幾味好嗎。金星笑道這倒不妨。此葯我在前村醫了一个死人所以尚有一些留着也是你的造化等我來醫他便了。他把身邊的葯拿了出來指甲裡的東西。正是一迷迷的吃了下去張保一个翻身立了起來。

吳氏一見心大悅　回身相謝老先生
慌忙二人來跪下　拜謝天上眾神靈
我們快些回家去　張保開口叫母親
吳氏一口來允許　張保高叫弟妹身
張保說道回家去　快快弟弟一同行
現在你去我不去　哥哥不必掛心腸
大胆回家有我在　娘親打你有我當
鳳英聽了心方定　跟了哥哥見親娘
一日三來三日九　吳氏漸漸厭姣娘
又因張保身邊在　不敢公然欺鳳英
格外待得鳳英好　張保一見放心腸
不可荒了功和課　將來焉能伴帝皇
只因媽要將妹打　所以永不到學堂

不料金星已不見　母子二人吃一惊
拜了一番身立起　吳氏挽住叫親生
初次望饒弟和妹　應該一同轉家門
鳳英此刻來立出　哥哥叫我為何因
鳳英回言他已走　諒來赶到父臨陽
張保為人心尚好　叫聲妹妹放心腸
一切我來迴護你　包你稱心樂胸膛
三人一同回家去　吳氏不敢變心腸
口中不言心裡想　如此設計害她身
時光容易已一月　思成一計裝歡容
一月之後另十日　吳氏喚子進學堂
張保回言娘親叫　兒今不敢進書房
吳氏含笑吾兒叫　為娘明白這心腸

以後決不來打她　兒可放心進學堂　張保聞言心暗喜　放心次日進學堂
一日二來又三日　張保大胆留書房　吳氏心中生暗喜　拿了皮鞭進綉房

吳氏叫了一聲鳳英快來鳳英到了房中叫聲母親呼喚女兒有何吩咐吳氏道你二个月吃仔飽飯寫意得來快快把衣服脫下你平日靠的哥哥的福今天你也靠你哥哥哟

吳氏一把來伸手　拖了鳳英出樓房　行來已到花園內　將身坐定問紅粧
快把碎瓦來搬過　堆成一堆兒娘勞　鳳英含悲求免打　那敢違逆不准行
忙把碎瓦來搬起　一堆堆在亭子旁　吳氏為人正很毒　扯了鳳英跪瓦上
碎瓦不平都多痛　膝蓋面上如尖刀　雙手合十救母放　母親放我騰燒香
吳氏大怒還不歇　又拿兩把小尖刀　叫她二手高高舉　肩膀窩內豎尖刀
一動不能動一動　動一動時痛心傷　吳氏手中皮条執　高寫鳳英坐亭上
鳳英手痛膝又痛　周身好似火來燒　眼望北方流下淚　父親怎不到家鄉
你在任上可知道　二次飛災女身當　哥哥可曾見了面　爹爹可知事行藏
兒今跪在碎瓦上　兩膀尖刀血淋淋　白玉皮流鮮紅血　兒命卻在頃刻中
人說晚娘已改過　豈知更勝從前腔　鳳英只是哀哀哭　求求晚娘關恩光
正在此時救星到　列位聽我代衷腸

話說蘇文尚別了妻兒帶了繼子余昌上任原來這位余昌也有一段隱情待我表白一下

當年文尚愛清靜　時常出外去遊玩　不遠離城五十里　便是隣縣賞山水
一日段頭山下過　只見大操起塵灰　一位老將台上立　一位少年把旗揮
手中操演人不少　操完陣法本領佳　文尚一見稱高妙　脫口采聲喊出来
一聲喝采驚衆將　台上稟報老英雄　老者慌忙收了陣　親自下台看分明
見了文尚忙拱手　喝采可是兄喝来　文尚拱手来回禮　稱贊英雄是將材
看来好像如落草　姓名可否請教談　老將回言稱使得　請到山上領一杯
文尚一時心奇動　跟到山上共談談　南無

二人到了山上彼此通了名姓方知老英雄名喚余洪膝下三子長子余興次子余隆三子余昌都是英雄方才執旗者就是余昌老英雄喚来一見文尚心愛余昌挽住手問話余洪問及文尚幾子文尚説膝下猶虛老英雄大喜即把余昌繼在文尚名下由文尚帶去收為義子此番上任路上有了余昌就大胆進行

文尚到任有半載　心中掛記兒女身　打發余昌回家去　路上赶快去登程
一路赶快回家去　不知弟妹怎樣能　倘若好時赶快轉　倘若不好代我行
只説我命你代表　放心做事不要緊　先付紋銀五十兩　好生歸家見娘親
代我問聲娘親好　余昌奉命就登程　一匹能行身騎上　匆匆一路向前行
早上行来晚上宿　早夜行程不住停　飢時餐来渴時飲　茶坊酒肆不留停
行程約有十二日　一徑已到自家門　門前下了高頭馬　叩門開口叫母親
叫了幾聲不答應　胸中頓時好疑心　且到後園来觀看　園公諒必在後門

牽馬又到後門去　叩門高叫快開門　園公聞說門開放　一見三爺好歡心
三爺且慢走進去　老奴有話說你聽　自從老爺出門後　夫人就此變了心
一月之後小姐打　又把公子趕出門　又差張保投堂去　一心葯死一雙人
兄妹雙雙到不死　張保反而命歸陰　後來遇着仙人救　那知公子已逃生
小姐說道甘肅去　究竟是否到臨陽　三爺路上可遇見　快快說與老奴聽
今朝夫人又生怒　拖出小姐跪園亭　十歲姑娘心中怕　如今跪在碎瓦登
肩膀窩內刀二把　動一動時痛煞人　三爺快快小姐救　然後再尋小主人

余昌聽了園公之言。不由大怒。忙把馬匹交與園公。冲入園中。只見妹子鳳英跪在碎瓦堆上。鮮血淋淋。口中叫着爹爹快來。媽媽饒我。那知吳氏已到前邊去了。

余昌一見淚雙淋　高叫妹妹不用惊　上前去了刀二把　抱了妹妹上園亭
膝蓋上面已流血　忙取香灰包紮緊　鳳英見了三兄長　噎住咽喉難出聲
醒了一會方才活　開言便把兄長稱　爹爹可否回家內　兄長已否到臨陽
余昌答言弟未到　爹爹掛念弟妹們　先行命我回家轉　看視弟妹一雙人
不料晚娘如此毒　為兄豈可卽調停　你且跟我前邊去　待我問這老妖精
鳳英含悲身立起　拭乾血跡穿衣衿　跟了余昌同出外　屏門後面立定身
余昌叫她不要响　待我先見老妖精　將身再由裡面走　兜轉備衕到前廳
吳氏正在廳堂坐　口念亂說三官經　余昌上前母親叫　倒把吳氏吃一惊
開言便把孩兒聽　爹爹可否轉回程　余昌回言稱不到　父命我來探娘親

我的兄妹何不見　請娘說與我聽聽　吳氏聞言心暗想　假意含笑叫兒身
你妹出門去玩耍　定在鄰家尋開心　余昌一陣哈哈笑　妖精假話哄誰人
怕的今天我不到　妹子死在後園中　大叫一聲鳳英出　上前立定話分明
哥哥爹爹出門後　晚娘打我好傷心　又在廊下來吊我　又在坟堂葯我身
哥哥逃走無去响　蘇家算來絕了根　今朝娘又將我打　定要打死做妹身
碎瓦堆上雙膝跪　肩膀窩裡尖刀存　哥哥快快救救我　娘心勝似毒蛇鋒
張保哥哥心忠義　完全沒有壞良心　余昌指着吳氏女　高聲大駡老妖怪
爹爹這樣吩咐你　緣何你却變了心　不日爹爹回家轉　有何面目見父親
快把鑰匙來交出　免我動手打妖精　今日不看張保面　踢死妖精老賤人
吳氏知道多不妙　回言余昌且稍停　待我樓上來取下　安心且等片時辰
吳氏回身樓上去　扯起扶梯駡仇人

吳氏扯了扶梯在樓上駡余昌道。我把你這个野種的余昌你是養子什麼管我們的家事蘇家的兒女。是文尚娶我來管的。難道你到要來管我嗎。真正豈有此理。與我快快滚出去。

强盜兒子好撒野　土匪子孫殺胚形　也是文尚瞎了眼　收你這个不成人
莫非文尚你弄死　所以獨自轉家門　余昌被咬無可答　回身長嘆向外行
叫聲妹妹罷罷罷　為兄不能保你身　為兄要到山上去　見我生身老父親
說罷之時往外走　段頭山上見余洪　按下蘇家一段話　且表余洪老英雄

難做强盗行仁義　只搶富來不劫貧　搶來銀子貧苦濟　隣近百姓受他恩
貪官汚吏逢他手　首級身體兩處分

這天余洪坐在大堂上。問道今天何人值日。余隆道孩子值日。余洪道小心下山去罷。余隆到了山下。在南方林中等候客商過往。等了一會不見有人行過。正要回山忽然蘇景龍哭哭啼啼的一路行來。到了林中。只見許多人鬼頭鬼腦的探看。小孩子家不明真相。便來問信。說道前面的叔叔。我到甘肅去。走那条路去的嘍囉不能回答。告知余隆。余隆見了景龍。

余隆開口來相問　小小年紀問路徑　如何要到甘肅去　快快說與我知聞
倘然說來果然對　我就命人送你行　景龍聽說心中喜　開口說出一樁情
我的父親蘇文尚　母親姜氏早歸陰　只因父親上任去　晚娘吳氏起黑心
把我妹妹來毒打　又把我也赶出門　兄妹無奈坟堂住　晚母又把毒計生
砒礵饅頭做幾個　一心害死兄妹身　害人不知害了己　饅頭反害張保身
所以我今來逃走　要到臨陽探父親　臨陽有我三兄長　余昌二字是他名
余隆聽說心中想　原來他是繼父生　上前挽住景龍事　賢弟連叫兩三聲
余昌是我三胞弟　叫我哥哥也該應　快快跟我山上去　見了父親再理論
景龍到此心中喜　皇天不絕苦心人　忙上前來作个揖　哥哥哥哥口內稱
難道哥哥行方便　未知吾妹可生存　尚望哥哥來搭救　搭救我的妹子身
余隆一口來答允　見了父親主意定　雙雙同到山頭上　余隆上前稟父親

原來蘇家侄兒到　住在山上等幾春
景龍上前稱多謝　余興領他向內行
五人正在開懷飲　席間談論老妖精
你一句來她一句　嘍囉上來報事情
傍邊喜煞景龍子　搶步上前禀事因
余洪點頭稱也好　又命余隆陪他行
賢弟如此也在此　景龍抱住淚淋淋
三哥到家妹又見　爹爹是否也轉門
余洪側耳聽報告　哈哈大笑叫景龍
報仇非要你父到　救妹可以來完成
見過伯母黃氏女　余洪擺酒宴景龍
天下到底親娘好　晚娘總是二条心
只因小主余昌到　特來報告大王聽
既是我家三哥到　待我前去接他身
兄弟下山弟兄接　余昌一見顛然惊
三哥快快山上去　兄弟報告家事情
余昌收淚兄弟叫　見了父母詁你聽

於是大家來到廳上余昌先見父母父見了二位哥哥然後坐在旁邊小卒添上杯筷余昌把回家之事報告給景龍聽說道父親尚在任上心掛弟妹所以命我先回那知賢妹跪在花園之中碎石堆上膀下擱刀十分苦楚愚兄救了她問了一遍方知前事張保已活那天因張保不在家中你的繼母就出了花樣後來愚兄和她爭了幾句她譏嘲與我故而負氣出走特地回山的現在妹妹怎樣尚未知道還請父親作主設法搭救才是余洪尚未開口景龍道伯父快救我妹妹要緊余洪道賢侄且不要性急我當派余興去打聽順便搭救便了景龍謝過不提如今又說蘇文尚自派余昌去了心神時常掛懸兒女這天獨坐衙中批過文書已有二更光景忽然困倦起來就伏在案上忽見門帘一動走進一个人來仔細一看却是他的妻子心

中想道她已死了。什麼還來見我呢。即問道娘子何事。她說道夫呀。你娶得好一个賢慧的晚娘。你要再做半年官。怕的兒女要跟我去了。文尚大疑道。娘子此言何來呢。姜氏道。我的話憑你信不信。一切由你便了。說畢。把脚一蹬。文尚吃了一驚

文尚一驚睜眼看　原來却是一个夢　夢中言語牢牢記　看來兒女命難存
這个官兒不要做　報病回家看親身　燈下修成文一道　申詳上司府衙門
上司一見申文到　折看方知一樁情　即日委了新官到　文尚交待就動身
帶了一个能幹僕　悄悄一路轉家門　有話常來無話短　半月已抵自家門
先在隣家來打聽　張家老兒說新聞　住表外面談話事　且說吳氏訓鳳英
自從余昌去了後　那日張保轉家門　鳳英不敢來哭訴　怕的又要受苦辛
張保住了五七日　別了母妹學堂行　吳氏等他去了後　又要磨折小鳳英
房中拿出一斗麥　喚到鳳英話分明　坐在家中沒事做　差你做的小事情
一斗麥子磨成麪　二斗麪粉交我身　還有棉花稱一兩　捻成紗線二兩另
明日早上交還我　沒有之時抽你筋　鳳英此時娘親叫　這个事情做不成
斗麥何能磨二斗　一兩何能二兩另　女兒做的別的事　情情愿愿聽母親
吳氏聽說心大怒　回身就把皮鞭尋　哼的一聲鳳英跪　跪倒塵埃哭不停
親娘開恩休要打　女兒就去磨麪粉　棉花捻線明朝做　尚望母親開了恩
吳氏圓睜二隻眼　罵聲賤人了不成　身子磨麥手捻線　一日生活也容易
快去做來不打你　鳳英只好就啟身　含淚拿了磨房去　挨磨捻線苦十分

却說吳氏回到房中。想了一想。暗思余昌此番負氣而去。一定到任上去了。好在景龍出外。想小小年紀定然凶多吉少。我把鳳英致死就可沒有事了。便在房中取了一包砒礵。親自去泡了一壺茶。送到磨房中來。

吳氏開言把兒叫　為娘曉得你辛勤
但是生活應當做　茶飯也要吃得勻
所以為娘想起了　磨麵最是苦事情
諒亦口渴心頭熱　娘今送壺茶你吞
快快趁熱來吃下　免得冷了要傷衷
鳳英連忙稱多謝　多謝母親好心情
停磨忙把茶來接　放在桌上好歡心
難得母親心意轉　耳中忽聞叩門聲
鳳英說與吳氏曉　何人外面叩門聲
吳氏側耳仔細聽　果然外面人叩門

吳氏立起身來走出磨房。叫聲小桃。快去開門。小桃應了一聲開門一看。老大吃驚喊道奶奶。是老爺回來了。吳氏也驚了一跳。說道兒呀。你爹爹回來了。鳳英大喜

鳳英聽說父親臨　心中頓時喜十分
搶出磨房門口立　雙膝跪下見父親
兩淚紛紛流不住　爹爹爹爹兩三聲
虧得爹爹今天到　遲來兒命要歸陰
文尚抱住磨房進　親兒不用淚淋淋
繼母家中待你好　你的哥哥那方存
鳳英含淚回言道　爹爹聽我說原因
自從爹爹出門去　母親皮鞭就臨身
打了不算還要吊　吊吊打打了不成
兒同哥哥坟堂住　母親又欲葯我們
虧得張哥服了毒　同胞哥哥上臨陽

父白　呀你哥哥往臨陽去了麼。女　正是。父白　以後便什麼樣呢。女白　後來

張保哥哥仙人救　保了女兒轉家門
那日哥哥書房去　母親又要下無情

虧得三哥恰巧到　救了女兒小性命　三哥又被母親罵　氣得三哥往外奔
今日張保兒不在　母親罰我磨麩粉　幸虧爹爹身已到　這是女兒受苦情
前後說了一大遍　磨房哭倒父女們　文尚抱住姣生女　放聲大哭好傷心
頭靠頭來臉靠臉　父女哭得好傷心　正正哭了多一回　文尚開口喚親生
為父此刻口中渴　又有茶兒為父呑　鳳英聽說回言道　現成熟茶獻父親

文尚道。兒呀此茶何來。鳳英道。母親泡來的。那一个母親泡來的。吳氏母親泡與女兒吃的。文尚大怒兒呀你說你母親叫你挨磨。以及吃苦受打。據為父看來既然不好。如何肯泡茶你吃呢。現在快快拿來。待為父止渴要緊。鳳英連聲答應。雙手呈上文尚接在手中。

文尚喉中渴得很　接了茶壺送口中　咯哆咯哆來吃下　片刻之間毒氣生
口麻舌乾心又燥　張口吐舌了不成　大叫一聲不好了　苦命姣兒叫幾聲
賤人吳氏傷天理　毒藥原來害你身　該應吾兒不得死　為父做了你替身
為父今朝死了後　你的殘生活不成　快快把那賤人喚　為父有話與他論
吳氏慌忙來避過　假做不見不聞聲　文尚咬牙難開口　手指裡面恨賤人
二脚一顛歸西去　唬壞鳳英女釵裙　只見父親流鮮血　拳頭捏緊怕煞人
上前抱住生身父　摸手摸胸好傷心　指望父親歸家裡　豈知頃刻見閻君
鳳英哭得如酒醉　來了吳氏黑心人　將身走到磨房內　開言便叫小鳳英
因何老爺睏在地　七孔流血為何因　莫非是你謀死了　女謀父來不該應

吳氏假意大怒說道。那還了得。小小年紀。藥死父親。正是大胆包天。把你父親謀死小桃快來快去喚地方到來。把賤人送縣究辦。小桃奉命出了廳堂。叫喚門公去請地方到來。好報縣究辦鳳英。

門公奉命不留停　請了地保到家門　地方看過是服毒　即到縣裡報太尊
人命關天非小可　宣可停留半時辰

下官劉順。表字直平。北京人氏。今蒙聖恩任職端陽縣知縣。且喜地方安泰。方才地方來報說親生女兒藥死父親。按蘇文尚乃是進士。且臨陽知縣。因病回家。到來半日。已被女兒藥死。情寔可疑。來差人有白吩咐外班侍候。打道蘇家相驗。

劉順上轎出衙門　一路匆匆到來臨　吳氏親自來迎接　劉爺出轎到高廳
中間生定先傳問　吳氏上前稟事因　文尚乃我親夫主　鳳英乃是父親生
今日夫君歸家內　鳳英奉上茶一樽　茶中有毒夫不曉　吃下之時命歸陰
要求老爺伸冤枉　法辦鳳英小畜生　說畢之時升三指　暗中許他三千銀
劉爺一見心歡喜　點頭相驗曆房中　驗畢帶了鳳英去　三拷六問定罪名
詳文上司且不表　且表吳氏樂于心　不料日游神行過　上天奏與玉皇聞
玉帝聞言心大怒　即命雷公電母身　下界打死吳氏女　救活文尚進士身
雷公電母真个快　召到龍王四个人　興雲佈雨真个快　霹靂交加頃刻行
吊出吳氏來打死　文尚頓時活轉身　一見之時如夢醒　方知吳氏不是人
吩咐家人先料理　收拾吳氏葬荒坟　街坊上面新文講　張保聞知吃一惊

別了先生衙中去　先去探看鳳英身　因知文尚身已死　故而并不到家門
恰巧劉順回文到　鳳英年小判充軍　張保立在堂下侯　等侯押下小鳳英
姊弟一見傷心淚　解差催着上路程　張保情愿陪她去　路上伏侍小鳳英
兄妹同上陽關道　一路行來遇余興　暗中悄悄來跟下　跟到界内去報信
是日余昌來值日　殺出外面救佳人　二个解差都殺死　鳳英張保上山林
景龍見了親妹子　又見哥哥張保身　三人同把余洪謝　告禀家内一庄情
余洪聞言心大怒　世間豈有此等人　待我親自把山下　先去殺這老妖精
余昌余興跟了去　又帶四人精壯兵　護送兄妹人三个　一路進了端陽城
鳳英却把小轎坐　一徑來到蘇家門　家人一見公子到　上前報與文尚聽
文尚正在心悲切　聞報連忙出來迎　大門相見鳳英女　鳳英反而吃一惊
明明爹爹身已死　緣何還能接我們　余洪心中也疑惑　大家一同到高廳
文尚便把情由說　眾人拍手笑音音　都說皇天真有眼　看來好報報善人
吳氏很毒天打死　奉勸世人放良心　文尚吩咐排香案　謝天謝地謝神靈
又感張保心正直　鳳英許配張保身　擇日完姻成花燭　夫妻孝敬老年人
余洪担擱有半月　帶了二子轉山林　余昌景龍并張保　三人日夜用功深
書中自有黃金屋　明歲大比上京城　景龍頭名狀元中　張保乃是探花身
余昌三場都不取　改了武考進場門　弓馬刀鎗都試過　欽點探花余昌身
一个狀元二探花　奉旨游街好歡心　三日之後陳情表　部文捉拿劉直平

狀元探花榮歸里　到家祭祖鬧音音　百官縉紳都來賀　文尚却是老封君
景龍娶了御史女　余昌之妻是名門　余洪移家城內住　二家來往似弟兄
姜氏陰封是一品　好人到底好收成　藥茶寳卷宣完成　諸佛菩薩上天廷
三星福祿常常賜　瓜瓞綿綿代代興　多謝齋主糕和麪　下次再到貴府門

風陵文庫
文庫 19
F 399
66: 8
早稻田大学図書館

王月英宝卷 二卷

线装，排印本，一册，长二十一厘米。检索号：文库19 F0399 0035 0016。每面十八行，行字数不等。白边无鱼尾，四周单边。封面题『增像王月英宝卷 上海蒙古路晋康里四号广记书局印行』，扉页题『王月英宝卷 上海广记书局印行』，卷首题『王月英宝卷』，版心题『王月英宝卷』。

内容：

南宋高宗时，曾为吏部官员的江苏无锡县人张鼎臣和妻黄氏生有二子。长子张元祥是个举人，妻子名叫王月英，二人育有一女艾汗；次子张元庆是个秀才，和当地土豪成明的女儿成凤英有了婚约，只待年长后就要迎娶。后来张鼎臣病故，张元祥为父亲守孝满三年后进京赶考。张元祥离家三年，杳无音讯。这期间，张家忽然遭了大火，万贯家财化为灰烬，婆媳俩只好找了个破落小屋先住着，张元庆因读书求学住到了先生家里。黄氏思子心切，抑郁成疾，身体很不好。

某日，张元庆睡觉时忽然做了个噩梦，醒来后心神不宁，匆忙往家里赶，看望老母。探完老母后，在堂上唤住了嫂子王月英，想让她帮忙解一解自己的噩梦。王月英听完后，解出是成明要联合县令害张元庆，遂让他去庙里求个签看看吉凶，是凶兆的话就远走躲一下。张元庆到庙里连求三签，都是大凶，吓得他当即就准备打点行囊去逃灾。没想到已经慢了一步，元庆返家的路上就碰到了县吏，然后被带回县衙。原来是成明见张家破落，不想自己的闺女下嫁张元庆，意欲悔婚，遂出钱买通当地知县，让他给张元庆安个罪名。县令遂把张元庆收押，严刑逼供，屈打成招。

王月英见张元庆一直未归，就让艾汗去打听消息。艾汗从街坊那里听说自家叔叔被县令抓了起来屈打成招的事，连忙回家告诉了王月英和黄老夫人。黄老夫人听了非常生气，要去讨个公道回来，谁知大限已至，不久就断了气。王月英根本没钱葬她婆婆，幸好左邻右舍凑了六两银子买到棺材收了黄老夫人的尸身，放在灵堂供着。王月英想去给牢里的张元庆送点吃的喝的，但家里实在没钱没米，遂剪了头发做成假发，让艾汗拿到街上去卖。艾汗拿着假发换了几个馒头和一碗汤，就带着这些去了牢房看叔叔。张元庆被折磨得不成人形，让艾汗回去对嫂子说自己实在受不了牢狱之苦了，但贿赂县令需要二百两银子，他的同门师兄弟凑了一百八十两，现在还差二十两，请嫂子想想办法。听了艾汗的转述，王月英想卖了艾汗换钱救小叔子。

艾汗被卖到成家小姐成凤英那里，为其打理床铺，晚上睡在房内踏板上，还有了新名字『新来』。艾汗当晚说了梦话，咒骂成家父女，被成凤英听到。成凤英遂起疑，逼着艾汗说出了她详细的来历。然后成凤英拿给艾汗五十两白银，并写信一封让艾汗带给王月英，随后就让小姑娘回了家。不久后，成凤英女扮男装来到张家门外，戏弄了王月英一番后，又祭拜了黄老夫人，说自己上东京找张元祥替张元庆申冤。王月英也写了封信，托她带给丈夫以为凭证。成凤英到了东京后，女扮男装以张元庆的身份参加了考试，没想到一举考中状元，惊动了主考官张元祥。张元祥与成凤英面谈，成小姐遂趁机把所有的原委都说给了他。张元祥听了成凤英的话，又看了妻子送来的书信，得知所有事情，遂禀报宋天子。宋天子听了也很生气，就赐张元祥尚方宝剑，准他先斩后奏，以吏部尚书的身份回去惩办贪官县令和恶贼成明，并赐给了张元庆新科状元的身份，许了张元庆、成凤英二人婚姻。成凤英先期回乡，救出了张元庆，并把县令全家送进监牢。张元祥回来后严惩成明，并把他流放到云南。随后圣旨到，对张家一家人各有封赏，事情于是告一段落。

补记：

《中国宝卷总目》记录了包含泽田藏宝卷在内的两个版本。①泽田瑞穗另外收藏上海惜阴书局石印本两册，题为『孝灯宝卷』。该宝卷是以金童玉女的转世姻缘为题材的故事②，可与其他说唱文学中的相似文本进行比较研究。

（信阳师范大学逯立邦参与了对本题解内容的总结，特此说明并致谢！）

注

① 车锡伦编著：《中国宝卷总目》，北京燕山出版社，2000 年，第 299—300 页。

② 岩田和子：《『王月英』『梁祝』『秦雪梅』里的三世姻缘及其流传——以湖南唱本为中心》，见黄霖、陈广宏、郑利华主编：《2013 年明代文学国际学术研讨会论文集》，凤凰出版社，2015 年，第 731—740 页。

增像王月英寶卷
蒙古路晋康里四號廣記書局印行

王月英寶卷

上海廣記書局印行

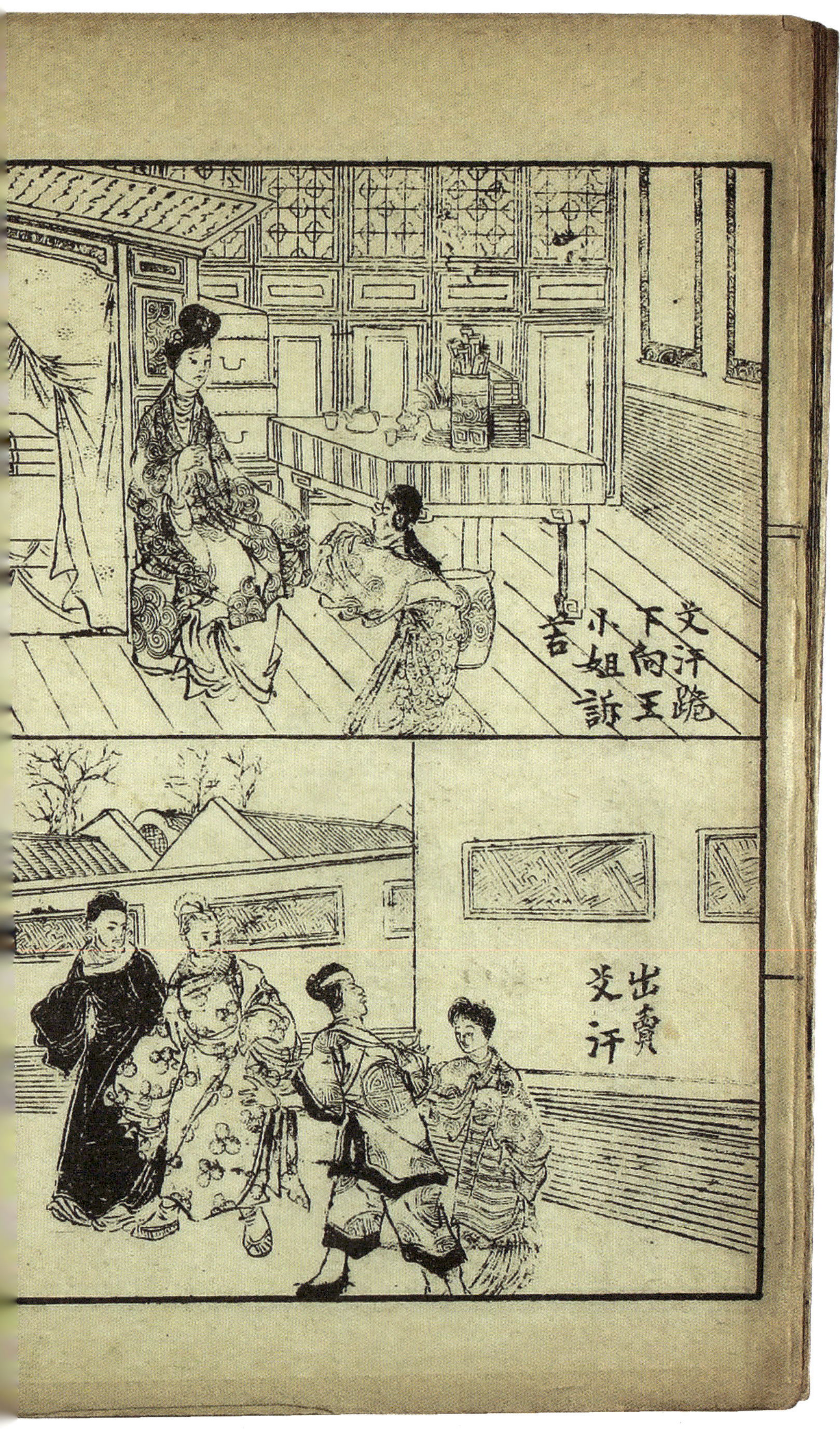
艾汗跪下向王小姐訴苦
出賣艾汗

月英寶卷初展開　恭迎諸佛降臨來　善男信女虔心聽　增福延壽永無災

蓋聞月英寶卷出在大宋高宗年間提表一人是江蘇無錫縣人氏姓張名鼎臣號叫佐卿做過吏部天官娶妻黃氏共生兩子長子元祥是個舉人次子元慶是個秀士元祥娶妻王氏名叫月英生了一女名叫艾汗元慶聘了無錫北門成明之女名叫鳳英因年幼未娶後來張鼎臣病故元祥守孝在家待三年孝服滿了元祥上京赴考

自古好人多磨難　不磨不難不成人

宋朝皇爺開南選　考取天下有才人　元祥當時忙不住　收拾書箱上東京
堂上別了生身母　書房別了二弟身　房中又別嬌妻子　叮嚀囑咐女佳人
堂上婆婆你侍奉　好好照顧艾汗身　月英聽了連聲應　愿君高中早回程
夫妻母子來分別　一家送出大府門　正是大爺求官去　一場禍事到來臨

自張元祥動身以後未及數月家中遭了一場天火將萬貫家財化爲灰塵婆媳二人另外找了小房屋居住元慶到先生家中讀書去了

自從大爺動身後　一場禍事到來臨　天官府內失了火　百萬家財化灰塵
一家大小無可奈　小小房子且安身　日食三飧無出處　巴巴結結過光陰
那知大爺離家後　三年無信轉家門　太太得了思兒病　不眠不起在床心
不表太太身有病　再說張家二官人　正在書房經文讀　夜間忽然惡夢臨

左思右想心不定　要往家中走一巡　辭別先生老夫子　出了書房兩扇門
無心觀看城外景　一心只奔自家門　正行舉目抬頭看　自家門在面前存
走將前來將門叫　驚動賢良王月英　移動金蓮來走出　用手開了兩扇門
月英抬起頭來看　見是二叔自家人　叔嫂同到高廳上　二爺上前把禮行
病房看過生身母　又把嫂嫂叫一聲

元慶叫了一聲。嫂嫂。我今天回來非爲別事。只因昨夜做了一個惡夢。好不驚人。故來請嫂嫂參詳參詳。月英道請叔叔講來、

爲叔回家無別事　有一奇巧怪事情　今夜三更得一夢　回來請嫂詳吉凶
夢見三間祖堂倒　跌斷中梁柱一根　祖堂比的那一個　中梁比作那個人
又夢廳前燈二盞　一盞明來一盞昏　明燈比的那一個　昏燈比作什麼人
又夢肥猪城內趕　白馬駝來歹金剛　肥猪比的那一個　白馬比作什麼人
又夢東樓失了火　眼見燒到白玉廳　放火之人那一個　救火又是什麼人
花園有株母子樹　蜜蜂在上叫哼哼　子母樹比那一個　蜜蜂比作什麼人
又夢花園井兩口　一眼有水一眼空　有水比作那一個　空井比作什麼人
只是小叔陽台夢　未知好歹吉和凶　有凶你把凶來斷　逢凶化吉說來聽
公子將夢說完了　嘆壞佳人王月英

呵呀。叔叔呀、你只個夢中之事。我來詳解與你聽罷、

明燈比作成明賊　晴燈比作你當身　又說東樓失了火　眼見燒到白玉廳
放火却是成明放　救火是你大長兄　鄉下肥猪城內趕　白馬馱作歹金剛
金剛比作蔡知縣　肥猪比作叔爺身　花園有株子母樹　蜜蜂在上叫哼哼
子母樹比成小姐　蜜蜂比作艾汗身　花園之中兩口井　一口有水一口空
有水比作成小姐　空井却是奴當身　看來這等多模樣　艾汗自己與了人
爲嫂圓此夢中事　二分好來八分凶　夢中言語忝不透　爲嫂指點你當身
本城有個關王廟　廟中神籤十分靈　你今去到關王廟　求求關王大聖人
聖人發下上上課　還往南學把書攻　倘若發個下下課　快快遠走去避凶
避凶休往別處去　可到東京汴梁城　找你哥哥一個人　大娘方才講完了
二爺一聽唬吊魂　欠身立起忙開口　只把嫂嫂口內稱　我今去到關王廟
未知好歹吉和凶　若是小生無災難　一家和合值千金　若是小弟有凶險
還是他方去避凶　我去避凶也罷了　怎捨生身老母親　母親在家全仗你
望嫂照顧老年人　三餐茶飯要你奉　四季衣衫要當心　姪女艾汗方七歲
當心領帶他成人　我家並無多男女　單單只有這條根　二爺說此一夕話
王氏大娘答連聲　叫聲叔叔你去罷　莫把家事掛在心　惟愿叔叔自保重
爲嫂也不細叮嚀　元慶辭別出門去　一心求神問吉凶　一路行程來得快
關王廟在面前存　將身走入廟堂內　大殿之上把香焚　雙膝跪在丹墀上

祝告關王大聖人

張元慶跪下祝告道。弟子、張元慶。因昨夜做了一夢。異常凶惡。不知是凶是吉。特來叩問大聖。若是小生並無災禍望發上上籤一根如若定有災難。發一根下下籤來

祝告一番取籤筒　雙手捧定往外傾　籤子一條發下了　下下二字載分明
二爺就把古人看　侯成盜馬兩無功　相公又把籤來求　二十二籤在手中
二爺又取籤書看　韓信屈死未央宮　連求三次皆下下　唬得相公失了魂
叩頭已畢將身起　走出關王古廟門　廟門走出二公子　要做逃災避難人
不表相公逃避話、再說成明一個人

成明有個女兒名叫鳳英自幼許配與張元慶爲妻。成明見張家窮了。起了歹意要想賴婚。賄通當地蔡知事。買盜扳贓。誣害元慶

成明忽然起歹意　做了嫌貧愛富人　拿銀買囑蔡知縣　誣害元慶相公身
知縣差了人兩個　假請元慶到衙門　兩個公差領命去　路上正逢張相公
公差上前說有請　呈上請帖看分明　公子一見心暗想　縣主請我是何因
若要當時囘不去　恐怕別有大事情　吩咐公差前面走　元慶公子後頭跟
一直來到縣堂上　見了知縣把禮行　蔡公當時變了臉　喝聲何不跪埃塵
公子囘言身無過　父台發怒爲何因　知縣擲下成明稟　殺人搶刼罪非輕
公子一見魂吊了　只得雙膝跪在塵　看起今朝如此樣　難出天羅地網門

小小知縣竟如此　平地風波誣害人　如若我兄同家轉　你的知縣做不成
聽你當堂打死我　要我招供萬不能　知縣一聽心大怒　吩咐當堂取夾棍
一連三棍繩收緊　喝問招承不招承　又把腦箍來上起　公子昏死地埃塵
人不傷心不得死　冷水噴面又還魂　哎呀一聲甦醒了　頭暈目昏眼難睜
朝上扒也扒不動　往後扒來骨頭疼　如今不把口供畫　賍官好似五閻君
兩邊衙役多凶很　勝如牛頭馬面身　公差本是勾魂鬼　我今到了枉死城
左思右想刑難受　只得堂上苦招承　是我是我眞是我　打刼鄉宦成大人
殺死丫環人兩個。刼了財寶共金銀。這是小人眞實話　並無半句是虛言

話說蔡知縣見元慶認了供。心中大喜。當時吩咐牢頭禁子。把元慶帶進監牢。末白 曉得哉。

牢頭答應一聲有　公子帶進牢獄門　世上多少冤枉事　蒼天自然有眼睛
不表公子身受苦。再表大娘王月英。

話說王氏月英因叔叔到關王廟求籤去了多時未回。心中有些不安。即叫艾汗外面去探聽信音。

艾汗奉了母親命　即忙移步往外行　將身來到街坊上　見人傳說耳內聽
說的無錫蔡知縣　不顧天理只圖銀　北門鄉宦成明女　久已許配元慶身
只因張家遭天火　愛富嫌貧要賴婚　買動賍官定了罪　誣良爲盜下牢門

可嘆天官二公子　苦打成招受難星　艾汗聽了一番話　唬吊三魂少二魂
三步當作兩步走　奔入家中叫母親　不好了來不好了　禍比天高少二分
就將街坊聽的話　如何長短說分明　艾汗一直說到底　嚇壞賢良王月英
二目傷心流下淚　就把爹娘叫幾聲　只說廟中求籤去　誰知被害入牢門
你今落在奸人手　那個搭救你當身　咬定銀牙一聲恨　駡聲奸賊老成明
我家有何虧負你　平空屈害把人坑　贓官收了財和寶　屈打二爺入牢門
無故害人傷天理　蒼天怎不開眼睛　哭罷一場方才了　要到婆房走一巡
將身走進婆房內　叫聲婆婆老夫人　親娘病體今可好　可要街坊請先生
大娘問了多一會　夫人開口把話云　我今病勢多沈重　乍寒乍熱不安寧
又問媳婦有何事　元慶爲何不來臨　大娘一聽心中苦　便把婆婆叫幾聲
今有大事不好了　二叔被害在牢門　從頭至尾說一遍　唬壞太太老夫人
太太聽了一番話　好比尖刀刺在心　眼望牢中高聲叫　苦命姣兒叫不停
只道書房將書念　誰知老賊壞良心　你今陷入監牢內　那個來救小姣生
又望北門高聲駡　駡的奸賊老成明　張家那件虧負你　誣我孩兒做强人
嫌貧愛富傷天理　殺之不足剮有零　又望縣衙高聲駡　大膽贓官了不成
你在無錫爲知縣　放肆胡行害好人　小小知縣有多大　天官後代竟看輕
今日去把縣堂上　不打贓官了不成

婆媳悲痛往前走　出了自家兩扇門　將身來到街坊上　夫人看見許多人
回頭便把兒媳叫　王氏賢媳你是聽　不必同到縣衙去　我今與你轉家門
你的丈夫有官職　耀武揚威到來臨　月英問道在那裏　莫非婆婆見鬼神
只說一聲見了鬼　渾身冷汗打寒驚　太太此刻心中亂　眼見來了衆鬼魂
大鬼手內拿了票　小鬼手內拖鉄繩　叫聲兒媳扶定我　快快回轉自家門
將身來到中堂上　一衆鬼使已入門　府縣城隍門外站　當方土地隨後跟
世間生死由天命　算來由命不由人　叫聲兒媳快燒紙　莫要得罪上使們
今日爲娘大限到　一個時辰要歸陰　我今有話吩咐你　切切牢牢記在心
有錢就把棺材買　無錢蘆蓆也可行　艾汗孫女方七歲　要你領帶教成人
張家並無多男女　還望照顧元慶身　千萬看在叔嫂面　要你送飯到牢門
吩咐一場方纔了　夫人一命見閻君　唬壞月英王氏女　親娘喊的不住聲
只說去把人情講　搭救二叔出牢門　那知走到街坊上　陡得大病命歸陰
婆婆今日身亡故　活活難壞我當身　頭前沒有倒頭板　脚下又無引路燈
手內銀錢沒一點　那來棺木收屍靈　萬分出於無可奈　求化左鄰右舍人
忙把青絲打散了　幾根蔴皮繞頭心　悲悲切切往外走　來到大門外面存
雙膝跪在大門外　叫聲左右四鄰人　我夫求官未回轉　二叔被害在牢門
婆母今日身亡故　沒有銀錢收屍靈　奴家此刻眞無法　乞化鄰舍善心人

只求帮助銀六兩　買口棺木殮娘親　等到丈夫回家轉　本利加還送上門
左鄰右舍心田好　帮助大娘六兩銀　將身來到棺材店　買口棺木抬進門
棺材抬到中堂上　忙忙收殮死屍靈　王氏跪在靈前哭　只哭苦命老娘親
你今一命歸西去　媳婦燒紙可知情　痛哭一場悲不止　艾汗在旁叫娘親
王氏伴靈來守孝　想起婆婆囑咐情　親娘臨死對我講　牢中照顧二爺身
叫我牢中去送飯。沒有銀錢怎樣行。千思萬想無主意。想出一計在心中

王月英要想送牢飯與叔叔吃去。無奈家中錢也沒有米也沒有。左思右想無法可施。忽然心生一計。走到自己房中拿出一面篩子放在地下。將頭上的烏雲髮打開剪了下來扎成三支假頭髮。叫艾汗拿出去賣。

要往牢中去送飯　沒有銀錢怎樣行　站起身來忙移步　只奔香房裏面存
篩子一把放在地　剪刀一把拿手中　左手打開烏雲髮　做了剪髮賣髮人
今日二叔身有難　剪髮賣錢進牢門　咬定銀牙發個狠　中心剪下髮萬根
急忙扎成三支假　叫聲艾汗小姣生　收了一個蓮花碗　放在籃子裏面存
這是爲娘三支假。你到街坊賣與人　監牢裏面送頓飯。也盡我的一片心

旦白　兒呀三支假拿到街坊去賣。賣了便罷。若賣不了。可到王媽店中。我是他的恩人。你說爲娘拜托於他。將三支假換幾個饅頭與碗漿湯。送到牢中相會二叔。一面表我母女一點心意。兒呀須要小心。艾白　不要母親叮嚀。爲兒曉得了。

正正賣了多一會　沒個人來問一聲　艾汗思量無可奈　去上王婆飯店門
說道快來眞個快　王媽店在面前存　停身止步來站下　用手敲敲叫開門
叫門三聲來站定　驚動裏面姓王人

丑旦白正在家內做生活。聽得有人叫門急忙開門一看。原來是小汗乖乖。爲何三行鼻涕兩行淚艾白媽媽有所不知。只因老賊成明。壞了良心。嫌貧愛富。買通無錫知縣。他把我二叔混進公堂。三拷六問。畫了口供。定成死罪。如今打在牢內。要到牢中看望二叔。並無分文。母親將青絲髮剪下。扎了三枝。假叫我來賣。賣了便罷。賣不了。叫我到媽媽店中來換一碗漿湯。幾個饅頭。老旦白艾姑娘如此說法。將假帶回。我拿幾個饅頭。盛碗漿湯與你就是了。艾白王媽媽你老人家岸上無田。河內無船。又沒大生意。我又不是花子。你不要。假如何要你的饅頭。老旦白哎唷唷。這麼大孩子伶牙俐齒。却說得有理。如此將假丟下。拾幾個饅頭。盛碗漿湯。送你二叔去罷。艾白王媽媽。監牢門在那裏。老旦白從此地轉灣過去。有黑漆衙門。那裏就是。艾白得罪你。我就此去了。

艾汗當時忙不住　辭別王媽動了身　漿湯饅頭取在手　移動金蓮往前行
穿街過巷來得快　只奔縣前虎頭門　一頭走來一頭哭　聲聲哭叫我父親
你在東京不知道　怎知家中大事情　祖母一命歸西去　二叔陷入監牢門
你的女兒來送飯　抛頭露面活現形　悲悲切切來得快　牢門早在面前存
黑漆衙門朝南坐　有理無錢莫進來　艾汗站在牢門口　用手敲敲叫開門

丑白牢內人已坐滿了又有什麼人來坐牢 艾白 禁子大爺裏邊有個張元慶麼 丑白 你是他什麼人 艾白 我是他姪女來送飯的 丑白 你來送飯要進牢門拿個包子來沒有包子就想送飯麼 艾白 想我母親剪下青絲髮換點饅頭那有銅錢送他如何是好有了待我哄他一哄禁子大爺我這裏有七八千文送與大爺只當買杯茶吃罷 丑白 小女子你可知道公門不要背後錢你要先把錢然後纔開門 艾白 大爺話亦差矣我此刻把你被人見了要與你分待我進去與你豈不是一人獨得 丑白 孩子說得不錯你進來罷 艾白 吠 丑白 把錢拿來 艾白 你說公門不取背後錢我不把錢你你就放我進來麼 丑白 你到打起虎來了沒錢快快出去 艾白 你捻我出去我就喊了 丑白 喊什麼 艾白 說你將我一吊錢搶去 丑白 不看你這麼大點人恨起來罵你一頓我問你還是提牢送飯還是挨牢送飯 艾白 大爺怎麼講 丑白 提牢送飯將你二叔提出號來挨牢送飯挨到你二叔方能送飯 艾白 既然如此提牢送飯

艾汗抬起頭來看　看見二叔自家人　上前一把來扭住　苦命叔爺叫幾聲
清清白白家中坐　平空大禍吊上身　傷心害理寃枉事　可恨爲官太不仁
文雅之人書生體　骨瘦如柴忘了形　面如黃紙不能看　好似陰曹一鬼魂
叫聲叔爺醒來罷　姪女送飯到來臨　高喊三聲不答應　低叫三聲沒回音
回過頭來轉過面　牢頭大爺叫一聲　伏望大爺行方便　二叔刑法鬆一鬆
你將刑法來鬆了　讓我叔姪談談心

哎吓一聲暈過去 鬼門關上走一遭 悠悠甦醒還陽轉 出了陰司地府門
猛然睜開昏花眼 看見姪女七歲人 嬌兒你不家中住 來到此處爲何因
你且叔叔腿上坐 家中事情說我聽 堂上祖母可安泰 你父求官可回程
你母在家可賢慧 可曾苦打你當身 一一從頭對我講 叫我方放這條心
艾汗一見叔爺問 二目不住淚紛紛 二叔問我家中話 一一從頭說你聽
堂上祖母也安泰 我父求官未回程 我母在家多賢慧 未曾拷打我當身
只因叔爺將籤問 我母在家不放心 打發姪女去聽信 長街遇見二老人
二老吃酒講閒話 說你受屈在牢門 姪女得了眞確信 歸家告訴我親娘
親娘聽了如此話 母女抱頭放悲聲 我母在家心不放 叫奴送飯到牢門
漿湯饅頭來送到 送與二叔把飢充 二爺聽說只句話 姪女艾兒叫幾聲
爲叔心中悽惶苦 珍羞百味怕沾唇 祖母到底可安泰 你今細細說我聽
艾汗此刻忍不住 提起祖母更傷心 只因聽了叔爺話 他要到縣說人情
方才出了大門外 只見衆鬼當面迎 只得當時回家轉 可憐一命歸了陰
怎奈無錢買棺木 母親求化四鄰人 四鄰幫助銀六兩 方才收殮老年人
二爺一聽重又問 可是我母命歸陰 一聽親娘身亡故 心中猶如烈火焚
雙膝跪在監牢內 兩手不住自搥心 眼望家中流下淚 苦命親娘哭不停
只說我母身安泰 誰知一命見閻君 半路去了親娘母 我是不忠不孝人

莫怪爲兒不載孝　恨的奸賊把人坑　只得望空拜幾拜　表表爲兒一片心
又望家中一聲喊　喊聲嫂嫂王月英　難爲你來難爲你　實實難爲你當身
難爲殯葬生身母　難爲送飯到牢門　重生父母差多少　再世爹娘勝幾分
看來今日如此樣　怎麼報答你大恩　哭罷一場方才了　又把艾汗叫一聲
叔爺夜臥軋床上　百般刑法怕殺人　左邊上了生鐵鍊　右邊又綑粗麻繩
當中一塊搪心板　撑上挺尸杖一根　手靠脚鐐睡下去　捺板捺得緊吞吞
心要動來身難動　腿要伸來脚難伸　眼要扎來不敢扎　又怕鉄釘釘眼睛
可恨知縣心太很　每日公堂比錢文　有了銀子二百兩　叔爺刑法鬆一鬆
沒有銀子二百兩　死在牢中沒救星　如今虧了人一衆　多虧同窗衆弟兄
送銀一百八十兩　只少廿兩雪花銀　沒有別的關照你　回家拜上你娘親
你娘本是賢良女　要他看了叔嫂情　怕的冬前與秋後　京詳一到命難存
法場上邊將我斬　你母要做收尸人　有錢就把棺材買　無錢蘆蓆稻草繩
京中若有人來往　帶信告知你父親　這是爲叔對你講　切切牢牢記在心
正在叔姪談心處　只聽牢頭叫得凶

小丑白　要錢沒有。還在這裏哭你娘的苦處。快些出去罷。

艾汗推出牢門外　不見二叔自家人　哭哭啼啼往前走　走到自家兩扇門
將身來到孝堂內　見了開懷喂乳人　上前一把來拉住　親娘你且聽原因

只狠賍官心太毒　每日公堂比的凶　有了銀子二百兩　叔爺刑法鬆一鬆
沒有銀子二百兩　他在牢中無救星　虧人不虧別一個　虧了同窗衆弟兄
送銀一百八十兩　還少廿兩雪花銀　沒有別的拜托你　囑我囘家托娘親
湊成銀子二十兩　牢中搭救自家人　這是叔爺說的話　要求母親發善心
早將銀子送了去　也是爲娘一片心　艾汗方才說完了　苦壞大娘賢慧人
大娘聽了如此話　勾搭心肝滿肚疼　眼望牢中流下淚　苦命二叔叫幾聲
你在牢中不知道　那知家中大事情　婆婆一命身亡故　活活難壞我當身
沒銀殯葬親娘母　求乞左鄰右舍人　爲你牢中送頓飯　剪了青絲髮萬根
今要銀子二十兩　叫我何處去找尋　左思右想無主意　低下頭來口問心
婆母臨終托付我　叫我照看二叔身　要得銀子二十兩　除非出賣小嬌生
如若不賣姣生子　牢中苦壞二爺身　忙把衣袖揩眼淚　就把乖乖叫幾聲

旦白　爲娘有句話對你講。小旦白　母親是句什麼話。旦白　你到王媽媽店中就說奶奶一命亡故。家內不住鬼吵。母親有些害怕。請王媽媽做個伴兒。小旦白　咳母親東也叫我去。西也叫我去跑得兩足生疼。我是不去。旦白　兒吓。就此一囘下次不要你了。小旦白　下次不叫兒走。兒就去了。旦白　我兒快去快來。

艾汗當時忙不住　別了母親向前行　出了自家門兩扇　悲悲切切在心中
一路行程來得快　王家門在面前存　上前忙把門來叫　叫聲媽媽快開門

老王正在家中坐　忽聽有人叫門聲　邁步來至大門口　用手開了兩扇門
抬起頭來忙觀看　認得七歲艾玉春

老旦白 我道是那個原來是艾姑娘你來做什麼的。小旦白 王媽媽。你有所不知。只因奶奶、一命亡故。家內不住鬼吵。母親駭怕。請媽媽去做幾天伴兒。老旦白 哎呀。小姑娘你奶奶死了。我正當來做伴兒當日我住在你家後門口你母親帮住我多少如何不去請姑娘前面帶路。一同而行。小旦白。媽媽到了。請進門來。老旦白 來了。待我先去太太靈前叩個頭。再與大娘見禮。大娘在上。王老有禮 旦白 媽媽請坐。老旦白 不知大娘叫老王有何吩咐。旦白 王媽媽不知聽我道來。

叫聲王媽你坐下　我把苦衷說你聽　丈夫求官不回轉　消不聞來信不通
可恨成明老賊子　一見我家天火焚　嫌貧愛富生歹意　買通贓官用金銀
將我二爺誆了去　買盜扳害定罪名　打下牢監眞個苦　婆婆要去討人情
一出大門見了鬼　回家一命就歸陰　求借鄰人銀六兩　殯殮婆婆用盡心
牢中送飯與二叔　將假相換承你情　艾汗去到監牢內　可憐二叔受非刑
只因少銀二十兩　每日堂上比殺人　向道姪女回家轉　托我措辦雪花銀
我今無處去措辦　請你來爲這庄情　萬分出於無可奈　只得出賣小嬌生
今日賣我嬌生女　未知寃家可肯行　可行可去跟你去　一筆勾消不必論
若是寃家不肯去　必定要打我姣生　我若舉手望下打　要你當中說人情

說來王媽無別事　今日要賣我姣生
非是爲娘心腸很　爲的叔叔自家人　甯可賣我嬌生女　不可苦死你叔身
叫聲姣兒你去罷　跟了王媽一同行　艾汗說我才七歲　不知南北與西東
吃飯不知飢和飽　睡覺不知那頭低　誰人梳頭與裹足　誰做縫針補線人
親娘甯可打死戒　要我離娘萬不能　艾汗說此傷心話　苦壞大娘王氏身
王氏聽了女兒話　滿腹如刺綉花針　寃家今才七歲正　說出話來痛殺人
若是今日將他賣　寃家如何肯動身　欲要今日將他打　怎忍痛打我嬌生
忙把衣衫揩眼淚　心內思量暗沉吟　用手一指開言駡　大膽畜生了不成
好言好語對你講　倒做推三阻四人　快跟王媽將身動　縱有閒言總不論
若還半字言不肯　活活打死小賊人　王氏口內假生怒　打人家法手中存
手舉家法往下打　艾汗抱住親娘身　親娘不必將我打　孩兒情愿去賣身

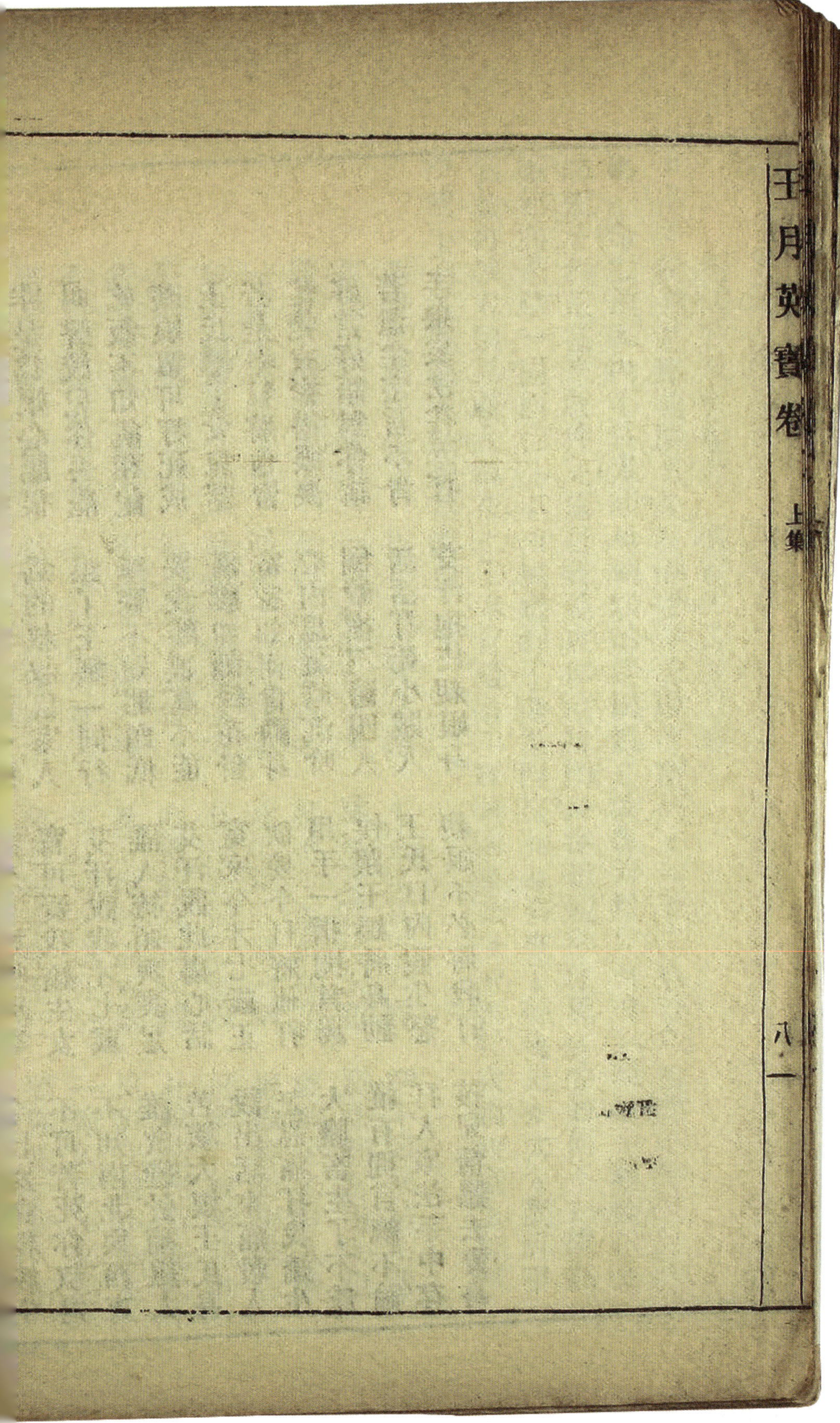

王氏聽了將兒叫　苦命心肝叫幾聲　休怪爲娘心腸狠　爲的你叔牢中人
你在娘懷略坐坐　娘有言語說兒聽　養你不是好養的　用盡爲娘一片心
東廟燒香求兒女　西廟拜佛爲子孫　多蒙神聖來保佑　得了我兒花一盆
記得爲娘將你帶　珍羞百味怕沾唇　羊羔玉米不要吃　蜜件洋糖不稱心
走起路來吁吁喘　吃口茶來作惡心　一月兩月將兒帶　三月四月孕在身
五月六月分男女　七月八月娘安身　九月懷胎身已重　將交十月要分身
忽然腹內疼幾陣　爲娘熬得死復生　接連幾陣暈過去　生下裏心龔胆人
三朝五日怕風冷　十二朝上才放心　痧痳痘瘆一百日　費盡心機受苦辛
兒打登登娘歡喜　走一步來笑個昏　爲娘領你將七歲　用盡三毛七孔心
只因二叔身遭難　無奈只得賣姣生　爲娘與你針和線　已後縫補自己行
若賣人家爲媳婦　伏侍公婆要小心　姑娘小叔休爭鬭　還須敬重你夫君
三茶四飯你去煑　不可懶惰不肯行　無事不可鄰家去　免得是非到來臨
三從四德須當記　要照爲娘一樣行　若賣人家爲使女　小心伏侍你主人
叫你東就東邊去　叫你西來西邊行　若是違了主人命　恐耍苦打你當身
棒棒打的嬌生女　句句要罵你娘親　爲娘言語吩咐你　切切牢牢記在心
大娘說罷傷心苦　又把王媽叫一聲　你把我兒帶了去　長街之上賣嬌生

多不要來少不要　定要廿兩雪花銀　東西南門皆可賣　切切莫向北門行
怕人不怕別一個　怕的奸賊老成明　怕的成明知到了　定然斬草要除根、
說罷雙膝來跪下　拜托王媽要當心　你今受我這一拜　我兒性命靠你身
王氏哭得肝腸斷　狠心王媽不消停　一把拉住艾汗手　走出張家大門庭
王氏大娘哭不住　蓬頭散髮趕出門　一直跑出大門外　七歲心肝叫幾聲
不表王氏心大慟　再說王媽上街行　一手攙住艾汗手　草標插在艾汗身
東門賣到西門去　又到南門走一巡　東西南門都走到　沒個人來問一聲

老旦白 艾姑娘稍為來歇息。有人問你。切莫說眞名實姓 小旦白 是了。

一手挽住艾汗手　只奔北門大街行　走向前來抬頭看　成家府在面前存
老王不把前門走　只奔花園兩扇門　上前便把門來叫　梅香姐姐快開門

副旦白 正在園中坐。忽聽人叫門。是何人叩門。老旦白 是我老王來了。副旦白 原來是王媽。待我報與小姐。走走行行已到樓門。姑娘在上。今有王媽要見。旦白 叫他進來。副旦白 是王媽快些進來。老旦白 艾姑你要小心。莫說實話。你先站了。我會姑娘去。走走行行。來上樓門。姑娘在上。老王叩頭。旦白 王媽我已前叫你買個丫頭。如何今日才來。可有丫頭帶來。老旦白 小姐聽稟。怪人不知理。知理不怪人。老王東裏揀西裏選。好容易揀了一個白白淨淨。體體面面的好丫頭。旦白 王媽媽難為你帶來看看。老旦白 是了。艾姑娘同我來。小旦白 來了。姑娘在上。奴婢叩頭。旦白 眞正好個小丫環。丫環你的家住在那裏。小旦媽媽你帶他去了。我不要了老旦白姑娘你又不曉得他父姓李一命亡故他媽媽又嫁個姓張的故此說不姓張就姓李旦白那也罷了。但不知今年幾歲了老旦白今年七歲旦白要多少銀子老旦白理應一歲一兩。只因他家遇一寃枉之事要多幾兩只要二十兩銀子。旦白既然如此就把二十兩銀子外與三兩媽媽的謝儀老旦白我不要我不要多謝姑娘了。旦白王媽代他取個名字春桃夏蘭秋菊冬梅皆已有了。就叫做新來罷。旦白到也罷了。老旦白新來我去了過兩天來看你還帶果子與你吃得罪姑娘老王去了。

不表王媽他去了　再說高樓成鳳英　只見外面天已晚　新來丫頭叫幾聲
你去收拾我床被　安排好了我安身　艾汗聽說這句話　兩眼珠淚落紛紛
低下頭來心思想　要做鋪床摺被人　打起南方丙丁火　點起長命一盞燈
金鈎掛起芙蓉帳　担担牙床去灰塵　上鋪褥子下鋪毡　大紅錦被安床中
看見一對鴛鴦枕　難煞落難受苦人　東頭擺下鴛鴦枕　怕的姑娘西頭眠
西邊擺下鴛鴦枕　又怕姑娘困東邊　兩頭安放鴛鴦枕　聽從姑娘那頭眠
鋪床摺被停當了　奉請姑娘上牙床　新來拿燈前面走　後跟姑娘成鳳英
鳳英走到香房內　收拾解帶寬衣衿　金蓮跨到踏板上　睜開二目看分明
用手一指高聲駡　新來丫頭了不成　別人胆大身包胆　你的胆大胆包身
叫你鋪床來摺被。　放下雙枕為何因。

小姐走到床上一看見兩個枕頭放在兩邊大駡道。你只個丫頭。好不知道理。如何擺了

兩個枕頭

新來丫頭全不怕　走上前來說短長　東頭擺下鴛鴦枕　姑娘就在東頭眠
西邊擺下鴛鴦枕　姑娘就在西頭眠　兩頭擺下鴛鴦枕　聽從姑娘那頭眠
望乞姑娘生慈念　下次奴婢自小心。

成鳳英想道昨日母親來看我的針工因天色已晚就睡在樓上。故有兩個枕頭。新來丫頭那裏曉得。亦不能錯怪於他。

小姐就把新來叫　下次做事要小心　新來睡在踏板上　一陣心酸肉又疼
夢中悲哭中心恨　叫聲開懷我母親　你在家中不知到　那知孩兒遇難星
自幼長成年七歲　未曾一日離娘身　今晚睡在踏板上　那有親娘靠兒心
有時得見親娘面　兒就死了也甘心　又望東京一聲叫　叫聲爺爺我父親
你在東京不知道　那知家中大事情　婆婆一命身亡故　二叔打在監牢中
母親一人獨守孝　七歲女兒賣與人　艾汗心念多一會　耳聽瞧樓起了更
眼望家中流下淚　苦命叔父叫幾聲　爲生爲死總爲你　爲你母女兩下分
艾汗嘆罷多一會　耳聽瞧樓鼓二更　又向北門開言罵　罵聲成明老奸臣
張家那件虧負你　害我一家好傷心　艾汗正在潑口罵　聽得瞧樓正三更
艾汗不覺入了夢　夢見父親轉家門　粉底烏靴穿足上　頭戴烏紗穿大紅
幾對板子幾對棍　幾對提燈幾對繩　金鑼開道嗆嗆响　肅靜迴避怕殺人

高樓捉住成小姐　賣與江湖取魚人　日打網來夜投宿　活活苦死他當身
把那賤人來磨死　成家聲名不好聽　艾汗正在潑口罵　牙床驚醒成鳳英
鳳英輕輕來扒起　新來丫頭叫幾聲　口口罵奴生身父　句句罵的奴當身
快把根由來說出　饒你殘生過幾春　昨日問你家何住　不住東門住西門
又問你的名何姓　不姓李來就姓張　如有半字說差了　叫你殘生活不成
小姐問此一番話　艾汗一聽失了魂　未曾開口先流淚　萬福姑娘在上聽
問我家來家不遠　不是無名少姓人　祖父在日天官位　祖母皇封誥命人
父親名叫張元祥　母親王氏名月英　叔叔名叫張元慶　定下婚姻成鳳英
母親生我人一個　乳名叫做艾玉春　父親上京求官去　一去三載未回程
家中失了無情火　萬貫家財被火焚　成明見我家落難　起了嫌貧愛富心
欲將二叔來害死　鳳英再嫁富貴人　用錢買動無錫縣　拿我二叔問罪名
苦打承招畫了供　收入監牢受苦辛　我母命奴去打聽　打聽實信報娘親
祖母要到無錫縣　代我二叔講人情　誰知半路得了病　回家一命卽歸陰
祖母身後無殯葬　母親求化六兩銀　將我祖母收了殮　又思二叔在牢門
母親剪下烏雲髮　去換饅頭送苦人　奴家到了監牢內　會見二叔自家人
二叔牢中說的話　句句傷心苦殺人　可恨贓官無錫縣　每日公堂比贓銀
有了銀子二百兩　叔爺刑法鬆一鬆　沒有銀子二百兩　死在牢中無救星

多虧同學衆兄弟　週濟一百八十銀　二叔叫奴回家轉　措辦廿兩雪花銀
我母無處來措辦　只得賣了小奴身　萬福姑娘生慈念　饒恕奴婢狗命人
艾汗說得多悲切　嘆壞姑娘成鳳英

却說鳳英小姐聽了艾汗之言心如刀絞一把抓住艾汗之手叫了幾聲心肝乖乖。我不是別人。就是你的嬸嬸成鳳英。

小姐抓住艾汗手　心肝乖乖叫幾聲　你今把我當那個　是你嬸嬸成鳳英
可恨我父無道理　坑了張家大良人　眼望西門流下淚　喊聲嫂嫂王月英
婆婆死了你戴孝　出賣七歲小姣生　幸虧賣在奴樓上　別人買去了不成
倘若有了長和短　絕了張家後代根　哭罷一場方才了　忙到案上寫書文
輕輕磨動沉香墨　字字行行寫得眞　上寫成氏親筆跡　拜上嫂嫂大賢人
你為公子不打緊　出賣七歲小姣生　王媽帶到我樓上　那知却是自家人
艾汗說出眞心話　半夜打發轉家門　年年有個正月半　家家門戶掛紅燈
你看紅燈過去了　張家門前掛孝燈　人家孝燈只一丈　張家孝燈一丈零
守到次日天明了　奴奴親自上你門　一到張家來吊孝　二做燒錢化紙人
三來叩謝大嫂嫂　四頂夫名上東京　奴家不知天官府　你做孝燈掛門前
篩子一把門前掛　包頭一方放當中　金釵一枝為表記　送與姪女艾玉春
奴家見此憑和據　方知天官大府門　又有銀子五十兩　送你母女過光陰

若被他人來拿住　你的性命活不成　叫聲乖乖你去罷　我回高樓上面存
不說鳳英回樓去　再說七歲艾玉春　肩背包袱向前走　那管高低路不平
一頭走來一頭哭　半夜三更少人行　對着月光向前走　四牌樓在面前存
抬起頭來細觀看　認的自家一大門。艾汗站在大門口　手兒敲敲叫開門。

却說王月英自把艾汗賣去以後。一人坐在房中冷清清的到了半夜以後忽聽得有人叫門。倒像是艾汗的聲音。如何半夜回來。必定是逃走家來。

月英正在孝堂內　耳聽有人來叫門　此刻三更人靜後　誰人敢叫我的門
莫非嬌兒回家轉　急急忙忙來開門　及至開門一看見　唬壞佳人王月英
一見寃家艾汗女　連推帶拉送出門　昨日爲娘將你賣　因何此刻轉家門
包袱是從那裏得　莫非偸了主家銀　王氏只叫快快走　艾汗急忙叫娘親
親娘昨日將我賣　跟了王媽上街行　東西南門無人問　王媽帶奴往北門
受主不是別一個　賣與成家綉樓門　夢中說出眞心話　哭駡奸賊老成明
姑娘床上來聽見　細細盤問奴的身　爲兒一一從頭說　嘆壞嬸嬸成鳳英
多虧成氏心腸好　半夜打發我回程　若還親娘你不信　現有嬸嬸信一封
艾汗一直說到底　王氏一聽喜在心　連忙開了門兩扇　手挽嬌生走進門
就把包袱打開了　拆開姑娘書一封　一行一行看到底　喜壞大娘王月英
望着北門拜幾拜　謝謝賢良成鳳英　不是艾汗來搭救　十個艾汗九斷根

母女今朝重相會　生死不忘姑娘恩　手挽姣兒孝堂進　不覺外面天已明
母女坐在孝堂內　談談說說喜在心　只說母女難相會　那知今日又相逢
母女安排孝燈好　不禁天色已黃昏　王氏挽了艾汗手　且到外面看紅燈
母女二人忙走出　來到大門看分明　三街六巷多熱鬧　滿城百姓俱看燈
燈球火把如白日　布棚高搭大街心　鑼鼓打得叮噹响　邊爆連連不住聲
一對排燈前引路　上寫田苗五穀登　一龍燈　二鳳燈　三才燈　四仙燈
五子燈　六福燈　七星燈　八卦燈　九連燈　十里埋伏燈　大娘抬頭仔細看
又來一班十獸燈　五馬六獅頑得好　那邊又來一班燈　這班燈　是奇文
俱是前朝大古人　姜太公坐四不相　文太師騎黑麒麟　申公豹坐花斑虎
黃飛虎騎神板牛　武王坐在逍遙馬　南極仙翁白鶴乘　文殊騎的青獅子
普賢白象坐上身　道德眞人騎的吼　黃天化坐玉麒麟　陸壓道人乘的鹿
黃龍眞人跨鶴行　李天王托黃金塔　哪吒脚踏風火輪　韋馱手執黃金杵
矮子却是土行孫　無道紂王失了位　誅妻殺子滅人倫　興周滅紂頑得好
萬古傳留到如今　鑼鼓喧天多熱鬧　又來三國一班燈　前頭粧的劉皇叔
赤兎馬上坐關公　烏騅馬上張翼德　單鎗救主趙子龍　三顧茅蘆諸葛亮
五虎老將是黃忠　龐統巧獻連環計　周瑜赤壁用火攻　曹操兵敗八十萬
孫權碧眼鎮江東　三國古人頑得好　後面又來一班燈　第一宋江及時雨

又來昭君和番燈　賣國奸臣毛延壽　娘娘琵琶馬上彈　可嘆漢王劉天子
悔恨奸賊把人坑　雁門關前來走過　落雁坡前把命傾　貞烈女子世上少
萬古留名直至今　這班燈兒頑過去　又來漁樵耕讀燈　漁翁執竿江頭釣
樵夫帶斧上山林　庄農老人去耕地　士人讀書跳龍門　這班燈兒頑過去
采茶燈兒愛煞人　菱角燈　荷花燈　白果燈兒兩頭尖　西瓜燈　就地滾
涼月燈　少半邊　兔子燈　團團轉　猴子燈　跳的凶　也有老來也有少
也有財主與鄉紳　大大小小人無數　紅男綠女來看燈　王氏看了多一會
四開櫻桃把話云　走上前來忙開口　稱聲頑燈各位們　頑燈不到別處去
天官府外頑甚燈　我家婆婆歸西去　二叔打入監牢門　丈夫東京求官職
一去三載未回程　一家東零與西散　有甚心緒看此燈　王氏哀告多一會
衆人只當耳邊風　王氏此時動了怒　用手一指把話云　你們若是不散去
奶奶要罵你衆人　若是官府來頑燈　六部參詳革功名　財主鄉紳來頑燈
百萬家財火內焚　買賣客人來頑燈　半路之上遇强人　開張店面來頑燈
人命官司打上門　如是漁翁來頑燈　叫你翻在大江心　若是樵夫來頑燈
死在虎口當點心　庄家之人來頑燈　一年四季少收成　念書之人來頑燈
一世休想跳龍門　若是和尚來頑燈　轉世投胎變畜生　若是尼姑來頑燈
來世還要守孤燈　如是孩子來頑燈　跳跳就是斷了根　若是閨女來頑燈

死在娘家不出門　奶奶今日廻避日　門外鬼卒亂紛紛　遇見一個死一個
方不在此來頑燈　王氏罵了多一會　罵散頑燈一班人　我把頑燈人罵散
讓我張家掛孝燈　人家紅燈只一丈　我家孝燈一丈零　篩子一面迎門掛
包頭一方安當中　金釵一枝爲表記　上寫七歲艾玉春　孝燈掛得停當了
手挽姣兒入孝門　王氏來到孝堂內　死鬼親娘叫幾聲　有靈有光來保佑
保佑嬸嬸到家門。不表王氏殷殷望　再表北門成鳳英。

再說北門成氏鳳英。坐在樓上。暗中思想我約定今晚到張家而去只個形容怎麼去得。待我換了衣服女扮男粧。方好上路。

姑娘坐在高樓上　要扮男粧換衣衿　秀士巾兒頭上戴　身穿鸚哥綠海青
粉底烏靴登足下　象牙扇子手中存　端過菱花照一照　自己不知自己形
打扮一場方才了　手扶欄杆下樓門　自出花園門兩扇　直上長街往前行
不走大街走小巷　四牌樓在面前存　只見孝燈門前掛　上寫七歲艾玉春
知道了來曉得了　此是天官大府門　手把門兒敲幾下　驚動孝堂王月英
大娘聽得敲門响　想必嬸嬸到來臨　將身來至孝堂外　忙忙來開兩扇門
抬起頭來一看見　連推帶搡送出門　慌忙就將門槓起　門外相公你是聽
莫是爹娘打罵你　莫是逃學到來臨　莫是夫妻來口角　莫是偷情錯認門
小把眞情來說出　指条明路尓去行　王氏一派問到底　門外鳳英把話云

爹爹有錢稱員外　母親看經念佛人　末生三男並四女　單生小生一個人
乳名叫做白官保　入學官名白愛卿　日間從你門前過　看見大嫂美貌人
小生來此無別事　特來陪伴你當身　若得大嫂相憐愛　不做忘恩負義人
大嫂快把門開放　王氏一聽嚇吊魂　用手一指開言罵　大胆奴才了不成
四牌樓前訪一訪　大娘可是等閒人　公公在日天官做　婆婆誥命老夫人
丈夫東京求官去　二叔黌門秀士身　你今快些去了罷　不必在此亂胡行
若有半字不肯了　喊叫左隣右舍人　將你畜生來捉住　你是違條犯法人
送你畜生官衙去　四十大板打你生　我今勸你走開去　喜壞門外假書生
開口又說我不怕　斗大胡椒不辣人　送我到官我不怕　只望大嫂快開門
你若不把門開放　小生跪在此間存　一直跪到天明亮　驚動左鄰右舍人
倘若有人來觀看　叫你可要笑煞人　鳳英一派說到底　大娘一聽怒氣生
王氏又乃開言道　大胆奴才了不成　讀書須當知禮義　一派胡言不成人
我有數言來勸你　看你書生可知文　只說你形端表正眞君子　男效才良正經人
知過必改聽教訓　調戲我女嬌貞節有罪名　游蕩獨進來到此　散慮逍遙充甚魂
外受傳訓不聽教　入奉母儀管不成　罔談彼短說胡話　孤陋寡聞嚼舌根
始制文字不去習　四大五常不在心　圖寫禽獸生的子　驢騾犢特後代根
送到戶封八縣內　捕獲叛亡捉你身　九州禹跡把堂上　垂拱平章跪在塵

坐朝問道將你審　聆音察理問分明　猶子此兒說差了　園莽抽條打你身
弔民伐罪定過了　誅斬賊盜下監門　老少異粮不見面　親戚故舊不知聞
同氣連枝來拆散　夫唱婦隨嫁別人　夫子溫良恭謙讓　畜生三思而後行
這是奶奶教訓你　豎起驢耳仔細聽　王氏說了多一會　門外笑壞假書生
開言又把大嫂叫　門內大嫂聽分明　我今與你非小可　五百年前結下姻
你正青春我正少　錯過良緣沒處尋　小生如此哀求你　鐵打心腸軟幾分
快快開門有話說　若不見面不回程　月英聽說如此話　高叫狂生細耳聽
我將好言勸化你　你仍輕狂纏不清　老娘保身無別法　自可懸梁保貞名
一日陰曹把狀告　牛頭馬面捉你身　月英說罷朝後走　門外唬壞成鳳英
鳳英一聽慌張了　忙把嫂嫂口內稱　你當我是那一個　奴是鳳英到來臨
女扮男粧來到此　門外試試你的心　嫂嫂不必尋自盡　開了門來就知情

成鳳英見嫂嫂要自盡了。唬得連忙說出眞情王月英仍不相信。恐他是假冒的鳳英、將靴子脫下露出三寸金蓮月英在門縫裏一看果然是隻小脚王氏大喜連忙把門開了

王氏一聽來站下　門外狂生你是聽　既然嬸嬸來到此　有何見證可爲憑
鳳英門外粉靴脫　叫聲嫂嫂看分明　王氏門縫看一看　眞是嬸嬸到來臨
連忙開門說請進　走進姑娘成鳳英　二人當下見過禮　鳳英開口把話云

成白　嫂嫂呀。我彼一頓好駡。王白　嬸嬸呀。我被你一頓取笑

一來靈前燒張紙　二來爲的小書生　婆婆神靈來保佑　一路平安上東京
叩頭四個來立起　又把嫂嫂口內稱　我在高樓不知道　那知張家大事情
恨人不恨別一個　恨的我父一個人　無故屈害二公子　實實難爲嫂嫂身
言語得罪艾小姐　還望寬恕我罪名　成氏一派說到底　大娘又把嬸嬸稱
我今賣出艾汗女　幸虧賣到嬸嬸門　正是二人來談說　東方日出太陽紅
王氏一見天明了　廚房備飯已現成　一家三口用過了　鳳英卽便把話云
嫂嫂把寫書和信　奴家卽要上東京　找到大伯人一個　好代公子把寃伸
成氏只邊要書信　月英聽了不消停　急忙磨動沉香墨　提了羊毫筆一支
取過一張牙素紙　字字行行寫得眞　上寫王氏三頓首　拜上丈夫自家人
你去求官三年正　那知家中大事情　便將家中一番事　細細從頭寫個明
望你早到家門內　好把二叔把寃伸　千言萬語寫不盡　花押畫在正當心
一封書信寫完了　拜托嬸嬸要小心　回頭又把嬸嬸叫　一路之中要留神
逢人只說三分話　莫把眞情告與人　未晚之時先下店　不到天明莫動身
愚嫂叮嚀言共語　切切牢牢記在心　王氏一派說到底　鳳英開口把話云
嫂嫂吩咐我謹記　一路之中自小心　奴家今往東京去　要與公子把寃伸
家中一切全仗你　我今卽刻就動身　得罪嫂嫂我去了　王氏大娘送到門
眼看鳳英他去了　不禁淚點落紛紛　悲悲切切孝堂進　專待丈夫轉回程

不表孝堂母女事。再表鳳英出門行

却說成氏鳳英別了嫂嫂出了大門。一路上東京而去。

女扮男粧無人曉　一心只奔東京城　行一里來又一里　過一村來又一村
逢水就把船來坐　旱道騾車趕路程　在路行程來得快　早到東京汴梁城
無心觀看城中景。尋個招商安了身。不說鳳英來等考。再說君王有道人

末白　鳳閣龍樓萬古千秋。白孤家大宋天子在位。風調雨順國泰民安。今當大比之年。內臣。雜白有。末白宣張元祥上殿。雜白領旨。萬歲有旨宣張元祥上殿。生白領旨。忽聽萬歲詔舉步來上朝。臣　張元祥見駕願吾主萬歲萬歲萬萬歲。末白卿家平身。今當大比之年。命卿主考。生白領旨。

金殿領了萬歲旨　謝恩出了午朝門　吩咐左右開貢院　聚集天下讀書人
鳳英坐在招商店　聽說萬歲開選門　忙把紙筆收拾好　頂了夫名入朝門
一連三場考畢了　不知那個中頭名　各人回轉招商店　只等大人發榜文
招商住下成氏女　再說元祥張大人　考畢入朝忙啓奏　欽點御筆小門生
狀元本是無錫縣　就是張元慶一人　大人一聽心內想　與弟同姓又同名
低下頭來心內想　其中必定有奇文　辭王忙把金殿下　元祥回到府衙門
忙把帖子寫完備　命人去請狀元身　家人奉命忙忙去　請了新科一貴人
鳳英來至主考府　拜見主考張大人　會客廳上見過禮　元祥[illegible]

元祥仔細問到底　鳳英跪下把話云　大人問我眞心話　我是含寃負屈人
家住江蘇常州府　無錫縣內正北門　父親成明爲官職　我名叫做成鳳英
自幼父親把親配　配與天官二書生　不幸天官歸陰去　萬貫家財被火焚
上年元祥求官去　一去三載未回程　只恨我父心腸恨　要害張家一滿門
買通贓官無錫縣　扳害公子下牢門　奶奶要把人情講　陡得大病命歸陰
王氏嫂嫂無法想　求化棺材殮娘親　公子牢中要銀兩　出賣七歲小姣生
艾汗賣到我樓上　方知家中一段情　瞞了堂上奴父母　女扮男粧下樓門
我到張家去吊孝　項夫名字上東京　多蒙上天來保佑　大人點我狀元身
說罷忙把信取出　嫂嫂親筆呈大人　大人信件看完了　猶如天雷打在身
叫聲弟媳快請起　且到後邊去安身　只等明日天明亮　金鑾殿上把本升

却說宋王天子升殿文武大臣東西排立。宣傳官喊道有事出班啓奏。無事捲簾退朝話猶未了只見張元祥跪在丹墀。將二弟之事一一奏於聖上

元祥上前來啓奏　吾主萬歲納微臣　微臣有件寃枉事　奏與吾主萬歲聽
臣父在日將官做　就與成明結下婚　不幸我父歸西去　萬貫家財被火焚
成明告老歸家去　做了嫌貧愛富人　買通贓官無錫縣　哄騙臣弟入衙門
屈打成招畫了供　打入牢監虎頭門　多虧賢良成氏女　女扮男粧上東京
項臣二弟名和姓　萬歲點他狀元身　臣在京中爲官職　臣弟監牢受苦辛

元祥一本奏到底　萬歲聽了怒生嗔　罵聲奸臣成明賊　不應這樣亂胡行
聖上又把元祥叫　准你回家把冤伸　孤王今日加封你　吏部尙書你爲尊
賜你一口上方劍　先斬後奏見寡人　牢中取出張元慶　重辦無錫縣一人
鳳英本是貞烈女　將功折罪恕他身　夫婦奉旨將親配　狀元給與元慶身
元祥聽說心中喜　謝恩辭出朝房門　將身到了自己府　就把弟妹叫一聲
金批令箭交與你　去到無錫一座城　牢中提出我二弟　等我回家把冤伸
鳳英領了金批箭　別了大伯動了身　在路行程來得快　到了無錫一座城
將身走進無錫縣　只奔監牢虎頭門　先將丈夫來救出　香湯沐浴換衣巾
狀元冠帶來穿起　捉拿贓官一滿門　贓官打入監牢內　只等大人轉回程
吩咐一聲來打轎　只奔張家大府門　二人雙雙來下轎　孝堂驚動王月英
王氏拉住戈汗手　慌忙移步出來迎　一家四口孝堂進　來到孝堂裏面存
一家四口團圓會　東京來了張大人　大門外邊下了轎　放開官步往內行
將身來到孝堂內　向前先拜老娘靈　捉住成明打四十　發往雲南去充軍
兄弟又把四鄰謝　發出銀子散窮人　伸冤報德才完畢　忽報皇家聖旨臨
弟兄二人忙接旨　跪聽宣讀自分明　元祥不封別的位　翰林學士他當身
王氏娘子多賢慧　封爲一品正夫人　成氏娘子多賢德　封爲賢良正夫人
欽賜夫婦成花燭　一家大小謝聖恩　勸人須要存心正　不可奸狡把人傷

绘图白鹤图宝卷　二卷

线装，石印本，二册，长二十点五厘米。检索号：文库19　F0399　0035　0014。每面十八行，行字数不等。白边无鱼尾，四周单边。封面题『绘图白鹤图宝卷　惜阴书局』，扉页题『绘图凤凰白鹤图宝卷　上海惜阴书局印行』，卷首题『新编白鹤图宝卷』，版心题『白鹤图宝卷』。

内容：

江南镇江丹徒王百安，因奸臣当道，辞归林下。长子子琴，妻丁氏甚贤。次子子连未娶。因逢荒年，王子琴又赴京近十年未归，家中穷苦。丁氏乃取头上一支金钗让拿去变卖。无奈街上十室九空，无人出钱买，子连求卖无门，得一老者指点去当铺典押，当得八两银子。路中见有周二欲杀儿救母，子连不忍，将银悉数赠予周二。回家后，子连被父大骂，嫂子丁氏让子连索回半数银子。子连自思既已赠人，无面再索，欲自尽，路遇老家人王兴，被王兴接到新主子家中暂住。恰逢此家儿子莫才生得样貌丑陋，号十不全，莫才与胡家小姐订婚，怕胡家嫌弃自己丑陋，乃让子连代他迎亲。再说丁氏见子连久久不回，只得回娘家借银子，父母势利，不肯借给她。丁氏只好上街行乞奉养公婆，但王百安得知后，认为这样有伤风化，对其痛斥一番。丁氏欲自杀，被义贼一枝兰所救。次日，一枝兰装作官差告诉王百安，子琴高中状元现在在外面做官，差他将宝物白鹤图及银钱五百两送归家中。从此王家生计不愁。

且说子连在胡家成亲后被留下要住满一月，惹恼了莫才，他欲买通周二杀子连。周二受恩于子连，故跑到胡家告知子连。胡家人将计就计招子连为婿，并让周二假装已经杀死子连回去复命，在媒婆的安排下摆脱了莫才的纠缠。子连返回家中，用功读书并准备去南京参加考试，家中取白鹤图及银子给子连，不料子连半途丢了银子，只好拿宝图典当，恰被宝图原主人赵建知道。赵建与王百安有仇，有心陷害，准备烧死子连。幸得赵府美云小姐贴身丫鬟松梅看见，主仆二人设计解救子连，但子连没能成功逃脱。赵建又生一计，贿赂知县将子连送进监狱并判为死刑。这事恰被一枝兰得知。一枝兰到府自首，被一并关押。

这边王子琴自得中状元之后，本欲还乡，却被奸臣陷害，作为使臣派遣外邦，因此与家中音信断绝。多年之后，子琴回朝，又被外派平定苗蛮。子琴众人被苗人追赶走投无路时，女匪甘赛花救之。甘赛花父亲受奸臣史璞所害去世，她不得不带母落草为寇。帮助子琴平定苗蛮之后，甘赛花送子琴离开。后阴差阳错甘赛花乔装为史璞的外甥葛鹏进京，受封操江巡按，在路上遇到周二为子连申冤，一番审问后，将子连和一枝兰全部释放。子连错过秋试，住在一老人家中准备春试。赵家小姐因忧思子连卧病在床，赵建只得同意到王家说亲。春天乡试，子连高中，继续到京城参加会试，连中三元。此时子琴为兵部尚书，甘赛花想要揭发奸臣残害忠良的行为，由子琴设计完成，甘赛花大仇得报，与子琴成婚。大家最后衣锦还乡，父子兄弟夫妻团圆。

补记：

《中国宝卷总目》记录了包含泽田藏宝卷在内的三十三个版本。① 因原书装订问题，个别中缝内容有遮挡。

（辽宁大学王淑慧参与了对本题解内容的总结，特此说明并致谢！）

注

① 车锡伦编著：《中国宝卷总目》，北京燕山出版社，2000 年，第 3—5 页、第 108 页。

繪圖白鶴圖寶卷

惜陰書局

發行所 上海四馬路山東路口

講勸善長問訪車

如能循循善誘未嘗不可改進也本局在昔何以武俠小說風行海內持公道人心警世俗賢愚豈知閱者誤會反足遺悞青年本局慨念前非決去武化改求善化引人以正戒之以邪惡警人心以補世風耳

惜陰主人識

(14)

繪圖鳳凰白鶴圖寶卷

上海惜陰書局印行

王子連
王子琴
甘賽花
周二
莫才

白鶴寶卷初展開　諸佛菩薩降臨來　忽宣[illegible]　單[illegible]
嘉請皇帝龍廷坐　有一通政王百安　家住江南鎮江府　所生二子並不單
夫人馬氏甚賢德　合家和睦更親愛　長子子琴已入黌　次子子連也入泮
長媳已娶丁氏女　次子尚未訂賢哉　只因豺狼當道日　所以告退把家回

却說王百安退歸林下。却是兩袖清風。做官的時候。不貪財。罷官以後。弄得家境清貧。度日為憂了。恰巧一連數年。鎮江一府。正逢旱災。有錢的人家。當然可以不愁凍餒之憂。但那一般平等人家。向日裡少有積蓄。一旦遇到災荒。就要難過光陰了。王百安家。平時祇靠祖上傳下來的數十畝田產。免強度日。現在一遇災荒。粒食無收。王百安家不免便要恐慌起來了。那王百安愁容滿臉。坐在書房中。自言自語道。

想我下官王百安　做官何曾貪金銀　別人為官家財富　惟我依舊是窮人
災荒一起憂愁起　家中柴米少有存　長子入京將十載　音問不通為何因
次子家中勤攻讀　幸喜文章也通深　長吁短嘆愁眉皺　夫人見了問原因
相公為怎憂愁現　所為那樁悶昏昏　百安立即回言答　只為所憂一家人
而今年荒災象重　柴米已空無有銀　一家老小將何活　門庭寂寞苦在身
所住房屋已破舊　衣服盡進典當門　夫人听了也嗟嘆　無柴無米難過冬
夫婦正然相對說　賢德媳婦進房門　拜揖翁婆一旁坐　啟口開言雙親尊

媳婦丁氏。見公婆對坐嘆氣。便問婆婆。今日臉堆愁容。所為何事。老夫人即將家中柴米無存。祇存數天粮食。年荒無收。告借無門。所有衣服等物。皆送到長生庫去了。再隔數天。豈不要大家挨餓。不成次子子連。恰巧進內。因為午飯未飽。要求父親買些點心充飢。王百安一听。頓時怒火上升。反把子連痛罵一頓。丁氏連忙相勸。且在頭上除下一枝金釵。交給婆婆道。

媳婦尚有一金釵　不如且將叔叔差　拿到外面變銀子　也可買米與買柴
百安即向子連說　我兒不妨且外走　變了銀兩休遲慢　速速即便轉歸家
書生一聲應父命　上前伸手取金釵　告辭雙親出外去　不多一時到大街
見一老者開言問　變賣金釵在那家　老者一笑回言說　年荒有誰買金釵
惟有典質尚可要　何必空勞去變賣　書生向他作個揖　口中連連又稱謝

王子連乃是書生。只會念書。現在叫他變賣金釵。到是好像一件難事了。幸他問了一個信老者指點。何不到典當中去典質呢。王子連稱謝一番。尋到一家當鋪。當到八兩銀子。又向朝奉拱手道謝一番。一路踱步回家。但見街上店鋪開的少。關的多。不論年老年少。臉上皆有菜色。走不多遠。只見有一群人。圍住一個圈子。王子連上去一看。原來是個賣餅童兒。因被一般飢民。把餅兒搶光了。所以一路上慘哭起來。王子連見了這種景象。心想濟助人家。無奈我心有餘。而力不足。奈何奈何。

書生一路喚奈何　荒年奇災百姓苦　只恨富家太鄙吝　不肯濟助義心無
我想救人力不足　奈何之聲亦徒呼　我想爹爹昔日在　也曾爲官通[illegible]

推門走進舉目看　只見一兒命將無　一個男子將刀執　正欲下手淚如梭
听他口中來說道　我兒你死休怨我　只為荒年無食品　柴米二項早已無
你祖年高身体弱　怎能忍受這飢餓　再餓下去勢必死　不如殺你救祖母
那兒跪下哀求哭　爹爹太忍殺親兒　書生高聲便叫喊　刀下留人莫糊塗
那人一听果住手　急問子連怎緣故　我的兒子由我殺　無用你今來相阻
子連開言重又問　不知你家有幾兒　不孝有三無後大　殺了你兒香火無

那殺子的男子。姓周名二。娶妻孫氏。夫妻全庚。正交三十六歲。膝下單生一子。那年已有一十二歲。平時靠做小販度日。尚有一位年高的母親在堂。一遇到荒年。小生意也遭失業。一家四人。只為了吃飯問題。大起恐慌。可以變錢的東西。早已變賣乾淨。那天到鄰村上去。想向一家親戚處告借數百文。糴些米。燒些薄粥。救濟飢餓的問題。誰知徒勞往返。空手而回。見了行將餓死的母親。便顧不得自己的親生兒子了。正要動手。恰遇王子連進來相阻。周二恨氣道

相公阻我是好心　算來極宜應該听　只奈不殺這兒子　怎能相救老年親
不久一家都是死　不如殺子且活親　書生聞听心不忍　頓時動了測隱心
我今有銀正八兩　你快拿去養萱親　周二一听心歡喜　將身拜倒謝恩情
兒童也便止住哭　雙膝跪了開言稟　指着書生又言說　你真天降一救星
周二老婆也出謝　相公貴姓又何名　素來未曾見過面　今日受恩謝不盡

救兒如同全家救　不知何日恩報情

王子連听罷。搖手道。你們不必如此。常言道。君子施恩不望報。何必定要問我名姓呢。周二又道。相公吓。小人無緣無故。受了如許銀子。怎可連得姓名也不知曉。蒼天有知。豈不要責罰小人。還請相公留下名姓。以待日後圖報。王子連即道。你也說得有理。不過名姓說了圖報。到也不必罷。

我是姓王名子連　父為通政官職顯　只為清正無積蓄　以致不能多周濟
些些小事何說報　望你為人要勤儉　說罷抽身向外走　一路回家心內悽
自己家裡無柴米　怎能反去別家濟　見了父母呆呆立　頓時紅了二臉皮
王母開言即便問　我兒歸來何遲延　金釵可曾變賣去　子連心中如油煎
只得將情來稟說　通政頓時怒胸前　畜生畜生連連罵　你這東西太不賢
周濟人家行好事　自己也須顧周全　家中已斷柴和米　故將金釵去變錢
那知不務先自救　反而送去這金錢　不想父母家中餓　孝心之心拋半邊
百安正在冲冲怒　來了媳婦是大賢　詢問翁姑因怎事　為何怒氣竟冲天
夫人將情來告訴　丁氏心中暗計議　即稱公公且休怒　媳婦有計可周全
仍請叔叔那家去　說明真情索銀錢　一半送他去使用　一半索回好商議

丁氏見公公發怒。便想一個執中之計。仍煩叔叔去討還一半。不妨將寔情說出想那家無端得到四兩的濟助。也可苦度數日光陰了。王百安聞听。便說此計到也有

子連暗想在心窩　叫我討銀寔在苦　倘若他家把臉反　不認之時起風波
贈銀既然無憑據　好好恩德變了無　一路行得一路想　叫我進退都無路
若不有銀拿回轉　父親一定又責我　書生愁眉前行去　早把路徑走糢糊
走到城門竟外出　欲尋那家心糊塗　越走越遠仍然走　不覺西下是金烏
但見荒郊人稀少　倦鳥成群皆回窠　子連見了心慌亂　而且兩腿又酸麻
只得轉念去尋死　免得在世受苦楚　正見前邊有大樹　約有古松數十顆
那邊上吊是机會　了却殘生命嗚呼　不顧腿酸又便走　却見那邊一門戶
一個老僕立門外　彷彿正是舊家奴　門前高掛燈與綵　諒必該家喜事做
正在立定呆呆看　老僕奔來小主呼

原來這一個老家人名喚王興。當初原係王通政的家人。只因二年之前。王家貧窮。難以開支。把一般家人遣散出外。各尋生路。另找飯碗。王興出了王府。不多幾天。就是周二介紹。到這裡莫府上的。這一莫家上代也曾做過侍郎。主人莫天成做過二任太守。只因善於搜刮民財。所生一子。名叫莫才。却是十不全。缺嘴駝背蹺脚坍眼。更且是個刁嘴。莫天成夫婦不壽。今已去世。家中就是這不全當家。年交三八尚未娶妻。就因有了這副尊容。附近地方知道的多。所以家產雖富。老婆却沒有人家肯配對。莫才好不心焦。那年煩一位專做媒人的京姑。許她五百銀兩的重謝。物色一位美貌千金。京姑貪了銀子。果然重賞之下。必有勇夫。憑她一張花言巧語的嘴。竟說成功一樁親事。女家住在鄰村。姓胡名珊。膝下所生一位女兒。艷如桃李。秀若芙蓉。而且品性温柔。腹有文才。胡珊原想選一位才貌雙全的東床。以作半子之靠。所以求親的人。也不知回絕了多少家了。

此次所了京姑言　竟然應許並不延　只為媒人說謊話　說那莫郎美容顏
貌若潘安無兩樣　文才竟全曹子建　古時婚姻有舊教　不能先去親眼見
惟憑媒人一張嘴　所以怨偶有萬千　胡家只道是真話　況且門第不低微
官宦之子門戶對　因此應允不去疑　不料應允了以後　听得親友說是非
莫家公子貌甚醜　外號人稱十不全　若把小姐來相配　巧妻伴了醜夫眠
胡珊愛女心懊悔　若果是真不肯依　那天正是黃道日　莫家居然行聘禮
迎娶就擇隔一日　明天即定是婚期　京姑押禮全行去　綵緞珠寶備得齊
胡府雖然收下了　却對媒人条件提　婚姻二家已應允　惟有一事必須依
外人都說莫公子　相貌醜陋品不齊　明日成親須在此　若不答應我不依
京姑听了心惊怕　巧語花言亦不濟　只得辭別回莫府　心中不免沒了趣
慢談媒人回莫府　且把子連一事提

王子連見了老僕王興。問他何以在此。王興實言告稟。也問二少爺為什麽單身到此。所為何事。王子連也是一本實說。說到把王興听得心酸起來。即問小主人。此刻腹中一定飢餓了。請到老奴處用飯。便將王公子領進莫府。直到自己房内。立時設了

京姑回轉問心胸　見了主人把話云　胡府禮物雖然受　怎奈無端起波風
因聞公子面貌醜　所以特来告主翁　明日成親必須去　胡家門上拜岳翁
交拜天地成花燭　隨後回来花燭洞　莫才聞听心頭亂　抓頭摸耳問心胸
只恨爹娘生我怕　蹺脚駝背醜貌容　我若岳家親自去　這段婚姻不成功
面貌如何可以滅　明明胡家起波風　京姑心中也着急　連連催詢叫主翁
明日成婚只一夜　怎麼對付對我云　莫才一時沒有計　吩咐且慢話語濃
讓我今夜想一夜　明天一早日出東　再来听我定妙計　解去這段大波風
京姑回去不必説　再談王興見主翁　天夜不及進城去　明日回歸理也通
老僕尚有些銀子　贈與二爺雙親供　暫時也可光陰過　讀書還宜勤用功

王興留住王子連在莫府上住了一夜。子連心念家中父母。今夜不歸。一定掛念得非常心焦呢。一夜易過。次日天明。王興早已預備好一包另碎銀子。相送小主出門。不料剛到大門口。不防被一個家人。名叫莫桂。一把拉住了王子連道。你這小賊在我們府裡偷了。竟想逃走不成。王子連突然一驚。連忙辯駁道。放屁放屁。我乃通政之子。怎敢胡言亂語。還不快快放手罷。王興也忙上前道。呀呀莫桂兄弟。這是小老的舊主人呀。莫桂把眼一横道。王興呀王興。平日間你身為總管。耀武揚威。目中無人。今天抓住了你錯頭。休想放過你呢。

拉住書生向内行　一仝来至書房門　莫才正在自思想　一張臉兒寔惊人

別樣物件還可改　惟有臉兒卻不能　只恨爹娘也不慎　所以養我這般形
忽見莫桂如飛進　啟口開言叫主人　今日捉住一小賊　特來告稟我主人
王興也忙來分辯　彎腰曲背相公稱　此人係是通政子　只因迷路遇僕身
昨夜天晚不及轉　老奴留住在房門　今晨送他歸家去　誰知莫桂太胡行
强指為賊真可惡　萬望主人要開恩　莫才正為自己事　怒從心頭正十分
吩咐且將這小子　上下仔細搜他身　莫桂一聲來應全　頓時搜出一包銀
莫才大怒開言說　有了贓物是賊人　王興忙道主人呀　這是老僕相贈銀

莫才又向王興大喝道。你這老東西串通賊党胆敢進府偷銀可惡之至。如今只得送你們到縣衙門去。莫桂好不欣喜。便到書房中取拿卡片。正在這時。恰巧京姑到來詢問莫公子計策。可曾想出沒有。莫才又搔頭摸耳道。想了一夜。天無奈一些兒想不出來。京姑又問王興。這位相公為的什麼。王興即將情形告訴一遍。京姑立時欣喜道。莫相公。我到想出一個李代桃僵的妙計來了。

我想胡家太禮無　上門做親条件苛　不如且請一人代　必須面貌勝子都
王家公子既在此　不如相煩代做親　他家一見如此貌　決不話語再嚕囌
莫才搖手稱不可　此事如何可張羅　代做新郎世間少　豈非有佔我老婆
京姑大笑說公子　做親不過刻工夫　成婚之後即全轉　快活逍遙可心窩
莫才一所方歡喜　起身作揖稱王哥　全仗老兄代表去　有勞大駕感恩多

王興也勸且答應　好在當日可回府　子連無奈來應允　頡時打扮穿緝羅
果然益發多風雅　乘船動身跟京姑　王興帶了二名僕　仝往胡家路未多
離船上岸更坐轎　不多一時到胡府　胡珊親自出外接　一見之下笑呵呵
笙歌雜奏人聲嘈　迎接新郎喜氣多　快嘴了環回房報　告訴小姐話嚕囌
新郎品貌果然好　文質彬彬世間無　今日眼見方為寔　耳聞究竟是虛無

胡珊把新郎接到所上。十分欣喜。僕人們都來叩頭道賀。良辰一到。便爾結婚。請出新人雙雙交拜。禮文已畢。送入洞房。此時京姑見結婚禮畢。抵椿一仝回歸莫府。因到堂前向胡珊稟道。現在婚事已畢。要請新姑爺和新奶奶雙雙回門哩。胡珊一听哈哈笑道。京姑你說那裡話來。既經招贅在敝宅。結了親。怎有就該回去的道理。且待滿月之後。然後捲帳回門不遲。況且老漢是膝下惟有一女。向來愛如珍寶。結婚便走。叫做父母的。豈不傷心。所以情留一月。想必賢壻一定應允的呀。京姑一听心中。不由急得一跳。忙道員外所言。雖也有理。只奈新姑爺是一家之主。若講滿月回門。未免身在東邊心在西邊呀。胡珊抱定滿月回門的主張。任你京姑口齒伶俐。休想搖動。京姑心想假新郎不回門。累得我京姑也不能回門了。又叫聲員外道

姑爺平時怕面紅　獨住在此勿成功　待我一仝來服侍　滿月之時回去仝
胡珊一口當面允　京姑依然想心胸　冒名只道一時轉　那知冒出了波風
男女合床要一月　那有彼此不相逢　多方用計來看守　只怕他們恩愛濃

又防子連真情露　他去献媚女姣容　誰知子連心頭亂　一心只在想家中
美色當前並不亂　呆呆獨坐苦在胸　家中爹娘定牽掛　不知孩兒在西東
爲何不思風流事　忍今錦帳竟然空　眼前郎君多文雅　品貌風流俏顔容
一夜光陰容易過　來朝東方日出紅

次日新郎新娘梳洗畢。全到堂前拜見爹娘。王子連想了一夜。只想天明之後。回轉家門。此時見了胡員外。他忘掉自己的地位。因即上前一揖。口稱員外在上小生家中有事就要告辭。

我與賢婿翁婿稱　如何自己稱小生　未經滿月怎可去　叫我員外不該應
欲讀文章書房有　豈容分隔在目今　拉住子連書房去　談論經詩喜萬分
果然有問必有答　喜煞員外笑盈盈　人說莫才是敗子　那知文才寔惊人
子連歸家成空望　只得仍住胡家門　拋下子連代表事　且談王家苦情形
望子一夜竟不轉　大家飢餓頭腦昏　媳婦丁氏忙啟口　來對公姑把話稱
昨日叔叔出門去　未取銀兩歸家門　一天受餓還由可　再餓下去活不成
不如待我娘家去　告借銀錢便回程　若然能夠來如願　暫時可以過光陰
通政聞听眉頭皺　只怕親翁太無情　本來親眷該相助　速去速來早回門

丁氏媳婦回到娘家。恰巧他的母親明天便是六十生辰。她父親名叫丁茂卿。家財富足。膝下所生二位千金。長女配給彭百萬家。彼此有財有勢。時常來往。二女配給女兒好久未歸。今日到此。寔爲難得。又對旁邉的家人道。你們把二小姐帶來的禮物。一齊收了。那些轎夫人等。以及丫環。但要端整點心。不可待慢。丁二小姐一听。暗暗叫苦。只得老寔告禀道。爹爹呀。

女兒本該孝雙親　只因夫家家道貧
若說禮物還未備　萬望爹娘赦罪名
茂卿又說且住了　你毋壽辰豈忘心
既無禮物不必說　但那從隨該留停
酒飯不可來待慢　待慢之時不寬心
小姐又復開言說　爹娘在上听禀明
夫家貧窮皆知曉　男女僕人離家庭
女兒一人獨來到　又望爹爹要寬情
茂卿頓時面色變　豈有此理不好听
夫人在旁開言問　叫聲女兒你且听
今日到來有何事　堂前理當先禀明
小姐只得寔言說　夫家貧苦一段情
萬望且看親戚面　畧借銀兩感不靈

丁茂卿一听。連連搖首道。做小輩的。應該來孝順爹娘。那有反向爹娘借貸之禮。目下年荒無收。那有餘銀借給人家。常言道。嫁出女兒潑出水。爲何再有這張臉兒向爹娘告借。不成。哼哼哼。氣死我也。說罷。便向裡邉走了。進去。二小姐一見父母如此光景。知道再若哀求。也是不濟的了。只得含淚而出。又想到公婆昨天未有充飢。如今眼巴巴望我回去。不料仍然空手而歸。公婆豈不更加傷心麽。

小姐出行淚盈盈　不多幾步但聞聲
高呼叫喊多威虎　一肩大轎到牆門
轎中坐的一少婦　正是仝胞我姊身
心中一見更生氣　一個頭眩跌埃塵

昏迷不醒道旁卧　苦壞丁媳美千金　忽見一婦來經過　喚她起來名姓問
為何跌倒在地上　家住何方那一門　丁氏寔言仔細說　那婦听了也嘆身
既是通政二媳婦　遭此磨難不該應　無米難煮最為苦　只得求乞在路行
那婦姓許賣婆叫　算來也是熱心人　代表丁氏把錢討　果然路上有仁人
立時得到二三百　拿歸家中養双親　可憐公婆因難餓　畧有小病在於身
丁氏次日又出去　賣婆曾做代表人　到了街坊雙雙立　賣婆開言求濟銀
如是一連有半月　養活翁姑二命存　那天通政病己好　因見媳婦時出門
便問夫人因何故　媳婦每天上街行　夫人即將求乞事　告訴相公王通政
誰知通政反生怒　如此行為不該應　明日不許再外出　抛頭露面傷王門
丁氏听了哀哀苦　若不乞求餓死身　是夜獨坐房中苦　因思懸樑性命輕
夫君十年少音訊　以致家內如此形　想罷一番哀哀哭　床上結好一根繩
又把夫君名姓叫　王子琴呀王子琴　你今究在何方地　緣何十年不歸門
你妻今夜該尋死　夫君在此可知音　丁氏正在自語哭　屋上正有一個人
忽然高聲來話說　下邊婦人慢輕生　汝夫狀元己放中　明日有銀送歸門
我神非是別一個　乃係上界夜游神

列位你道上面的聲音。是不是夜游神麼。原來也是一個凡人罷了。他名叫一枝蘭在江湖上。專幹偷富濟貧的工作。這一夜。合巧經過王通政宅。[illegible]

王狀元。因被奸党陷害。君前一本。出使外國。難道家報。都沒有寄歸。不成那一定又被奸党從中作弄了。好在我家裡尚有不少金銀。不如明天扮作差人。送到他家。罷因此冒充夜游神。使丁氏絕了輕身之念。丁氏次日起身。將情即去告訴婆婆。王老夫人又對通政說明。但大家仍然將信將疑。等到午牌時分。果見一個差人模樣的中年男子。手提一包。大步進來。高聲問道。

此間可是王府門　狀元差遣向南行　狀元老爺非別位　就是名叫王子琴
通政一听心大悦　答稱此間正王門　不知我兒可有信　為何許久沒信音
義賊頡時便下跪　太爺在上赦小人　只因狀元為國事　而且出使做公卿
只命小人先回報　一共送上五百銀　還有一幅是古畫　一併檢交雙手呈
若云書信因忙碌　下次再差命僕人　通政便欲回信寫　義賊搖手不必稱
老爺限期太匆急　小人立刻要動身　說罷返身向外去　通政大喜便返身
跑到房中哈哈笑　將情告知老夫人　媳婦問听心快活　包中果然有黃金
更有一幅是古畫　價值也須值千金　此外報單有二紙　立時去貼在大門
鄰里知道這消息　頡時傳揚鬧紛紛　不多一時親友到　皆來道賀到王門
原來清冷無人到　而今王家鬧十分　消息傳到丁府上　頡時急壞一茂卿
前番二女來告借　分文未給不該應　而今高中是及第　理當道賀到王門

丁茂卿知道女壻高中狀元。懊悔前次太覺私利。分文不借毫無親情。如今理該前去道賀。只奈見了二女。豈不臉上少光。因與夫人商議。去道賀時。覺得有愧。不去道賀。更覺沒有親情了。丁老夫人主張。此次當然要去道賀。纔是從前的私利諒女兒不會記在心頭的。不過賀儀應該特別豐富才是。所以丁茂卿封好三十兩銀子。便到王通政家來賀喜。從此王家不愁凍餓之憂了。回轉筆鋒。仍叙莫公子。苦守在家起初只道煩王子連代去做親。當日即可回門。與胡小姐得那溫柔奇樂。不料胡員外偏要住滿了月。方肯放他女兒回門。這樣一來。胡小姐的頭籌。不是被那王子連拔了去麽。一天一天的等候。好容易等到滿月的一天。上一清早起來。心想胡小姐今天要回門了。只奈姓王的大拼了便宜。將來只怕他自賣風流。傳揚出去。俺莫才的醜名。不是要徧地皆知。叫我日後豈不拋盡風光嗎。

可恨小子王子連　將來出外對人言　俺的聲名四方醜　我心恨如滚油煎
惟有將他謀殺了　滅了他口禍不延　主意想定心又想　暗殺之人是誰遣
忽然想及一周二　他是而今在中年　殺人當然非難事　定可如願免是非
因即派人去叫喚　周二跟來問底細　莫才即對周二說　有一要事相煩你
仇人姓王子連叫　代做新郎事情奇　一月被他聞房佔　他日一定把言傳
所以差你前去幹　幹成送你若于錢　五十兩銀來謝你　不知你心什麽意
周二聞听吃一唬　心中暗想是在悽　子連乃是恩人叫　有恩相報才是理
那有大恩反仇報　我若眼人天不欺　倘若此時不答應　只怕又把別人遣
只得當面來答應　只奈銀兩太少些　殺人非是兒戲事　並不像殺一小難
白銀必須一百兩　小人方允幹事体　若少之時我不願　莫才听了即便依
先付三十你拿去　買一尖刀須鋒利　事成之後再來取　決不甘做這賴皮

白鶴寶卷接上文　宣卷先宣公子身　子連新郎做一月　尚未周公之禮行
千金心中暗疑惑　郎君如此為何因　莫非不解風流事　所以未明這事因
看他滿腹通文墨　並非乃是呆子身　此中玄机難猜透　豈非誤了我青春
人生少年能有幾　一霎之時過光陰　難道風流老年幹　叫我怎不悶煞人
今日正是滿月日　理當一仝轉回門　員外備酒堂前請　夫婦雙雙出房門
京姑心中暗歡喜　相隨在後一仝行　堂上見過岳父母　員外見了笑盈盈
對了子連開言說　賢壻今日要歸門　但你以後常來往　書房之中談經文
為岳所生只一女　萬望和睦過光陰　子連連連只稱是　小姐開言父親尊
女兒不孝今離去　不能侍奉二雙親　父女翁婿仝一席　談談說說不絕聲
那知外邊有人到　一路向內是飛奔　跑到堂上高聲喊　對了子連叫恩人

跑進來的。便是周二。他一路上打定主意。前番受了他八兩銀子。方能救我兒子的性命。現在大恩未報。怎可一前去殺他。不如索性對他說明。使恩公可以時時防備。便算莫才再派人去暗殺。有了防備。不致被害的了。所以赶到胡珊府上。大步闖到堂前。向王子連大叫恩公呀。不好了不好了。那莫才的瘟賊叫小人來行刺你王相公呀。想你乃是我的恩人。豈可將恩仇報。故特稟告明白。啊呀王相公。你自己須當留意。才是王子連聞聽。一時間認不出是給過八兩銀子的人。便問道。你是何人。答道

我名周二住東村　那天正要殺兒身　承蒙相公把銀子　贈我足有八兩銀

我兒性命是你救　豈非你是大恩人　又將莫才吩咐事　一一告禀情寔真
員外聞听大詫異　女婿怎變姓王人　當下即向京姑問　到底此中是怎因
京姑只得寔言說　員外听了怒上升　繼而一想王公子　文才品貌也出塵
不如將錯就錯計　就把女兒託終身　你到家中將書讀　他日名揚娶千金
一言既出並不改　希望賢婿直上升　子連拜謝歸家去　小姐含羞房內行
堂上京姑又定計　當下商量與王興　此事必須如此辦　周二也須這般行
三人商定先後去　周二刀上猪血存　假裝已殺王公子　莫才面上騙花銀
京姑一路莫家去　裝出一副惊急形　莫才一見問何故　京姑唬得難出聲
連稱唬煞又唬壞　今日親眼見殺人　此事耳聞心尚唬　何況目覩更吃惊
子連堂上正告別　全了新人欲回門　不料凶手忽赶到　出手即喪公子身
頓時鮮血流滿地　胡家唬得胆戰兢　王興老僕便去捉　誰知失足跌翻身
我今先走來告禀　未知凶手是何人　京姑說話還未畢　外邊哭進老王興
小主身遭慘亡死　算來你尚少仇人　也守公子殺死事　告禀莫才是主人
我的舊主為了你　以致不幸慘亡身　此事必須當官控　嚴拿凶手正該應
說罷流淚悲傷哭　要求莫才寫狀呈　莫才此時心頭亂　便問小姐可歸門
京姑又說員外說　女婿不幸既傷生　我女應該家中守　何必再到夫家門
莫才搔頭並摸耳　暗悔殺王不該應　[illegible]　[illegible]

王興即便要拉住

王興假裝要去拉住周二扭到當官去代王公子報仇幸有京娘出來解勸詢問莫才你要官休還是私休莫才道怎叫官休怎叫私休京姑道官休大家到衙門裡去由大老爺公斷私休只要用掉銀子罷了王興面子必須拿出二千兩銀子叫他到王通政前商量不必到縣控告為子伸冤了再有胡府上也得進狀請緝殺人凶手有了二千銀子方可運動得開事不宜遲快快拿出來罷再有周二方面你也該叫他遠避他鄉免得將來在本地傳言開來與公子大有不利哩

莫才無奈便應允　頡時拿出三千銀　王興二千來拿去　京姑五百也現成
不但別人諸般事　且談子連姓王人　一路回家行得快　不多時候便到門
見了爹娘即便拜　通政啟口問連聲　你今出外有一月　不知何處是存身
又將大兒中元事　並說寄歸五百銀　子連即將經過事　從頭至尾告大人
通政又氣又可喜　喜的奇緣結連姻　望你從此勤苦讀　將來可以振家聲
子連果然不出外　日夜用功很認真　光陰容易過得快　秋闈之期已將近
通政命子去攷試　帶一書僮周五身

却說王子連回歸家中通政也承認胡家婚姻惟命他勤讀文章又把那幅白鶴圖交給子連收藏隔了數天周二又到王府來把他十二歲的兒子送到王府上要求服伺恩公以報救命之恩王子連正苦沒有隨身僮兒也就收下王通政一心希望

二兒也能得中功名。兩子成名，將來王府門墻。即可煥然一新。了等到秋闈將近。王子連只帶小書僮。告拜雙親動身來到南京

書生一路到南京　主僕二人街坊行　但見店鋪無其數　往來之人鬧紛紛
揀好一家招商店　子連與僕住下身　恰巧那天有燈會　南京城中鬧盈盈
看燈之人如山倒　書生即便向人問　今日如何很鬧熱　不知此間有甚因
問過之後方明白　方知今夜正出燈　小童聞听好快活　晚餐吃罷問主人
街坊己有燈會出　何不同出去看燈　子連答應全出去　街坊上邊向前行
紅男綠女有喜氣　年老公公也有興　人叢之中來往擠　十字路口更惊人
但听人聲歡呼說　燈會到臨快前行　耳中頡時便听得　遠遠正有鑼鼓聲
背後之人都擁上　立時失散書僮身　常言福本無雙至　凶禍却是不單行
為了出外四處找　誰知寓中失金銀　所帶盤川皆失窃　以致囊中沒錢文
幸而一幅白鶴圖　隨身帶至進南京　本想糊袱来裝好　如今只得變賣銀
繼想變賣很不妥　此畫珍奇少有存　不如尋一當鋪去　暫質若于雪花銀
將來曾可來贖取　名畫不致失南京　想定主意離客店　一路尋至當鋪門
金字招牌高高掛　典當名喚是順興　書生移步来走進　對了朝奉拱手稱
在下有畫想暫質　有請先生看偽真　朝奉見他斯文客　亦慌答禮除眼鏡
將畫展開注目觀　不白子畫[illegible]　[illegible]　[illegible]

知可是主[illegible]物必須詳[illegible]
當主面前即向王子連道此圖真假兄弟目力欠佳一時難斷須待主人看後方可
當銀不知相公貴姓大名府上何處此圖是家傳之物還係那裡購來王子連便把
真名姓告知更說此圖是家兄由京中送歸本想帶出糊裱不料銀兩失竊以致將
畫暫押的朝奉又請王子連在店堂坐候隨後將畫拿進内宅給主人觀看

主人一看白鶴圖　不由滿面笑呵呵　即道此畫本失物　在外正有半年多
幸喜今日重回轉　不知當者年幾何　他的衣服如何樣　他的面貌又如何
朝奉回言何細禀　他家住處是丹徒　姓王名字子連叫　年將弱冠差不多
當主聞听便大怒　大罵子連小猪玀　你父昔年為通政　一些情義竟然無
原來當主是姓趙　昔年在朝把官做　只因欲對婚姻事　通政堅執太頑固
反奏一本說我罪　以致削職離京都　此恨至今尚未報　今日自投到死路
我便當他賊徒辦　即對朝奉附耳垛　叫他如此這般辦　騙進子連不放過

原來當主姓趙名建當年在朝為官曾欲將女兒趙美雲許配通政的次子子連不
料王百安因他趨奉權貴回絶這樁婚姻暗中結仇後來又把趙建參奏一本以致
罷官回里只得棄仕經商開這一家順興典當到是年年獲利那年的春天就被一
枝蘭盜去這白鶴圖以及黄金五百趙建報縣緝拿一向杳無音信那天見了白鶴
圖而且听是仇人的兒子拿來質當的益發欣快起來當下叫朝奉引進親自問了

他名姓立時翻轉臉兒向王子連喝道

此圖失竊在今春　併有五百是黃金　報官嚴拿無消息　誰知還敢到我門
我家偷了我家當　你的胆兒寔惊人　吩咐家丁來拿下　且去綁在花園門
三更時候火燒死　除了仇人便消恨　家人應命上前綁　子連分辯苦十分
此畫乃是胞兄物　為何冒認反誣人　此時欲辯不由你　立時綁進花園門
趙建正然心快樂　外邊到了一家人　本城張紳請赴宴　速請趙建立刻行
趙建臨行又吩咐　吩咐園丁看賊身　今夜三更且燒死　不可怠暇放逃遁
子連此時心中苦　怨氣萬分放悲聲　未知此間因何故　一定欲死姓王人
听他有句報仇話　令人不解更疑惊　從未到過金陵地　寃仇二字何處生
哭聲悽慘隨風去　園中惊動一佳人

趙建的女兒今年一十九歲天生秀質美艷罕匹那天與心腹婢女松梅正在園中游玩坐在望月閣上觀看園中花木忽听一陣慘哭之聲因命小婢且去探查松梅領命跑到花園門時只見一位年少書生綁在一顆大樹上旁邊有園丁看守着松梅即問園丁所綁何人那園丁名叫趙林平時很想與松梅親近時時想和她搭訕現在松梅問他即將內中情形向松梅完全說了出來松梅回到望月閣上即禀道

小婢奉命去探听　慘哭之聲真傷心　此人非是別一個　家住丹徒也有名
姓王名字叫子連　父為通政有忠名　因為婚姻一樁事　二家結仇未曾清

你能救他功德大 冥冥之中有神靈 松梅雖然是婢女 到有仇氣與義心
當下拍胸來担任 小姐之言我該听 但他身上少盤費 也該相贈銀幾錠
有錢方可回鄉去 不致流落離家庭 小姐答稱你言是 快取黃金數二錠
白銀一百須包好 此去還須費你心 松梅本是能幹婢 取好金銀又想心
園丁必須去灌醉 他本貪杯愛酒精 醉倒了他好行事 放出書生可寬心

松梅担任釋放書生。故先把園丁灌醉。隨後與王子連解綁。且說明今奉小姐之命。贈銀釋放。又把當年結仇之事。說與書生知曉。王子連方始明白。所以趙建很心殺我。當下重謝松梅。且言學生若能功名成就。小姐與姐姐的救命大恩。沒齒不忘。理該報答的。松梅一路引到園門開了。送別書生。可憐王子連在黑夜之中。不知東西南北。更不知那一条路可通寓所。路人影絕無。黑暗非常。心中只是叫苦。松梅閉好園門。便去回稟小姐。不料王子連雖離魚網。大概災星未退。所以走来路邊。恰巧趙建在張紳家飲宴回来。路中撞見。又被趙建吩咐家人。將書生復行拿歸。身上一搜。更搜出黃金兩錠。白銀百兩。趙建益發怒恨堆胸。喚出園丁嚴問。方知是松梅幹的。趙建明知松梅乃係女兒身旁心腹婢女。一定又是女兒的主意。欲思發作。只奈膝下所生一女。怕她尋起短見来。家庭反要多事了。

所以並不到閨樓 獨坐書房心中愁 家內若將仇人害 他日只怕有禍根
不如送到衙門去 知縣跟前去要求 將他重辦嚴刑打 送了性命報我仇

送些銀兩可買到　免得自己禍臨頭　當下吩咐家人輩　拉住賊人到衙走
一封書信全帶去　一封銀兩又封口　黑夜送入衙門內　知縣聞听喜心頭
銀子五百便收下　即對家人說根由　你去回復主人說　依信而辦罪賊囚
四個家人回歸去　一路之上講不休　一個家人開言問　今日主人太理丟
一個賊人應當辦　為何寫信怒心頭　何必將銀來相送　此中一定有根由
一個家人來說道　我看此人品風流　文質彬彬人文雅　不像到會東西偷
一個家人便回答　你們未知這根由　即將趙建當年事　為了婚姻官職拋
此人即係仇人子　所以借題便不休　倘若王家應了婚　他是東床並非仇
家人閑談一路講　背後跟隨一俠流　就是那位一枝蘭　也在南京各地溜
那天被他來所見　心中頓時把計謀　半夜跑到縣衙去　題詩在房上閣樓

知縣姓名喚蔭曾那天接到趙建的書信照例辦一件窃案不過將賊人拘禁數月罷了那有要他性命之理諒必另有仇恨看在銀兩面上自當依信而辦不過那姓王的和我無冤無仇害他性命豈不有損道德況且窃賊要辦死罪更是一件難事那我只得與禁頭商議暗中謀害於他有何不可回到上房即與夫人說明這一夜知縣睡上床時鼻間聞到一股奇香昏昏悶悶地即便睡熟了不料次日起身覺得渾身疲軟抬頭一看壁上題一首詩句楊知縣仔細一看只見詩句道

圖畫黃金是我偷　不可認枉書生流　你若貪銀把人害　我便夜來取尔頭

再將[illegible][illegible]來檢查　五百銀兩早已丟　明被此財偷去了　貪了贓銀反多愁

原來一枝蘭夜間用悶香。將楊知縣悶倒。將他鬍子剪去。墻上更題了四句詩。隨手又把五百兩賂銀帶走。次日天明。就到監中。把二百兩分給一般監卒。叫他們好好服侍王公子。不可怠慢。又把三百兩贈與子連。隨意使用。王子連不認識一枝蘭。問他貴姓大名。到來探望。贈銀萬不敢當的。一枝蘭道。

我今寔言告仁兄　算來累你到獄中　圖畫黃金並非是　你的胞兄送家中
只因那夜過貴府　你的嫂嫂哭訴濃　欲思輕身上吊死　我便裝神把話云
次日扮了差官到　取了圖畫黃金送　這是義心所驅使　那知今番起波風
畫兒果是趙家物　今春偷取藏家中　你到此間為攷試　為何跑到他當中
恰巧與你令尊父　宿有寃仇悶於胸　趁此机會把仇報　趙建心腸何太凶
你是貴家公子体　監中難受當身躬　但你寬心一二日　我可當堂把情供
放你出獄也容易　切莫含悲苦在胸　子連听罷忙搖手　仁兄怎可自禍躬
想你本是自由客　豈可自投入牢籠　但有一言還須問　家兄消息可曾通

一枝蘭回稱。前年曾在京都。眼見新科狀元王子琴游街三日。果是位白面書生。人人稱贊。只因奸党妒忌。奏本君皇。命王狀元出使外邦去的。我想狀元一定派人回家報告雙親的。大約此中也有作弊。把家書留扣的呀。王子連听他要來換監便說萬萬使不得。一枝蘭說罷。即告辭而去。王子連方知曉內中情形。但一入監門攷期錯過功名未就。那胡小姐面上豈不又待三年。因此時時焦悶起來。好在滿身刑具自從一枝蘭把銀兩鋪排。後完全開去。手足便可自由了。隔了數天。老奴王興因為小主榜上無名。又不見歸家。王通政心中十分焦急。即命王興赶往南京。如若相見領他同回。王興到了南京。便打听到小主入獄消息。又赶至監門探望。王子連將始末情形告訴一番。王興回去。那也把一枝蘭所幹之事。稟明通政。王百安聞听。又是一番氣悶。不談王家事。且說朝中發生出一樁惊天大事來了。原來苗蠻不服王化朝廷曾派凌雲豹父子。領兵征伐。不料那天接到雲貴總鎮的密奏。凌雲豹按兵不動。只派乃子凌彪帶少數軍兵與苗兵交戰。以致全軍覆沒。滿朝文武知道消息。紛紛議論起來。

朝中奸党滿佈多　欲害忠良起風波　那天臨朝各官奏　天子听了心糊糢
奸党欲將凌家害　忠良竭力去保護　雙方爭執不能決　有一奸臣喜心窩
俯伏啟奏君皇曉　不如傳旨降京都　子琴外國方回轉　他去議和功更多
文武全才世間少　三韜六畧盡在肚　命他帶兵平苗去　定可平定息戰波
君皇不知奸臣計　子琴點將出皇都　本欲告假回鄉里　如今私事皆拋過
救兵如火去救火　一路前行真威武　排開隊伍分前後　旗旛招展遮雲波
路上出兵休細說　那天兵抵嵉多河　地接緬甸是邊境　紮住營帳陣勢佈
子琴雖把兵書看　無奈馬上少工夫　倘若臨陣交鋒起　豈非難覺生命無

王子琴醒來乃是一夢。心想此夢。好不奇怪。但夢境雖是虛僞此夢不可不信不知助我的女將究是何人。她姓甚名誰。住在何方。好不氣悶人也。次日王子琴使傳將令。先命左右先鋒。各帶五千人馬。先往前敵討戰。那左先鋒姓秦名明善使一對雙鎚。右先鋒姓范名魁善用一柄金槍。接了將令。向前殺去。

先鋒奉令殺向前 五千人馬隊伍齊 鼓聲不絕炮聲响 人馬勇敢各爭先
十里不多便遇敵 排開陣勢爭戰起 苗將名叫東方德 舞動大刀馬如飛
雙方交戰來動手 槍刀相對起雲烟 大戰一塲分勝敗 先鋒心内苦心弦
秦明後邊也赶到 殺上衝鋒兩邊呼 不料苗將也有到 加入戰線爭戰多
二個先鋒雖饒勇 只奈苗兵如潮波 圍住明兵奮勇殺 殺得先鋒暗叫苦
秦明只得拍馬走 逃出重圍氣吁吁 回營請罪主帥稟 子琴唬得骨也酥
只怕苗兵若衝到 本帥性命頃刻無 正要吩咐人馬退 只听殺聲起雲波
明兵一見向後敗 主帥上馬急呼呼 背後只跟兵數百 心中憂急一命嗚
敗逃約有十餘里 抬頭忽見一山坡 子琴心中更惊怕 山坡阻住逃無路
正在憂急山頭看 忽見一將高聲呼 下邊元帥休着急 快快上山莫蹉跎
子琴抬頭再一看 一員女將容貌多 臉如春花嬌如桃 騎在馬上笑容多
手執銀槍有勇氣 一馬如飛下山坡 來者莫非王元帥 休得心慌可胆大
快快先請上山去 退敵苗兵是有我 即有嘍兵數百個 上前躬身來領路

明兵敗到心也慌　女將聞言三軍呼　大家不必來害怕　自有奴家敵苗徒
元帥來到山頭上　心中想起夢南柯　夢中曾經對我說　有一女將可救到
大約就是這女將　不知何名何山坡　諸般景緻無心看　忠義堂上呆呆生
不說元帥無心看　再談山坡女嬌娥　見了苗兵來殺到　上前迎戰威風多
苗將雖然多利害　小姐槍法花樣多　殺得苗將難回手　一槍刺去性命無

這位女將姓甘名喚賽花她的父親原是做過紫荊關總鎮就被朝中奸党所害賽花帶母逃走到雲南經過玻璃山時恰有强盗下來打劫趁此机會殺盗登山做了公道大王那夜也有神明託夢說你小姐姻緣正合與王子琴該訂絲羅他是堂堂元帥不日領兵到此平苗你可帶兵下山相救不可錯過

因此吩咐衆嘍囉　天天打听莫錯過　次日果然來得報　明兵已到十萬多
小姐又派探子去　探听勝敗是何如　那天忽報雙方戰　明兵大敗到山坡
賽花點齊山上卒　大半下山派調度　四面樹林埋伏好　等候明兵來相助
果見主帥在馬上　敗逃如飛魂幾無　小姐因此留山上　自己抵敵下山坡
殺敗苗兵砍苗將　一仗成功威正多　上山來與主帥見　一一情形當面訴
先鋒聞知這消息　也到山上元帥呼　反敗為勝正喜事　軍械奪取五千多
軍粮約有八百担　苗兵歸降無其數　苗王只因遭大敗　立時投降不嚕囌
賽花尚有親生母　欵待元帥話語多　當面允婚永無改　子琴直言對嬌娥

中途雨卻見有一主一僕。一副行李。也在林中躲雨嘍囉們便上前喝問何人那公子打扮的便道。我叫葛鵬母舅便是當朝首相史璞。就是此去進京想去投靠舅父圖個出身。甘小姐一听史璞兩字。不由勃然大怒。喝令手下拿了。因為陷害父親的仇人。正是這奸賊史璞。此人既是和他甥舅相稱。就在他的身上報仇雪恨才是捉到山上。又審問一番方知葛鵬此去欲思提拔為官甘小姐又將葛鵬家世詢問明白。隨後吩咐嘍兵。把這葛鵬拋在山溪之内。因即改扮男裝冒了葛鵬的名字前往京中去見史璞抵椿動手刺他為父報仇。誰知一到京都見了史璞。一時間沒有机會可以下手。

老奸史璞未明真　只道外甥的是親　見他風流人品好　而且腹内有經文
皇上門前便保奏　保為操江巡按身　奉旨出京江南去　威風凛凛寔惊人
那天正到江寧地　路上有人把寃伸　攔轎告狀呼寃枉　一張狀詞雙手呈
巡按看了狀詞後　當即帶歸自衙門　你道告狀是那個　原來即是周二身
他因知道這消息　急急跑到南京城　跑到監門想探望　誰知禁卒不答應
因此周二無法施　只在路中哭悲聲　那夜義賊在監内　飛身出外到處行

此時一枝蘭已經自投監中。希望換出王子連。自己在監受罪。不料楊知縣。反說一枝蘭與王子連是全党。一齊收進監門。但一枝蘭是外面自由慣的人。如今到了監内覺得很不自由那夜飛身出外。各處走走。恰巧碰見周二。見他在街上悲哭。所以上去詢問，方知周二特地探監而來。一枝蘭道，他不必哭，要探監隨我來。即將周二引到監門，輕輕將他提到裡邊，與王子連相見，彼此痛哭一番。子連又託周二到上司衙門告狀，周二一口答應。次日周二打听京中派一葛巡按到江寧來視察，周二又求人寫好一張狀紙，打听到巡按走過那条大路，便攔轎告狀。

操江回衙即坐堂　帶上周二問話忙
拔籤快傳子連到　還有義賊在一旁
知縣奉令來陪審　子連一一告當堂
還有一枝蘭乃是　他的言語莫可當
知縣貪財五百兩　所以担擱這案王
從頭至尾仔細說　小姐心知寃寃枉
子連明明是小叔　算來見面理該當
硃筆判定無可改　子連義賊全釋放
知縣貪賄應降級　頓時案件畢一樁
子連回去無盤費　廟宇之中心暗傷
秋闈已過功名失　回家自覺少臉光
求下一籤心中苦　進退兩難寃可傷
正在含悲流淚哭　忽然來了一老蒼
開言即把書生問　子連一一答端詳
那老便說全俺去　暫且舍間過時光
明年春間改鄉試　秋間會試可抵椿
只要連中二試後　功名成就可無妨
子連全去不必說　且說趙家一紅粧
自從子連監內去　時時痛哭在閨房
小婢在旁雖相勸　無奈心事却徬徨
不多幾天病更重　趙建心中更又忙

趙建所生一女，此時臥病在床，十分担憂，時到閨樓探望，許多名醫也感束手。知道女兒的心意就在王郎身上，於是用言哄騙女兒：親事為父決不配對別家，仍當託

到了南京進鄉試　三篇文章攷端正　榜上發名爭先看　第一子連姓王人
一般舉子當拜謁　韓老師前去上門　主攷吩咐解元進　相見之下很殷勤
當面談起婚姻事　必須應允趙家親　子連答稱婚姻事　還當稟告父母親
韓老只得書信寫　命人送往到鎮城　再說操江賈男子　那天私自便回京
先與子琴商議酌　意欲當面奏聖君　此時子琴為兵部　听罷奏聖大吃惊

王子琴此時已為兵部尚書。因甘賽花欲將內中秘密。奏明天子。子琴回答。這是不能奏明的。如若奏明。便有大罪。不如隱避去了。只說葛鵬掛印而逃。天子定要追查下官在君前。更當奏那保奏之人。也可革職查問了。甘賽花大喜。即與乃母避居在城外。听候好消息。王兵部次日上奏天子。君皇果然大怒。下旨查辦葛鵬。且將史璞革職。甘賽花得了消息。好不快活。

兵部揀日選良辰　即與甘氏便結婚　結婚三日多熱鬧　文武百官鬧盈盈
結婚數日便回去　先命家丁報回門　此時子連因會試　動身也到京都城
會元一中多欣喜　狀元及第有名聲　君王見了文章好　龍心大喜很贊成
三元及第聲名重　聲價頓時十倍增　兄弟一仝請了假　衣錦榮歸到鎮城
甘氏母女仝隨到　百安夫婦也很敬　丁氏也與甘氏見　十分親熱到房門
子琴拜見雙親後　狀元也即拜大人　百安此時迷迷笑　難得兄弟轉家門
二個狀元人家少　榮華富貴光耀門　胡家知道這消息　便將女兒送上門

堂前交拜成花燭　親友紛紛皆上門　王府之上很熱鬧　百安夫婦喜萬分
滿城百姓都知曉　消息迅速到南京　韓老大人親自到　却與百安又談親
通政也即來應允　趙建聞知喜十分　嫁粧特地豐盛備　大船二隻開鎮城
王家又須請親友　道賀之人紛臨門　堂上搭台又做戲　熱鬧竟然到三更
白鶴寶卷已宣畢　府上都是福氣人　年老老婆听我卷　年紀可活百歲春
讀書之人听我卷　七步可以成妙文　做生意人听我卷　鈔票洋鈿共進門
耕種之人听我卷　秋天包有好收成　做工之人听我卷　天天康健好精神
閨閣千金听我卷　包配大學畢業生　開店老板听我卷　元寶紛紛滾進門
宣罷還有幾句宣　一心無非勸世人　為人必須行善事　到底果報有循環
子連若不心仁慈　周濟當來八兩銀　周二定然把子殺　將來不會去報恩
莫才派他去殺死　子連一命難保存　倘若那時被暗殺　怎能再有狀元身
救人好比自己救　濟人好比濟自身　敬勸世人多行善　周濟二字最要緊
有錢吝嗇最卑恥　死後不帶半毫分　為人樂得行好事　積得陰功傳子孫
積錢於子未必守　積德於子就根基　不信但看簷前水　滴滴點點不錯分
勸人更當行俠義　袖手旁觀不該應　行俠之人人人敬　千古以後也留名
勸罷一番再相勸　為官切莫做奸臣　奸臣只有眼前樂　結果到底是不與
不信但看宋秦檜　至今跪身在岳墳　忠良究竟名垂史　光耀史冊到如今

绘图玉带记宝卷　二卷

线装，石印本，二册，长二十一厘米。检索号：文库19　F0399 0034 0001。每面十八行，行字数不等。白边无鱼尾，四周单边。封面题『绘图玉带记宝卷　惜阴书局』，扉页题『循环果报　绘图玉带记宝卷　上海惜阴书局印行　[illegible]题』，卷首题『绘图玉带记宝卷』，版心题『玉带记宝卷』。

内容：

宋仁宗年间，西京河南府运水县内，首富刘员外夫妇三十二岁却膝下无子女，刘员外的妻子就劝刘员外纳妾，但刘员外不肯，于是他们以做善事行善缘的方式求子。后刘夫人做梦：一仙人喂其吃仙桃，然后两只山羊又近身使刘夫人感到害怕。第二天两人请朱铁口解梦，得出刘夫人将要生儿子，后刘夫人果然有孕，生下一子，取名刘文英。刘文英是文曲星下凡，天生聪慧，年过十五便进京赶考。

太行山上有一强人叫陆林，因早年误杀人不得不到山上落草为寇，其妻吴氏生有一女，名青莲，才艺精通样貌好。吴氏也曾被托梦，神仙告诉她，她将会生下状元夫人。陆林的手下人下山打劫过路人，将刘文英带到了山上。刘文英即将丧命之际，被陆小姐所救。陆小姐要求刘文英与其订婚作为放他的条件，刘文英只好答应，当晚与陆小姐洞房。第二天，刘文英打算继续进京赶考，陆小姐送给刘文英无量瓶（拍瓶即有酒喝）、温凉盏（可以看仙女跳舞）、碧玉带（冬暖夏凉，可以治病、延年益寿、年老回春）、金银和通灵白马等。

刘文英到一家店住宿。店主杨二看到宝物之后，起了坏心，将刘文英灌醉后，将宝物据为己有，并用绳子将刘文英勒死，抛尸井中。刘文英的鬼魂进到地府，却被告知阳寿未尽，被送至开封府等回魂。杨二与妻子跑到了东京城（开封），听说太后身体有恙，正张贴皇榜遍寻医药，杨二将皇榜揭下，将碧玉带奉上，成功治好了太后的病，被赐官左都督，又赐尚方宝剑和四位保官人（吏部尚书张君保、文华殿学士范学文、西台御史王文贵、开封府包拯），但包拯拒绝保护，只让另外三人保护。

陆林过六十大寿，陆小姐有了身孕，惹得陆林不满。陆小姐在八个丫鬟的帮助下离开太行山到红罗山上自立门户，生下小少爷独自抚养。转眼过了几年，为杨二占有的通灵白马回到凶案发生地，和土地公合力将刘文英的尸首翻出来，土地公将尸首放在马背上，白马一路奔至开封府见到包拯。

包拯看见白马驮着尸体便启动查案，派手下跟着白马到凶案地，查到杨二和刘文英的往事。包拯装死，请夫人借此到宫中求碧玉带来救书生，为其翻案。拿到碧玉带后，刘文英活了过来（这时距离他遇害已经有十余年）。包拯让刘文英写下状子准备惩处歹人杨二。包拯为杨二设下鸿门宴，同时又请了吏部尚书张君保、文华殿学士范学文、西台御史王文贵这三位保官人。包拯在聚宴上安排为刘文英申冤，抓住杨二一番严审，杨二招供，遭受虎头铡之刑。后包拯带着刘文英上朝将案件禀明圣上，太后得知此事大怒，要斩杀包拯和刘文英。陆小姐（红罗山匪寇之首）和刘文英儿子刘天保（习得修仙之术）带领红罗山匪军上京寻刘文英，刘文英儿子上朝堂大闹一番唬住众人，皇帝派刘文英率领军队应战，阴差阳错之下，促使刘文英一家团聚。陆小姐带领匪军归顺（其父陆林也被招安），刘文英父子分别被封为状元和保国将军，陆小姐被封为忠义夫人，最后衣锦还乡。

补记：

《中国宝卷总目》记录了包含泽田藏宝卷在内的四个版本。①

（辽宁大学王淑慧参与了对本题解内容的总结，特此说明并致谢！）

注

① 车锡伦编著：《中国宝卷总目》，北京燕山出版社，2000 年，第 152—153 页。

宣講勸善民間故事
繪圖玉帶記寶卷
惜陰書局
普門大士
出版部
上海閘北順徵路二十六號內
發行所
上海四馬路山東路口
世風不古人心險詐如能循循善誘未嘗不可改進也本局在昔向以武俠小說風行海內持公道人心警世俗賢愚豈知閱者誤會反足遺悞青年本局慨念前非決去武化改求善化引人以正戒之以邪畧警人心以補世風耳
惜陰主人識

循環果報

繪圖玉帶記寶卷

上海惜陰書局印行

龍題

陸林
包公
陸青蓮
劉文英
劉天保

先排香案　後舉香讚　開卷朗宣　延壽消災

爐香乍熱。法界蒙熏。諸佛海會悉遥聞。隨處結祥雲。誠意方殷。諸佛現金身。

南無香云蓋菩薩摩訶薩 三稱

一炷清香爐内焚　上敬蒼天衆神靈　二炷清香透九霄　報答父母養育恩
三炷清香香烟渺　國泰民安萬萬春　寶卷初展香風飄　福大壽高貴府招
虔心聽卷免灾悔　福禄壽喜一齊到　四季平安多吉慶　瓜瓞緜緜樂逍遥
一本白馬馱屍記　文英劉氏把名標　南無消灾障菩薩

却説宋朝。仁宗年間。西京河南府。運水縣内。劉員外。娶妻黄氏。夫妻同庚三十二歲。家中廣有金銀。西京可稱第一家財主。但膝下沒有兒女。可是美中不足。黄氏安人時勸員外納妾。員外倒説得好。説道。

命裡有時終歸有　命裡無時莫强求　你我年方三十二　四十得子不爲遲
安人見夫心固執　不肯另外納小星　説道夫君不娶妾　做的好事修兒身
員外點頭稱領命　安人説話理該應　從此劉家廣佈施　三六九日又齋僧
各廟燒香求一子　修橋補路點天燈　凉亭施茶并施藥　婚喪喜慶助紋銀
一日三來三日九　行來三年有餘另　員外正交三十六　清明之夜早安身
安人床上得一夢　醒來却是已三更　慌忙叫喊員外醒　將情説與員外聽
只説夢見青衣老　手持仙桃送我吞　説是天賜劉家子　日後可以耀門庭

說畢之時老者去　二只山羊近我身　左右撲來心驚怕　妾身惊醒已三更
員外聞言點點首　夢人賜我後代人　後來二羊凶少吉　看來日後要留心
談說一會仍舊睡　醒來已是大天明　天明二人抽身起　請个先生詳夢情
一个盲子朱鉄口　問他此夢吉與凶　鉄口聞聽稱恭喜　貴子臨門不非輕
夢吃仙桃必生子　夢見鮮花女兒身　員外聞說心中喜　相謝鉄口二兩銀
鉄口多謝又多謝　告辞員外出門行　不說鉄口他去了　且說劉家安人身
日月如梭容易過　安人腹内有官人　惡心打過還要睏　了環伏侍甚小心
一月一月十个月　看來產生已到臨　是日安人呼腹痛　了環報與員外聽
員外聞聽心歡喜　即差家人喚收生　少停穩婆已來到　進房侍候安人身
午時痛到黃昏後　痛得安人眼前昏　外面員外點香燭　求神求佛求先靈
拜求一番身立起　了環飛步報事因　說道太太官官產　相請員外進房門
員外進房安人叫　你今此刻可安寧　穩婆上前來迎接　抱上官官見父親

員外一看此子。眉清目秀。十分大喜。說道此子相貌非常。將來必成大器。哈哈大笑。交與安人。賞賜收生婆五兩銀子。叫他三朝再來吃麪。收生婆歡天喜地。叩頭相謝而去。

員外分付使女輩　小心伏侍安人身
滿月之後都有賞　一衆了環應連聲　一日時光容易過　三朝吃麪鬧音音
迅速又是滿月到　堂前設宴請賓朋　員外抱出親兒子　剃頭沐浴取小名

八九十歲四書熟，十一歲上便作文，十二十三文章做，十四歲上入洪門。
明年正交十五歲，文英禀告父母聽，意欲上京來赶考，夫妻不捨淚紛紛。
但是功名事體大，豈可躭擱在家門，秤出白銀一千兩，外加馬蹄金十錠。
又差劉興人一个，伏侍文英上帝京，暫且按下劉家話，書中另提一段情。

却說太行山上。有一位強人。姓陸名林。娶妻吳氏。只因誤殺人命。逃上太行山落為寇。膝下惟生一女。今年一十五歲。且喜他描龍刺鳳。琴棋書畫。件件皆精。當時我妻懷孕之時。夢見一位神人。賜他宮花兩朵。說送你一位狀元夫人。後來我妻身亡。留下五歲女兒。十年來虧他承歡膝下。所以也不寂寞。今日天氣晴和。不免叫孩子們下山一走。尋些買賣。

陸林走出內房門，分贓廳上坐定身，一眾嘍囉兩旁立，打拱參見大王身。
陸林傳下一支令，嘍囉奉令下山行，一路已到山嶺下，將身隱在樹林中。
等候客商來路過，可以打劫上山林，天緣巧合文英到，且說主僕赶路程。
在家辭別生父母，要上帝京奪功名，員外夫妻千叮囑，路上一切要小心。
天未夜時早投宿，日上三竿方可行，我兒初次將門出，一路行程要小心。
逢人須說三分假，未可全拋一片心，文英諾諾連聲應，同了劉興便登程。
早行夜宿無躭擱，行了三日太行臨，文英抬頭只一看，山勢雄偉好惊心。
回頭便把劉興叫，此山恐怕有強人，我們悄悄行過去，過了山時不打緊。

劉興聞言心胆戰
行了一程樹林到
行至林前正欲過
手中拿着刀一柄
此山我開須買路
口中只把大王叫
强人只是哈哈笑
二个嘍囉奉了命
文英此刻說不出
嘍囉接過包袱看
頭目朱彪心中怒
這个金銀那个的
文英此時嚎啕哭
大王陸林山中坐
小卒推上劉公子

開口不敢話高聲
文英此刻更小心
忽然跳出十多人
一聲大喝令人惊
丢下銀子放你生
大王饒我命殘生
不殺肥羊不成功
一把抓住劉興身
叫聲大王饒我生
打開已見雪花銀
一聲呼喝好惊人
拿你去見大王身
旁邊嘍囉笑煞人
兩旁站立眾嘍兵
單膝叩跪禀陸林

二人輕輕移步走
大凡强人林中躲
鑼聲一棒噹噹响
二只肥羊快留寶
文英唬得魂飛散
小生却是貧家子
回頭便把弟兄叫
提起鋼刀赤塔响
所有銀兩情愿送
畧點紋銀一千两
肥羊不該瞞過我
四个嘍囉來行過
推推扯扯山嶺上
左首一把空座位

欲思偷過此山嶺
未見强人先消魂
一个强人凶相形
無寶今日休想生
劉興料做一團糟
那有銀子献山嶺
上前先殺小書僮
劉興早已命歸陰
包袱遞呈手戰惊
外加十錠馬蹄金
沒有金銀哄我身
細住文英上山林
到了嶺上見陸林
預備小姐殿上行

啟禀大王爺知道小的三號頭目朱彪在山下遇見二个肥羊。一主一僕。被小的殺死一僕。一个主人。拿上山來請大王定奪陸林道帶他上來見我。朱彪推上劉文英

陸林問道甚姓名　家住何方那裡人　快快說來免一死　倘若不說送殘生
文英此刻無可奈　開言便把大王稱　小生姓劉名文英　家住河南運水人
爹爹百萬稱員外　母親黃氏老安人　并無三兒和四弟　惟有小子一个人
只因要把功名就　路過此地寶山跟　小生愿把金銀送　望求恕我命殘生
陸林點頭哈哈笑　回頭便叫兒子們　快把油子拖下去　剝衣亭上剝衣衿
把他心肝來取下　大王下酒不用問　二旁嘍囉伸手抓　抓住公子下殿行
行到剝衣亭上歇　將軍柱上綁文英　文英心中如刀絞　暗暗哭訴叫爹娘
空養孩兒十五載　指望成名報親恩　誰知離家無多日　太行山上遇强人
爹娘家中那裡曉　焉知孩兒受苦情　兒在家中娘在喜　兒若離家母在愁
今日太行受此苦　爹娘如何知苦情　說了哭來哭了說　啼啼哭哭好傷心
文英正在悲苦處　亭後轉出女佳人

却說陸青蓮小姐。正在高樓撫琴。忽然琴聲頓變。十分奇怪。便叫了環收什。推窗一望。只見四个小兵。推了一位書生上剝衣亭來。心下沉吟道。此人年青文雅。因何爹爹要殺他呢。不免待奴下樓一問。便知明白。

青蓮小姐站起身　急急忙忙下樓行　行到剝衣亭相近　忽聽文英嘆連聲
爹爹母親叫不絕　母親空養孩兒身　指望進京科場中　那知今日喪了生
大王性情都凶暴　一衆嘍囉怕煞人　稍停强人要吃酒　把我當作醒酒羹

我死一生無可惜　苦了二位老年人　五十無子無人敬　枉有家財沒用程
但愿劉氏祖宗德　娘親再把兒弟生　娘呀兒在此間哭　娘在家中可知聞
正在說時小姐到　抬起頭來看文英　見他相貌多文雅　動問名姓那方人
快快說與奴家曉　去見父王救你身　文英聽說双流淚　恩公小姐叫連聲
小生文英劉家子　運水縣內我家門　只為赴考京都去　大行遇見大王身
把我剝衣亭上綁　小姐救我不忘恩　今生不能來補報　來世也當報大恩
小姐仔細向他看　面方耳大有福人　此人奴家心中愛　放他可以訂終身
含羞回身了環叫　快放公子劉文英　四个了環奉了命　放了文英公子身
小姐開言公子叫　奴家有言說你聽　不嫌奴家容貌醜　愿做鋪牀疊被人
未悉公子心中意　可否答應一庄情　文英此刻鬆了綁　拍拍灰塵見千金
上前一揖稱多謝　相謝千金救小生　又蒙小姐終身許　只怕令尊責小生
並且小生父和母　在家未曉這段姻　不告而娶該有罪　還望千金恕我身
小姐聞言含笑道　相公且聽說原因　你不允親也由你　下山奴也不允承
文英聽說惊呆了　不允親事了不成　況且救命恩德大　豈可不允這頭親
允親還好下山去　下山可以上帝京　想了一會重作揖　作揖相謝美千金
小生今朝允了你　還望千金放我身　小姐此刻漲紅臉　叫聲相公把誓盟
盟誓方才真心見　今日且進奴房門　倘若我父回來說　一切自有奴躭承

小姐扶起文英道。相公言重了。如今既為夫婦隨奴進來罷。

二人携手向內行　後跟了環二个人　一同走入房中去
了環連忙備酒席　夫妻二人飲香醪　對酌談心何等樂
文英吃了幾杯酒　臉上立刻漲紅雲　酒不醉人人自醉
酒色本是連一起　文英頓時邪念生　未曾完姻先同眠
二人寬衣並解帶　牙床上面共枕衾　是日夫妻多恩愛
百夜夫妻深如海　天明二人早起身　不表房中陸小姐
是日後山去飲酒　相會朋友一个人　飲到黃昏已半夜
歇了一宵明日走　起身已是日頭紅　中飯又是一頓酒
身歸卧室安心睡　忘記亭上一書生　接下陸林身安歇
天明之後抽身起　梳洗已畢吃點心　文英公子開口道
昨日承情施雨露　三生石上訂婚姻　但是卑人功名急
京中若得功名就　五花官誥報你恩　尚望娘子行方便
青蓮小姐含悲淚　一夜夫妻就要分　有心留他三五日
不留他時心難捨　難捨夫君上帝京　只因功名事體大
慌忙拭淚身立起　開箱取出寶和珍　第一寶貝無量瓶
要多要少却由你　統年飾出狀元紅　沿路如逢客歇店

分賓坐定飲香茗
酒落歡腸古來云
色不迷人人自迷
殘肴撤去閉房門
一夜夫妻百夜恩
回文再說陸林身
酒醉不能把步行
回山已是醉沉沉
再表小姐房中情
尊聲賢妻在上聽
還望賢妻放我身
小生決不忘你情
又恐爹爹要生憎
只好由他上京城
把瓶一拍酒來臨
無量瓶中倒酒吞

恐怕北路有黑店　迷葯下在酒當中　丈夫此去須要記　牢牢切記要當心
第二送你温涼盞　又是府中寶和珍　一人飲酒心中悶　拿盞放在桌中心
盞盞一開仙女出　九个仙女唱曲文　有歌有唱吹吹打　吹吹打打鬧音音
唱了一會還跳舞　跳舞真正好得緊　不要之時盞一拍　九位仙女進盞中
第三贈你碧玉帶　冬煖夏涼繫在身　有病之人繫了帶　病兒即刻就離身
已死之人繫了帶　死了可以又還魂　老人繫了碧玉帶　可以變成少年人
年少之人繫了帶　渾身氣力添千斤　三件寶貝送與你　又加十錠馬蹄金
白銀要秤一千兩　京都租寓讀書文　爹爹心愛一匹馬　此馬通靈是寶珍
你若得到為難處　白馬能救你當身　佳人無意來說出　不料後來果然真
這是一句無心話　文英那裡放在心　小姐又把丈夫叫　三寶付你要小心
你到京都高中了　早早報信我當身　世上只有無情漢　惟有女子再痴心
文英施禮稱難得　難得小姐好心人　我到東京官來做　決不忘記賢妻恩
恩愛夫妻真難捨　二人只是淚紛紛　此刻文英將身走　青蓮佳人送一程
文英回身賢妻叫　賢妻不必下山林　耐心且在山中等　等候為夫轉回程
青蓮佳人點頭應　但願你去早成名　一切言語須牢記　切莫忘了做妻身
文英含悲上了馬　金銀掛在馬後身　身懷三件無價寶　拱手一别就登程
不說夫妻來分别　且表大王陸林身　酒醒之時天色晚　想起亭上小書生

回身報與大王曉　陸林忍氣不開聲　只為愛女心中切　所以不去問兒身
住表山中一段話　話文原說小文英　一路行來天色晚　招商却在面前存
赶到招商小二接　接進招商內房門　店主揚二心腸黑　看見馬上有金銀
不住心中來思想　如何謀他雪花銀　小二又把白馬帶　後槽喂養甚當心
小二送茶并送水　忙忙碌碌亂紛紛　文英分付忙備飯　一葷一素二个盆
閑了房門獨自坐　胸中取出無量瓶　一拍之時一碗酒　温凉盞放桌中心
盞盞一開仙女出　吹吹唱唱好開心　文英一人正自樂　底下惊動黑心人
楊二聞聲心疑惑　房中那來許多人　明明進來人一个　緣何吹唱有聲音
立起身來入內走　行近房門立定身　偷偷立在窗外看　九个仙女唱歌聲
楊二一見心歡喜　舉手連連叩房門　裡面文英盞一摸　顛時不見仙女形
開了房間門二扇　含笑連連店主稱　請到房內坐一坐　我有三件寶和珍
第一名為無量瓶　瓶上一拍酒來臨　第二名為温凉盞　盞內現出九仙人
第三名為碧玉帶　繫身死過又回魂　這是三件無價寶　我妻相贈我當身
今日店內無別事　拿來消遣開開心　且請店主旁邊坐　待我請出仙女身
說罷之時楊二坐　文英拿盞手中存　一摸之時仙女現　吹吹唱唱好奇珍
楊二抬頭仔細看　果然無價寶和珍　楊二此時生巧計　有心算計劉文英
說道我有几壺酒　相請相公飲杯巡　文英點頭心歡喜　二人對酌飲杯巡

楊二有心來算計　文英却是無心人　左一杯來右一盞　吃得文英醉沉沉
楊二閑言相公叫　扶你床上去安身　文英無言由他做　三件寶貝落他身
楊二扶好文英睡　拿了寶物轉房中　收拾好了厨房去　一口厨刀手中存
楊二妻子來看見　問聲丈夫那裡行　楊二閑言開口道　叫聲賢妻你且聽
我要樓上去殺客　莫要走漏我風聲　陳氏問他因何故　喪天害理不應該
殺了客人要抵命　勸夫莫做惡心人　楊二不聽妻子勸　開口就罵不賢人
手中提了厨刀去　忽忽一路上樓行。　和佛

却說楊二不聽妻子相勸。一心謀殺劉文英。提了厨刀。一路上樓。推進文英的房門。正欲舉刀直下。忽聽脚步聲音。回頭一看。却是妻子到來。他見丈夫動手殺客。一把上前拉住。叫聲我的夫吓。

陳氏苦苦勸夫君　丈夫刀下要超生　你今且聽奴奴勸　放他全屍見閻君
楊二聽了妻子勸　丢下鋼刀尋蔴繩　拿了一根蔴繩去　急忙移步上樓行
做个圈套將頭套　用手一絞喪殘生　文英喉中斷了氣　嗚呼一命見閻君
楊二見他已死了　背了尸首就出門　後園一口枯井在　文英尸首抛井中
上面蓋了黄泥土　芭蕉樹兒種土中　諸事停當心歡喜　回身走進内房中
含笑又把妻子叫　為夫立刻變財翁　金銀之外三件寶　待我細細說你聽
一件寶貝無量瓶　瓶中自有酒來樽　二件寶貝温凉盞　九个仙女在盞中

楊二平地得了寶　心中歡喜賽仙人
小人發財如受罪　那裡等得到天明
吃過早點忙收拾　夫妻一同上帝京
楊二前行騎白馬　後跟妻子姓陳人
不表楊二東京去　再提文英一鬼魂
飄飄蕩蕩無處歇　行來早到鬼門關
城隍土地忙迎接　迎接文英文曲星
相請同到閻王殿　閻王留住小書生
打開陰陽簿來看　叫聲文英聽分明
你的陽壽還未到　後來却是狀元身
如今孤王放你去　且在開封等回魂
忙差土地并小鬼　送出文英一鬼魂
住在開封府內等　日後文英好回魂
不說文英魂辭出　開封府內等尸身
接下一頭說一處　再說楊二進京城
一匹白馬京城進　招商客店安了身
休息一會街上去　三三兩兩說奇文
說道太后身有病　忙煞太醫院內人
你開藥方毫無用　他寫幾味也不靈
欽召天下醫國手　雖有妙藥不回春
穿宮太監忙不住　金殿上面奏當今
六部議論奏一本　我主快快出榜文
有人醫得國太好　官封一品在朝門
宋王天子心歡喜　即刻寫榜掛朝門
各處城門貼皇榜　人人總來看榜文
不表皇上掛皇榜　再表楊二黑心人
楊二騎馬街坊走　只見榜文掛朝門
上上下下看到底　說的皇家我醫生
楊二想起碧玉帶　可救國母病離身
若把國母醫好後　定做高官食祿臣
即忙來到客店內　取出碧玉帶一根
楊二拿了三件寶　急急忙忙往朝門
伸手就把皇榜揭　看榜官兒吃一驚
報到一聲醫官到　黃門代領見聖君

楊二俯伏金堦下　四雙八拜見當今　宋王天子開金口　玉手相招叫愛卿
家住何州并何縣　姓甚名誰奏孤聽　卿有什麽神仙法　能醫國母病離身
楊二住上扒幾步　我主在上聽原因　家住洛陽城一座　府村巷內有家門
洛陽城內開飯店　安寓客商過光陰　那日正走山上過　得了無價貴寶珍
第一有個無量瓶　把手一拍酒來臨　第二有個溫涼盞　九位仙女唱曲文
第三有條碧玉帶　能醫死人轉還魂　萬歲聞言心歡喜　叫聲太監兩个人
玉帶拿到後宮內　國母一繫病回春　不到一盃茶時候　國母出汗病離身
國母心中多歡喜　誰人進得寶和珍　兩個太監金殿奏　報說國母病離身
萬歲一聽龍心喜　又宣楊二進朝門

楊二到了殿上。三跪九叩。說道小民楊二。願我皇萬歲。天子大喜。叫道愛卿平身。如今國母病愈。孤家封你左都督。欽賜上方寶劍。滿朝文臣。二品之下。任你先斬後奏。妻子封為二品正夫人。楊二謝恩道。萬歲吓。

今朝萬歲恩賞臣　為臣却是小百姓　頓時受了皇家祿　自己無能做不成
又恐奸臣來作對　反而害了小人身　仁宗天子心中想　聽他說話不差分
叫聲卿家不要怕　孤賜四位保官人　一位保官張君保　吏部天官尚書身
二位保官范學文　文華殿裡學士身　第三朝臣王文貴　西台御史大忠臣
第四却是開封府　龍圖學士包文拯　四个官員保護你　卿家之意若何能
楊二忙把恩來謝　氣壞旁邊包文拯　慌忙跪倒金堦上　臣今不保此人身

楊二聽說心大怒　叫頭再奏聖明君　臣有得官人三个　不用黑子做為臣
天子准了楊二奏　威風凛凛謝皇恩　天子拂袖回宮去　眾官大家轉衙門
楊二部督進督府　接仰拜客開音音　店中又接陳氏女　夫妻相會壹歡心
楊二啟口娘子叫　二品夫人虧何人　若不是我下毒手　馬得今朝做大臣
陳氏夫人心不悅　看你享福几時辰　前世不修今世受　未知結局若何能
不說夫人心中想　且宣部督楊大人　傳令衙前告示掛　三六九日教場行
大小三軍都要到　不可躭擱悞時辰　辰初即是為頭卯　辰末二卯不改更
巳中定為第三卯　有人不到斬轅門　時光容易真个快　几个年頭如飛星
有日正逢十三日　五更放炮教場行　楊二心中愛白馬　騎馬一徑教場行
下馬馬夫帶了馬　由他吃草放他行　此馬原是通靈性　机會已到可以行
出了教場把城出　忽忽一路走如雲　四足騰空如飛去　已是招商客店門
馬兒跳進墻垣內　行到後園芭蕉根　二足不住地上挖　土地公公幫他行
稍停挖出文英兒　尸身未爛好似生　土地公公都着力　尸首放在馬背登
白馬已知尸首到　放開四足上開封　按下白馬馱尸去　回文再提陸林身

却說太行山大王陸林六十壽辰。廳上大張宴席。斬殺猪羊。十分熱鬧。青蓮小姐也到堂前拜壽。拜了四拜。說道爹爹福如東海。壽比南山。陸林大笑道。我兒罷了。一句話抬頭一看。吃了一驚。說道唉奇了奇了。我兒因何眉散乳高了呀。

陸林抬頭看女兒　眉毛因何散散能　兩乳高高聳還小　肚皮凸起了不成

不要他己有外意　莫非山上有情人
小姐回轉頭來看　父親尚是看他形
三脚二步回房內　腹中頓時起疑心
有心與父來交手　做了大逆不孝人
蘭花紅花金銀花　桂花荷花春秋花
不知小姐何分付　細細告訴我們聽
含笑微微稱小姐　小姐不必淚淋淋
此刻大王飲壽酒　小姐收拾金共銀
此去約有八十里　紅羅山上且安身
一班嘍兵都已散　只剩房屋是現成
我們且到山上住　產下公子劉姓根
有朝一日官人大　上京打聽姑爺身
八个丫環八个包　八包金銀值萬金
非是孩兒行不孝　恐怕老父不容情
拜了四拜收眼淚　九人向着後山行
心慌不問高低路　行到紅羅已黃昏
我今暫行停一刻　稍停再報各公听

哼了一聲青蓮怕　陸林分付轉房中
此刻急壞青蓮女　明明今朝現了形
劉郎雖然還未到　奴家性命活不成
左思右想無妙計　喚進丫頭八个人
八花丫環人八个　進房叩見小姐身
小姐從頭將情說　荷花丫環巧計生
天坍自有長人頂　我有一計說你聽
我們八人同保你　保你逃下太行山
紅羅本有强人住　聞說大王已亡身
官府只因路途遠　所以紅羅無一人
暗中招軍并買馬　小姐扶養小官人
青蓮小姐點頭應　慌忙收拾金共銀
小姐對着前廳拜　拜別生身老父親
今朝暫且把你別　將來再報養育恩
瞞過嘍兵悄悄下　一路行走去如風
九人便把山來上　山中房屋是現成

風陵文庫
文庫 19
F 399
34:2
早稲田大学図書館

(2)

文英回家
見妻房

繪圖玉帶記寶卷卷下

寶卷重展接前因　諸佛菩薩降臨壇　在座諸公增福壽　四季平安永無災
一本寶卷處心宣　二枝紅燭佛前供　三杯美酒神明敬　四季平安賀太平
五路財神臨貴府　六六順流進財源　七寶如意皆趁心　八位仙家笑呵呵
九霄王母蟠桃慶　十全俱美步步能　九洲萬國皆知道　八方四處把名標
七巧官官生七巧　六歲神童貴府招　五方五帝珍寶送　四時八節樂逍遙
三元及第標名姓　二位爹娘福壽高　一本萬利金滿庫　百代子孫盡富豪
千古留下玉帶記　後本伸冤話根苗

小姐一看。不由大喜。拿出乾粮充饑。大家吃了一頓。打開鋪陳。安息。一宵已過。次日春花紅花下山。買辦粮食。金花荷花打掃房屋。銀花秋花隣近招人。青花桂花伺候小姐。忙了一日。各色齊備。來了十多个無賴。入伴帮忙。不到半月。已有二百多人。也去放哨劫奪客商。我且不表。再說陸林大王。飲到黃昏之後。

陸林想起女兒身　手提鋼刀向內行　將身行到綉樓上　不見小姐吃一驚
暗暗心中來思想　叫聲了頭了不成　我的心事他知道　暫且饒他命殘生
方才陸林忽忽怒　此時如同冷水淋　究屬父女關天性　天性總是一般同
悶悶昏昏歸卧室　心中不快十二分　丟下陸林一段話　再說白馬把冤伸
馱了屍首忽忽去　急急行來到開封　街上行人稱奇怪　白馬馱屍步步能

四處八方都查到

楊興要想抓住馬　可是白馬走如風　楊興那裡追得住　汗流浹背急忽忽
行到開封府已近　白馬跳進府墻門　恰巧包公大堂坐　白馬堂上立定身
包公一見心中怪　開口叫聲白馬精　你是妖來你是馬　是馬把頭点三点
白馬聞聽連連點　連點三點好惊人　包公分付尸取下　張龍趙虎忙煞人
尸首放下看一看　原來却是一書生　包公又把白馬問　我今說話你要聽
我差張趙人二个　跟你一全去查明　白馬又把頭來點　點頭立刻出衙門
不知後來如何樣　且待在下表分明

却說開封府包青天。包拯大老爺。差了張趙二人。去捉凶身。趙虎道。張哥呀。這个事情好生奇怪。張龍道。不要管他三七廿一。跟去就是。跟到楊二開的店後。白馬跳墻而進。對着枯井。點點頭。一聲長嘶。仍舊回了出來。

趙虎一見白馬嘶　叫聲張哥你是聽　白馬真正通靈性　只消查問地保身
此屋不知何人有　那人便是殺人身　張龍說道言有理　二人跟着白馬行
張龍便去查地保　地保王三吃一惊　不知包公有何事　特來叫喚小人身
慌忙過來施一禮　請問張趙二个人　二位駕到有何事　快請說與小人聽
張龍說道問句話　手指空屋問分明　此屋却是何人住　姓甚名誰說我聽
地保聽說回言道　叫聲二位在上聽　此屋之主本姓楊　楊二都督在朝門
他在此間開飯店　安寓過路客商人　三月中旬他得發　移家棄屋上東京

到了京中無多日　献寶封為都督身　這个房子無人住　住了之時了不成
他在殿前奏一本　住了之時要遭瘟　地方官員見他怕　奉承還怕不趁心
張龍問了地保話　相辞立刻轉衙門　地保相邀吃杯酒　二人不敢誤時辰
趙虎一手拉白馬　拱手作別便登程　地保不知其中意　回家心內想衷情
只因包黑人人怕　問話地保必有因　丢下地保心中想　回文再説二公人
進城來到開封府　白馬帶在大庭心　入內禀告包爺曉　細將情由話分明
包爺聽説點頭想　楊二果是黑心人　當日老夫不肯保　就知此賊是歹人
現在若要明此案　只消救活小書生　宮中現有碧玉帶　可以救活此人身
忙在書房修短表　相請公孫師爺身　快快與我把本寫　五更三點見明君
公孫師爺忙不住　寫完本章見包公　包爺細細看一遍　內堂來見妻子身

包公到了內堂。夫人起身迎接。二人對坐。包爺袖出奏章遞與夫人道。明日相煩夫人上朝一走。

夫人不明其中意　展閱本章看分明　看完之時微微笑　相公果然好才情
只怕楊二勢頭大　天子不借寶和珍　包爺重又開口道　天子那知袖裡情
倘然不借碧玉帶　温凉帽子借一頂　又借一桿平天尺　二物也能救書生
説説談談天已晚　夫妻同入內房門　一宵晚景容易過　來朝五更天未明
包爺裝死書房內　夫人坐轎出衙門　出衙一路進朝去　午門下轎朝房行
衆宮見了稱奇怪　因何包家夫人臨　五更三點皇登殿　三呼萬歲是見君

黃門跪下來啟奏 奏說夫人要見君 天子聞言心中想 怕閙金口宣夫人

夫人殿上三呼畢 天子啟口問原因 夫人奏道夫病重 今有奏本上朝廷

太監接來鋪龍案 天子看本吃一惊 慌忙傳旨宮中去 快取碧玉帶一根

太監宮中見國母 奏明太后國母身 太后娘娘生不悅 不保楊二是此人

今朝他要碧玉帶 偏偏不借此人身 劉氏娘娘說不借 太監回復君皇聽

萬歲聽說無可奈 傳旨太醫醫包卿 二个太醫奉了命 跟着夫人出朝門

一路來到開封府 夫人堂上出轎門 二个太醫堂前坐 夫人啟口叫先生

丈夫得了吃人病 書僮入內被他吞 二位進去須仔細 發起瘋來了不成

太醫聞言心中怕 吃人毛病少少能 一同來把書房進 跨進門檻吃一惊

包爺聽得太醫到來。早喊着道。好生人氣。快快拿來摘他心肝下酒。

唬得太醫魂飛散 慌忙逃出書房門 開口便把夫人叫 吃人毛病怕煞人

有請夫人施別法 紅絲診脉一樣能 夫人心中生暗喜 拿了紅絲見夫君

包爺拿來牀柱繫 外面太醫不知情 紅絲三根來診脉 脉息全無半毫分

大惊失色頭亂搖 此病原來重十分 得罪得罪來告退 夫人假意兩淚淋

太醫回去金殿奏 奏與仁宗有道君 國丈龐洪心歡喜 楊二也是樂融融

但愿包黑早的死 免得朝上多事情 想起楊興昨日話 白馬馱屍進開封

一衆朝臣紛紛論 忠臣聞知盡胆惊 天子皺眉心不悅 包卿緣何要歸陰

退班捲簾宮中去 萬壽宮中見娘親 進宮參過劉太后 只因包卿病勢凶

要求國母借件寶　臣兒感激不非輕
國母劉后一聲笑　皇兒你且聽原因
可記楊二都督做　罷了不保是欺君
此寶既歸爲娘管　借與不借由娘身
天子頓時心中惱　立起身來拂衣衿
一頭要在墻上撞　我今不做天子身
說畢之時頭撞去　唬怕劉氏國太身
一邊叫扶天子起　一邊取出帶一根
叫聲皇兒休如此　爲娘借你帶一根
仁宗天子忙謝過　取了寶帶出宮門
回到太和殿上坐　傳旨太監二个人
取了一根碧玉帶　快快送與包拯身
太監奉了皇帝旨　取帶立刻出宮門
一路行程無躭擱　行來已到府衙門
一聲聖旨忙跪接　三跪九叩包夫人
太監宣過皇上旨　欽賜碧玉帶一根
夫人謝恩玉帶接　太監辭別轉宮門
宮中回復君皇曉　暫且按下不必論

却說包夫人拿了碧玉帶。來見老爺。包爺出了書房。望闕謝恩。立刻傳進張龍趙虎王朝馬漢。三班衙吏。把屍首搭在堂下。用碧玉帶。代文英繫上。當坊土地帶了文英鬼魂在府廊之下。等了日子不少。此刻碧玉帶一繫。土地把文英魂靈一推。土地回去復旨不提

包公坐在大堂上　等候文英早還魂
忽聽阿呀一聲叫　張趙二人喜歡心
連忙把他來扶起　王朝去取姜湯臨
馬漢代他摩心口　文英睜眼看分明
此身如在法堂上　長官好似閻羅身
回轉頭來忙開口　四位究屬是何人
張龍回言不要怕　這是開封府衙門
堂上坐的包大人　代你伸冤救你身
文英此刻方明白　欲思起立不能行
包爺看見文英話　吩咐送他西書廳

由他累睡精神養　弄口稀飯把他吞　文英肚中得了食　滿滿送[illegible]後房[illegible]
一交醒來天將夜　夜膳用過漲精神　次日包爺傳他見　問他姓名那方人
文英含淚回言答　小生姓劉叫文英　家住西京運水縣　爹爹却是員外身
母親黃氏身還在　只因上京赶功名　行至太行山下過　遇見一位美佳人
陸氏青蓮裙釵女　訂婚配與小生身　一夜夫妻來分散　臨行贈我寶和珍
第一名叫無量瓶　瓶口一拍酒來臨　要多要少由你意　千年飲酒不會空
第二名為溫涼盞　盞口一摸仙女臨　九个仙女吹吹唱　盞身一拍顯無形
第三名為碧玉帶　死人繫了可還魂　病人圍腰病脫體　老人可變少年人
少年繫了身體旺　一生一世無毛病　小生正在飲美酒　拍出仙女唱戲文
腰中又繫碧玉帶　一人房中試寶珍　不料却被楊二見　他也進房看分明
一見之時生貪念　將酒灌醉小生身　三件寶貝他取去　蘇繩之下送我身
以後之事不曉得　大人何以得知因　小生感德恩不盡　叩頭連連謝包公
包爺一手來扶起　開口便叫秀才身　本府前日堂上坐　一匹白馬進衙門
背上馱了屍一个　屍首就是秀才身　今有一件貴重物　你且拿來看分明
包爺就把帶遮過　文英一見吃一驚　這是一根碧玉帶　今朝見物好傷心
包公也把情由說　文英要見白馬身　包爺分付張龍帶　文英一見淚紛紛
向着白馬作个揖　雙膝跪下地埃塵　白馬是我恩白馬　再生之德不忘情
文英若有番身日　永遠供養白馬身　想起吾妻來分付　一句話兒果然應

算來已有十餘年　未知吾妻若何能　想起之時心悲切　如今見馬不見人
白馬也把頭來點　眾人一見説奇文　包爺重又開言道　叫聲文英姓劉人
你可把着狀子寫　明日台前把冤伸　初次下官説不准　二次方才准狀行
拿你當面休要怕　好捉楊二黑心人　文英諾諾稱領命　拜謝包爺大恩人
跟了張龍書房去　寫好狀子看分明　十六年來情由事　字字行行看个真
一字無錯折疊好　取來廳上見包公　文英呈上伸冤狀　包爺細看贊一聲

包爺看了狀子。稱讚文英。文才高妙。狀子上。痛陳十六年前之事。包文正看完。交與文英收拾。又分付几句。文英退下。回到書房。安宿一宵。次日早朝已畢。朝房中遇見了楊二。包公道。少刻請光臨敝衙。小飲三杯。不知楊大人可肯賞光否。楊二笑道。有幾位官員。包爺道。二三知已而已。務請光降。楊二答應一聲。少刻准到。

朝房散了眾朝臣　各各回轉自衙門　包爺回衙忙分付　分付張趙二个人
少刻楊二他來到　守他進來便關門　酒過三杯冤枉喊　喊了冤枉不作聲
二次喊冤人拿進　趁此捉拿楊二身　張趙二人答應了　又喚王馬二公人
各人拿了名帖去　去請三位大賢臣　第一要請張君祿　第二要請范學文
第三要請王文貴　約他已刻到衙門　王朝去到吏部府　馬漢去請御史身
稍停三位保官到　包爺還接進高廳　四人廳上來談論　專等楊二黑心人
看了已交巳時到　楊二還未到開封　包公又差展昭去　速請都督楊大人

楊二接帖知道了　起身入內換衣衿　頭戴一頂雉尾帽　身穿一件綉獅袍
白玉腰帶無價寶　一口寶劍懸腰間　夫人陳氏來動問　丈夫因何換新袍
楊二聽說回言道　夫人聽我說根苗　開封包公他請酒　要請為夫走一遭
官員相陪人數个　相請為夫飲香醪　平日包黑無孝敬　今日怕我二三分
陳氏娘子回言道　夫君你且聽原因　別的官員都不怕　單單則怕包大人
包公為人都清正　天子心愛大忠臣　恐怕此去無好意　夫君赴宴要當心
楊二聞言哈哈笑　諒他不敢害我身　不是為夫誇大口　他得罪我是欺君
我有保官人三个　還有國母娘娘身　他敢今朝得罪我　金殿之上見當今
說罷要出香房去　夫人拉住不放鬆　妾身近日心驚跳　勸夫莫入火坑門
楊二回言心寬放　包黑決不做凶人　楊二不聽身洒脫　行來早已出高廳
喝叫一聲忙打轎　家將帶去十六名　威風凛凛衙門出　當頭鴉叫二三聲
陳氏立在屏門後　一見之時吃一驚　上前又把丈夫阻　丈夫切莫上開封
古云鴉凶鵲是吉　當頭鴉叫事必凶　楊二搖頭哈哈笑　女人只說婦人經
鴉鵲飛動必然叫　禽獸那有為人靈　不必多說快進去　為夫自有妙計生
夫人一見心中苦　看來凶多少吉星　倘然東窗事發了　奴家也當短見尋
不說陳氏夫人話　且談楊二上轎行　八人大轎威風凛　呼呼喝喝好驚人
一路行程無躭擱　已到開封府衙門　開封府前住了轎　包爺迎接楊二身

包公接進楊二。走進二門。張龍關好二門。進了三門。趙虎閉上三門。楊二一見心中奇怪。當下問道。

包兄請我飲杯巡　因何進來就閉門　究竟不知是何故　莫非包兄有二心
包爺聞聽回言答　楊兄不知敝衙門　一天告狀告到晚　所以今朝要關門
否則你我同飲酒　耳中熱鬧不清淨　閉了門時無聲息　不見不聞不知因
楊二聞言心中想　原來他是好意生　行至花廳抬頭看　早見三位保官人
王大人與范大人　還有一位張大人　三個保官身立起　迎接楊二進花廳
花廳上面身坐定　包興立刻送香茗　茶去酒來多熱鬧　暢飲言談好開心
楊二坐了第一位　張范左邊坐端正　右首包公王文賢　舉杯暢飲話談心
左一杯來右一盞　三杯之後把冤伸　和佛

五位大人。正在飲酒。三杯之後。忽聽得門外有人喊冤枉冤枉。包爺一聽。佯為發怒說道。本府有客。不准收狀。

包興傳話外邊去　果然悄悄卻無聲　包公佯為又敬酒　請請二字口出聲
又是三杯酒落肚　菜上五味甚端正　忽聽又是喊冤枉　高聲大叫了不成
包公說道真可惡　偏偏今朝告狀文　向着楊二拱手道　小弟失陪楊大人
楊二回言不妨事　包公且去問案情　包公答應身朝外　走到廊邊坐定身
分付帶進告狀的　本府立刻審冤情　包興答應傳話去　帶進書生小文英

不料天下有奇事　十六年後又回生　十六日來十六月　倒也弃不算奇文
活活却有十六載　故而可以算奇文　和佛

包公說罷把狀子遞上去。交楊二觀看。楊二接了過來。頭一句。寫着十六年前含冤不白的劉文英。今日幸遇還陽。要求青天大人。代小人伸冤。捉拿正凶楊二。以正國法。感恩不盡之言。

楊二看了吃一驚　面上佯為不知情　說道此人告的事　明明是告本將軍
從前我也開飯店　何曾有過劉文英　我在深山得三寶　他說他是失寶人
我的寶名他知道　奇文奇事我不明　誣害大臣該有罪　謀我寶貝要充軍
此人大人交與我　待我帶轉衙門中　三十板子一夾棍　問他為何誣我身
倘然包公要審問　請你問他一个明　包公拱手點頭說　小弟立刻問分明
說罷一聲堂來坐　花廳之上問文英　和佛

包公立刻陞了公座。一聲呼喊。旁邊走過張趙王馬四位公差。

一聲呼喝鬼神惊　人人都是怕包公　包公此刻中間坐　遠看好似閻羅身
兩旁抬過三把鍘　龍頭虎頭狗頭身　龍頭鍘的皇親輩　虎頭鍘的文武人
狗頭要鍘小百姓　三把大鍘怕煞人　皇家駙馬陳世美　棄子休妻了不成
他是先嘗虎頭鍘　曹氏國舅第二人　賣花三娘張氏女　也是包公救他身
狗頭鍘死人不少　天子尚且怕三分　此刻文英上堂跪　口供一一說分明

包公頓時生怒氣　驚堂一拍叫拿人　張趙二人來走過　拿住楊二黑心人
楊二立刻破口罵　大胆黑子了不成　別人由你來擺佈　不該捉我姓楊人
今日與你金殿去　天子台前辦你身　包爺呵呵只是笑　楊二狗才快招承
倘有半句虛言語　虎頭鍘下送你身　和佛

楊二破口大罵。包公分付用刑。兩旁過來。四个衙役。把楊二按住。先打四十大板。

楊二今日要倒霉　四十大板不容情　三个保臣心中怕　唬得不敢就開聲
只因楊二平日惡　故而沒有討人情　四十打過不招認　楊二只道不打緊
包爺見他不開口　又加夾棍不容情　王朝一把來收足　楊二死去又回魂
痛入心中似刀絞　開口情愿自招承　說起謀財弃害命　十六年前一庄情
不料今日還要破　楊二自己知罪名　還望包兒開恩典　饒我楊二命殘生

包公道。你想活命。不該從前害人。來。抬過大鍘。送他去罷。

四名公人忙不住　抬過虎頭鍘一根　張龍抬頭趙抬脚　王朝提刀馬漢揿
赤塔一聲人二段　楊二立刻命歸陰　文英上前來叩謝　急壞三位保官人
平日因知包爺狠　此刻又恐害自身　包爺退堂身立起　拱手便叫眾年兄
楊二口供在我處　明朝金殿見當今　三位大人忙告退　出衙回轉自家門
包公送別歸書院　立刻修成一道本　楊二口供附在内　准備五更見當今
一宵晚景容易過　五更三點上朝門　包公帶了文英去　午門侍候聖駕臨

天子一一從頭看　頡時唬得不開聲　包卿不該胆子大　殺了楊二了不成
寡人面前還由可　國母娘娘要生嗔　傳旨太監人二个　後宮奏上國母身
劉氏娘娘生大怒　包黑大胆了不成　分付仁宗天子曉　千萬不可赦他身
快快綁出午門外　斬了包拯斬文英　和佛

國母旨諭一到。唬得天子失色。只怪卿家。太自狂妄了。兩邊武士。領了旨意。綁出包公劉文英。到了法場。等候第二道聖旨開刀。不說包公劉文英。在法場等候。受死害得百姓人人嘆惜。个个落淚。大罵昏君無道。不該要殺忠臣。罷了罷了。

京城百姓亂紛紛　个个埋怨仁宗君　又罵同朝文共武　同朝不保不該應
不說百姓談國事　書中另表救星臨　你道何人來搭救　文英兒子天保身
母親原是陸氏女　紅羅山上做強人　十六年來身長大　又遇仙人葛仙翁
傳他一切文武藝　又傳仙法果然精　陸氏娘娘念夫君　因兒長大又放心
差他京都去一次　要去尋取父親身　寫了一封戰書表　金殿送與仁宗君
有人能退紅羅卒　他做君來我做臣　若然不能紅羅退　我做君來你做臣
下寫太行陸氏女　青蓮兒子天保身　寫完交與天保手　叮囑一路要小心
為娘隨後大軍到　兵丁扎在城外等　天保奉令駕雲去　去到京城見帝君
金殿上面來落下　落下金殿喝一聲　唬得文武惊呆了　大家不敢話高聲
天子座上開金口　喝問下來是何人　天保此刻回言道　我乃紅羅山上人

太行也是我們産　今朝特來見帝君　我母陸氏青蓮女　尋父文英劉姓人
沒有我父江山奪　我做君來你做臣　倘然交出劉文英　紅羅退兵永太平
天保說罷跳三跳　跳上天空不見形　唬得文武心惊怕　个个都把舌頭伸
同聲都說好本領　這種本領少少能　不說眾臣都談論　仁宗天子急煞人
誰人能退人和馬　左右兩班沒人聲　天子此刻龍顏怒　枉養文武許多人

天子正在着急。眾臣面面相覷，并無一言。只見左班中閃出文華學士奏道：方才包卿奏事，不是有劉文英秀才，莫非是他。且放他進來，着他退敵。如不能退兵，再殺未遲。天子准奏，傳下旨意，命西郊放轉包拯及劉文英二人。

仁宗天子開金口　叫聲左相你且聽　快宣包拯人一个　又放文英姓劉人
左相領了聖上旨　出朝赦旨放二人　不多一時二人進　殿上謝主不斬恩
天子命下包文拯　相仝文英退敵兵　二人領命辭朝出　教場點了三千兵
三聲大炮皇城出　出了皇家一座城　文英身騎一匹馬　天保一看怒生嗔
提鎗過來伸右手　捉住文英姓劉人　解到後方娘親到　軍中稟告陸氏身
陸氏娘娘只一看　原來却是我夫君　跳下馬來丈夫叫　文英抬頭看分明
此人正是賢妻子　二人相抱淚紛紛　哭了一會方才罷　青蓮喚過天保身
天保上前來見過　這位是你生父親　天保下馬忙叩首　拜了二拜叫父親
文英一見心中喜　難得我兒已長成　分付快把包公請　請來相見在營中

既然今日夫妻會　待奴寫起降表文　和佛

陸氏寫了降書降表交與包公然後擺酒相待吃了一會包公文英先行進城回奏聖上仁宗大喜道包卿荐賢有功封為龍圖學士文英歷受艱難欽賜狀元天保勇猛封為保國將軍陸氏深明大義封為忠義夫人不必上朝楊二已死家財賞給文英回家祭祖給假三月欽哉謝恩萬歲萬歲萬萬歲包公文英謝過恩文英又奏請招安太行紅羅二山人馬天子准奏退朝文英回到包府差人出城接了陸氏母子二人進城嘍兵歸兵部收編又發火牌一道文英寫了一封書信已到太行山招安陸林陸林年已高邁正想洗手接了詔書大喜進京人馬交待兵部自己也到包府

陸林到了開封府　青蓮迎接父親身　文英上前來拜見　天保也見外公身
包公分付排酒席　慶賀文英陸氏身　次日文武都來賀　文英答拜閙音音
忙了五天方清靜　方才辭別包公身　奉旨回歸運水縣　劉員外聞喜歡心
兒子文英狀元中　媳婦如花女佳人　孫子天保封保國　員外却是老封君
祭祖團圓都已畢　合家和睦過光陰　一匹白馬家中養　白馬死後也造坟
一本寶卷宣完成　四季太平樂融融　增福延壽消災劫　合家大小永長春

绘图姊妹花宝卷 二卷

线装，石印本，一册，长二十厘米。检索号：文库19 F0399 0035 0030。每面十八行，行字数不等。四周单边。封面题『绘图姊妹花宝卷 惜阴书局』，扉页题『百善孝为先 绘图姊妹花宝卷 上海惜阴书局印行 吴江陈润身辑』，卷首题『绘图姊妹花宝卷』，版心题『姊妹花宝卷』。

内容：

民国十三年，徐州姚村，赵大夫妇无子，育有两女，名为大宝、二宝，分别是七岁和五岁。赵大生性贪酒好赌，其妻劝他戒酒戒赌，但无果。家底虽较为丰厚，但抵不住赵大的挥霍。赵家隔壁住了一个博学的教书先生姓林，妻子早亡，家庭清贫，育有一子叫桃林，与赵家大宝同岁，两人青梅竹马，林先生免费教大宝读书。姚村遇旱灾，生活艰苦，但赵大不改吃酒嗜赌本性，把家中物品拿去当卖时被妻子撞见，夫妻因此闹离婚。赵大嫌弃大宝丑陋（大宝感染天花，面上留有疤痕），只带二宝走，将大宝留给妻子。赵大妈号啕大哭。林先生听完哭诉后，决定与赵大妈结为亲家，两家并为一家过日子。

大宝和桃林成年后结为夫妻，生了一子。三年后大宝再次怀孕生子。然适逢战乱，又逢水灾，社会动荡，民不聊生。为补贴家用，林老和儿子夜里悄悄出门打鱼，不巧遇见日本侵略者。林老怒斥他们，但也因此丧命。草草安葬林老后，战乱又起，一家五口跟随李大哥去往山东济南逃灾讨生。

大宝全家跟随李大哥到济南。李大哥找到朋友，朋友刚好有为钱督办造三层洋楼给新娶的七姨太赵剑英（即为赵大带走的二宝）住的差事，同意李大哥和桃林去做工。李大哥回去说给桃林听，赵大妈心中想起自己的丈夫和二女儿生死未卜，长叹一口气。她不知道赵大带着二宝也去了山东，改名赵达，又姘识了一个女人，并做起贩卖军火的生意，结识了钱督办。二宝在读书期间认识了革命党人丁正民，二人关系十分要好，暗订婚约。但赵达为了拉拢钱督办，将二宝许给钱督办做七姨太，二宝不愿意，便找丁正民商量对策，丁正民希望二宝与他一起到广州参加革命。此时钱督办接令大肆捕杀革命党人，怀疑丁正民，派人将丁正民抓了起来，并借此要挟二宝，二宝只得同意做七姨太。

二宝做了七姨太，备受宠爱，赵达也因此做了军需科长。后二宝生育需要奶妈，于是大宝阴差阳错做了二宝孩子的奶妈（姐妹相遇未相认）。钱督办和二宝查看新建的洋房时，桃林看见了二人，心中暗惊七姨太与大宝长得像，又被工头呵斥，不慎跌坏脚。赵大妈上钱督办府中寻大宝。大宝为救治丈夫，求二宝预支两月工钱，二宝不允。大宝无计可施，欲偷二宝儿子的金锁换钱，却被钱督办妹妹钱小姐撞见。一番拉扯下，钱小姐不幸被柜子上的花瓶砸中，当场身亡，大宝也被关押起来，赵达负责审讯。赵大妈认出赵达后，向赵达求情，赵达却不打算救大宝。赵大妈大怒，以赵达过往要挟赵达，赵达害怕，不得不设席安排母女姐妹相认，二宝才知真相。赵达仍旧要处置大宝，二宝怒斥父亲懦弱贪权，打算将姐姐救下，于是一手牵着赵大妈，一手牵着大宝，三人一同坐车出城回家。

补记：

《中国宝卷总目》记录了包含泽田藏宝卷在内的一个版本。① 该宝卷是民国时期宣卷艺人从电影故事改编而来，对于考察宝卷的现代演变有重要价值。

（辽宁大学王淑慧参与了对本题解内容的总结，特此说明并致谢！）

注

① 车锡伦编著：《中国宝卷总目》，北京燕山出版社，2000 年，第 359—360 页。

宣講勸善長門故事

普門大士

繪圖姊妹花寶卷

惜陰書局

發行所　上海五馬路山東路中

出版部　上海閘北順徵路二十六號內

世風不古，人心險詐，如能循循善誘，未嘗不可改進也。本局在昔何以武俠小說風行海內？持公道人心，警世俗賢愚，豈知閱者誤會，反足遺誤青年。本局慨念前非，決去武化，改求善化，引人以正，戒之以刑罰，警人心以補世風耳。

惜陰主人識

(30)

百善孝為先

繪圖姊妹花寶卷

上海惜陰書局印行

吳江陳潤身輯

林桃哥
趙大寶
錢督辦
趙大媽
趙大
李大哥
林老老

先排香案　開卷舉讚

爐香乍熱。法界蒙熏。諸佛海會悉遙聞。隨處結祥雲。誠意方殷。諸佛現全身。

南無香雲蓋菩薩摩訶薩 三稱

一炷清香爐內焚　報答天地覆載恩　天降甘露普人地　地漲萬物養衆生
二炷清香爐內裝　上報皇天水土恩　國家有道民安樂　天下太平萬象春
三炷清香爐內插　下報爹娘養育恩　十月懷胎娘辛苦　父母恩重海樣深
延生功德最爲高　白鶴啣花透九霄　萬壽老人來賜福　西天王母獻蟠桃
韓湘子　品玉簫　志學修行家室拋　雪擁藍關難行馬　九度文公上雲霄
曹國舅　愛逍遙　不戀榮華卸錦袍　世上萬般修行好　手執雲陽仙板敲
漢鍾離　大肚皮　識透人情世態梟　終南山上修妙道　位列仙班道行高
呂洞賓　道品高　肩背龍泉善斬妖　慈心救苦傳妙道　至今萬古姓名標
何仙姑　容貌嬌　懶伴紅塵願寂寥　苦志真修千百載　也歸仙界樂淘淘
藍彩和　年紀小　最愛修行却富饒　名山修煉成正果　手執棕籃駕海潮
鐵拐仙　相咆哮　黑臉濃眉腿又蹺　虔心煉就長生法　掛拐登雲靄靄飄
張果老　年紀高　鬚髮蒼蒼兩鬢蕭　倒騎驢子哈哈笑　竟把繁華世界拋
衆仙同赴蟠桃會　共飲長生仙酒肴　洞口靈芝呈瑞彩　堦前鶴鹿獻瓊瑤
南極仙翁棋一局　東方老祖愛偷桃　陳摶一睏千年醒　彭祖年登八百高

一般都是凡胎骨　煉得丹成上九霄　大衆恭賀齊主壽　瓜瓞綿綿福壽高

寶卷初展開香風滿大千。宣卷功德大。福理廣無邊。今日虔心宣卷。大衆須要誠心淨聽。不可多言笑語。聽卷之人。休說話。求喜福祿轉家門。　南無消災障菩薩

姊妹寶卷初展開　諸佛菩薩降臨來　善男信女虔誠聽　增福延壽並消災
三教經文在世間　存心普勸話長篇　人生行善無冤孽　死後何能入九泉
可惜凡人看不破　千般刁詐像風顛　望君超出紅塵外　免得後來受苦煎
宣卷開場十二句　下接姊妹花全篇　南無阿彌陀佛

却說姊妹花這一件事情。轟動了全球。電影界採為劇本。開映之時。座中客滿。莫不交相稱譽。考其事寔的確動人。在下把他編為宣卷。本在家庭無事消遣之中。非但積省經濟。而且也能感動孝心義氣。如今閑話少說。卷歸正文。

姊妹寶卷宣正文　諸佛菩薩笑顏開
福祿壽星哈哈笑　諸君福壽永逹叨

在民國十三年間。徐州地方。有一个鄉村。吽姚村。這村子裏。有一家人家姓趙。夫妻兩口。膝下無兒。祇生二女。大女名為大寶。二女名為二寶。雖則鄉農人家。這一對小姊妹却生得活潑伶俐。大寶年方七歲。二寶祇有五歲。她的父親吽趙大。一家四口。靠着十多畝田過活。但是趙大年已三十。生性好酒好賭。趙大的妻子。時時解勸他改過自新。

若得趙大心歸正　何愁家道不興隆　膝下無兒女兩個　大寶今已七歲另
二寶方才交五歲　可喜二女甚聰明　房屋兩間祖上德　可恨趙大沒良心
前面一座竹林子　每年產筍二担另　算來也好晨昏度　憑你苦勸也不听
一年出產經他手　年年弄得苦伶仃　與他吵鬧也無益　看來終是一場空
也是奴家該命苦　嫁夫嫁了不良人　將來收成如何了　酒氣沖天彳亍行
趙妻獨坐流雙淚　自嘆終身怨夫君　忽見趙大歸家轉　大放悲聲哭娘親
推進房門身銃入　倒身床上打呼聲　趙妻一見心更慘　我身受苦向誰云
祗恨蒼天不生眼　父母雙雙命歸陰　娘家又無人一个
正在哭時二女到　媽媽親娘叫連聲

趙妻正在哀號自怨之際。忽見二个女兒走了進來。叫道媽媽媽媽。繞住了膝前。大寶道。媽媽你還哭什麽。媽媽你可是為了爹爹嗎。趙妻見了二个女兒方才把愁腸略放。說道兒呀。正是為了你爹爹。想你們爹爹。每天如此糊裡糊塗。吃酒賭錢。為娘的想來你們二个漸漸大了。將來拿什麽東西叫你們到婆婆家去

所以為娘心中愁　想起之時淚萬千　千不怪來萬不怪　只怪命苦如黃連
一邊說時一手摸　摸着大寶叫女兒　兒出天花無醫治　幸虧靠天靠神明
終算天花無大碍　否則又要急殺人　你家爹爹不問事　兒出天花不知情
幸虧二寶未傳染　也該謝天謝神灵　二寶拖住媽媽手　媽媽我要夜飯吞

趙妻答應身立起　打火點燈廚下行　量了半升黃糙米　河下淘米鍋中存
三把柴薪燒完了　鍋中早已熱騰騰　停了一會飯已熟　母女三人晚膳吞
吃畢趙妻來收拾　閉門同向房中行　只見趙大鼻息响　呼呼如雷不絶停
酒氣冲人人欲噁　勉强脚後睡安身　二个女兒年紀小　倒頭便已入黄粱
趙妻翻復睡不着　耳中尚聞讀書聲　不知此聲從何至　卷中另宣出場人

原來趙家隔壁。有一个林先生。他年已三十多了。膝下惟有一个孩子。因為算命先生算他孩子的命中缺木。故而取名桃林。補他五行的不足。林先生的妻子。早已棄世。桃林已有七歲了。和趙家的大寶同年。林先生家中。也沒有田地。只有二間半舊半新的草屋。他是一位飽學之士。在十七八歲的時候。也曾考過小考。奈時運不濟名落孫山。後來光復了大漢。科舉也沒有了。林先生又娶了妻子。家裡的開支。都要他一人担承。所以他在這姚村上。設了一个舘。教七八个學生度日。

林先生是斯文人　滿腹文才無比論　也因時運都不好　無奈教教小學生
妻子已亡惟一子　桃林二字取為名　姚村上面設一舘　也有七八小學生
勉强苦度還好過　夜間課子讀聖文　人之初與千字文　神童詩同百家姓
現在正在讀大學　每日講解課兒文　非至三更并半夜　父子永不睡安身
桃林孩童心灵巧　一教即會不非輕　父子二人同甘苦　隣家稱賛不非輕
桃林與着趙大寶　門前散步必同行　兩小無猜甚要好　趙妻也愛桃林身

趙媽感德忙稱謝
林老非常心歡喜
旱灾半年不落雨
鄉民愚昧知識少
趙大雖然逢歉歲
這天趙大輸急了
趙大見着妻不在
剛剛走到大門口
只好把着衣包放
贏了之時來回你
趙妻听了嚎啕哭
你要去時由你去
也能餬口度晨昏
你沒良心憑你行
又對二女看分明
面相難看焉配人
將来或有好收成

也送大寶讀書文
時常稱贊大寶身
姚村百姓急殺人
求神求佛降甘霖
吃酒賭錢不改行
溜回家中想心情
開箱倒籠尋衣衿
趙妻巧巧也進門
含笑作揖呌妻身
還你利錢二百文
罵聲無義趙大身
你把二女帶他行
我生我死皆姓趙
說罷之時哀哀哭
大寶天花還未好
二寶今年交五歲
趙大心中來想定

可愛大寶都伶俐
好事多磨從古說
地上多成龜背裂
有些人家書不讀
趙妻時時頻頻勸
恰巧趙妻林家去
打了一个大包裹
趙大一見心慌了
只因賭錢輸去了
輸了銅錢我不轉
枉為七尺男子漢
白不必累我
決不再嫁別姓人
趙大一見也傷心
面上麻點不成人
伶俐聰明喜十分
伸手抱住二寶身

教她一遍就知情
天降灾殃到姚村
粒穀無收苦殺人
也可積省几兩銀
趙大反而罵她身
家務談談未回身
要想進城當錢文
要想逃出萬不能
借點當頭去翻本
你也可以另嫁人
你把妻子當何人
你妻也可帮傭去
你有良心認了我
立定身軀這一想
將來倘然成麻子
何不帶了二寶去
趙妻大罵開言道

大寶你也帶了行　趙大聞言眉頭皺　叫聲賢妻聽分明　並非不帶大寶去
因她大病未離身　倘有三長並兩短　男子外面難調停　但等一年並半載
我來帶去大寶身　說罷之時身向外　趙妻大哭淚紛紛　要帶二个多帶去
為妻可以去幫傭　倘若大寶在家內　為妻仍舊苦伶仃　拖住趙大不放手
黑心無義是你身　趙大一見心中恨　揮手推開大媽行　洒脫身軀徜徉去
匆匆一路不留停　不宣趙大二寶事　再宣大媽立起身

趙大媽被趙大一推。倒在地上。哀哀痛哭。罵聲天殺的廢物。如今放着大寶女兒。累着我叫我如何弄法。想起心事。更加痛苦。嚎哭起來。

大媽哀哀哭不住　口中天殺無良心　我是一句氣頭話　他竟抱了二寶行
二寶二寶連連叫　從今不見你的形　大寶見着母親哭　也在旁邊兩淚淋
正在哭時心悲切　驚動隔壁林先生　恰巧放了學生去　听得大媽放悲聲
慌忙移步來走過　桃林跟了父親行　一徑來到趙家裡　叫聲大嫂為何因
莫非你們夫妻吵　且住悲聲話正文　趙大如今那去了　待我再來勸他身
二寶因何也不見　快快住哭說我听　趙家大媽收了淚　叫聲伯伯林先生
你還不知我家事　請坐待我話你听

趙大媽道。林家伯伯。桃林兒且請坐下。待我來告訴與你。只因今年旱荒。田中諒來無望。所以我勸他不要吃酒賭錢。己非一次。不料剛才我在伯伯館中談論家常。那

你要去時由你去　衣服不可動毫分　你把二女帶了去　我也可以去帮傭
生時終是趙家婦　死了也是趙姓人　免得二女累了我　害我一世不翻身
那曉他的良心毒　抱了二寶就動身　叫他大寶也領去　他就揮手推我身
推我倒時把門出　匆匆一徑走如雲

啊呀苦呀。林家伯伯。你想他說。大寶天花難看。二寶聰明伶俐。竟代他去。但是我思來想去。恐怕他把二寶賣掉。害她的終身。所以啼哭。不道驚動伯伯。有勞動問。

林老聞言心暗想　開口便叫大嫂身　且請息怒不必哭　老漢有話說你听
大寶叫她書來讀　大嫂又可做手工　況且大寶和桃林　他倆好如姐弟們
兩个小人多要好　老漢久有一条心　意欲有屈千金女　配與小兒桃哥身
將來你我都有靠　我子你子不必分　伙食開支同着過　好歹做了一家人
大嫂做些女工事　老汗教讀趁錢文　現在河中水枯涸　打些魚蝦做菜吞
老漢叫大還不大　只椿事情可担承　桃林叫他尋柴草　你我趁下量米吞
不知大嫂心可合　倘然合意請應承　二家併為一家過　權度荒年過光陰
不致荒年年年有　諒來明歲可收成　大媽听了心中喜　難得連連二三聲
不是伯伯生好意　母女如何度晨昏　此恩此德今難報　老身一切總應承

趙大媽一口允許了林先生。林先生就叫桃林。拜見丈母。桃林向大媽拜了四拜。叫聲岳母。趙大媽叫大寶也拜林先生。口稱公爹。桃林爽直。拜了岳母。那知大寶雖則八歲却一切明白。知道自己許了桃哥。面孔漲紅。拜了四拜。不肯開口。逃到房裡去了。桃林追了進去。引得二老到哈哈大笑起來。林老道。親家母你看他倆很要好的。趙大媽應了一聲。因平日很愛桃林誠寔。今天做了自己女壻。將來有了靠山。所以把愁腸減退。添作歡容。自此以後。兩家併成一家。大媽做做女工。林先生早上教書。申時之後去打魚。桃林被大寶叫他桃哥。漸漸地叫出了名。大家叫他桃哥。他每日讀過書。和大寶倆去尋些柴草回來。添補家用。所以倒還能過去。

光陰似箭如快馬　日月如梭不留停　一年一年容易過　十年光陰去如雲
桃哥大寶十八歲　林老已有四二春　大媽也交四十六　林老提議結婚姻
草草不工完花燭　隣舍人家賀臨門　殺了一口肥猪羅　斬雞殺鴨鬧盈盈
喜酒吃了三五桌　都是姚村村上人　洞房花燭成連理　夫婦恩愛值千金
良宵一宿容易過　次早夫婦拜母親　又拜公公林老老　二老一見頓歡心
大寶勤儉把家計　帮着母親做女工　林老仍舊教學生　桃哥捉魚甚辛勤
家裡菜蔬不用買　全仗桃哥一个人　不覺又是一年後　大寶懷孕在其身
桃哥是日捕魚轉　大寶打噁睡安身　桃哥只道他有病　忙來相見岳母身
告說大寶身有病　大媽笑得嘴唇痛　叫聲賢壻你不曉　你妻肚中有了孕
倘若生了一个子　也是林家後代根　桃哥听了心歡喜　慌忙來見父親身
爹爹爹爹連連叫　一樁事情話你听　大寶今天噁心打　我還當他有毛病

立在旁邊呆頭頭　不知父親是何心　隔了一會方開口　叫聲我兒听分明
為父年老精力乏　不能幫助尔等們　生了兒子負担重　一个二个不非輕
三胎四子來生下　如何可以過光陰　捕魚也非常久計　現在海面有洋人
東洋矮子真可恨　撞入海口捕魚腥　捉我魚兒還事小　私運軍火了不成
私通軍閥造了得　把我百姓不當人　助長內戰真可惡　將來如何過光陰
為父左思并右想　所以添孫不歡心　況且現在天天雨　倘然不止没田庄
如此年歲如何過　想來一刻難做人　桃哥听了父親話　心中也覺不歡生
長嘆一聲忙退出　拿了魚網就出門　一路河中打魚去　回家已是夜黃昏
過了夏天交秋季　大寶腹痛要臨盆　桃哥忙把收生請　產了原是小官人
桃哥大媽多快活　林老自然也歡心　一日三來三日九　霎眼已過三個春

大寶的兒子。已交三歲。不道腹中又懷孕了。豈料天不從人。這年又交凶歲。正逢水災。姚村的方圓一帶。粒米無收。大家都去捕魚。為活但是洋船也一天多一天。都是一班漢奸去引誘日本矮子。軍火愈販愈多。接濟軍閥造成內戰。盜賊蜂起。弄得民不聊生。真真難過日子。林老的館中。也没有學生來讀書了。林老也没法跟着他們去打魚。補貼開支。趙大媽見此情形。日夜焦急萬狀。說不出苦處來。悶在心中。漸漸的消瘦起來。日裡勉强幫着大寶做些女工生活。結結魚網抱抱外孫。大寶呢又要顧着孩子。又要做生活。自己的肚皮却一天大一天。看看十月滿足了。

林老此刻甚担憂
親家又是身有病
悄悄叫住桃林子
打些魚兒添家用
這天大寶半夜醒
又把家中仔細看
忙到房中母親見
推窗一望北斗轉
後面還有一个人
不說李家大哥去
未曾開言先流淚
大媽也把桃哥勸
東村三叔被打死
可恨軍閥無道理
此後你們不要去
說畢之時流双淚
大寶一面公公勸

只因添孫更加愁
年歲荒歉少收成
父子同心夜出門
否則必定餓殺人
不見丈夫桃哥身
原來網兒出了門
告訴娘親大媽听
遠遠看見有人行
原是大哥姓李人
原說林家父子們
四人相對苦萬分
以後不要夜裡行
西村大哥也傷命
兒戲人命恨殺人
免得危險禍臨身
林老父子應連聲
眉頭皺緊叫一聲

大寶不能女工做
左思右想心生計
各人魚網拿一个
每日晚上悄悄出
點起燈來尋尋看
方才曉得公與夫
母女二人同流淚
行近之時仔細看
桃哥和他頂要好
進門悄悄放魚網
大寶勸公不要去
海中浪大多危險
時常黑夜軍火下
他們這知爭地土
倘有三長并兩短
不去不去永不去
媽媽快來房中去

顧着二孩尚不過
不若晚上打魚腥
你在東邊我西行
已竟二月有餘另
大門開着不見人
二人半夜打魚腥
慌忙坐起等他們
父子二人轉回門
兩人知己如親生
年老之人要當心
洋船時常開鎗聲
碰着之時命便輕
苦了我們百姓們
叫我三代靠何人
你們且自放寬心
原來小兒要臨盆

大寶又生了一个兒子。產後平安總算謝天謝地。林老老却又多了一樁心事。桃哥也是一樣心腸。因為大寶生了兒子。不能再做女工。可憐大寶過了三朝。已起身下床。把草繩結了一个搖籃掛在樑上。用一塊板踏着。把二个兒子。睏在裡面。脚裡踏板搖籃自動。口裡唱着。引誘兒子。手裡做做女工。

她說寶寶好寶寶　寶寶你要睡交了　一聰醒來喂你奶　撒尿撒屎娘來當
將來寶寶年年長　寶寶大了趁元寶　媽媽代你收藏好　討个媳婦是姣姣
你的爸爸辛苦了　你的祖父寔在勞　寶寶心中要知道　將來孝字要記牢
外婆見你哈哈笑　抱了寶寶愁也消　外婆面前也要孝　娘言今朝要記牢
寶寶寶寶好寶寶　易長易大小兒曹　大寶帶唱兒來騙　一團辛苦養兒曹
所以為人須要孝　千辛萬苦娘承當　倘然為人若不孝　天雷打死張繼保
天雷報卷看一遍　諸君定然罵繼保。　慢宣大寶母子話　再宣林老甚心焦

林老父子。自從大寶又生一子。更加担憂。因為水災匪災連袂而來。所以每夜仍舊出去。大寶也留心他們。勸過幾次。終是沒用。這天天上下雨。大寶去看過母親又來看他公公。恰巧林老正要出門。所得大寶來了。忙假意睏着。她方才回房睡下。不料一聰醒來。又不見了桃哥。再去看看公公。也出去了。一陣傷心。珠淚如珍珠斷線淌个不止。趙大媽聽得哭聲。忙問道。大寶你做什麼還不睡覺。大寶不敢說出來。恐傷他母親之心。假意道。媽呀。沒有什麼事。我睏了。你可要什麼。趙大媽道。不要什麼。

不宣母女兩人話　且宣林老父子們　林老先把門來出　東邊捕魚遇洋人
洋鎗子彈岸上運　幾个矮子押了行　林老一見心大怒　開口便喝害人精

林老一見私運軍火。大怒喝道。我把你們這班喪盡天良的漢奸。東洋矮子。私運軍火的害民賊。連年內戰軍閥橫行。都是你們這班賊子。造成的可惡可惡。你們倘然不改。再運軍火。休怪我報告官廳。斬你們這班惡賊的頭顱。漢奸們一听。也不多說停了一會開了船。

船到海中三五丈　一粒子彈飛過來　正中林老心胸內　一聲大叫倒塵埃
一眾漁人心驚怕　大家逃走岸上行　洋船開足向東去　漁人方才走攏來
一看之時認得的　七張八嘴鬧非翻　桃哥聞聲也來看　正是自己父親身
抱了屍身哀哀哭　爹爹爹爹喊不停　背了屍首回家轉　大放悲聲已到家
一眾漁人跟了去　大寶母女頓然呆　一見屍身嚎啕哭　公公爹爹哭聲哀
大媽也把親家喚　一家鬧得滿天翻　隣人大家來相勸　先把屍首怎安排

卻說林老的屍身。由趙大媽大寶桃林等三人。抹乾血迹。草草的成殮。其中還虧得李大哥帮忙。化了一口棺木。大寶就勸丈夫。此後不要去捕魚了。但是開支為難。如何辦法。正是

福無雙至　禍不單行　又道　屋漏加添連夜雨　行船偏遇頂頭風

南無消災障菩薩

姚村自然也難免　百姓傳聞到此來　李家大哥良心好　通信先到趙家來
見了趙媽忙開口　媽媽快些去逃灾　可恨軍閥來打仗　前村壕溝已竟開
混賬軍隊真可惡　橫行無忌到此來　看見男人拉了去　硬扛子彈不應該
女子不見還由可　見了之時要受灾　快些收拾快些走　你看那邊有人來
大寶桃哥也听得　一同走到外邊來　夫妻同把大哥問　逃到那裡去避灾
大哥說道一同走　逃出火線再安排　大哥說畢回身走　也到家中拿舖蓋
原來大哥無家眷　捎了行李趙家來　大媽此時珠淚落　叫稱女兒快逃走
你同女壻外孫去　老身守住這門庭　大寶听說娘親喚　要走同走莫分開
娘不走來女不去　豈可放下老人家　桃哥此時也開口　要死也要死一堆
岳母去時大家去　如何丟下媽媽來　一家三人嚎啕哭　大哥一見淚流腮
趙家媽媽快些走　山東避難理應該　待等太平再好轉　你听鎗聲已近來
正說之時匹匹拍　轟轟大砲遠飛來　大哥旁邊來催促　快快逃走莫遲挨

李大哥見他們一家人哭了。起來到也心酸。起來。忙道趙大媽。你看你女壻女兒如此痛哭。外孫們也跟着哭泣。快些走罷。不必留難他們了。趙大媽道。李大哥難得你一片好心。如常照顧我們。想老身行將就木之人。又是老病累身。走也走不動。况且到了山東。將何生活呢。趙大媽的一片話。說得桃哥大寶也呆了一呆

大寶桃哥頓然呆　衣食二字果然難　到了山東生疏地　那有銅錢買米柴

連連搖頭大哥叫　有勞大哥費心哉　我們還是不逃好　要死也是命安排

李大哥道。不是這樣說的。在生一日。勝死千年。老古話。好死不如惡活。況且山東濟南府我有幾个朋友在那裡。他是做大包作頭的。我們到了那裡。去托他一个人情混一碗飯吃吃也可立足。大寶我些女工做做。貼補貼補那就好了。

大媽聽了大哥話　心中方才放開懷　桃哥揹了趙大媽　大寶抱了兩个孩
大哥幫他拿行李　兩頭做了一担挑　鎖了大門身出外　一仝逃走出村行
此刻男女並老幼　哭哭啼啼苦傷悲　耳中鎗聲連珠响　流彈飛來頡惊呆
一路哭聲聲不斷　媽媽爹爹苦悲哀　世間萬般皆不苦　再苦原來是逃難
家中物件拿不了　性命還在頃刻間　趙林同了李大哥　終算脫險不招災
逃了二十多里路　不聞鎗聲始放懷　眼見男女無其數　後面還有逃上來

趙大媽伏在桃哥身上。恐怕女壻吃力。說道桃哥我們也歇息再走。大寶也因兩个孩子。抱一个揹一个。也筋疲力盡。李大哥挑了三四十斤行李。也走不動了。於是大家歇下。席地坐着。趙大媽只是流淚。大家雖然傷心。却不敢哭出來。怕傷母親的心。强作鎮定的說道。姆媽呀。我們靠天靠地。靠祖宗之靈。終算脫險。已到了平安地點。此去濟南。只要桃哥有了飯碗。憑着女兒一雙手。也不致餓殺。况且有李大哥照應我們母親放心。你老人家哭壞了身子。叫我們怎麽好呢。李大哥也勸趙大媽。大寶的話對啦。你年紀大了。又是多病之身。看看兩个外孫身上。也要放開一點。至於桃

趙大媽媽收眼淚　勉强放去心中哀　停了一會仍上路　夜間安身古廟存
好得難民人口衆　並不悽涼到濟南　大哥先尋小客棧　老小男女把身安
取出一張花花帋　買柴買米共同餐　次日大哥棧門出　尋了一所草房間
租定房子付了價　每月租金八百錢　田棧告訴桃哥曉　六人就把行李搬
草屋一隔分二處　大哥住了小一半　又辦枱子并櫈子　鍋子菜刀筷與碗
一共用了洋五塊　方才可以把身安　桃哥大寶真感激　大哥並不放心間
次日大哥街坊去　要訪朋友尋飯碗　尋到包頭水木作　劉四看見就開言
難得李兄來到此　快快說與我知聞　大哥便把情由說　鄉間打仗不能安
可恨軍閥無道理　个个都要奪地盤　百姓拿來當魚肉　誰人敢向軍閥言
不知打到何日了　所以逃難到此間　劉兄向來交情好　代我設法尋飯碗
還有一个知交友　一同到此把身安　要求劉兄施鼎力　設法把我二人安
倘得二人圖溫飽　劉兄恩德報不清　南無

劉四所了李大哥之言。說道巧極了。現在本省錢督辦。正命我包造一所三層樓洋房。限定二月完工。因為去年新討了。一个七姨太太。叫趙劍英。他的父親。叫趙達。我正因人工缺少。你們二人來做好極了。不過裡面的監督。是督辦所派。要听他命令。不好違他的吩咐。李大哥。你明天就同桃哥同來。我給你二塊牌子。你們務要當心收好。

早上進去交牌子　晚上領牌付工錢　每天工錢三角六　你的心意若何能
大哥欣欣辭了去　回家説與桃哥听　不知上工如何樣　劍英她又是何人

却説李大哥。得了工作歡歡喜喜。回去告訴桃哥。説起錢督辦娶了趙達的女兒劍英。做七姨太太。要造洋房的話。趙大媽听了。趙達二字。一聲長嘆。想起自己丈夫趙大來了。

暗暗心中來思想　不知丈夫在何方　算來已有十五載　生死未卜音信少
丢下大媽心中想　卷中重宣趙大身　自從别妻身出外　抱了二寶上山東
遇着一个好朋友　留在他家度春秋　一連住了三五載　二寶已有十一春
生得容貌真不錯　好比天仙下凡塵　趙大改名趙達叫　二寶名字叫劍英
趙達結了三五友　多是一班忘命人　私販軍火鎗和砲　趙達帮着做營生
有了錢時架子有　劍英也進學堂門　五年之後畢了業　交際場中有名聲
諸位請坐等一等　下卷之中宣你听

南無消灾障菩薩

姊妹花卷接前因　諸佛菩薩重降臨　在堂父母增福壽　過去父母早超生
聽宣諸公身康健　四季太平財星臨　一本萬利生意好　富貴榮華萬年招
添子添孫又添喜　兒孫滿堂步步高　七埭堂樓八埭屋　財丁兩旺賺元寶

南無阿彌陀佛

上本卷中。說到趙達自別妻離家。十五个年頭。他初到山東濟南。住在鄉間帮人家做工。漸次城中走走。結識了一班地棍。過了二年。趙達就吃空手飯。又是二三年。姘識了一个女子。做了二寶的晚母。她的手腕靈敏。認識私販軍火的一班。就此趙達也插足其間。後來又結識了錢督辦。就濶綽起來。劍英入學讀書。五年畢業。在這个讀書期內。劍英認識了一个同學。叫丁正民。他是革命党人。暗中活躍。他同劍英非常要好。

劍英朋友丁正民　民軍之中有名聲　他的胸中抱負大　暗中行動兵隊們
同志已竟有不少　密密佈在濟南城　待等廣州義旗舉　一聲霹靂都响應
現在未奉政府命　惟有暗中去聯盟　他同劍英頂要好　不過劍英愛虛榮
所以弃不邀加入　劍英焉知他的情　丁父佐良妹有容　一家都是革命軍
與着劍英訂密約　我不娶時你不婚　公園之中雙雙影　時常喋喋一同行
我愛你來你愛我　二人每日不離分　只欠一點未通過　不然可以早結婚

劍英和丁正民倆非常要好。暗訂婚約。不料。

好事多磨從古說　他倆不得趁心胸　是日趙達請客酒　原來請的督辦身
私販軍火雙方識　手臂相連軍閥們　趙達家中掛燈綵　上等翅席排當中
陪客都是軍火販　外有參謀副官們　另有一个蕭隊長　又來赴席到趙門
稍停督辦錢公到　趙達迎接甚恭敬　又叫女兒做招待　好叫督辦見姣容
只要督辦提一把　立刻可以華與榮　果然督辦心好色　見了之時笑滿容
忙問趙達她是誰　快快說與我知聞　趙達聞言知中計　含笑開口答他言
叫聲督辦听仔細　小女名字叫劍英　初高畢業已不讀　生性只愛外邊玩
現在婆家尚未有　待字閨中十七年　高不成來低不就　蹉跎青春美容貌
督辦聞言哈哈笑　連聲誇讚美嬋娟　如此裙釵人間少　天仙難比美姣娥
說畢之時一聲嘆　枉有六妾在衙中　妻妾雖多皆蠢物　馬比爾女美容顏
帶說帶笑回頭看　參謀心中已了然　立起身來趙兄叫　我今同你談一言
二人馬上身出外　行到旁邊小客堂　參謀含笑趙兄叫　恭喜你的福星臨
督辦心中愛你女　意思討來倚紅粧　不知趙兄允不允　立請言明好復上
趙達聞言心暗喜　官運亨通在今朝　果然中我美人計　將來權柄在身旁

趙達聞了參謀之言。一言允許。說道全仗老兄之力。趙某的女兒一百歲也是人家的人。何必留在家中。況且作妾也是人。做妻也是人。我倒贊成作妾的好。因為他能娶三妻四妾。家中一定富裕的。參謀道。趙兄的這句話。正應了你的名字。真正明達恭喜趙達說道令嬡將來專寵趙兄升官我們更加好辦了。趙達也自鳴得意的哈哈大笑等到酒客散去。

趙達含歡身入內　叫聲劍英我的兒　今朝一椿大喜事　特來報與你知聞
方才督辦見了你　滿心歡喜要聯姻　我兒將來嫁了他　平步可以上青雲
為父終身叨光你　永世不忘你的恩　劍英听了心中怒　只因己許丁正明
說道作妾我不去　要我作妾萬不能　同學正明丁家子　女兒自由己許婚
有用青年婚不許　反去送兒軍閥門　督督家中有六妾　何必定要女兒身
他若好時歡喜你　心中不快罵女人　你要做官廣東去　有了資格件件能
趙大听了心中怒　面上仍舊猷慇懃　旁邊趙妻也相勸　父做官時兒亦榮
將來督辦死掉了　我兒何妨嫁正明　眼前只有洋錮好　有了錢時到處行
督辦衙門都榮耀　山東省裡是他尊　一呼百諾人人敬　我兒且听你父云
劍英一定不答應　非嫁正明不稱心

趙達同了姘婦。勸了一會。不料劍英心如鉄石。一定不允趙達也沒有法想。不料事有湊巧總統府內閣總理下了一道命令。說革命党到此活動着山東督辦一體緝拿法辦。錢督辦接了一道命令。立刻下令。令蕭隊長到處搜索。又派了二十名偵探小心訪問。我且不表。

再說劍英趙氏女　大怒回房換衣衿　手拿皮包身出外　要去相見丁正明

出門一徑匆匆去　行來已到丁家門　正明妹子有容接　挽手同行到高所
劍英又把佐良見　伯伯妹妹叫連聲　佐良知她來訪子　喚出正明見她身
二人一見先握手　然後坐下話談論　劍英約他遊園去　正明打扮就出門
匆匆一路公園去　園中坐定話衷情　正明見她眉頭皺　啟口開言叫劍英
妹妹因何心不快　莫非另有別樣情　劍英聞言嘆口氣　叫聲正哥听原因
只因父親行不正　昨日家中請客人　客人非是別一个　就是督辦姓錢人
命我出來做招待　黑心督辦見我身　叫着參謀媒人做　要我嫁他做小星
父母徵求我同意　我就回絕二雙親　你看此事如何了　快快與我妙計生
正明听了眉頭皺　叫聲劍英妹妹听　我今却有一条計　二人何不出遠門
我本要到廣州去　廣州領餉到北平　實不相瞞告訴你　我是革命党中人
將來打倒軍閥輩　山東督辦要傷身　妹妹不必担心事　跟我廣州走一巡
大約今年不動手　明年一定到山東　二人正在談心曲　一樁岔事到來臨
原來隊長党人捕　不知究了多少人　你若家裡有財產　他就說你是党人
明抄文件暗取物　主人捉去入官廳　有錢運動消罪案　無錢叫你監裡行
濟南鬧得人人怕　暗中罵煞軍閥們　害我山東家家破　究了許多好百姓
正在談時官兵到　擁進園中捉正明　正明同她正談話　軍兵上前抓住身

軍兵因偵探報告說道丁正明却是革命党人。所以他們先到他家裡去捉不見丁指明他們上去。把他捉住。押了出來。恰巧後面趙達蕭隊長和錢辦也進公園來遊玩。軍兵們見了。上前行禮報告道。啟大帥。捉住了一个正式党人。叫丁正明。錢督辦正要問時只見劍英也走了過來。面帶愁容之狀。

趙達一見劍英在　已知他們這樁情　附耳便對隊長說　此計可以包成功
隊長又同督辦說　督辦一口就應承　假意含怒裝威武　喝聲正明姓丁人
你今犯了叛党罪　真憑寔據難逃影　吩咐手下推出去　鎗斃正明姓丁人
劍英聞言心欲碎　啟口開言叫父親　見死不救因何故　快快搭救正明身
趙達開口高聲喝　鎗斃亂党理該應　隊長旁邊開言道　走上幾步叫劍英
我今同你說句話　你若允時他可生　劍英不知是何意　忙問隊長姓蕭人
你有高見儘可說　通融之處可應承　隊長含笑小姐叫　你今可知督辦心
他的心中只要你　你允婚姻正明生　生死之權在他手　一半也在你的心
劍英此刻無可奈　要救青年丁正明　正明雖然裝鎮靜　心中料定這樁情
暗暗口中劍妹叫　生死在你允不允　趙達此刻也開口　女兒女兒叫連聲
要救正明快些允　立刻可以放他行　劍英到此真無奈　要求先放丁正明
放了他去奴便允　以後不可捉正明　隊長回言小姐叫　此事一概我担承
回身稟與督辦曉　令下之時放正明　正明馬上回家去　收拾行李廣州行
不表正明廣州去　且說劍英轉家門　稍停一部汽車到　來接劍英進衙門

督辦一見心歡喜　劍英做了七姨身　偏房專寵夫君愛　趙達頓時透官星
軍需科長授寔缺　進出後跟四个兵　督辦妹子錢小姐　又與劍英甚親近
督辦自娶劍英後　朝夕相依同坐行　六个姨娘心中怨　每日不到别房中
恨她攏絡督辦身　也是劍英該交運　明年産下後代根　督辦更加心歡喜
言听計從好不稱心　吩咐當差奶媽喚　驗看奶水請醫生　三朝滿月都熱鬧
趙達夫妻到來臨　一个鎖片值五百　送與外甥套頭頸　督辦又把岳翁請
席中談天論党人　趙達趁此讒言進　他說處長没用人

白

趙達因女兒生了兒子。格外歡喜。送了一个鎖片。上嵌明珠價值五百塊錢。當下和督辦在酒席上說起軍務處長太懦弱無能。所以革命党人如此的鬧法。只要辣手一點。不怕不能肅清。錢督辦道。這樣明天就開除他。補上你罷。趙達假意推辭說道力不勝任。督辦道不要緊。你做好啦。怕誰講你不好。劍英指着督辦道。爹爹有了他的背景。你怕誰啊。做就是了。趙達方才謝過。到了次日。果然督辦發表命令。軍務處長開除。着趙達補缺。這一來平空把一个胸無點墨的趙達。抬上了青雲。好不快活一切多要問他。連得醫生驗奶水。也要先報告他一句。但是醫生驗了幾天。一天換一个。差不多有四十天了。一个不中。此刻濟南城中。大家知道。貧苦人家生了兒女都棄了親生。來做奶媽。

消息一人傳十个　十人傳百盡知聞　這天大寶因無米　隔壁人家借米粮

大寶聞言忙動問　何等人家要用人

張大嫂道。林大嫂。錢督辦衙中。生了一个兒子。要想用人。三塊錢一个月。吃他熱的。拿他冷的。豈不是好嗎。

大寶听了心中喜　借米回來見娘親　將情告訴娘親曉　大媽心中也歡欣
稍停桃哥回家轉　買頂帽子與兒身　又買一包火灼糕　二个孩兒當點心
大寶夜膳來取出　又把情由告夫君　桃哥一聽雖不快　但因經濟也允承
好在次兒已二歲　十七足月不要緊　是夜三人來話別　次早大寶去報名
桃哥仍舊工作去　大媽家裡領孫孫　好在阿大已五歲　默抱可以免費心
有時桃哥在家裡　做个馬兒騙兒身　地上扒來並扒去　引他兒子免哭聲
父母愛子真个愛　所以忤逆不該應　南無

却說大寶到了督辦衙門。報了名進去。一看。已有十多个在那裡了。等了一會。醫生來驗看奶水。驗到三十四大寶。非但奶水很足。而且和劍英的奶水。融合一起。暗暗叫奇。忙來報告過趙達。只留三十四號奶媽。然後去報告七姨太太

醫生報告趙劍英　有个奶媽合兒身　她的奶水與你合　而且濃厚勝他人
劍英正和錢小姐　並坐沙發共談心　二人聽說醫生報　傳言喚進奶媽身
大寶進去太太見　又見錢家小姐身　劍英吩咐先試吃　三天之後定章程
大寶答應身退出　去領督辦小官人　裡面姑娘開口說　叫聲姐姐你且听

這个奶媽多漂亮　可惜身上少衣衿　倘然穿了時新服　却和姐姐一般形
劍英回頭妹妹叫　我是何人她何人　下賤之人焉比我　被人听見笑煞人
劍英一種高傲態　焉知幼時一樁情　大寶是她親姐姐　今朝權做奶用人
十二時辰為一日　三天功夫快如雲　大寶就在裡面做　時時想着自親生
不知家內如何樣　抱了官官想自身　又把娘親丈夫掛　未知身体可安甯
不說大寶心中想　書中再表桃哥身

桃哥在督辦署後面做工。自從大寶進去做奶媽之後。桃哥時時想念。對着前面望望。這一天合當有事。趙劍英因為錢督辦兩夜不回來。問當差小張。才知他在妓女老九那裡住夜。所以不回來。心中大怒。起身之後。香兒伏侍他梳粧。劍英大發脾氣。左不是右不是。正在此時報道大帥回來了。

劍英听說心中想　忙到粧台撲撲粉　香水灑了無其數　立在窗前看花園
外面木工和水作　洋房上面開窗門　後面皮鞋聲咭咯　大帥已經走近身
劍英劍英連連叫　劍英並不睬他身　督辦用臉湊上去　劍英回身別處行
方才回身說一句　有了老九忘我身　督辦含笑雙搖手　以後永不上她們
劍英回身指定說　恐怕未必是真心　說畢假意來哭泣　督辦佯怒罵劍英
你今不要撒嬌哭　我却不是好惹人　你再哭時打死你　劍英聞言更怒增
送上前去被他打　督辦慌忙陪罪云

笑。恰巧錢小姐來了。說道哥哥。姐姐。你看洋房快造好了。二人被她一提又立到窗口去看。不料正在此時。桃哥抬起頭來。見了劍英。和男子談話。她的面相。與大寶一般無二。看了出神。被監工看見了。喝聲十二號小工看什麼。一聲喝。桃哥一唬。跌了下去。底下的小工們。大家上來。扶他起來。見他頭已磕破。脚也傷了。李大哥忙走攏來報告。工頭指了他回家去。到了家中。報告大媽。趙大媽听了。吃了一惊。即謝謝了李大哥。

大媽一見頗然惊　忙問桃哥怎樣能　但是家中無積蓄　焉能再可病來臨
先請醫生來調治　醫生說道傷了筋　非要半月不能好　莫要行動保他身
大媽聞言愁眉皺　想來惟有見女身　借他工錢二个月　方始可以度晨昏
大媽想定身出外　用手帶上兩扇門　匆匆一徑街上去　行了二刻見衙門
走上前去忙動問　口中叫聲軍爺們　待我裡邊望望女　說畢移步要進門

二人守衛兵喝道。這裡是什麼地方。你好亂走嗎。快快滾出去。趙大媽無奈。立在旁邊。後來見衛兵不看見。冲了進去。又被衛兵拖住。趙大媽到了此時。跪下叩頭道。二位爺。我要看看女兒。只因我的女兒在裡面做奶媽。望爺爺行个方便。

衛兵听了含笑說　你這老老不懂情　何不早點說明白　早早可以見女身
你且立在此地等　我去叫喚你女身　大媽多謝門前等　稍停大寶見娘親
叫聲媽媽裡邊來　媽來可有甚事情　大媽未說先流淚　女兒你且听分明

只因你夫跌傷了　所以特來見兒身
先與東家工錢借　借了錢來救夫君
大寶聞言心欲碎　叫她媽媽等一等
説畢回身向内去　要到房上見主人

大寶走到扶梯前。却好劍英下樓。原來有人請劍英去打麻雀。咭咯咭咯下樓。大寶慌忙跪下。在旁邊叩了一个頭。叫聲太太。劍英問道。你眼淚汪汪。有什麽事。大寶道。太太。只因我家丈夫。

木作裡面小工做　今朝跌下險喪身
家中貧苦無積蓄　方才我媽到此行
要求太太施恩德　借我工錢六塊銀
二三兩月不要付　四月裡向再付銀
劍英所説心大怒　伸手一記耳光臨
説道我要賭錢去　觸我霉頭了不成
今天倘是輸去了　回來問你小賤人
回身便向外面去　大寶此刻急煞人
家中丈夫身有病　叫我如何救他身
回身出來官官哭　大寶便去抱兒身
喂乳之時低頭想　忽見鎖片掛兒身
暗思此物可以借　當了銀錢醫病人
主意想定身發抖　原來做賊甚心驚
放下官官鎖片取　慌慌張張手中存
不料錢家小姐到　見她面紅身發抖
小姐頓時起疑心　走上前來仔細看
一根絨繩露衣衿　走上前去這一把
拖出鎖片見假真　此刻唬壞趙大寶
上前搶住不放行　口中哀求情由説
小姐頓時怒生嗔　張口要喊衛兵到
大寶心中急煞人　上前按住小姐口
不料碰動古董瓶　紅木架子來倒下
花瓶打中小姐身　腦破血流歸西去
大寶逃出告娘親　方見娘面軍兵曉

電話之中下命令　分付押交軍法處
奶媽抵罪不容情　參謀因令稱知道
又要報告趙劍英　劍英馬上回衙轉
督辦因為請客人　衛兵押了大寶去
守在軍法牢監中　秘書電話報趙達
原來趙大在家中　接了電話忙立起
汽車開出到衙門　督辦公署開喪事
書中可以不必云　再說趙家老媽媽
跟了大寶後面行　立在外面望裡看
遠遠看了一車臨　汽車到了來歇下
車夫跳下先開門　車中走出人一個
大媽一見喜歡心　原來丈夫高官做
今朝我女有救星　走上前去忙開口
趙達一見心內驚

趙大媽走上前去。叫聲啊呀。你是大寶的父親。趙達听了。大驚。忙搶住道。不許多說什麽。吩咐護兵。帶她進來。大寶二寶。我不能救你。快些住口。但我問過了再說。回轉頭來。

大媽心中已知道　丈夫臉面也要緊
且是跟了他進去　諒來我女可保存
趙達到了書房裡　吩咐帶進大媽身
又命守兵盡退出　夫妻相見話衷情
趙達關門身坐定　大媽開口叫夫君
歷年你在何方地　如何此刻有官升
二寶現在在那裡　犯人就是大寶身

趙達道。二寶現在嫁了錢督辦。我才得升官。不過大寶的案子太大了。我也不能救她。只有照例鎗斃。我看你好好回到鄉間去。我把你五百塊錢。防防老罷。

說畢之時摸鈔票　五百洋鈿交付明
大媽接來看一看　劈手丟去罵一聲
你今有了官來做　忘了家中妻女們
二寶大寶是你養　我今同你外面行

街坊上面講一句　看你臉皮何處存　趙達慌忙來搖手　慢慢再想妙計生
分付厨房来辦酒　先請二寶到來臨　又命牢中放大寶　好叫你們認一認
大寶到了爹爹見　二寶接電也動身　稍停二寶已入內　見了爸爸問一聲
犯人什麼也在此　這个乞婆是何人　酒席排來請誰吃　扠腰不睬二个人
趙達含笑女兒叫　指着大媽話分明　她是你的生身母　犯人乃是姊妹稱
二寶所了心大怒　爹爹今朝發了昏　我有媽媽何瞎說　從來沒有同胞人

劍英說畢氣得口也不開。坐在椅上發呆。趙大媽道。你就是二寶嗎。你做了官太太連娘也不要了。也罷。我還你一个認識。想你在五歲那年的夏天。你打翻了你爸爸的酒瓶。你爸爸拿了一把火夾打來。為娘的用臂去攔。燙起了一条火烙印。我和你的膀子上。各有一条。不信你看。劍英聽了。將信將疑。捲起膀子一對。果然一點不錯不由哭起來了。叫聲媽媽女兒不曉得。請你原諒我吧

大媽開口女兒叫　不知不罪古來云　這位是你同胞妹　現在犯罪命要傾
還望女兒設法救　做娘感激你的恩　劍英慌忙姐姐叫　大寶並不睬劍英
說道你是官太太　打人耳光不該應　你的威風多麼大　眼中那裡有窮人
你若借我工兩月　不致連累小姐身　說來說去都是你　你是貴人我苦人
大媽也把大寶勸　妹妹叫你要答應　她的心中不曉得　這也難以怪她身
今天說明消前愆　以後還是自家人　快快坐下來吃酒　一家團圓好歡心

句分別分別好送大寶去抵罪。趙大媽道二个多是你女兒你好忍心下得落毒手嗎。趙達眼睛一掄。說道皇子犯法庶民同罪。一命抵一命。沒有法想我本來叫你們見見。所以辦酒請你們的快吃罷不要多說了。

大媽此刻怒氣生　罵聲天殺老牛精　今天不把大寶救　老身和你拼一拼
說畢之時身立起　一頭撞過罵夫君　喪心無恥老天殺　問你答應不答應
劍英慌忙來勸住　娘親連叫二三聲　母親不必担憂急　一切自有兒担承
我們爸爸心不好　只貪銀子不貪名　有了洋鈿迷迷笑　沒有洋鈿送性命
死在他手人不少　良心好比黑炭能　姐姐性命多有我　包他活命轉家門
大媽听了心才放　今朝便宜老牛精

趙達見劍英保大寶性命。說道劍英。你不要糊塗。保了大寶你的性命我的官職怕都要不保。還是叫她抵命的好。又對大媽道。大寶死了。我把洋鈿給你好好的回去從此斷絕往來。劍英接着道。爸爸。你昏了。你只要官做你如此胆小。你做你的官罷我們從今為始。父女斷絕關係

劍英說畢蹬了足　開口便把媽媽稱　回身又把姐姐叫　我今送你去逃生
天大事體有我在　不必理睬爸爸身　左手挽了趙大媽　右手扯住大寶身
三人一同來出外　趙大急得眼睛瞪　眼看三人都去了　心中真正急煞人
二寶同了母和姐　坐上汽車開了行

姊妹花卷宣到此　再生花上接前因　听宣諸公增福壽　比看影戲暹分明

四季平安都吉利　消灾延壽保長生　欲知究竟如何了　明天到府宣你听

一翻一復稱奇事　風水輪流果然真

南無消灾障菩薩

風陵文庫
文庫 19
F 399
35:30
早稲田大学図書館

绘图姊妹花后部再生花宝卷　二卷

线装，石印本，一册，长二十厘米。检索号：文库19　F0399 0035 0026。每面十八行，行字数不等。四周单边。封面题『绘图再生花宝卷　惜阴书局』，扉页题『天道好还　果报不爽　绘图再生花宝卷　吴江陈润身辑并署　上海惜阴书局印行』，卷首题『绘图姊妹花后部再生花宝卷』，版心题『再生花宝卷』。

内容：

李大哥得知大宝被押送军法处后，急忙去赵家向桃林通风报信并资助桃林。李大哥走后，赵大妈和大宝、二宝回到家，一家相认，二宝出钱为桃林看病。

二宝到丁正民家，请求丁家收留赵大妈和大宝。丁父考虑到自身革命党的身份不容暴露，因而拒绝。二宝回到赵家，心腹小张告诉她，钱督办到军法处准备审问大宝，发现大宝已经被她救走，现在正派人过来抓人。二宝交给母亲盘缠，让姐姐、母亲先逃走，自己回军法处先应付着。赵家人一路狂奔，但还是被钱督办的手下抓到，赵大妈用二宝给的银钱贿赂头目萧队长，得以逃命。

二宝回到军法处，与钱督办争辩，首先晓之以理，点明是钱小姐冤枉大宝偷东西（毕竟人死无对证），然后动之以情，强调大宝喂养你的儿子没有功劳也有苦劳，干脆将她无罪释放，最后使出杀手锏，如果不放，自己代大宝死。钱督办闻言大怒，要拿皮鞭抽死二宝，幸亏小张机灵，喊了众人来劝，钱督办最终没下手，只是不许二宝出衙门。

钱督办刚走，二宝就贿赂了看管的萧队长，出衙门寻母亲和姐姐无果后，返回家中，派小张打听母亲和姐姐的消息。小张见到桃林并得到他们的住址：杏花村东村口第三家。赵大妈病重，大宝夫妻无钱救治，家庭再次陷入困窘。

桃林在李大哥介绍下为革命党人传送消息、物品，可勉强生存，但赵大妈生病后无余钱救治，他只好找二宝取钱，不料被萧队长抓住，扣上反动派的帽子。二宝贿赂萧队长后，得以与桃林交谈，知晓母亲病重，心中难过，但不能立马去见母亲，只好交代心腹小张送一些医药费到杏花村给母亲治病。这边二宝、桃林还在交谈，那边钱督办收到有委员将要来访的消息，于是急忙赶回家准备欢迎事宜，二宝匆忙间将桃林藏在衣柜中。二宝陪同钱督办看儿子，桃林被丫鬟香儿放下楼去，被萧队长带到堂上以革命党的身份审问和关押。

钱督办和赵达商量对付革命党人的对策。丁正民配合广东政府将要出兵攻打山东的计划，想与广东政府里应外合，故想找二宝帮忙，不料也被抓住关押起来，形势变得棘手起来。

丁正民和桃林同被关在狱中。民军攻打湖南节节胜利，钱督办忙于操练军队，不在家中，二宝趁机看望赵大妈，和大宝刻意对赵大妈隐瞒桃林被关押之事。母女三人谈心，明白了赵达发迹的过程和当下的革命形势，后二宝回家。

钱督办操练完军队后，刚到家中就收到急报『湖南已失守』，要求钱督办出兵。钱督办自知自己草包一个，于是打算以去北京借兵为借口带着二宝跑路。钱督办计划让赵达留守山东，自己带着二宝和儿子先去天津。二宝听从，收拾东西的时候，又取了三百金让小张送到母亲家中，并打点监狱安置好丁正民和桃林，之后跟着钱督办到了天津暂住。赵达留守山东，挥霍钱督办留下的钱财，正寻欢作乐时，萧队长找上门来说广东民军打过来了。

赵达无视战争紧急状态，继续寻欢作乐。二宝心腹小张见此形势，秘密加入革命党。此时，广东政府正在一路朝山东打去。赵达听闻广东民军将要到达山东，打算带着姘妇和财产跑路，不承想姘妇将赵达的财产偷偷转移回自己的娘家。萧队长也得了赵达跑路的消息，设下埋伏抢赵达的钱，之后将赵达押入监牢。萧队长反水迎接革命党军队进山东城。桃林当了宣传长，城内一派祥和安宁。二宝听说山东被攻占后，和钱督办回到山东，先后见了丁家人和赵家人，让钱督办认了错，一家人和好，并坐在一起吃席。赵达经过赵大妈说情，被放出来，并乖乖认了错。萧队长当上山东政府主席，并和丁家妹子结为夫妇。丁正民和桃林动身前往广东参加革命，桃林的两个儿子长大后留学美国，也成为国家栋梁之材。

补记：

《中国宝卷总目》记录了包含泽田藏宝卷在内的一个版本。① 该宝卷是民国时期宣卷艺人从电影故事改编而来，对于考察宝卷的现代演变有重要价值。

（辽宁大学王淑慧参与了对本题解内容的总结，特此说明并致谢！）

注

① 车锡伦编著：《中国宝卷总目》，北京燕山出版社，2000 年，第 355 页。

講勸善民間故事
普門大士
繪圖再生花寶卷
惜陰書局
發行所 上海四馬路山東路口
如能循循善誘未嘗不可改進也本局在昔向以武俠小說風行海內持公道人心警世俗賢愚豈知閱者誤會反足遺誤青年本局慨念前非決去武化改求善化引人以正戒之以邪罟警人心以補世風耳
惜陰主人識

天道好還　果報不爽

繪圖再生花寳卷

吳江陳潤身輯並署

上海惜陰書局印行

趙大媽
趙達
小張
丁正民
李大哥
桃林
蕭隊長

先排香案　虔誠供奉　齋主上香　開卷宣讚

宣卷本來老腔調　諸公定然皆知曉　如今改改新花式　開卷先要勸同胞
蘇杭兩省賽仙界　快活要算姨太太　一座洋房新砌造　四面電燈亮堂堂
房裏傢伙西式樣　中央一只白銅床　鋪設摩登真美麗　清潔無塵好堂皇
一束花朵瓶中插　放大照相墻壁浪　無線電話卷來宣　三個娘姨亂忙忙
燒飯司務上下手　二個車夫日夜搀　朝浪無事儘管睏　二點半鐘纔起床
忽聽電話聲的令　太太接聽喜滿腔　聽畢之時忙坐起　稍停老爺進香房
叫聲老爺沙發坐　親身伏侍笑臉裝　敬支香烟茄力克　細巧點心滿盤裝
迷花眼笑米湯灌　老爺聽得心喜歡　一捲鈔票親手付　洋鈿到有一百寬
老爺去仔她也去　跳舞場裏轉團團　綢緞店裏走一轉　一包衣料帶回轉
到了家中身無力　拿出一副小烟盤　鴉片吃到天光亮　雙眼一合把身安
太太福氣真個大　稱心還有自由權　可惜好花容易謝　勿養四女並三男
後來老爺歸泉路　手裏無錢心裏酸　赶出公館無去處　想來心裏甚慘然
奉勸諸位女同胞　快快醒悟趁青年　不信且看再生卷　劍英收成便了然

前部姊妹花卷中。說到劍英。因他父親趙達。一味勢利。依官托勢。只想升官發財。但是他忘記了。官是那裏來的。不是劍英嫁着了。好丈夫那裏有得官做呢。劍英也不便說明。一心要救母姊。三人挽手同行。三人出了軍法處。崗軍不敢攔阻。任從她所為因為平日督辦。尚且怕這位七姨太太的言聽計從。何况我們門軍呢囘頭看看見趙達處長尚不敢拖她不過口中說道反了反了。劍英你不要任性錢小姐究是你丈夫的妹子。他要是不答應連我多有關係的快快轉來可是喊也無益

此刻劍英已出門　叫她母親車上等　大寶也上汽車坐　劍英分付車夫聽
與我開車北城去　緯一馬路一路行　北城之外尤家宅　速行速行莫留停
車夫不明其中意　風捲電馳向前行　一路行程來得快　穿過緯一到北門
城門口頭門軍立　見車曉得太太身　舉鎗致敬並立正　劍英分付車一停
告訴門軍人二個　有人問你不知情　莫說我車城外去　囘來賞你二元銀
門軍唯唯心疑惑　不知太太作何情　上命分付不敢違　落得趁他二元銀
只見汽車又開出　匆匆一路去如雲　片刻已到尤家宅　村外樹木草青青
車子停在草門外　母女三人出車心　大寶上前開了門　推門進去叫夫君
桃哥正在床上睡　聞妻囘來好歡心　南無

原來桃哥因受了傷痕。囘家養病趙大媽到城中去見他的妻子想借幾塊洋錢來醫治他的病症。趙大媽去後。恰巧李大哥在城中得信說趙大寶因偷金鎖片被錢小姐遇見了。二人爭論打倒古玩架子。一個花瓶打死了錢督辦的妹子。問罪送軍法處重辦了。他得了此信立刻趕到趙家送信推門進去却不見趙大媽口中叫道趙大媽快來裏面的桃林哥却聽見了說道李大哥來了我媽媽到大寶那裏去了

究竟身上傷那裏　快快說與我知聞　桃林聽說流珠淚　大哥大哥叫二聲
你不問時到也罷　問起之時好傷心　現在跌傷二个脚　寸步難移難起身
家中又無錢和鈔　算來此命活不成　大哥一見心中苦　立起身來向外行
叫聲桃哥休要急　我去代你請醫生　片刻之間醫生到　原來脫骱不非輕
醫生上骱用了葯　桃哥放才痛住停　千恩萬謝大哥聽　你是我的再生人
今生不能來報你　來生再報你的情

李大哥說道。桃哥你我同鄉。如兄若弟一般。實因我的力量不足之故。我有二塊洋鈿。請你先用起來。慢慢養息。說畢。竟自去了。桃哥睏在床上。等了半日。不見岳母回來。心中十分躭憂。不知她老人家去了許久。因何不回。不要路上出了毛病了嗎。心中正在罣念。忽聽門响。見他妻子岳母。又同了一位漂亮少婦到來。心中甚奇的。

桃林開口將妻問　你今如何轉家門　這位何人快快說　免夫心中疑心生
大媽開口來接住　叫聲桃林你且聽　老身今朝來介紹　此人就是二寶身
又對劍英開口道　姊夫桃林姓林人　桃哥先把妹妹叫　劍英也叫桃哥身
劍英開口忙說道　母親收拾快起身　我有洋鈿五百塊　拿去暫時度晨昏
等我設法房子借　相請母姊去安身　劍英勉强身立起　叫聲姊丈莫焦心
說畢之時身出外　門前上了汽車行　匆匆一路開了去　丁家門前車停行
劍英忙把車來出　叩門高叫二三聲　裏面有那丁氏女　行來開門看分明

一見劍英心暗喜　想起前情虧她身　哥哥不是她搭救　至今恐怕身首分
伸手上前行個禮　挽手同行到高廳　丁父佐良堂上坐　歡笑接待美釵裙
難得太太來到此　不知可有什麽情　劍英含笑來回答　老伯在上聽原因
只因家中遭變故　母親姊姊難星生　打死姑娘錢小姐　督辦定要命抵命
有容忙問因何故　快快說與我知聞　劍英又把從頭說　細細說與父女听
現今特到貴府上　要求權借餘屋登　若得母姊身安定　一重恩報九重恩
千望老伯來央許　俯允我的一庄情

丁佐良是何等人物。老於世故知道大寶因偷金鎖片。打死錢小姐督辦不肯甘休的。而且自己是革命党。人家中很多的危險物品。倘然留了趙氏母女事被外人知道。走漏風聲。那還了得。倘若株連及我豈不反受其累呢。左思右想決計不允的為妙。回絕於一時。免了許多麻煩因即含笑說道錢太太啊承你前情照拂本當允借舍間奈小女有幾個姐妹在此故而得罪了

並非小老下絕情　小老也有一庄情　我們家中做的事　諒來你也得知聞
真人面前不說假　請你原諒細思忖　況且正明是你救　此恩尚未報答你
難道令堂我家住　些些小事不答應　只因這庄事太大　久後必定捕凶身
望你今朝原諒我　另尋別處且安身　伙食開支我暗送　太太不必罣心胸
劍英此刻真無奈　心中想起以前情　叫聲老伯告辭了　改日再登你的門

風捲電馳來得快　片刻已到趙家門

你道此人他是誰　衙中聽差小張身　姓張名喚張有德　七姨太太心腹人

督辦外面舉和動　小張都報太太聽

小張乃是督辦衙中的聽差之人。他是七姨太太的心腹。自從出了這件事體。他心中時刻担憂。今天督辦因尚未回衙。不過電話中分付把犯人押了起來重辦。非要抵命不可。到了三點鐘之後。方才回衙。衛兵接入。他到了房中。不見劍英。問起娘姨。說道太太已經出去了。督辦又傳進參謀長。托他安排喪事。然後動身要到軍法處來親問奶媽。

正欲出衙趙達到　參見督辦錢大人　回稟犯人已去了　却是劍英力担承

同了她們汽車上　不知逃往那方存　督辦聞言心大怒　命取保單看分明

趙達忙把保單進　上面住在尤家村　督辦怒氣生不息　傳進隊長姓蕭人

叫他二百兵丁帶　快到趙家捉凶人　不許放走趙大寶　放了之時頂罪名

快去快去快快去　我在衙中等你們

蕭隊長一聲答應。立刻點了二百名小兵出發。撲奔尤家宅。督辦身邊的小張得了此信。曉得靠不住了。諒來七姨太太一定尚在趙家的。等我先到趙家送一個信。好叫他們預先逃走。免得捉住。所以他急急趕來。一路之上。已到了尤家宅。正要打聽消息。忽見汽車停了下來。原來正是趙劍英。小張忙搶上一步。叫聲太太

督辦已經回衙轉　大發雷霆責我們　又把處長來責罵　立命隊長捉凶人

五

務要捉到趙奶媽
此地不能再躭擱
劍英聞言心中急
趙媽此刻真正急
拼着老身一条命
大寶桃哥同聲答
大媽連連來催促
劍英取出銀五百
我到衙内來回復
一切全仗你大力
桃林背了趙大媽
家中物件也不要
你道吃惊因何故
脚步動時塵土滚

二百兵丁已出門
兵丁立刻到此臨
慌忙走進見娘親
回言叫聲大寶身
抵庄死了見閻君
你不行時我不行
女兒女婿不肯行
雙手交與大媽收
諒來没有大事情
我們今天且逃生
大寶抱了二兒行
二包衣服被一条
原來却是追來兵
所以桃哥得知情

太太快快想法子　好叫奶媽早逃生
說罷之時回身走　恐怕知道活不成
高叫娘親快些走　官兵即刻到家門
你同丈夫快快走　老身年高不出門
你們快些出門去　不必牽掛老身身
要死三人死一起　要活也要一同行
三番四次來催促　大媽終是不肯行
母親快快收了去　赶快投生別處行
趙媽含笑來接過　叫聲女兒費你心
收了銀子忙收拾　母女女婿同出門
五人一同出門去　赶向前邊去逃生
行有三里回頭看　不覺心中吃一惊
後面正是蕭隊長　二百兵丁走如雲

你道因何吃惊原有蕭隊長帶了二百兵丁奉命赶奔尤家宅不一時已竟到了目的地趙家門口却見大門開着只道裏面有人還未逃走忙命四面圍住蕭隊長執了手鎗雄赳赳氣昂昂的搶進了門裏四面一轉却不見一个人影忙退出來喚集

惟有方向尚知道　只見他們向東行
隣人說過他去了　隊長立刻帶兵行
一路追趕趙氏女　急急行來不留停
三义路口問個信　有人指點隊長聽
隊長聞言忙赶去　匆匆追了三里程
只見前面人五個　三大二小走如雲
隊長忙把手鎗放　朝天一鎗喊一聲
大寶奶媽快止步　再不停時吃傢伙
桃林回頭只一看　馬有心中不吃驚
叫聲岳母賢妻子　看來此命活不成
不若住步由他捉　終於不至五命傾
立定之時身發抖　隊長已到面前存
叫聲奶媽趙氏女　殺人抵命古來云
一命一人從古說　切莫怪我隊長凶
我也上命來差遣　身不由主諒我情
大媽此刻哀哀告　尚望隊長憐老身
女兒女壻由他去　老身情願抵千金
隊長聞言哈哈笑　媽媽說話不中聽
要放之時全放他　豈可放了正凶身
奶媽一人尚可抵　你去原是了不成
千言萬語終不允　大媽頓時巧計生

趙大媽一想有了。自古道、

青酒紅人面　財帛動人心

忙在身邊拿出了五百元鈔票付給了蕭隊長。說道、全仗隊長包涵一二、老身感恩不盡、兵蕭隊長雖則因公而來、但是他的心中呢、究屬銀子是好的、有了五百塊大洋自然立刻改口、笑臉含歡的說道、媽媽不要客氣、我同七太太向來合式、不過人口難掩、今日受了你的分給衆弟兄用用、好令他們不說、免得走漏風聲、我是不要

的河

隊長接了五百銀　馬上說話就轉蓬　佯為分給弟兄用　其實還是一人吞
傳令隊伍來回轉　大帥面前莫漏風　二百兵丁洋二百　隊長獨吞三百金
回到衙中交命令　只說不見桃林身　奶媽母女也不見　諒來早已遠逃生
督辦聞言心大怒　吩咐傳話趙達進　趙達此刻無主意　見了連連請罪名
督辦聞言王八蛋　罵得趙達好無顏　唯唯諾諾旁邊立　心中忐忑不住停
正在此時久湊巧　劍英汽車轉家門　走進來來聲咭咯　高跟皮鞋响連聲
督辦一見心大怒　高坐不睬七姨臨　劍英自知理上欠　上前含笑便開聲
請到樓上來談話　此事還須你主分　督辦回言走走走　二人移步上樓行
當差小張跟上去　暗囑趙達樓下等　悄悄跟去暗中探　探看究是怎樣能
不言小張心中想　且表督辦劍英身　二人正在樓上見　督辦含怒叫她身
你今做得好的事　快快說與我知情

他二人到了樓上，劍英先在沙發上一坐，說道：你可原諒我，你的妹子已死，也是命中註定的。奶媽是無意，小姐說她偷金鎖片，又沒人看見。其實奶媽因同小兒子換衣服，故而把鎖片拿在手中，小姐誤會了，當她偷。諒她也沒這種大胆，自己撞倒了古玩架子，花瓶打下來，把她打死，無端冤枉好人。想奶媽家中也有兒女，不過為了生計問題，方才出來謀生度日，把自己的兒子，丟在九霄之外，來養你的兒子，還要

奶媽如今我已放　看來此事怎調停　要她抵命將我抵　可惜苦了你兒身
當初懊悔嫁了你　原來你是黑心人　千不是來萬不是　不該用此奶媽身
生死多在你手下　可否二字你允承　督辦聞言心大怒　罵聲劍英了不成

白　大胆的賤人。你還了得嗎。

你的威權比我大　私放罪犯了不成　今天就把你來抵　活活打死小賤人
說罷之時手一揮　走上當差一個人　吩咐皮鞭來取到　待我親打小賤人

白　小張口中答應。心中大驚。一聲答應。急急忙忙下樓。雖則拿了皮鞭上去。暗中又

叫　香兒及趙達等人。一齊上樓去勸他倆

趙達聞言吃一驚　同了香兒二个人　匆匆走到樓上去　相勸督辦錢姓人
香兒也把主人勸　叫聲老爺莫生嗔　姨太雖然冲撞你　一切須看官官生
督辦手中皮鞭執　欲打之時心中忖　究竟平日見她怕　只好今朝權息嗔
又因兒子是她養　須留三分面上情　劍英光是嚎啕哭　督辦心中軟三分
劍英見她手軟了　反而發怒責他凶　一句二句三五句　督辦頓時自落蓬
移動皮鞋樓下去　大廳上面細思忖　傳話分付蕭隊長　不許劍英出衙門
隊長自然親口允　不敢違了上司命

錢督辦。吩咐蕭隊長不許她出衙蕭隊長一口允許了親自守住衛兵室因為只是好差使。不比得別人曉得她平日手面很潤的。她要出去定要送我幾个銅錢的。不

料錢督辦走後。未及片刻。果然皮鞋聲音响了。

原來督辦出了門　劍英止淚喚小張　你到下面去觀看　且看督辦若何能
倘若出去來報我　我可去尋母姊身　小張下了樓來看　恰巧督辦走出門
一路回樓來報告　劍英又問小張身

白你曉得督辦到那裏去的。小張道。督辦到老九那裏去了。諒今晚是不會回來的了。太太快打主意呢。

劍英點頭忙打扮　洗了淚痕又搽粉　搽粉點脂重又下　移步房中取花銀
三百洋鈿分二捲　要去送與母親們　換了一件時新服　走出房門話分明
叮囑香兒二三句　老爺回來莫高聲　你說我到友家去　房中諸事要小心
說畢之時樓來下　一逕下樓到大門　正欲出門隊長阻　說道上命阻你行
非是我不放你去　督辦之命不非輕　劍英頓時呆住了　又問隊長姓蕭人
我的事情你也曉　究竟他們恁樣能　隊長悄悄開口道　太太放心莫高聲
令堂令姊已放脫　太太安心轉房門　劍英此時微微笑　開言說與隊長聽
我有鈔票洋一百　送與隊長吃點心　我去不過時一刻　此事尚要你用情
平日老爺見我怕　一言對付免禍根　隊長含歡鈔票接　回言說與太太聽
太太要去須早轉　至多二個小時辰　鈔票拿來袋裏囥　自古財帛動人心
放出劍英錢太太　衙前汽車已端正　坐上汽車嗚嗚叫　吩咐開到尤家村

趙劍英對着小張說道。你是我的心腹之人。我今托你去打聽桃林哥和奶媽的信息。倘有眉目即來報我爲要。小張一聲答應。忙退了出去。暗中出衙去打聽趙大媽消息去了。

每日街坊將人訪　訪了幾天城下行
這天到一小鎮上　地名原是杏花村
正欲進去桃林出　小張一見好歡心
上前叫住桃林哥　你今何往說吾聽
太太時常罣念你　天天叫我訪你們
可是杏花村中住　住在幾家第幾門
倘有三長并兩短　可到後園叫我身
自有法子同你想　包可事事稱你心
桃哥听說連聲謝　多謝小張正多情
我家住在東村口　村稍三家是我門
小張聽了一筆記　別了桃哥轉家門
一徑匆匆回衙去　報與太太得知聞
劍英聽了心歡喜　暗中多謝小張身
不說衙中劍英事　且說杏花村上情
桃哥別了小張去　回到家中話分明
趙母心中雖快活　可是老病又臨身
每日咳嗽茶飯減　精神頽萎二三分
一天不比一天好　急煞桃林夫妻們
求神問卜兼許愿　測字先生交了運
迷信之事天天做　只因家中少錢文
有錢不把醫生請　化費銀錢枉費心
一日三來三日九　病體加增難過門
桃林青報難度日　如何可以再生病
屋漏加添連夜雨　行舟又遇頂頭風
這天李家大哥到　見了之時吃一惊
大寶只是哀哀哭　大哥見了好傷心
腰中取出洋一塊　雙手奉與大寶身
拿去延醫先調理　看來此病不非輕

大寶桃林忙稱謝　謝謝大哥李姓人

李大哥看視一會說道。我自去了。改日再來看你們。想令堂的疾病。乃是受驚之故。年紀雖然大了。諒無妨碍的。桃林大寶連聲答應。說是大哥去後。桃林去請了一個醫生看視趙大媽。醫生診脉一遍說道不妨事的。只要吃幾劑藥就好了。桃哥重重拜托醫生。開了一張方命而去。桃林拿去取藥去那知不够所帶的錢。無奈到家中設法。夫妻倆一商量。瞞過了岳母。拿了一件衣服去當。勉強湊數。

桃林撮藥轉家中　大寶忙把火來生　搧了一會藥己好　雙手捧與老年人
大媽吃下安心睡　夫妻商量別的情　桃哥說道家無米　如何可以度晨昏
搔頭摸耳無計策　左思右想笑顏生　說道我人真朦懂　原來忘記一庄情
前日小張遇見我　叫我公館借花銀　今天我到公館去　尋到小張見妹身
新聞報命你去賣　我到城中走一巡　母親面前休說起　只說今天忙煞人
大寶答應桃林去　匆匆一徑入城中

原來桃哥自到鄉間。每天賣報。在城內城外兜售。幸得沒人認識他。暗中由李大哥介紹。加入革命工作。遞送消息。及帶售各種禁物。在軍閥時代。目為亂党。桃哥虧得雙方進益。勉強維持下去。到了母病。只因沒有餘錢積蓄。弄得走頭無路。今天想到這一条路。一路跑到了城中。到了衙前一望。軍衛森嚴。不敢進去。只好兜到後門口。去尋找進身之路。只見後面垣墻尚矮。倒可進去。

小張回轉頭來看　一見之時到門墻
正欲開口問衷曲　却好驚動衛兵們
一擁上前來抓住　說他奸細如虎狼
小張看見忙搖手　此人不是奸細行
忽然隊長蕭某到　吩咐帶進到大堂
但是心中也認得　假作不知怒滿腔
分付身體搜搜看　搜出証據作真賍
說他乃是反動派　稍定押去問一堂
外面正當公事辦　裏面小張報劍英
這庄事情不得了　幸虧督辦出衙門
否則桃哥無性命　豈可躭悞片時辰

小張急急忙忙走到樓上。報與劍英知道說道。桃哥到來被衛隊捉住了。劍英大驚失色。便取了一百元鈔票。走下樓來對着蕭隊長。要求放了桃哥。送他一百元鈔票。蕭隊長不允要求。說道此人乃是反動派的人。不比別人。我不能作主的。劍英道既不能放。讓他到我房中坐坐談幾句天好麼。蕭隊長道只到可以的。放了桃哥。

隊長放了姓林人　劍英帶入內房門
隊長吩咐弟兄輩　小心守住前後門
自己却在堂下坐　留心走了小後生
劍英同了桃哥去　移步一徑上樓門
房中坐定談衷曲　劍英先問母親身
桃哥回言妹妹叫　母親有病在床中
年老之人風中燭　看來凶多少吉星
醫生說他還不碍　服葯可以就起身
劍英听說心中怕　口中不住嘆連聲
可惜女兒衙中住　不能親來看母病
說畢之時心中想　惟有暗差小張行
叫聲香兒小張喚　一面又取二百金
桃哥趁此寫封信　回復母姊莫罣胸
只說上邊工作緊　所以不克轉回城

稍定幾時回家轉　再來侍奉岳母身
妹妹奉上洋二百　賢妻可以不出門
此刻香兒小張到　雙手交付不留停
小張奉命辭了去　一逕送到杏花村
書中先表趙大寶　收銀也不去營生
奉母養病病已好　此話書中且慢云
小張回復也不表　如今又表姓錢人
老九那裏住一夜　天明想起回衙門
只因孩子心中罣　并非因為七姨身

却說錢督辦因寵愛七姨太太故而並未責罰於他惟不許他出門去這天又同了趙達在妓女老九家中飲酒作樂忽傳總統府中有委員到濟南在三句鐘的火車必到所以預先十一點鐘回來要派隊伍警衛及軍樂歡迎

翁壻二人欣匆匆　汽車一部轉衙門
輪子轉動衙中到　停車入內上樓行
二人一逕樓上去　急得香兒汗淋淋
慌忙報與劍英曉　二人立起想於心
劍英便把桃哥囥　囥在一口衣櫥中
又對香兒使眼色　却好督辦已進門
劍英含笑來迎住　老爺老爺叫不住
迷住督辦米湯灌　並肩坐下話談心
三五句話身立起　叫他去看兒子身
督辦挽了劍英手　趙達却在後頭跟
香兒會意不跟去　放了桃哥下樓行
叫他去見蕭隊長　切莫連累太太身
打發桃林下樓後　再來暗裏報一聲
七姨太太心才放　同了督辦看兒形
督辦雙手來抱起　姣兒連叫兩三聲
面白唇紅真可愛　天庭飽滿是福人
此子將來一定好　不致辱沒錢家門
抱了一會仍放下　移步回房坐定身

帶上人犯桃林哥　堂中立定怒目睁　督辦開口姓名問　你們党中多少人
桃林聞言來回答　我姓林來叫党人　我家住在天底下　山東城裏大衙門
平生只恨軍閥輩　党軍不日到本城　要殺之時你就殺　不必多言問衷情
天下漢兒都是党　別無他言話你听　督辦聞言心大怒　叫聲隊長你且聽
且把此人收監去　等我詳文到北京　隊長帶下桃哥去　到了監中交法譬
法譬收了桃哥去　上命不敢違半分　不說牢中桃哥事　且表廳上翁婿們

錢督辦又與趙達商量。說道党人如此鬧得凶。如何辦法呢。趙達道現在我想了一個法子。一面搜捕一面出示叫他們自悔投誠罪減一等。督辦允許立起身來。到上房去了。不料在這時候丁正民接到了廣東政府的命令。下一道速進公文。叫丁正民造報花名冊因廣東政府即日出師進取湖南已連絡好了。可以直達山東。正民着手調查又去運動軍隊俾雙方進取以收功效。可免得暴動了可不及呢同志聞言莫不稱是

正民想起趙劍英　她却與我一条心　我若舉時人嫌少　又無鎗砲如何能
等我進去運動她　叫她代我設法行　若得成功先起事　同着湖南兩相應
仔細想來惟此計　立刻出了大門行　一路已到督辦府　門軍守衛甚頂真
回身沿着花墻走　却見一處可以登　墻也低來且有洞　踏足可以向上登
正民大胆扒上去　踏上墻頭向裡睁　裡面一座假山石　恰巧可以接下行

豈知天不從人願　下去之時遇一兵　一把被他來抓住　連罵大胆小後生
你的胆子真不小　跳進督府了不成　一把拖了向前去　先見趙達禀事情
趙達回頭只一看　氣得有話難出聲　原來他是丁氏子　正民落網也該應
究竟二人如何了　下卷之中宣分明　聽衆也把茶來吃　吸根香烟振精神
南無消災障菩薩

再生寶卷再展開　諸佛菩薩來臨壇　善男信女虔誠聽　增福延壽并消灾
再生寶卷接前因　再請諸公靜心聽　南無

上集書中趙達抓住了丁正民吩咐收監命監中法警先打他一頓可憐丁正民為着革命工作橫被軍閥摧殘不勝浩嘆後来在監中虧得桃哥二人在監中倒有了商量

趙達拿了丁正民　又去報與督辦聽　衙中各人多欣快　外面党人急煞人
早有同志通信息　暗中報信廣東行　不說外面通信息　再表監中丁正民
抬頭對着桃哥看　原来認得同党人　彼此獄中來談論　同志都說同志情
正民叫他安心守　政府大兵到湘城　不日可以来到此　打倒軍閥現太平
桃林不說家中事　但是心裏不放心　左思右想放不下　不知何日出監門
此信傳到高樓上　劍英聞知吃一惊　不道正明也到此　此事叫我費調停
私下傳進小張問　暗中囑托付花銀　南無

却說丁正民下在監中和林桃哥兩人禁因相對有難言之隱幸丁正民乃視死如歸之士桃林並非怕死實在因岳母年老多病妻子年輕二兒年幼所以心中着寔罣念長吁短嘆十分悲傷我且不表如今再說趙大媽自桃林去後即時時刻刻念罣不知何故一去不回

雖然得了銀一百　家用可以免担心　不見桃哥回家轉　心中終是掛十分

一天一天思女壻　旬日之間病又生
時時掛念心中想　面黃肌瘦不成形
大寶急得無主意　不知丈夫怎樣能
每日入城來打聽　打聽丈夫下落信
回家又把親娘騙　只說丈夫去做工
趙母心中明知騙　不知細底也枉然
心中又把劍英念　不知她身可安康
這日正在心中想　忽聞外面叩門聲
你道來者是那個　原來正是趙劍英
且把趙家停一停　先將劍英說原因
她因桃林入了獄　時刻記念老娘親
未知娘親和大姐　現在諒來急煞人
桃哥之事不可說　休要急壞老年人

這天她等督辦出了府。到第二軍閱兵去了、原來近日民軍攻打湖南節節勝利十分担心臨時抱佛脚檢閱操兵所以後來國軍未到他已逃走去了。他們平日軍事學識一點也沒有只曉得做官必發財討小老婆應酬吃大菜叫局嫖堂子等事情。

督辦急來抱佛脚　檢閱軍隊臨時行
將在謀而不在勇　兵在精而不在多
從古項羽烏江死　孔明妙計勝雄兵
太公能調千員將　紂王江山付東風
督辦無謀又無勇　枉為大帥管軍民
花天酒地老九妓　打牌鬦雀上萬金
排場濶綽神仙樣　世界上面有幾人
家有美妾人七個　相貌都是娉娉婷
福氣大來還了得　可惜好花不久存
不說督辦出操去　且說劍英在房中
週身打扮多定當　身帶鈔票二百銀
小張外面來傳話　汽車停在門外等
她坐汽車車鬧去　如風送雲出城門
北門出去二十里　杏花村上止車行

劍英一把來拖住　叫聲姊姊莫費心　女人出門茶不吃　免得路上現醜形
大寶聞言微含笑　母女三人話談心　大媽旁邊听她說　究竟天性甚擻心
不住點頭加二句　二女含笑答娘親　南無

趙大媽同了劍英大寶三人。談了以前的往事。說了家常。大媽方才明白趙達得官的原由。都是在劍英一人身上得來的。但這種販賣軍火的事情。總有些不妥當。現在做了官了。不該再和他們連絡往來。看你要這許多銅鈿來何用呢。將來一朝失敗。如何了結。

三人談到三點半　劍英起身別母親　因為督辦要轉了　不見我身又要尋
又煩姐姐勤伏侍　代妹之勞感你情　我到衙後約半月　再令小張送花銀
又對大媽娘親叫　娘親不必空勞形　娘已年高五十六　況且又是多病身
一切尚須寬胸懷　家用二字莫躭心　桃哥十元我二十　三十洋鈿可安排
大媽也囑劍英女　女兒你且放寬心　不過近來風聲緊　李家大哥話我听
他說革命要造反　即日反到濟南城　湖南地方都吃緊　女兒自己要當心
身邊有錢魚有水　身邊無錢活死人　防身之物須要有　莫到臨時急煞人

白　劍英道女兒曉得

說畢之時身出外　大寶相送出柴門　姊妹分別一握手　姊送妹妹上車行

白　姊妹各道一聲珍重而別。大寶送劍英上了車子。開了方才回身。閉門入內。卻說

裏面問道外是誰
一見之時面生悦
悄悄拖了大寶話
頂上三魂險失去
三餐茶飯都豐盛
上次送来一百塊
本来做妹也難出
尚望賢姊對我説
於是二人同入内
回頭又把甥孫叫
大的方才能走路
一個孫子拿二元
又付桃林六十元
未知桃林何方去
他在我處把工做
大約至多二個月
快快燒水把茶送

劍英回答是我臨
賢妹因何知我門
桃哥今已臨監門
眼中珠淚落紛紛
又加老酒有半斤
這天就因此庄情
現在方才好出門
切莫娘前話分明
内房裏面見娘親
過来見你姑娘身
小的勉強也能行
二個外甥四塊銀
桃哥叫我帶来銀
可否使我得知聞
每月到来十元銀
包你桃林見母親
可到前村買點心

大寶聞知親妹到
劍英回言桃哥説
大寶聞言如天打
劍英便説不妨事
現在媽前且休説
不然娘知娘要哭
今天特来娘親望
大寶听了心中想
大媽見了劍英到
劍英見了外甥子
劍英挽住身邊摸
又把鈔票洋二十
大媽收了心感謝
劍英聽説回言答
他今只因工忙日
大媽听了心安放
大寶答言我曉得

慌忙撥門啟柴門
否則焉能知細情
二個眼睛白騰騰
他在我衙有我身
免他老人要心惊
她是風燭残年身
未知母親可康寧
叫聲賢妹我知情
心上蓮花朵朵生
一手挽住二個人
摸出洋鈿見面金
付與母親吃點心
虧得我女善調停
叫聲母親听分明
所以無暇轉家門
回言又叫大寶身
馬上立刻就起身

片刻之間衙門到　殺東入內趙劍英　香兒一路跟進去　回到樓上坐定身
又喚小張來問話　叫他監中走一巡　問問家中可有話　有話等我傳一聲
小張奉命牢中去　問了二人出牢門　正民家中送一信　桃哥有話告劍英
小張今天正已結　所以後來好處臨　南無

錢督辦操兵回來。已交五點鐘了。他到了衙中。正欲休息片刻。忽然衛兵室中送來一個電報。督辦接來一看。只見寫着碼號。下面翻好了文字道。民軍已大舉進攻某處。某處失守。某某陣亡等云。

山東督辦錢姓人　接電快快出雄兵　只因湖南已失守　民軍厲害了不成
一張佈告心惊怕　要把軍閥殺干淨　民衆倘然同聲討　本軍格外表歡迎
督辦錢公看電罷　頓時頭上冷汗淋　暗叫一聲不好了　我是草包怎臨陣
不免待我施巧計　悄悄先入北京城　各為討救商大事　暗中逃生沒人云
好在趙達軍務處　一切可以挽他行　放了山東無不了　天津可以做富翁
銀子現有五百萬　都在外國銀行中　諒來華人不敢取　洋人更比華人凶
租界要住日租界　送他十萬保吾身　矮子平日同我好　時常請我吃點心
想定主意身立起　上樓去見七姨身　六個姨太都不要　單要劍英一個人
面上裝作鎮靜樣　心中急得螞蟻能　走頭無路心中急　上樓坐定叫劍英
快快收拾金銀錢　明早跟我上天津　此地不是長久處　我們何必受虛惊

天津租界上面住　放心安胆度光陰

劍英道。到天津去做什麽呢。錢督辦道。到天津去。一來因民軍打來了。此地不免一戰。炮火連天。不能保家產無傷。我到不妨的。不過你同兒子倆乃是女流。和幼小。惊唬不起的。不若先走為妙。況且天津比濟南好上十倍。你們住好了。我到北京去借兵求援。免得受惊。劍英呢。也因為己嫁了他。只好由他作主的。所謂嫁雞隨雞。嫁犬隨犬的。

劍英此刻心中想　决計跟他由他行
如今且把金銀取　粗重物件放家中
督辦房中團團轉　東張西望不安寧
劍英一面望妝拾　暗中又取三百金
下樓交與小張手　叫他送到杏花村
因為此去無轉日　諒情軍情緊十分
小張奉命送了去　又命香兒到牢中
消息送與正民曉　叫他安心在牢中
不日民軍可以到　諒來定可出牢籠
吩咐桃哥也如此　又交五十是現金
二人牢中也歡喜　天天等候好音臨
一天一天等下去　半月之後出牢門
卷中現在且安下　原説督辦姓錢人
他把細軟收拾好　下了一道短命令
岳翁趙達來請到　交待軍權與他身
叫他權且來執掌　我到北京討救兵

趙達平地一聲雷。一個鄉下賭棍。由販軍火而至升高。科長處長。今朝又代理督辦。好不歡喜。可惜胸無點墨。如何如好。但他却並不惧怕。大胆地接下。以為發大財的機會來了。好不有興。到了次日早上。他同蕭隊長帶了軍樂隊到車站相送督辦起我先交待錢督辦到了天津下車先在日本租界開了一個旅館安頓了家小去拜望天津警察廳長及日領事等人諸事已畢租了三間房屋排場很大到三天之後錢督辦並不入京打了一個電報給趙大說道堅守濟南不日入京請兵放心吧

接洽要公尚未了　衙中諸事你當心　倘要出兵憑你調　一切開支我當承
庫中尚有銀五萬　你要用事你施行　趙達接了他來電　心中好不喜歡心
忙把庫銀來取出　悄悄運出四萬銀　一萬銀子留着用　又取五千出衙門
他到老九家裡去　妓女一見喜歡心　恭喜大人並賀喜　賀喜大人今高陞
馬屁拍得團團轉　十分開心趙達身　叫聲老九心肝肉　娶你做個如夫人
老九格外奉承拍　趙達心花朵朵生　立擺雙台并雙雀　又請科長秘書廳
諸人落得叨光吃　可憐急壞一個人　你道誰人心急壞　却是隊長姓蕭人
只因民軍山東到　立刻要進濟南城　慌忙尋到督辦府　不見趙達一個人
回身便把听差問　方知却在妓家門　妓女老九金采玉　原是督辦包管人
軍權今朝趙達替　妓女替夫也是他　趙達一身窮出身　如今交了桃花運
財來勢來樣樣有　可惜不到一月另

蕭隊長尋到了妓院之中見了趙達立了一個正說道回大帥的話現在廣東政府的民軍已到了這裡了湖南打破即臨山東濟南請令定奪趙大聞言大加驚惶面代憂色

趙大門言暗吃驚　先叫隊長坐定身　吩咐老鴇添杯筷　親自奉酒敬他人
一句話兒說得好　說道都是自家人　在衙從公在外私　稍停一同轉衙門
隊長此刻受了寵　不便再催轉衙門　三杯之後羣妓到　笙歌雜奏好歡心
二桌人多有十客　二十妓女陪他們　她唱一個十杯酒　你唱一只玉堂春
又唱一只碑來碰　再唱一只九連環　趙大被迷勾欄院　況且胸中主意無
此種混人軍權代　軍閥辦事笑煞人

趙達見了妓女老九骨酥肉麻那裏肯動身呢今天因為外面的軍事緊急故而不能過夜只好起身就走付了老九一千元大洋說道晚上我派車子來接你老九歡天喜地千恩萬謝過了一會諸客散去趙達同了隊長回衙隊長把電報請他看趙達看了一遍下一道命令吩咐先調第一師出防濮陽第二師出防淤州蕭隊長道是是是

曹縣是個緊要處　也當派兵保邊疆　趙達說道我曉得　曹縣是個小地方
失個小縣不要緊　淤州却是大地名　又派三師保本府　司令就派蕭隊長
先付五千現洋去　營中開支你心當　隊長下來傳命令　陸軍聞知個個忙
工程頭隊先開出　二隊輜重也心當　步兵為三砲為四　馬兵第五在後行
城鄉各處拉民夫　補充運輸實在忙　軍需軍醫軍械長　電話傳達報軍情
傳達消息忙忙碌　可見打仗真個忙　兵凶戰危古來說　生死傾刻便要亡

大驚又進去請令不料走到內衙說門軍近報[illegible]

心中怒恨道可惡可惡這個東西在軍事緊急之時還如此快活那還了得我們出

生入死同他打仗不看督辦份上先打死他好好我來擺佈他罷

現在我也見了機　且看前方定分明　或降或戰再設法　自己福位也要緊

立了一會趙達出　隊長報告一庄情　趙達說道打打打　打他媽的定輸贏

隊長立刻來退下　下令三軍向前行　本該自己上前去　此刻不出濟南城

次日仍到衙中去　趙達開言問一聲　因何不到前方去　還在此間何事情

隊長說道保護他　其寔他是監護人　趙達那知他心意　反而謝他是好心

終日花天並酒地　開懷並不論軍情　小張一見心中急　曉得此番了不成

悄悄常到牢中去　與了正民結歡心　又和桃林打熱了　小張加入党中人

有時又到林家去　與着大媽談談心　有時送點另星物　又和大哥結友情

一日三來三日九　民軍將近濟南城　一二三師都接洽　暗中受了運動銀

待等民軍到了後　換了旗子便成功　隊長此時到談妥　反正就在頃刻中

不說濟南民軍事　且表廣東一段情

卻說廣東政府因為軍閥橫行荼毒民衆勝過專制屢次出兵未見奏功此番由河南接洽妥當故而一路順風的向前推進這天已接前方捷報說山東志士情願服從南政府命令一二三師接洽妥當南政府回電速進順下江蘇因由福建的兵已經到了浙江省的地方尅日會師山東的軍隊然後一同北伐前進痛飲黃龍府豈

不是妖。

報章上面已宣傳　南軍勝利到山東　是日隊長接了信　入內來見趙達身
報告一聲民軍到　趙達頓時失了魂　一面下令仍是打　一面心中巧計生
待等隊長出去後　立刻喚到怪妖精　老九聞喚忙動問　大帥有話吩咐聽
趙達說道快收拾　你我快往天津城　南無

趙達道你我此地不能住了民軍不日進城快快收拾同往天津好在我有四五萬家財夠一輩子受用了老九應了一聲即去收拾細軟打了包裹趙大也忙忙碌碌預備逃走他方

趙達悄悄回家去　也叫姘婦快動身　今晚三更半夜後　我們一同往天津
姘婦聞言心暗喜　我有丈夫在家門　他要逃時事吃緊　何不我也擄些銀
橫直他錢來不正　我不取他誰取銀　口中答應道曉得　今宵我到車站等
趙達說畢衙中去　姘婦頓時起黑心　拿他銀子四五萬　衣服裝了二箱另
叫了一部汽車送　送到娘家大門墻　本來她的娘家苦　她的丈夫大烟香

白姘婦的丈夫因為吃了大烟所以由她去姘人暗中得她的補貼一家開支都是她一人支持的平日在趙達面前並不提起趙達還道是真的待他那姘婦的丈夫呢

今天姘婦轉家門　她的丈夫喜歡心　接她入內談心曲　姘婦叫他收拾銀

心中頓時生一計　暗中埋伏一排兵　等候趙達來逃走　到好拿他一票銀
又與兵丁都說好　四六分派趙達銀　人人歡喜個個樂　一全守在北城門
趙達不知袖裡事　果然收拾已停當　了頭玉兒也帶去　趙達又存不良心
愛她容顏生得好　欲思二妾終其身　等到黃昏交半夜　拿了皮包就出門
秘書室中坐一坐　只說老九轉回程　我今送他回院去　有何大事院中問
秘書不明其中意　只道趙達是真情　衙前汽車已備好　三人一同上車行
一個皮包箱一只　開車即向街上行　車夫問道何處去　趙達回言你是听
火車站上送個客　車到外面等我身

車夫答應一聲是立刻開足了速率行去到了北城門口只見許多兵丁遝道守衛兵。忽見兵士說道來車停下車夫高叫道我們是督辦府車子號碼不看見嗎一言未了。旁邊蕭隊長過來說道軍事緊急行人車子一概不許出門未經查過不可出去的車夫到了此時只好停下車子那裡敢說一個不字車子一停開了車門跳下車子。

公事公辦從古說　督辦命令不敢違　殺車車夫車中出　開了車後一扇門
趙達此刻也走出　含笑連連隊長稱　只因老九天津去　我今送他上車行
隊長頓時翻了臉　查過箱子方可行　趙達此時生不悅　大罵王八了不成
我的車子你要抄　混賬東西大胆行　快快閃開開車去　若要阻時加罪名

隊長聞言哈哈笑　叫聲趙達你且聽　你的鬼計我曉得　你要逃生萬不能
說畢之時手一揮　上來六個警衛軍　車上拿去包箱看　大怒趙達罵連聲

趙達大怒罵道王八蛋罵了幾聲隊長冷笑道來把他綑住了押入牢監之中管押起來趙達見勢不順改口道我同你無怨無仇何故拿我隊長道軍事緊急之時你高坐堂上左擁歌姬右抱妓女花天酒地把我們以血肉之軀去拼得來你的高官你心何忍你明知民軍已到近了濟南你就打算逃走可恨之極趙達道我并不逃走忽見六個士兵抄到了箱子衣服古玩皮包內鈔洋一萬元有另報告隊長蕭隊長叫老九下去王兒帶回

隊了押了趙達行　匆匆一徑轉衙門　到了衙門分付押　即令小張去通風
先到內監請桃林　又去接洽丁正民　接洽好了隊長喜　通電前方得知聞
一二三師三師長　大家接電表同情　通電全國來反正　政府回電到山東
隊長又拍歡迎電　頓時鬧穿山東城　全體同志都快活　一齊出面進衙門
蕭某一一來招待　又到牢中請二人　民衆歡呼同拍手　爆竹放得不曾停
一塊白布寫黑字　歡迎同志丁共林　李家大哥都忙碌　開會公舉丁正民
桃哥當了宣傳長　四處宣傳國民軍　又把軍閥如何惡　民衆聞言恨十分
城中換了青白旂　家家户户點紅燈　河南軍隊山東到　丁林上前去歡迎
城中另組善後會　軍事民事也分行　百姓重見青天日　老幼來看滿地紅
[illegible]

二個孩兒爸爸叫　桃哥說明一庄情
先把進揹如何樣　又把出揹到如今
一一說與岳母曉　大媽聞知心裏惊
慌忙收拾城中去　桃哥另借房子等
李家大哥一同住　却與丁家是近隣
消息傳到天津去　督辦聞知好惊心
不料山東已經失　將情說與劍英聽
劍英開言督辦叫　我要山東走一巡
督辦此刻為民衆　夫妻動身到山東
督辦泰安來躭擱　濟南城中不敢行
劍英到了濟南後　丁家來見丁正民
又到家中母親見　桃林相謝大恩人
正民也來謝謝她　虧她二次救性命
劍英就此加入党　又代丈夫脫罪名
本來正民不肯歇　虧了劍英善調停
電報濟南府中去　報告丈夫到濟城
督辦平心心中想　一切還虧趙劍英
從前之事我不是　今天反做有罪人
幸得正民她相識　或者可以不要緊
南無

督辦細想若沒劍英我也不能出頭露面的今天丁正民桃林李大哥等歡叙一堂劍英把從前的歷史也一一說出原來捕捉党人也是上命不干督辦之事丁正民是劍英救他的把從前之事也一一說明督辦至此方知奶媽是劍英的姊姊桃林還是連襟三家連帶關係的親戚深悔從前之誤

大媽吩咐忙備酒　一家歡聚樂融融
大媽又命請丁父　佐良有容二個人
此刻李家大嫂到　一共男女十三人
丁父佐良坐正席　正民桃林左右分
督辦大哥坐在下　小張只好打了橫
這是一桌男客席　女席上面大媽尊
左坐大寶右二寶　丁家小姐并二孩
你一杯來我一盞　一直吃到夜黄昏

月上花稍方才住　大家散席步庭心
大媽今朝多歡樂　忽然想起一庄情
開言便把桃林喚　又叫正民丁先生
吾夫心術雖不正　還望先生看破情
先生今朝指貴手　放了這个老牛精
不知可否允吾請　尚望先生原我情
正民聞言心暗想　叫我如何把話云
只因尚有蕭隊長　等我去見隊長身
慌忙開口來回答　大媽在上聽原因
此事我却不能主　一切還請原我情
待我明日衙中去　要求隊長姓蕭人
大媽又道全仗托　拜托先生費了心
費神且到衙中去　老身決不忘你情
千看萬看皆不看　且看趙達年已增
正民一口未答應　次日去見隊長身
將情說與隊長曉　隊長聞言喜十分
你言如何我當允　立刻放出趙達身
正民送他回家去　大媽一見怒氣生
佯為發怒生惊唬　趙達連連不是稱
又見督辦劍英在　心中臉上難為情
開口總是我不是　以前之事休記論
從今再從新的起　我也好比再世人
督辦又把趙母叫　一切尚望包涵心
又對有容看一看　便向佐良面提婚
說道隊長年尚幼　今年正交廿六春
今嫂今年年多少　可曾出帖配他人
倘然尚是黃花女　我今多嘴做媒人
丁氏有容維新派　並不逃走避他人
丁父回身求同意　有容一口就允承
說道一切父兄主　父要如何我必允
正說之間隊長到　大家起立把他迎

蕭隊長恰巧到了，彼此握手為禮，趙達面前告了一個罪，督辦趁此向他說親，隊長

說道丞情說婚姻　我心自然甚歡欣　不知丁家允不允　還望先生費心情
趙達說道他已允　不必假意惜猩猩　隊長談了幾句話　告辞立刻轉衙門
忽奉政府命令到　山東主席姓蕭人　喜事連連真快活　賀客不斷到衙門
擇日完姻成花燭　忙煞媒人姓錢人　文武科員都來賀　主席府中鬧十分
洞房花燭歸香閣　夫妻恩愛重千金　三朝同到丁家去　拜見佐良老丈人
正民又停半個月　約了桃林到廣東　夫妻分別一番苦　正民相勸話她听
男子須當忠於國　女子也應愛國心　丈夫出外去衛國　妻子不必淚淋淋
雖則英雄都氣短　兒女情長古來云　惟有目今廿世紀　與着從前大不同
男女不可家中坐　須要外面歷風塵　說畢大寶頻點首　送他丈夫即登程
二人一路廣東去　得來大家得高升　桃林二子長大了　留學美州華盛頓
將來多是國家器　未知同國若何能　若能再有奇文出　那時另編諸位聽
再生寶卷宣完成　諸位福壽年年增
生意茂盛多興旺　代代子孫博士稱　國家五穀豐登歲　人民歡樂萬年春

本局發行各種書籍

學生用書
私塾用書
怡情歌曲
新舊小說
淮揚大唱
武漢小唱
北方歌詞

各式俱全 欲知詳細 請閱目錄

京戲秘本
滑稽時調
風琴拍子
胡琴工尺
蘇杭寶卷
臨池碑帖
商用尺牘珠算
連環圖畫

另購特別折扣 批發另加佣用

附录

泽田瑞穗藏扶鸾宝卷研究①

在整理泽田瑞穗(以下简称『泽田』)藏宝卷的过程中发现,关于泽田藏宝卷的数量有三种不同的统计数据②。通过对泽田《增补宝卷の研究》、早稻田大学制作的《风陵文库目录》以及『古典书籍数据库』所收录的宝卷的比较,发现有一部分宝卷不像其他宝卷那样能没有争议地归入佛教宝卷、教派宝卷或民间故事宝卷,甚至有的宝卷如《归家锦囊》未被泽田收入《增补宝卷の研究》中。实际上,这一部分宝卷常被视为坛训。

坛训又称坛谕、乩训、乩语,大约是从清代道光年间开始,由民间教派③在宝卷创作中加进扶乩通神降坛垂训内容而产生的文本。④李世瑜指出坛训的特点为:『开头有定坛诗四句,常常是「冠顶式」,将降坛者的名字嵌入。下面是正式训文。训文多是七言或十言韵文,散文也不少。……训文都是三十句上下的短文,没有很长的。』⑤民间教派将扶鸾所得乩文或训文汇编成书,托言是仙佛所著,在中国民间社会广泛流传。二十世纪五十年代之后,随着民间教派与会道门被取缔,扶鸾仪式在中国大陆不再流行,此类文本也不再公开产生。不过,这类文本仍在中国的港台和海外华人社会持续不断地出现,被学者和大众普遍称为『鸾书』。鸾书与坛训虽然一脉相承,但属于不同时期、不同地域所使用的概念,而且与坛训比起来,鸾书的形式和内容也变得更加复杂多样。鉴于鸾书已成为另一种文类,而本文重点讨论的是清末民国时期宝卷与坛训的关系,所以二十世纪五十年代以后产生的鸾书仅作为参照对象。

在泽田的藏品中,有一小部分类似坛训的文本被归为宝卷。但学界对宝卷与坛训的关系一直存在着争议,即一方面认为坛训是宝卷中的异类,或认为不是宝卷,另一方面,部分宝卷集成、目录的编撰却将一些坛训收入其中。不过,也有学者注意到宝卷与扶鸾仪式的合流现象，如郑志明将二者结合所产生的文本称为『扶鸾宝卷』，这一概念对于我们认识宝卷与坛训的关系大有启发。因此，现借鉴这一概念，整理分析泽田藏品中的扶鸾宝卷文本，并对扶鸾宝卷这一术语重新加以界定，进一步确定扶鸾宝卷的判定标准，以还原扶鸾宝卷在宝卷演变史中的应有位置，从而推进学界对宝卷的定义和分类这一问题的思考。

一、扶鸾宝卷的提出

李世瑜最早谈及宝卷与坛训的关系。二十世纪五十年代初，李世瑜认为坛训是宝卷的变体，它被民间宗教所利用，与民间故事宝卷没什么关系，同教派宝卷相比，只是保留了十言或七言韵文，『开经偈』等改成了『定坛诗』，篇幅变成了短篇，不过内容仍是假托神佛扶乩所作的明清民间宗教的思想。⑥此后，他继续指出，坛训是宝卷的更简单的形式，印刷出来后不再叫宝卷，实际上成为一种传单式的劝道宣传品。也就是说，李世瑜看到了坛训与传统宝卷体裁在形式和内容上的联系，但认为二者的差异很大，他甚至认为坛训『根本不能和宝卷相提并论，没有丝毫的文学价值可言了』⑦。

车锡伦将宝卷定义为『一种十分古老的、在宗教（主要是佛教和明清各民间教派）和民间信仰活动中，按照一定的仪轨演唱的说唱文本』，同时『宝卷又是一种带有信仰色彩的民间说唱文学形式』⑧。他将宝卷分为宗教宝卷（包括佛教宝卷与教派宝卷）和民间宝卷（即民间故事宝卷）⑨，这一分类是学界目前的主流分类方式，但在其定义与分类中，都没有坛训的位置。

车锡伦对坛训是否是宝卷的态度由不甚明晰到明确否定。1997年，他提到『清末及民国间各地教团也印过不少「鸾书宝卷」』⑩，在1998年版的《中国宝卷总目》中，他认为鸾书宝卷『内容为神降的乩语，主要作为读物流通，已脱离宝卷发展的传统』⑪。而在2000年版的《中国宝卷总目》中，他说鸾书宝卷是坛训，『已脱离宝卷发展的传统而徒具其名』。之后他又肯定地指出，坛训不是宝卷，它只是宋元以来民间宗教各教派编制和使用的『经卷』。

除从宏观上强调宝卷与坛训二者的区别外，我们也可以从文本流行时间、文本名称、作者、篇幅、主题以及具体的文本特点等方面对二者进行更为细致的区分：

表 1 宝卷与坛训的区别

类别	宝卷	坛训
流行时间	宋元以来	清末民国时期
文本名称	经、真经、宝经、妙经；卷、宝卷；科仪、宝忏；宝传；古典（故典）、古迹、妙典；偈、偈文等	乩语、坛谕、训文等
作者	教派祖师及其信徒	通过扶鸾仪式，假托神佛所作
篇幅	长篇为主	短篇训文汇编而成
主题	前期以宗教性文本为主，宣传佛教信仰与教派思想，后期随着民间故事宝卷的兴起，文学性色彩增强，多为世俗性内容	宣传救劫神话与无生老母信仰，文学性较弱
文本特点	多为韵散结合的文本	多为五言、七言、十言韵文

由表 1 可以看出，宝卷与坛训确实存在着较为明显的区别，但在宝卷文本的整理与研究中，又经常会看到坛训的出现。可见二者的关系并非简单的对立关系，而是较为复杂和微妙的，我们从学界对宝卷的分类亦可看出这一点。

1993 年，那原道（Randall L. Nadeau）曾对宝卷分类的观点进行过讨论，而二十世纪九十年代以来，中国学者对宝卷的分类又有了更多新的讨论，泽田亦有其他值得注意的观点，因此，编者在那原道所制作的『宝卷分类』表格⑫的基础上，补充了傅惜华、泽田、郑志明和车锡伦的观点。

表2　宝卷分类

学者	分类				
郑振铎（1938年）	佛教的	非佛教的			
傅惜华（1951年）⑬	宗教故事宝卷	民间故事宝卷	杂卷		
李世瑜（1961年）	早期宝卷	后期宝卷			
泽田瑞穗（1963年、1975年）⑭	古宝卷时代	新宝卷时代			
	科仪卷	说理卷	叙事卷	唱曲卷	杂卷
曾子良（1975年）	教派宝卷	善书宝卷	新宝卷		
欧大年（1978年）	大众佛教	早期教派	后期教派	故事宝卷	扶乩文本
石汉椿（1980年）	佛教宝卷	教义宝卷	故事宝卷	杂卷	
郑志明（1990年）⑮	早期教派宝卷	后期宝卷／宣卷	扶鸾宝卷		
林珍（1991年）	教派的宝卷	故事的宝卷			
车锡伦（1997年）⑯	宗教宝卷（包括佛教世俗宝卷和民间宗教宝卷）	新宝卷（民间宝卷）			

民间故事宝卷作为近现代宝卷的最后一个发展阶段是主流观点，但以上分类还显示出了其他观点的存在。其中欧大年的观点被那原道解读为宝卷的最后一个阶段是扶乩文本。实际上欧大年指出，十九世纪末期以来的民间扶乩文本在很大程度上取代了宝卷⑰，

但他并没有说扶乩文本就是宝卷。

泽田和石汉椿（Richard Hon-chun Shek）所说的杂卷则和扶鸾有关。泽田指出，杂卷的内容多是扶鸾而来的谕语和各种劝世文，谕语多是假托关帝、吕祖、西王母、观音老母、济公等所传达的神谕。⑱石汉椿则将无法归入佛教宝卷、教义宝卷、故事宝卷的宝卷都称为杂卷。⑲可以看出，杂卷其实包含部分坛训文本，但杂卷的分类过于笼统和杂乱，缺乏进一步的细分。

与上述学者对坛训进行笼统模糊的分类不同，郑志明则明确指出，清同治光绪年间，后期宝卷/宣卷（即民间故事宝卷）开始流行，同时已式微的教派宝卷与扶鸾仪式相结合，产生了一类以神道设教为目的的可称为扶鸾宝卷的俗文学作品。他以先天道的《玉露金盘》为例，分析扶鸾宝卷的文学形式和基本内容，认为该书分为『韵文』与『宝卷』两个部分，它既是鸾书的一种，又有宝卷的形式和内容，讲述了先天道的老母救度原灵的神话故事。⑳

郑志明虽首提扶鸾宝卷这一概念，但他是在台湾鸾书的发展脉络中谈论此概念，也未就扶鸾宝卷展开进一步探讨。不过，受他的研究启发，我们注意到在近现代宝卷的发展演变中曾存在过一类过渡性文本，它吸收了宝卷的内容与文体形式，以及坛训的产生方式（扶鸾仪式），与二者均有联系，又有一定的区别，属于宝卷向坛训过渡过程中产生的一类特殊形态。在泽田藏宝卷中，亦有一些扶鸾宝卷。接下来将对这些文本进行分析与整理，并尝试从中归纳提炼出扶鸾宝卷的判定标准。

二、泽田藏扶鸾宝卷的分析与整理

泽田所藏宝卷的类型多样，除佛教宝卷、教派宝卷和民间故事宝卷这三类外，还有十余部是加入了『扶乩通神降坛垂训内容』的文本，按照泽田自己的分类，应归入『杂卷』㉑，但『杂卷』一词显得比较含糊，泽田的宝卷研究著述也未对杂卷进行更多的讨论。这些杂卷因有『扶乩通神降坛垂训内容』，似乎也可归为坛训。但通过文本细读，编者发现这十余部文本虽然采用了扶鸾形式，但与坛训有较大区别，反而与宝卷关系更为密切。

这些文本包括《消灾延寿阎王卷》（清末）、《伏魔宝卷降乩注释》（1896年）、《孝女宝卷》（1921年，皈一道）、《针心宝卷》（1919年，同善社）、《道德真篇》（1897年，先天道）、《还乡宝卷》（1899年，先天道）、《回文宝卷》（1905年，先天道）、《节义宝卷》（1900年，先天道）、《五圣宗宝卷》（1917年）、《救苦宝卷》（1910年，皈一道）、《东岐宝卷》（1935年）、《回家宝卷》（1937年）、《玉露金盘》（1920年，先天道）、《无极金母五更家书》（1927年，金丹道）、《孔圣宝卷》（1910年）和《归家锦囊》（1900年，先天道），共计十六部。除《归家锦囊》外，其余十五部均被泽田列入《增补宝卷の研究》一书作为宝卷文本进行研究。这些文本表现出了以下共性：

第一，从时间来看，这些宝卷均产生于清末民国时期，多由皈一道（二部）、同善社（一部）、先天道（六部）、金丹道（一部）等教派创作，其余文本虽暂无法判断教派归属，但都表现出浓厚的教派思想。

第二，从内容上来说，多继承了民间教派独特的神话框架，出现无生老母救世神话主题的有七部，修行劝善的主题几乎出现在所有的文本中。这些文本既延续了教派宝卷的宗教性传统，同时也不缺乏文学性，十六部文本中包含故事情节的就有十一部，且有向民间故事宝卷靠拢的倾向。如托言太上仙师乩笔所著的《孝女宝卷》借鉴了章回体小说的形式，泽田藏民间故事宝卷如《湘子传》（又名《新镌韩祖成仙宝传》《新刻韩仙宝传》《全图韩湘宝卷》《蜜蜂记宝卷》）等亦采用了章回体小说的形式。

第三，从文本产生方式来看，十六部文本均是通过扶鸾仪式，假托神佛所作。这一点与坛训有相似性，但细读文本，可发现其在产生方式上仍有一定的区别。对于坛训，学界强调是通过乩手扶乩而产生，但泽田藏十六部文本只有《东岐宝卷》《回家宝卷》《孔圣宝卷》《救苦宝卷》是由扶乩产生的训文汇编而成，《消灾延寿阎王卷》《孝女宝卷》《伏魔宝卷降乩注释》《针心宝卷》《道德真篇》《还乡宝卷》《五圣宗宝卷》《玉露金盘》《无极金母五更家书》《归家锦囊》等十部则是通过『飞鸾』的方式而产生，此外，《回文宝卷》《节义宝卷》是通过灵媒传达阴间讯息的方式而产生。

这里其实涉及扶乩、飞鸾、灵媒代天宣化等多种仪式，虽然不少研究将扶乩、扶箕、扶鸾等同，但谢聪辉、王见川等指出它们是来自不同的文化传统。㉒而朱明川在对美国汉学家葛维汉（David Graham）的四川『儒坛』研究进行讨论时发现，葛维汉的研究呈现了近代中国的三种获得『神启』的方式：『扶乩：由两人操作，运用木笔在沙盘上划出符号』；『封闭空间中，可以不借助人力，文段直接通过笔墨呈现在纸上』；『由灵媒口授来自阴间的讯息』。㉓他强调，上述的第二种方式应称为『飞鸾』㉔，它不需要人力就可以在纸上用笔写下大段的文字。相较于公开的用乩笔传达神意的扶乩方式来说，飞鸾的效率更高。㉕由泽田藏十六部文本来看，飞鸾也是应用最多的方式。

由于采用了多种扶鸾仪式，泽田藏十六部文本也呈现出以下三种结构形式：

第一种是『鸾文+宝卷』的形式，包括《玉露金盘》《针心宝卷》《归家锦囊》《伏魔宝卷降乩注释》《还乡宝卷》《救苦宝卷》《五圣宗宝卷》等。鸾文一般出现在宝卷之前，或者在书中借神灵之口传达神谕。如《针心宝卷》是通过对《真修宝卷》进行修订，并加入上海灵学会盛德坛常胜子降笔的内容后编撰而成，㉖书后附『宝卷流通八法』。《玉露金盘》亦是『鸾文+宝卷』的形式。《玉露金盘》是一部产生于1880年的先天道经典，虽然是由扶鸾而来，但常被视为宝卷。㉗《玉露金盘》对《龙华经》《皇极金丹九莲正信皈真还乡宝卷》等多有继承，包括九六原灵、龙华三会等均是来自教派宝卷思想。从文本特点上来说，该书亦借鉴了宝卷韵散结合的文体特征，如借用『五更辞』表达金母思儿之苦；在创作方式上，则采用了扶鸾仪式进行创作，并强调扶鸾度世的有效性。也就是说，《玉露金盘》与之前的教派宝卷相比，叙事模式和文本特征基本一致，只不过增加了扶鸾的内容。

第二种文本结构形式是将多次扶乩产生的鸾文集结成书，如《回家宝卷》。这种形式与其他坛训多有相似之处。但无论是标题，还是内容，这些文本经常自称是宝卷。又如《孔圣宝卷》分为五册，前四册是由许多次扶乩而产生的内容，第五册则依据古代宝卷的格式，并插入曲牌。

第三种是不仅进行了多次扶乩，还通过灵媒让亡灵传达神意的形式，如《东岐宝卷》。

这些文本中还有『回文』体，如属于先天道的《回文宝卷》和《节义宝卷》均是借死者之口传达教派历史和修行方法。『回文』体与民间故事宝卷相近，散韵结合，开篇是五言或七言韵文，有时也有散文，主体则是宝卷常见的三三四句式，结尾多用韵文，内容则是劝善、因果报应等。㉘

综合以上分析可以发现，这些文本与坛训相似的地方在于编撰者采用了扶鸾仪式，而这些文本在编撰的过程中，对宝卷的形式和内容进行了诸多的借鉴，使得其无论是文本名称，还是形式、内容等，都表现出对宝卷的继承。因此，我们认为这些文本都可被认定为是郑志明所说的『扶鸾宝卷』。

但与郑志明的观点有所不同的是，编者认为扶鸾包括多种仪式实践，而扶鸾宝卷的基本类型包含以上三种文本结构形式。它们也代表了近现代宝卷的演化规律，即由繁向简。这种规律和民间故事宝卷也是一致的，即民间故事宝卷与教派宝卷相比，『变成了仅由散文与七字句、十字句韵文构成的简单创作，而不再使用古宝卷的复杂规范了』[29]。

由此，编者对扶鸾宝卷概念重新加以界定，认为扶鸾宝卷是清末民国时期民间教派为传达教派思想、修行劝善等，通过多种扶鸾仪式进行人神沟通进而创作出的一类文本，它是宝卷与坛训之间的一种过渡形态。

三、扶鸾宝卷的界定标准

除借用扶鸾仪式外，扶鸾宝卷在教派归属、文本名称、文体特征、说唱性等方面与宝卷关系密切。郑志明认为，扶鸾宝卷在形式上保留了宝卷的说唱艺术，内容则借助扶鸾和神明信仰，通过神道设教来传教说法。[30]焦大卫和欧大年也注意到了扶鸾与宝卷的结合，认为扶鸾的经文与宝卷之间有着直接和自觉的连续性。[31]鉴于扶鸾宝卷与宝卷有着密切的关系，同时又在仪式方面与坛训有相似之处，为了更好地对这类宝卷进行甄别，编者将基于以上对于扶鸾宝卷与坛训、宝卷的比较来提炼和总结扶鸾宝卷的界定标准：

第一，扶鸾宝卷产生于清末民国时期的中国大陆地区。

第二，扶鸾宝卷具有明显的教派色彩，它是民间教派假托神佛，采用『扶乩』『飞鸾』『灵媒代天宣化』等多种扶鸾仪式形态进行人神互动的产物。

第三，扶鸾宝卷具有韵散结合的文体特征，对宝卷借鉴较多。李世瑜、濮文起等学者认为坛训是宝卷更简单的形式，而《玉露金盘》等扶鸾宝卷则显示出其在某种程度上亦丰富着宝卷的形式和内容，并为坛训以及后来的鸾书提供借鉴。作为散韵结合的文本，扶鸾宝卷也具有一定的说唱特征。至今在华北地区的民间文艺中，还能看到从扶鸾宝卷中脱落出来的片段，如山东省级非物质文化遗产『青州宣卷』有一篇长达三十六句、名为《十一月初一》的文本：『十一月初一日细雨纷纷，入坛者靠前来静听佛云。我在此把坛设不为别事，为的是天下荒灾难齐临……』㉜编者从设『坛』这一字眼推测该文本应是从扶鸾宝卷中脱落出来的韵文。

第四，扶鸾宝卷表现出一定的文学价值。坛训饱受诟病的一点就是其文学价值贫乏，而部分扶鸾宝卷，如《玉露金盘》就被郑志明认为文学造诣高于一般的通俗作品。㉝

第五，我们应注意扶鸾宝卷的命名问题。宝卷的名称包括经、真经、宝经、妙经，卷、宝卷，科仪、宝忏，宝传，古典（故典）、古迹、妙典，偈、偈文等。㉞以泽田藏十六部扶鸾宝卷的名称为例，其中以宝卷为名的文本有十一部之多。有的宝卷虽以宝卷为名，但亦有其他的名称，如《东岐宝卷》又名《东岐宝录》《河北蓟县城西南高家庄开天坛鸾谕》，从同一部文本同时名为『宝卷』『宝录』『鸾谕』也可看出扶鸾宝卷这类文本的过渡性形态特点。

有的文本虽不以宝卷为名，但仍可归为扶鸾宝卷，如先天道的《归家锦囊》。泽田藏《归家锦囊》于光绪庚子年重刊，板存青邑。全书类似于《玉露金盘》，是『鸾文+宝卷』的形式。开篇是『归家锦囊原叙』，托言鸿钧老祖传达三期末劫老母救世的思想，之后是各路仙佛的偈赞，均为七字韵文，正文先是二十四首醒心仙调、三十六首逍遥歌、八首右调清江引，诸仙佛的七字偈文，穿插仙佛所说散句，之后元始天尊以三三七句式的偈文予以回应，最后是数篇训文。全书散韵结合，主要讲述了教派历史和教派劝善修行的思想。可以看出，该文本除了在书后有『今日宝卷已毕终』之语，在教派思想、文本特点上也符合扶鸾宝卷的标准，应将其归入宝卷之列。因此，扶鸾宝卷的判定不仅要注意其命名，也需要结合文本细读。

此外，在判断一个文本是宝卷还是坛训时，也需要考虑文本创作者和受众的主位立场。那原道指出，『作者给他们的作品命名的原因有很多，但我们应该认真对待他们自己的命名，并尽可能地假定所有的宝卷都是「正确命名」的，这应该是中国宗教文献解释的原则』㉟。

结语

综上所述，清末民国时期，宝卷与扶鸾仪式结合产生了扶鸾宝卷这一子类型。扶鸾宝卷是宝卷向坛训转变过程中的过渡形态，主要延续宝卷的宗教性传统，同时亦有一定的文学性。相比于同时期的民间故事宝卷来说，扶鸾宝卷持续时间较为短暂，二十世纪五十年代后在中国大陆已不再出现。

包括泽田在内的大多数宝卷学者虽然没有将扶鸾宝卷单列，但仍将结合了扶鸾仪式的部分文本归入宝卷，也正是意识到了这类文本与宝卷的密切联系。我们应通过教派色彩、仪式特征、文体特征、说唱特征以及文学性等方面来对扶鸾宝卷进行判断和归类。在对泽田藏宝卷进行数据库建设时，通过将扶鸾宝卷进行单列，可以全面展现宝卷在近现代以来的整体发展情况，亦可为学界的宝卷学理论研究和资料建设提供参考。

注

① 本文原题为《从泽田瑞穗藏品看宝卷的分类问题》，发表于《文化遗产》2022年第2期，收入本书后略有修改。特此说明。

② 据泽田瑞穗介绍，他收藏宝卷一百三十九种，加上同种异版，总数有一百九十一部。参见[日]泽田瑞穗：《增补宝卷の研究》，国书刊行会，1975年，第101页。《风陵文库目录》显示共计二百一十五部。此外，早稻田大学还建设了数据库，该数据库公布了二百零四部宝卷，可免费下载。

③ 焦大卫和欧大年指出，元代中国民间就开始出现世俗佛教社团融合道教而形成的教派团体，其特征是世俗成员与领袖，个人的自愿加入，阶级组织，独特的信仰和仪式，教派经卷的拥有，女性的踊跃参加，庵堂的建立，拥有创教者，教义以及自我意识，等等。参见［美］焦大卫，［美］欧大年：《飞鸾——中国民间教派面面观》，周育民译，香港中文大学出版社，2005年，第13页。

④ 濮文起主编：《新编中国民间宗教辞典》，福建人民出版社，2015年，第28页，第515页。

⑤ 李世瑜：《社会历史学文集》，天津古籍出版社，2007年，第299页。

⑥ 李世瑜：《宝卷论集》，兰台出版社，2007年，第14页。

⑦ 李世瑜：《宝卷论集》，兰台出版社，2007年，第14页。

⑧ 车锡伦：《中国宝卷研究》，广西师范大学出版社，2009年，第1页。

⑨ 车锡伦：《中国宝卷研究》，广西师范大学出版社，2009年，第2—5页。

⑩ 车锡伦：《中国宝卷文献的几个问题》，载《岱宗学刊》1997年第1期，第77页。

⑪ 车锡伦编著：《中国宝卷总目》，『中央研究院』中国文哲研究所筹备处，1998年，第11页。

⑫ Randall L. Nadeau, " Genre Classifications of Chinese Popular Religious Literature:Pao-Chüan" , *Journal of Chinese Religions*, 1993, Vol.21, No.1, p.126.

⑬ 傅惜华：《宝卷总录》，巴黎大学北京汉学研究所，1951年，第4—5页。

⑭［日］泽田瑞穗：《增补宝卷の研究》，国书刊行会，1975年，第38—42页。

⑮郑志明：《中国文学与宗教》，学生书局，1992年，第159—160页。

⑯车锡伦：《中国宝卷文献的几个问题》，载《世宗学刊》1997年第1期，第75—80页。

⑰［美］欧大年：《宝卷——十六至十七世纪中国宗教经卷导论》，马睿译，中央编译出版社，2012年，前言。

⑱［日］泽田瑞穗：《增补宝卷の研究》，国书刊行会，1975年，第42页。

⑲ Richard Hon-chun Shek, *Religion and Society in Late Ming :Sectarianism and Popular Thought in Sixteenth and Seventeenth Century China*, Ph.D, University of California, Berkeley, 1980, p.157.

⑳郑志明：《中国文学与宗教》，学生书局，1992年，第159—160页。

㉑［日］泽田瑞穗：《增补宝卷の研究》，国书刊行会，1975年，第42页。

㉒盖建民编：《开拓者的足迹：卿希泰先生八十寿辰纪念文集》，巴蜀书社，2010年，第133—155页；范纯武主编：《扶鸾文化与民众宗教国际学术研讨会论文集》，博扬文化事业有限公司，2020年，第53—88页。

㉓范纯武主编：《善书、经卷与文献（三）》，博扬文化事业有限公司，2020年，第56—57页。

㉔美国汉学家葛维汉指出：『有一些儒坛庙宇拥有暗室，里面放着随时可用于写字的笔、墨和纸。在仪式进行时，人们不允许待在暗室中；但是仪式结束房门打开后，字句已出现在纸上，据说这是神明书写的。有时也会有一个人被留在里面，他或许可以在神的指引下进行书写。』转引自范纯武主编：《善书、经卷与文献（三）》，博扬文化事业有限公司，2020年，第55页。这种产生文本的仪式源于中国的『神授天书』传统。

㉕范纯武主编：《善书、经卷与文献（三）》，博扬文化事业有限公司，2020年，第57—61页。

㉖《针心宝卷·序》，大丰善书刊行所，1919年。泽田瑞穗藏本。

㉗张之杰：《晚清宝卷王露金盘刊刻微探》，载《国家图书馆馆刊》1998年第1期，第53—59页。

㉘ 谢泳：《清代宝卷钞本经眼录》，秀威资讯科技股份有限公司，2021 年，第 41—42 页。

㉙［日］泽田瑞穗：《增补宝卷の研究》，国书刊行会，1975 年，第 57 页。

㉚ 郑志明：《中国文学与宗教》，学生书局，1992 年，第 186 页。

㉛［美］焦大卫、［美］欧大年：《飞鸾——中国民间教派面面观》，周育民译，香港中文大学出版社，2005 年，第 260—261 页。

㉜ 马守业编著：《青州宣卷 II》，团结出版社，2017 年，第 70 页。

㉝ 郑志明：《中国文学与宗教》，学生书局，1992 年，第 165 页。

㉞ 车锡伦：《中国宝卷研究》，广西师范大学出版社，2009 年，第 28—31 页。

㉟ Randall L. Nadeau, " Genre Classifications of Chinese Popular Religious Literature:Pao-Chüan" , *Journal of Chinese Religions*, 1993, Vol.21, No.1, pp. 122-123.

后记

本书忝列『海外藏中国民俗文化珍稀文献』丛书，能够得以出版，首先需要感谢日本早稻田大学图书馆同意我们对十二部宝卷电子版的使用。获取十二部宝卷电子版使用权，并非一帆风顺，幸有日本国立历史民俗博物馆松尾恒一教授从中牵线搭桥，最终促成此事，在此对松尾教授深表感谢。

陕西师范大学出版总社邓微老师劳心劳力，积极协调各方，为本书的最终出版付出了很大心血。责编王丽敏老师亦提出了很多宝贵的意见，让我们受益匪浅。感谢陕西师范大学出版总社和邓微老师、王丽敏老师给予支持。

2019 年夏天，我们接手了与早稻田大学藏中国宝卷有关的数据录入任务，从此与宝卷结下了不解之缘，也逐渐由宝卷学的门外汉转变为初窥门径的班门弄斧者。十分感谢王霄冰教授给予我们充分的信任和耐心细致的指导。在此之前，中山大学本科生王静师妹（现为南京农业大学民俗学研究生）曾对早稻田大学藏中国宝卷进行过研究，并惠赠其本科毕业论文供我们参考，谨致谢忱。

湖南财政经济学院孔征老师在翻译方面也给予了大力支持。此外，辽宁大学王淑慧、中央民族大学时天封和信阳师范大学逯立邦等同学对本书的完成亦有一定的贡献，特此说明并致谢！

宝卷学是一个大有可为的领域，本书是我们在宝卷学领域的一个开始，而不是结束。

编者

2023 年 6 月 12 日